Les filles du Panier

Les crimes du marquis de Sade : Tome 2

LUDOVIC MISEROLE

LES FILLES DU PANIER

LES CRIMES DU MARQUIS DE SADE : TOME 2

Thriller

Phénix Noir

ÉDITIONS IFS

Éditions IFS - Collection Phénix Noir
Drève de la Charte 13
BE - 1083 Bruxelles
Belgique
Tél. : +32.493.220.888

Site internet : **www.editions-ifs.com**
Email : info@editions-ifs.com

ISBN : 9782390460305
Publié et imprimé en Europe (Septembre 2021)
Dépôt légal : Bibliothèque Royale de Belgique - D/2021/13.387/12

Du même auteur

Rosalie Lamorlière, dernière servante de Marie-Antoinette, 1re éd. 2010, nlle éd. 2022

Zamor, le nègre républicain,
1re éd. 2015, nlle éd. 2022

L'affaire Rose Keller
(Les crimes du marquis de Sade : Tome 1),
1re éd. 2018, nlle éd. 2021

Les filles du Panier
(Les crimes du marquis de Sade : Tome 2),
1re éd. 2019, nlle éd. 2021

Le crépuscule d'un libertin
(Les crimes du marquis de Sade : Tome 3), 2021

À Zabel

Je ne puis vous peindre ce que je ressentis quand je vis réussir mon ouvrage. Chacun des vomissements par lesquels s'exhalait sa vie produisait une sensation vraiment délicieuse sur toute mon organisation : je l'écoutais, je la regardais, j'étais exactement dans l'ivresse.

Sade, *Les 120 Journées de Sodome*

1

Château de La Coste.
Le samedi 20 juin 1772

Le marquis de Sade est exaspéré.

Des coulisses, il observe les rangs de son théâtre.

Les frais engagés pour rénover cette nouvelle salle du château ont été conséquents, cependant les sièges peinent à se remplir. Donatien de Sade a beau s'appliquer à écrire de nouvelles pièces, à en soigner la distribution, la mise en scène et les décors, rien n'y fait. Les grandes familles de la région ne daignent pas se déplacer.

La plupart du temps, comme ce soir, le marquis se contente de quelques bourgeois en mal de reconnaissance et doit même inviter les petites gens des alentours pour occuper la centaine de fauteuils. Une largesse qui, hélas, n'est pas sans conséquence ! La maréchaussée est présente à chaque représentation afin de prévenir les débordements que ces misérables ne manquent pas d'occasionner.

Il soupire.

En venant dans le Lubéron, Sade pensait échapper pour un temps aux rumeurs. Qu'il fut naïf !

Il l'admet volontiers, sa mauvaise réputation est la cause principale de cette défection. Le marquis n'a pourtant pas ménagé ses efforts afin de se racheter : il a multiplié les dîners mondains, les paternités et a même réfréné ses pulsions afin de réduire à néant les scandales depuis quatre années. Peine perdue. Rose Keller a causé bien plus de dégâts qu'il ne l'aurait imaginé. Bien qu'il ait tout essayé pour éteindre le souvenir de l'épisode d'Arcueil, cette affaire a profondément marqué les esprits.

Donatien voit les regards en biais. Il entend les murmures derrière son dos, tout comme il remarque les conversations qui cessent dès qu'il entre dans une pièce. Il ressent la crainte et le dégoût qu'il inspire. Mais que tous ces bigots se rassurent, la révulsion est réciproque. Il exècre tous ces pseudo-bien-pensants dont le conformisme est ennuyeux à mourir. Il vomit tous ces liberticides qui s'empressent bien souvent de condamner des vices auxquels eux-mêmes succombent, excepté qu'ils sont plus habiles à les dissimuler.

Si le bonheur des uns fait le malheur de l'autre, Donatien confesse volontiers qu'il est malheureux comme jamais. Il entend toutefois mettre un terme à ces faux-semblants.

Ces personnes ne veulent pas de lui ? Très bien ! Il n'aura aucune peine à en faire le deuil. Il ne luttera plus contre sa nature. Car sous l'apparente quiétude provençale, un feu ronge monsieur de Sade. Une passion coupable qu'il ne peut contrôler. Un tourbillon des sens qui porte le doux prénom d'Anne-Prospère, la sœur de sa docile épouse, Renée-Pélagie. La fraîcheur de ses vingt ans associée à son statut de chanoinesse séculière, sans oublier une proximité familiale coupable, en font un fruit défendu dans lequel Donatien aime à croquer pourtant à pleines dents.

Au début, la pensée de pervertir cette innocente jeunesse parée de principes religieux tout en jouissant de cette relation incestueuse le faisait frémir de désir. Curieusement, il se retint, un temps, mais se fit la promesse de cueillir cette fleur en bouton avant qu'elle n'éclose.

Il serait le premier, son premier.

Pour une fois, il tint parole.

Il savait pourtant la manière dont tout cela finirait. Car si la prise était belle, il ne se faisait guère d'illusions, il était persuadé qu'après y avoir goûté, comme toujours, il s'éloignerait assez vite de la jeune femme. Étonnamment, il n'en fut rien. Pire ! Voilà maintenant deux ans que durent leurs étreintes passionnées. Deux longues années qu'ils étouffent leurs cris de plaisir. Des centaines de jours à feindre le désintérêt alors que leurs corps se réclament dans une douleur de plus en plus insupportable. Des milliers d'heures passées à échafauder divers stratagèmes dans le seul but de se retrouver seuls, s'isoler un instant afin de laisser libre cours à leur folle passion.

Donatien souhaite crier au monde entier, main sur le cœur, tout l'amour qu'il ressent pour elle. Oui, l'amour… Mais à défaut de pouvoir le faire pour le moment, il se contente de le suggérer, tout en provocation, dans cette pièce de théâtre : *Le Mariage du siècle*. Il a attribué à sa belle-sœur le rôle de Pauline, la femme du comte de Castelli. Et évidemment, Donatien incarne sur les planches ce fameux comte. Taquin, l'auteur ne s'est pas arrêté là dans ce jeu dangereux où il fait se côtoyer fiction et réalité. Toujours enclin à une certaine cruauté, Donatien a supplié Renée-Pélagie de jouer dans ce mélodrame le rôle de la confidente de Pauline. Un triangle amoureux imaginaire dont l'atroce authenticité lui est jubilatoire.

Caché derrière le décor, Donatien regarde avec envie sa belle-sœur.

— Qu'elle est belle sur scène ! murmure-t-il.

Il ne cesse de contempler cette magnifique silhouette que vient caresser la lueur des bougies. La robe en mousseline choisie pour cette scène épouse parfaitement les courbes juvéniles de la nymphe et met en évidence une poitrine déjà généreuse au sein de laquelle il aime tant à se plonger. Il y est parvenu. Ce petit ange s'est éloigné de la lumière de Dieu pour sombrer dans les ténèbres de son alcôve. Donatien se délecte de toutes ces choses qu'il a commencé à lui enseigner. Il l'a déniaisée comme il est certain qu'aucune autre ne le fut auparavant. Il entend bien parachever son éducation en la plongeant encore un peu plus dans la volupté et le vice, mais pour l'heure, Donatien a d'autres préoccupations.

Acculé par les créanciers, Sade a un cruel besoin d'argent.

Ce pays n'est plus tout à fait le même. Les aristocrates ont de moins en moins le beau rôle et il en fait les frais plus qu'aucun autre. Que lui reproche-t-on au juste ? D'avoir des dettes ? Ce n'est pourtant pas un crime. Nombre de seigneurs ne vivent-ils pas à crédit ? Il en a d'ailleurs toujours été ainsi.

Bon gré mal gré, il doit pourtant bien se plier à ce nouvel ordre en marche et trouver une solution au plus vite, car il est impensable qu'il retourne en prison. Les deux mois passés à Fort-l'Évêque l'été dernier lui ont laissé un goût amer. Madame de Montreuil, sa belle-mère, aurait pu lui éviter ce séjour dans ce cul-de-basse-fosse, mais elle n'est intervenue en rien pour lui épargner cette humiliation. De l'argent, elle en a pourtant plus qu'il ne lui en faut, mais elle le déteste au plus haut point depuis l'affaire d'Arcueil. Elle ne lui pardonnera jamais. Ni le scandale ni l'honneur bafoué. S'il ne veut à nouveau croupir au fond d'une cellule, Sade doit rapidement rendre visite à Fage, son notaire à Apt, puis faire un séjour à Marseille où, dit-il à tous, il a des fonds à percevoir.

Pour ce voyage, Donatien se fera accompagner par son serviteur, le fidèle Armand, surnommé Latour. Il remplace à merveille Langlois, son complice de débauches d'antan, celui-là même qui était avec lui à Arcueil. Le jeune homme prend son rôle très au sérieux et se donne corps et âme à sa nouvelle fonction. Car, et la chose est des plus importantes, tout comme son prédécesseur, il ne rechigne pas à s'adonner avec son maître au vice italien. Sade a beau souffrir encore de sa fistule, il ne pourrait se passer des assauts vigoureux de Latour. Le plaisir et la douleur, une paire indissociable pour le marquis. Cette même combinaison qu'il entend bien éprouver encore sur de nouvelles victimes, consentantes ou non.

Sade trépigne. Cette mascarade n'a que trop duré. Il a besoin de libérer la bête qui sommeille, tapie en lui depuis bien trop longtemps.

Le marquis, qui vient de souffler ses trente-deux bougies, aspire à l'action, à la fureur des ébats, aux outrages que seul le sexe autorise. Point de sentiments si l'on veut laisser s'exprimer ses instincts les plus bas. La bestialité des rapports ne doit être embarrassée par la moindre once de morale si l'on veut que la jouissance soit totale.

Voici une éternité qu'il se tient tranquille dans cette cage dorée et il n'est assurément pas ce genre d'individu qu'on met à la niche comme un bon chien-chien à sa maîtresse, fût-ce pour s'acheter une respectabilité. Les chaînes, il ne les aime que si c'est lui et lui seul qui les tient. Il désire ressentir à nouveau cette emprise sur une inconnue. Lire dans ses yeux la souffrance, le plaisir, mais également la peur.

Surtout la peur...

L'époque des faux-semblants est révolue. Pour se libérer de ces entraves sociales et moralisatrices qui finiront par le tuer, il doit partir de La Coste au plus vite.

Le marquis de Sade est de retour et Donatien entend bien fêter cela comme il se doit.

2

Paris.
Rue Neuve-du-Luxembourg.
Le mardi 23 juin 1772

Non loin du palais des Tuileries, dans le silence rassurant d'un superbe hôtel particulier, plutôt que d'y glisser délicatement, une plume vient griffer une feuille de papier avec frénésie au risque de la transpercer.

Marie-Madeleine Masson de Plissay, épouse de Claude René Cordier de Launay de Montreuil, président honoraire de la Cour des aides de Paris, enrage. Celle qu'on surnomme *la Présidente* s'inquiète pour les siens, car le comportement de son gendre, le sulfureux marquis de Sade, fait craindre le pire. Celui-ci croule littéralement sous les dettes et pourtant, il se dit qu'il ne pense qu'à s'amuser et à jouer à grands frais au seigneur sur ses terres de Provence.

La seule personne capable de comprendre sa détresse, pense-t-elle, et peut-être d'agir au mieux pour l'intérêt de tous est l'abbé de Sade, l'oncle de Donatien, qui séjourne trop fréquemment au château de La Coste.

La page se noircit au rythme de la plume ravageuse.

Ces spectacles, fort simples en soi quand on s'en occupe dans l'intérieur de sa société avec ses égaux, sont un très grand ridicule, pour ne rien dire de plus, quand on s'y livre sans mesure, qu'on se produit en spectacle à toute une province (qui en est choquée), avec des gens dont la profession est d'amuser ceux de l'espèce et de l'état de monsieur de Sade.

La dame, qui ne décolère pas, se relit brièvement avant de poursuivre.

Si telle a toujours été sa passion dominante, pour ne pas dire sa folie, il est le maître de sa personne et de ses actions jusqu'à un certain point ; mais il ne devrait pas l'être et ne le sera certainement pas d'y compromettre davantage son épouse et sa belle-sœur. C'est une indignité à laquelle je mettrai ordre, s'il ne me devance pas en se mettant lui-même à la raison de bonne grâce. À quoi servent toutes ces courses, ces fêtes ? À achever de dévaster sa fortune, qu'il a déjà bien diminuée par toutes les extravagances possibles[1] *?*

Madame de Montreuil s'en veut terriblement. Si elle a favorisé l'arrivée de Donatien de Sade dans sa famille en négociant ce mariage avec sa fille aînée, voilà maintenant qu'Anne-Prospère ainsi que les trois enfants du couple se trouvent à présent entre les serres de ce primesautier qui ne pense qu'à son bon plaisir au risque d'en-

1 Bibliothèque nationale, Ms.N.a.fr., folios 428-429.

traîner tout le monde dans sa chute. La Présidente espère que l'abbé de Sade pourra faire entendre raison à cet inconscient et sauver ainsi ses filles et ses petits-enfants.

Ce qu'elle ignore pourtant, c'est que l'homme d'Église de bientôt soixante-sept ans, et sur qui reposent tous ses espoirs, a lui-même succombé aux charmes d'Anne-Prospère et s'en est même ouvert à l'intéressée. L'honneur est cependant sauf, car le vieil abbé s'est fort heureusement fait éconduire par la belle. La Présidente ne peut décemment espérer que ce débauché ramène Donatien sur le chemin de la raison alors que lui-même, homme de Dieu, est tout sauf raisonnable ? L'esprit de l'abbé est bien plus consacré à la lubricité qu'à la dévotion. Quant à ses génuflexions, elles recherchent bien plus souvent les voies du plaisir que celles du Seigneur. Donatien lui-même n'a-t-il pas qualifié le château de Saumane, où vit l'ecclésiastique, de bordel ? C'est dire si cette missive aux accents de prière risque, hélas, de rester lettre morte.

La dame, agacée, trempe le calamus dans l'encrier d'argent placé devant elle et reprend la rédaction de son réquisitoire.

Je suis lasse d'être dupe. On se sacrifie pour des choses honnêtes et raisonnables, mais non pour perpétuer des extravagances. Quand il aurait tout dissipé, il me renverrait la femme et les enfants dont il ne se soucie guère et que je recevrais sûrement...

Indéniablement, elle préférerait qu'en cet instant sa famille, son clan, soit près d'elle, loin de l'influence néfaste de Sade et de cette misère tant pécuniaire que morale qui menace. Voilà des jours qu'elle ne cesse de réfléchir aux choses terribles qui ne manqueront pas d'arriver et voici des nuits qu'elle ne trouve pas le sommeil, tout occupée qu'elle est à tenter de trouver des solutions pour éviter le pire !

Elle maudit le jour où elle fit le plus bel accueil à Donatien en qui elle voulait croire aveuglément. Que d'attentes déçues et d'espérances contrariées ! Dieu sait pourtant que la Présidente n'est pas de ces femmes dont la naïveté prête à sourire et amusent la gent masculine. Marie-Madeleine Masson de Plissay, épouse Montreuil, est un esprit pragmatique qui d'ailleurs inspire plutôt la crainte que le respect.

Soudain, on frappe à la porte avec un empressement inaccoutumé. La Présidente sursaute et la plume vient riper sur le papier en provoquant un affreux pâté. La maîtresse de maison n'a pas le temps de réprimander l'audacieux que celui-ci apparaît déjà dans la pièce, le souffle court.

— Madame !

— Eh bien ! Qu'y a-t-il Jacques ? Quelle est donc cette chose si importante qui vous fait oublier vos bonnes manières et les usages de ce lieu ?

— C'est Monsieur le Marquis, Madame…

La Présidente blêmit et attend avec angoisse cette nouvelle qui paraît terrible et pour laquelle elle n'est en rien préparée.

— Enfin, Jacques ! Parlez !

Le domestique se reprend, puis, d'une traite :

— Monsieur le marquis de Sade a quitté La Coste aujourd'hui. On le dit en route pour Marseille.

Madame de Montreuil n'a pas la force de répondre et, d'une main molle, signifie à son valet de prendre congé.

Le prédateur est donc sorti de sa cage.

Elle préférerait se tromper, mais elle est convaincue que cela n'augure rien de bon. Des heures sombres s'annoncent.

Que pourrait-il faire pourtant qu'il n'ait déjà fait ?

Par sa faute, elle a connu la honte et le déshonneur. Elle a dû insister pour que Renée-Pélagie achète le silence de cette Rose Keller par qui le scandale était arrivé. Elle a prié ses relations pour que son gendre puisse bénéficier d'un retour en grâce. En vain ! Même monsieur de Saint-Florentin, un ami de longue date de la famille et ministre du roi, lui qui avait déjà tant fait lors de l'affaire Rose Keller, n'a rien pu faire.

Quatre années ont passé et si l'odeur du soufre qui accompagne le nom de Sade s'est estompée peu à peu, l'affaire d'Arcueil a fait se soulever bien des cœurs tout en faisant les gorges chaudes du Tout-Paris. Personne n'a oublié.

Madame de Montreuil est dépitée, fatiguée de porter à bout de bras cette famille. Pour une fois et de guerre lasse, la quinquagénaire se résigne à demander assistance pour ce combat qu'elle n'a plus la force de mener seule. Même divine, toute aide extérieure sera la bienvenue. Alors, dans un soupir, la Présidente d'ordinaire si forte pose ses coudes sur le bureau, incline la tête et, mains jointes, se met à murmurer.

Il lui faut prier. Prier pour que ce terrible pressentiment qui l'assaille ne devienne pas une douloureuse réalité qu'elle préférerait fuir.

3

Marseille.
À proximité de la place de la Tour

À l'ombre d'une ombrelle immaculée, une jeune femme arpente les rues de la ville phocéenne, le regard langoureux, la démarche aguicheuse, affichant une moue faussement boudeuse. L'été est caniculaire. Le mistral, d'ordinaire salvateur en cette période, semble avoir déserté les côtes méditerranéennes depuis plusieurs jours, emportant avec lui les habituels promeneurs.

Marguerite est au désespoir. Si elle ne parvient pas à trouver un client potentiel, ses chances de pouvoir payer son loyer s'envoleront en même temps que celles de manger à sa faim. Marguerite Coste est prête à suffoquer sous les assauts d'un homme pressé de jouir. La demoiselle est même résignée à respirer l'odeur rance d'une transpiration abondante et crasse que ne manquerait pas de provoquer l'ardeur des ébats. Que ne peut-on endurer contre quelques pièces sursitaires ? Elle est fataliste. À vingt-cinq ans, elle sait qu'elle ne trouvera plus de mari. Elle a, depuis longtemps, balayé d'un revers de main ses rêves de grandeur. Quant au bonheur...

Sur La Canebière, bordée d'arbres et d'immeubles luxueux où s'exposent des parfumeurs et des marchandes de modes, un marin apparemment aviné croise le regard azur de la belle. Elle s'en approche. En tentant d'éviter la promeneuse, il la bouscule et plonge son regard dans le sien en s'excusant maladroitement. Il ne le sait pas encore, mais le voilà pris dans les filets de celle qui se met à sourire en l'aidant à se maintenir dans une position plus ou moins verticale.

Après quelques instants, il finit par se redresser.

— Merci m'dame. J'vous ai point fait mal ?

— Non, non ! C'est plutôt la chaleur qui est assommante.

— Tout à fait ça ! C'est la chaleur qui m'a assommé. Un sacré coup sur la tête, misère !

Et Marguerite de rire, main devant la bouche, tête légèrement inclinée, à la façon de ces dames bien nées. À défaut de ne pouvoir rivaliser avec ces aristocrates, au moins peut-elle se permettre de les imiter en se donnant des airs respectables.

— À dire vrai, je ne sais si je dois ce déséquilibre à c'te chaleur ou bien à vot' beauté.

— Que ce soit l'une ou l'autre, en tout cas elle vous fait dire des choses qui me sont agréables. La flatterie est toujours bien accueillie chez une femme. Qu'elle soit sincère ou non.

— Mais elle ne pourrait l'être davantage, ma bonne dame.

— Vous allez me faire rougir.

L'homme, bien plus vieux que Marguerite, ne peut s'empêcher de la fixer d'un regard gourmand tant son esprit est traversé d'images que la morale condamnerait sans mollir.

Il plonge les yeux dans ce décolleté qui ne cache presque rien d'une poitrine lourde de promesses. Marguerite fait mine de ne pas s'en apercevoir, pourtant elle est fermement décidée à ne pas lâcher sa proie. Joueuse, elle prend une profonde inspiration et regarde, amusée, la réaction de ce marin à qui le soleil et le sel ont bruni la peau. À la vue de ces seins qui se gorgent d'air et se soulèvent à en faire déborder la robe écarlate, l'homme se pince les lèvres et résiste pour ne pas saisir ces appâts à pleine main.

Dans un soupir, elle susurre :

— Je meurs de soif.

Le vieux loup de mer, prêt à tout pour satisfaire la jeune inconnue de maintes façons, se propose immédiatement de l'emmener boire quelque chose dans un troquet où il a ses habitudes, là-bas près du port.

— Ce genre d'endroit est bien trop bruyant et peu propice aux conversations. Pourquoi ne pas acheter une bouteille quelque part et aller chez moi ? J'habite à deux rues d'ici, rue Saint-Ferréol-le-Vieux. Nous serons plus tranquilles pour discuter et… faire plus ample connaissance.

Les douces perspectives qui attendent le marin semblent lui avoir fait recouvrer ses esprits et un sens de l'équilibre qui paraissait pourtant s'être dissipé sous les effluves d'alcool fermenté. Il ne se le fait pas répéter.

— Attends-moi ici ! Je reviens.

Marguerite n'a pas ouvert la bouche que l'homme s'en va déjà en quête d'un breuvage pour étancher la soif de la belle avant d'assouvir la sienne, tout aussi inextinguible.

En moins de temps qu'il n'en faut pour le dire, le marin fait à nouveau son apparition dans une précipitation naïve que seules les belles espérances confèrent. Il se tient devant elle et arbore un sourire triomphant en tenant fièrement une bouteille d'absinthe comme s'il s'agissait du plus beau des trophées. Amusée, Marguerite, main sur la taille, lui fait signe de crocher son bras avant de reprendre la route.

— Moi c'est Marguerite, lui dit-elle.

— Et moi Bernard.

— Te reste-t-il de l'argent Bernard ?

Bernard, loin de s'offusquer, répond avec envie :

— Suffisamment pour me permettre de te cueillir, belle Marguerite.

Elle s'oblige à sourire. Lui, c'est certain, éprouvera du plaisir, pense-t-elle. Quant à elle..., elle espère seulement que cela ne sera pas trop long. Avec un peu de chance, l'alcool le fera peut-être dormir ou décharger rapidement. À vrai dire, seules comptent les quelques pièces qu'elle lui prendra tout à l'heure. Celles qui lui permettront de payer ses loyers en retard et de continuer ainsi à ramener des clients dans ce réduit qui lui sert de logement.

Impatiente d'avoir terminé ce qu'elle n'a pourtant pas encore commencé, Marguerite se met à presser le pas, le client sous le bras et ses rêves d'une vie meilleure en berne, dissimulés sous une ombrelle rapiécée.

4

Marseille.
Le mardi 23 juin 1772, dans l'après-midi

Comme d'ordinaire, le quartier du Panier est animé. Les portes claquent, les verres s'entrechoquent. Les gens rient, jurent et parlent fort comme le font ceux du Sud... ou les personnes incrédules. Ces personnes qui ont besoin de se sentir vivantes. Celles qui ne réalisent toujours pas la chance d'être ici-bas. Les mêmes qui éprouvent le besoin de décupler leur joie, leur colère et l'éclat de leur voix pour remercier le ciel et célébrer ceux qui n'ont pas eu cette chance. Car sous ce magnifique ciel azur, l'étranger qui se promènerait ici aurait peine à déceler les stigmates de la terrible épidémie de peste qui a ravagé la ville entre 1720 et 1722. Car si la végétation a recouvert peu à peu les charniers creusés à l'ombre des remparts, les Marseillais, eux, ne savent que trop qu'ils sont là. Ils les évitent, prennent des détours, tête baissée, ou font rapidement un signe de croix. Pas loin de quarante mille corps ! Soit environ la moitié de la population marseillaise d'alors, repose çà et là entre les couches de chaux vive. Des morts qui hanteront pour des siècles encore les rues étroites et tortueuses de la vieille ville.

Le marquis de Sade et son fidèle Latour n'ont que faire de cette tragédie. Ils viennent de délaisser la voiture qui les a déposés devant l'auberge des Treize Cantons, à deux pas de l'hospice de la Charité. Ils s'apprêtent à entrer quand soudain, une vieille femme en guenilles, breloques aux oreilles et babioles aux poignets, s'approche du marquis et lui prend la main. D'abord surpris, puis amusé, Donatien ne dit rien et fait même signe à Latour de ne pas intervenir. Alors, sans ménagement, la dame à la chevelure en désordre et aux paupières teintées de noir tourne la paume du marquis vers le ciel. Semblant y voir avec difficulté, celle qui doit bien avoir quatre-vingts ans se penche en avant et vient effleurer de son nez aquilin la peau blanche et parfumée de l'aristocrate.

Le marquis ressent la chaleur de son souffle et ce doigt qui lévite en traçant un chemin imaginaire au-dessus de cette extension de lui-même qu'il ne contrôle plus désormais.

La vieille se met à marmonner dans une langue étrangère d'une voix paraissant venir d'outre-tombe. Un frisson s'empare de Donatien. Il tente de retirer sa main, mais la diseuse de bonne aventure la retient fermement.

— Des jours sombres t'attendent. Très sombres.

— Tu en auras aussi si tu ne me lâches pas sur-le-champ, vieille folle !

— La maladie, le feu. Je vois... la mort !

Le sang du marquis se glace. Il cherche Latour, mais il est déjà entré chercher la clef de leur chambre. Nerveusement, Sade se met à rire pour ne pas laisser transparaître son malaise.

— Tu ne m'apprends là rien de nouveau. Nous mourrons tous un jour, n'est-ce pas ?

Le marquis, d'un mouvement sec, parvient enfin à rompre le contact avec la bohémienne. Il s'apprête à prendre congé lorsque l'étrangère se met alors à le dévisager avec insistance. Son regard devient envoûtant, le transperce, s'immisce en lui tel un parasite. Sade est paralysé. Son corps ne lui répond plus. Il voudrait fuir, entrer dans cette bâtisse et se réfugier sous le lit de sa chambre, recroquevillé, les genoux contre ce cœur prêt à lui exploser la poitrine. Il voudrait, mais il ne peut pas. Comme si ses pieds s'enfonçaient dans le sol aussi profondément que le seraient les racines d'un vigoureux chêne. Une énorme bourrasque surviendrait, une tempête même se lèverait que Donatien ne bougerait pas. Il est terrifié.

La vieille femme lit en lui comme personne ne l'a jamais fait. Elle n'a cure des apparences poudrées qui cachent bien souvent une âme sale. Elle fait fi des bonnes manières qui masquent des agissements hautement condamnables. Aucun mur, aucune barrière ne peut lui résister. La vérité nue se dévoile et s'offre à elle. Donatien de Sade ne maîtrise plus rien. Lui qui aime à cacher cette noirceur qui le ronge depuis tant d'années, telle une maîtresse dont on a honte et qu'on préfère soustraire aux regards inquisiteurs des moralisateurs, mais aussi et surtout de l'épouse bafouée. Pour cela, Donatien est comme le commun des mortels. Il aime se plonger dans le vice à corps perdu à condition de ne pas se faire prendre.

Latour interpelle alors son maître :

— Vous venez ?

Surprise, la vagabonde détourne son regard de Donatien qui redevient aussitôt maître de lui-même. Libéré enfin de ce sortilège, le marquis rejoint à grandes enjambées son domestique sur le seuil de l'auberge dans ce qui ressemble davantage à une fuite salvatrice qu'à l'obéissance docile à une injonction de son valet.

Et, de cette voix surgissant des profondeurs de l'enfer, la vieille femme pointe l'index vers la proie qui vient de se dérober.

— N'oublie pas ! Sois prudent et tiens compte de mes paroles ou tu mourras !

Sade ne lui répond pas. Il s'échappe pour mieux se cacher.

Il claque la porte.

— Monsieur, que voulait-elle dire ?

— Je crains qu'elle-même ne le sache pas, répond Sade, essoufflé comme s'il venait de traverser la ville, le diable aux trousses. Allons plutôt nous installer ! La route fut longue et j'ai grand besoin de me reposer.

5

Château de La Coste

— Asseyez-vous. J'ai à vous parler d'une chose de la plus haute importance.

Renée-Pélagie, debout et prenant appui sur un siège, a le visage grave et d'une pâleur extrême.

Anne-Prospère n'aime pas le ton solennel employé par sa sœur. Celle-ci, bien que de dix ans son aînée, a beaucoup de mal à dissimuler ses sentiments et, à en croire la mine de Renée-Pélagie à cet instant, elle paraît tiraillée entre le doute et la gêne.

Lorsque, tout à l'heure, le domestique est venu lui demander de rejoindre *Madame* en la salle de compagnie, la cadette ne s'attendait assurément pas à un entretien qui, à n'en pas douter, s'annonce des plus sérieux.

Madame de Sade prend place, face à sa sœur, dans un des deux fauteuils de bois blanc placés à proximité de la cheminée. Leur étoffe rouge parsemée de fleurs d'or qui en garnit l'assise et le dossier a fait l'admiration de nombreux visiteurs. Aujourd'hui, hélas, ils paraissent plus propices à recevoir le séant d'une accusée que de vaines flatteries.

Devant le silence assourdissant de son aînée, Anne-Prospère ne tient plus.

— Quel est donc le sujet de cette discussion qui ne pouvait attendre que je termine ma lecture ?

Renée-Pélagie, enfoncée dans son siège, n'ose regarder la jeune femme qui s'installe devant elle et, tout en balayant de sa main le tissu de sa robe comme si elle voulait en ôter des miettes imaginaires, s'adresse à la chanoinesse :

— Vous le savez sûrement, mais Donatien a dû nous quitter pour se rendre à Marseille. Nos affaires nécessitent sa présence là-bas afin de régler certaines... petites choses.

— Oh ! Point de secrets entre nous, ma sœur. Nous savons toutes deux que votre époux s'en va quérir là où il peut des fonds qui lui font tant défaut.

— Nous avons un cruel besoin d'argent. Il faut faire fonctionner cette vaste maison de quarante-deux pièces, le théâtre et assurer à nos invités un certain... confort.

— Voulez-vous que je m'en aille ? Je suis venue ici à votre demande, s'indigne Anne-Prospère. Je crois aussi faire ma part dans ce château. J'établis des inventaires de votre linge, je veille sur vos enfants lorsque madame Langevin, leur gouvernante, est occupée ailleurs, je joue dans les comédies de votre époux. On peut me reprocher bien des choses, mais certainement pas d'être oisive.

— Les reproches, justement. Parlons-en !

Anne-Prospère se fige. Elle vient de recevoir un coup de poignard. Une blessure béante dans ses certitudes qu'un orgueil abîmé aura bien du mal à cicatriser.

Le silence se fait lourd et aucune des deux sœurs ne paraît disposée à le rompre. Les cris menacent et, si elles ne gardent le contrôle d'elles-mêmes, leur relation risque fort de ne plus jamais être la même après l'orage qui s'annonce.

La curiosité de la plus jeune finit pourtant par l'emporter. Une fois encore, elle interroge :

— Eh bien ? Je vous écoute ! Qu'ai-je donc fait qui mérite d'être convoquée ainsi devant vous telle une criminelle ?

— Je ne suis pas ici pour vous juger, mais votre comportement m'a récemment laissée, disons, dubitative. J'ai donc quelques questions à vous poser afin de ne pas m'enliser dans une certaine incertitude qui, vous en conviendrez, est des plus inconfortables.

— Vous m'enlevez les mots de la bouche. Je suis tout ouïe.

Les deux femmes se jaugent. L'une, dorénavant plus en proie à la colère qu'à l'incrédulité, et l'autre, gênée d'être à l'initiative d'une conversation qui promet d'être tumultueuse.

Soudain, Renée-Pélagie agrippe les accotoirs du fauteuil. Le courage lui fait défaut. Elle s'était pourtant répété cette conversation maintes et maintes fois avant de prendre la décision de faire chercher Anne-Prospère.

Pourtant les phrases demeurent prisonnières dans sa gorge. Une boule de honte prête à l'étouffer. Renée-Pélagie doit parler. Cela devient une nécessité.

— Donatien ne tarit pas d'éloges à votre sujet.

— Et je lui en sais gré.

Renée-Pélagie ne peut s'empêcher de lancer un regard réprobateur à sa sœur qui, dès lors, semble comprendre.

— Oh ! Je vois. La jalousie serait donc à l'origine de ce tête-à-tête. C'est bien de cela qu'il s'agit, n'est-ce pas ?

Anne-Prospère ne parvient pas à contenir un rire tonitruant. L'aînée s'agace et se met à rougir. Est-ce de colère ou de honte ? À ce moment précis, la chanoinesse ne saurait le dire, mais ce spectacle la ravit au plus haut point. Elle paraît même s'en délecter.

Piquée au vif, Renée-Pélagie s'insurge :

— Serais-je le sujet de vos moqueries ?

— Mais vous entendez-vous seulement ? Je préfère sourire de vos sous-entendus que d'y apporter un quelconque crédit. Cela nous évitera bien des fâcheries.

— Vous possédez décidément bien plus en commun avec lui que je ne le pensais. Lui aussi aime à se moquer de moi quand je soulève des choses trop graves pour sa conscience. Me tourner en ridicule est l'un de ses passe-temps favoris, mais j'y vois plutôt une fuite. Et apparemment, il vous a montré le chemin que suivent les lâches.

Un froid glacial parcourt le cœur de la jeune fille de vingt ans. Puis, presque aussitôt, le rouge lui monte aux joues.

— Vous n'avez pas le droit ! proteste-t-elle.

— Détrompez-vous ! Je l'ai plus que quiconque. Cet homme avec lequel vous minaudez est mon mari devant Dieu.

Le calme dont Renée-Pélagie a fait preuve dans sa riposte ajoute au malaise ressenti par Anne-Prospère. Elle est totalement désarçonnée, ne sachant plus comment se comporter face aux réactions de sa sœur. Celle-ci devrait être en rage, crier, casser de la vaisselle et faire une scène, mais il n'en est rien. Elle est d'un calme que seules confèrent d'anciennes blessures. De celles qui tannent le cuir et durcissent le cœur. Les infidélités de Donatien ne sont un mystère pour personne. Renée-Pélagie a même été contrainte d'en réparer certaines conséquences fâcheuses. Comme pour Arcueil où elle a dû acheter le silence de Rose Keller afin qu'elle retire sa plainte alors que Donatien lui avait fait subir les pires sévices. Hélas ! Cela n'avait pas empêché le scandale. Il y avait trop de témoins parmi la police et les magistrats. La presse s'était emparée de l'affaire avec les suites désastreuses que l'on connaît pour la réputation des Sade et des Montreuil.

Une femme ne peut affronter tout cela si elle est dépourvue de caractère.

— Cela vous étonnera peut-être, mais savez-vous que je perçois le malaise qui existe entre vous deux lorsque nous nous trouvons tous les trois dans la même pièce ? Tout comme je remarque quand, lors d'un repas, l'un de vous s'en va sans trop se faire remarquer des invités et que l'autre, un instant plus tard, se lève à son tour et part à l'opposé pour ne pas éveiller les soupçons. Hélas, je connais très bien cette maison et je sais que, sans qu'il n'y paraisse, on peut rejoindre un lieu de ce château en donnant l'illusion de ne pas s'y rendre. Si j'ai appris à faire bonne figure devant les convives, cela ne fait pas pour autant de moi une idiote. Je suis loin d'être la naïve dont vous devez vous gausser derrière les portes entrouvertes ou les bosquets mal taillés.

Renée-Pélagie marque une pause.

Elle observe sa sœur aux joues cramoisies, aux lèvres crispées et aux yeux embués. Loin de s'en émouvoir, elle poursuit, plus déterminée que jamais :

— Quoi ? Vous ne répondez pas ? Je comprends. Il doit être difficile de réaliser que les dupes ne sont pas toujours celles que nous pensons. J'espère néanmoins que les plaisirs éprouvés dans cette cruauté auront été à la hauteur de vos espérances.

— Nous n'avons pas...

— Couché ? Je ne suis pas obligée de vous croire, mais si tel est le cas, vous le ferez et hélas pour moi, bien assez tôt. Cela se termine toujours comme cela.

À ce moment, les yeux de Renée-Pélagie ne regardent plus sa sœur. Ils ne regardent rien. Perdus qu'ils sont dans ces souvenirs où l'infidélité de son époux occupe une place omniprésente. Elle se demande quand cette trahison a commencé, mais à bien y réfléchir, il n'a pas dû y avoir de moment précis. Elle s'est fourvoyée seule, et dès les premiers jours, en plaçant sur un piédestal un homme qui n'y avait pas sa place. Donatien est un fieffé menteur, un beau parleur, et seuls les yeux aveuglés par l'amour peuvent le voir autrement. Anamorphose d'une terrible cruauté !

— Me permettez-vous de me retirer ? interroge Anne-Prospère, déjà debout, les poings serrés.

— N'avez-vous donc rien à dire ou à m'opposer ?

— Je crains hélas, madame la marquise, que rien n'y fasse. Mais si vous insistez, alors je vous confesse que oui, le feu parcourt mon ventre en sa présence et un frisson me gagne quand il me frôle. Oui, un trouble m'étreint quand son regard se pose sur moi et l'envie de lui baiser la bouche m'envahit dès qu'il m'adresse la parole. Mais non, je n'ai pas eu la chance de le sentir en moi. Mais, puisque vous me reprochez ce qui n'a pas encore été fait, je m'évertuerai à tout mettre en œuvre afin de vous donner raison. Sur ce, je vous souhaite une agréable fin de journée.

Sans attendre une éventuelle réponse de son aînée, Anne-Prospère s'en va le pas lourd, mais le cœur léger. L'avenir sera désormais sans dissimulation aucune. Si elle n'a pas eu la force aujourd'hui d'admettre ce qui ne manquera pas de créer un véritable cataclysme, elle est bien décidée à signifier à son beau-frère, et ce dès son retour, que le temps de la parade amoureuse est terminé. Les choses sérieuses pourront enfin commencer.

Renée-Pélagie souffrira, certes, mais pour l'heure Anne-Prospère, plus égoïste que jamais, ne pense qu'à son propre bonheur, dût-elle perdre une sœur. Cependant une femme lui fait peur et une seule, et elle craint sa réaction plus que nulle autre. Car lorsque madame de Montreuil sera mise au courant de cette relation incestueuse, sa colère sera alors sans égale.

6

Paris. Prison Saint-Lazare

Dans la pénombre d'un matin morne et d'une cellule humide, allongée au creux d'une paillasse grouillante de vermines, une silhouette sanglote en silence pour ne pas ajouter sa peine à celle éprouvée par ses codétenues. Ici, les prisonnières ont interdiction de s'épancher sur leur malheur. Chacune doit porter le sien, tant bien que mal, mais surtout seule. Oh ! Ce n'est pas de l'égoïsme, mais plutôt une question de survie dans un endroit où rôde sournoisement l'avide Faucheuse. Dans ces murs, les pensionnaires ne meurent que de deux façons : de maladie ou de chagrin. L'agonie ou le suicide. Alors, afin d'écarter toute tentation pour le péché mortel, il est demandé à chacune de garder pour soi le poids qu'elle porte sur le cœur et les blessures de son âme tourmentée.

Toutes respectent scrupuleusement cette règle tacite. Pourtant aujourd'hui l'une d'entre elles, d'ordinaire si forte, pense à l'existence paisible qu'elle aurait pu avoir en Normandie. Une vie confortable, rangée et calme.

Peut-être même entourée d'enfants qu'elle promènerait dans le parc du château d'Angerville-Bailleul. Un endroit magnifique où elle aurait pu déambuler à loisir grâce à son père, garde-faune du seigneur Charles-Pierre de Bailleul.

Le pays de Caux lui manquerait presque.

Dans un soupir, elle essuie ce visage brouillé de larmes et tente de se ressaisir. Il lui faut cesser de rêver et devenir à nouveau la personne réaliste qu'elle a toujours été. Les illusions ne sont que de doux mensonges. Car que serait sa vie ? Une succession de jours sans surprises aux côtés d'un mari infidèle qui l'avait déjà trompée, avec sa nièce de surcroît, et qui en plus était terne, ennuyeux, et sans relief. Un de ces êtres, trop nombreux, qui passent sur cette Terre comme des fantômes. Des spectateurs amorphes d'un temps précieux qui s'égrène sans cette volonté, parfois salvatrice, d'en être les acteurs, avides de sensations et d'intensité. Oui, si Julie avait écouté son père et s'était montrée *raisonnable*, elle aurait eu tout ça : de l'ennui, du chagrin, mais surtout des regrets par milliers. Au lieu de cela, elle avait préféré révéler à son mari que, durant les années où elle avait disparu, elle était restée à Paris alors que lui s'en était parti rejoindre la Normandie. Elle avait tout fait pour fuir ce mariage bancal et triste à pleurer. Hélas pour André Lanson, les révélations ne s'étaient pas arrêtées là. Elle lui avait asséné le coup de grâce en lui avouant que, pour gagner sa vie, elle était devenue une femme à tout le monde, une besogneuse ayant acquis au fil des jours le joli sobriquet de Julie Follecuisse. Cette confession, pensée et réfléchie depuis de longs mois, avait eu l'effet escompté. Son mari avait demandé le divorce et elle fut enfin libérée de cet homme qu'elle n'aimait pas et qui avait bafoué sans vergogne son honneur. Ainsi, madame Lanson redevint Julie Danière et Julie Danière, après avoir fait ses adieux à son père, laissa à nouveau la place à Julie Follecuisse. Dès lors, elle put se jeter corps et âme dans ce projet de vengeance jamais oublié.

Comment aurait-elle pu ?

Bientôt cinq années que le marquis de Sade l'avait violentée de la pire manière qui soit. Elle s'était débattue en lui opposant son refus. Hélas ! Il faisait partie de ceux qui ne connaissent pas le *non*, même s'il est hurlé. De ces hommes pour qui les femmes ne sont que des êtres à disposition. Peu importe le rang ou les convenances, certains représentants de la gent masculine sont ainsi et ne tolèrent aucune résistance. Pire ! Sous prétexte qu'ils vous rétribuent, ils pensent avoir le droit de vous faire subir l'innommable. Et ce jour-là, un être d'une incroyable perversité avait surpassé ses semblables et marqué l'horreur de son unicité.

Julie était déterminée à lui faire payer tout ce qu'elle avait enduré. Elle s'était lancée à sa poursuite et avait bien failli se retrouver face à lui en 1768. Ils s'étaient manqués seulement de quelques heures. Le temps nécessaire pour que ce monstre fasse une autre victime. Rose Keller, une veuve sans le sou, l'avait suivi, croyant naïvement faire quelques heures de ménage dans une maison de campagne à Arcueil. La malheureuse avait très vite compris que l'homme apparemment charitable avait d'autres intentions beaucoup moins louables, plus bestiales. Après des heures de sévices, la pauvre fille était parvenue à s'enfuir par une fenêtre et à alerter des villageoises. Elle fut mise à l'abri, soignée et entendue aussitôt par les magistrats. Malheureusement, son tortionnaire s'était déjà échappé à l'arrivée des forces de l'ordre. Néanmoins, l'identité de l'homme était connue. On intenta alors un procès. Sade croupirait un temps en prison et elle, Julie Follecuisse, l'aurait attendu patiemment à sa sortie. Seulement, au terme de plusieurs jours et après maintes tractations menées par des émissaires envoyés par la famille du marquis, Rose Keller accepta de retirer sa plainte en échange d'une substantielle compensation financière. Lorsque Julie rencontra Rose, elle avait cru que toutes deux pourraient devenir amies. L'une comme l'autre avaient eu à subir la cruauté et craint pour leur vie. Un monstre les unissait dans l'horreur. Qui mieux que Julie pouvait comprendre ce que ressentait Rose ? Qui mieux qu'une ancienne victime de Sade était à même de savoir ce qu'elle endurait ? Malgré tout cela, Julie n'entendit plus jamais parler de Rose Keller une fois que celle-ci toucha l'argent de la famille de son bourreau. Elle disparut sans crier gare, emportant avec elle ses secrets et les bribes d'une amitié naissante.

Quelqu'un vient !

L'écho de pas rapides se rapproche. Des clefs s'entrechoquent avant que l'une d'elles ne tourne dans la serrure dans un bruit assourdissant.

Un tour. Un deuxième.

Les ronflements et les rêves de liberté des prisonnières cessent aussitôt.

La lourde porte s'ouvre dans un grincement à vous glacer le sang. En un instant, une lumière jaune orangé inonde le cachot. Les huit détenues se cachent les yeux ou détournent leur visage afin de se protéger de la lueur aveuglante et inquisitrice de la torche.

Une voix grave retentit alors. Une voix familière qu'elle n'apprécie guère.

— Danière ! Debout !

Julie ne sait pas trop si elle doit suivre cet homme ou demeurer prostrée en espérant qu'il s'en aille.

Que lui veut ce gardien ? La libérer ? Elle n'a pas terminé de purger sa peine. L'exécuter ? Encore moins ! Depuis quand assassine-t-on pour quelques pièces dérobées dans la bourse d'un vieux libidineux ? Non. Il veut sûrement s'isoler avec elle et prendre de force ce qu'elle ne cesse de lui refuser. Bientôt deux ans qu'il la touche et tente de lui voler un baiser en lui palpant les seins. Il croit sûrement que, comme bon nombre de femmes enfermées ici sont des prostituées, il peut leur faire subir tout ce qui lui passe par la tête. Julie lui montrera tout à l'heure qu'il n'en est rien. Elle attendra qu'il se soit plaqué contre elle pour lui donner un coup de genou bien senti.

— Julie Danière ! T'es sourde ? Lève-toi et suis-moi !

Mollement, la Follecuisse obéit.

Alors, la compassion fait se lever les mains. Les autres femmes l'effleurent, lui murmurent des paroles qu'elle peine à comprendre. Elles tentent de lui insuffler le courage nécessaire pour affronter l'inconnu. Le doute sur le sort réservé à Julie plonge les détenues dans un profond malaise. Une peur égoïste devant ce que, tôt ou tard, elles auront à subir.

L'apparition fantomatique s'évapore et en même temps que la porte se referme, les ténèbres envahissent à nouveau la geôle immergeant les prisonnières aux visages hâves dans cette angoisse qu'accompagne bien souvent l'incertitude.

Les deux silhouettes marchent en empruntant de longs couloirs où se disputent obscurité oppressante et relents fétides.

— Où m'emmènes-tu ?

— Tu le sauras bien assez tôt !

Julie n'insiste pas. À quoi bon ? Cet homme n'est de toute façon pas décidé à lui révéler quoi que ce soit. À défaut de posséder pour le moment le corps de Julie, il entretient sa peur, prenant le plaisir où il peut.

Après un moment interminable, tous deux arrivent à l'avant-greffe de la prison. Le concierge, confortablement installé dans son fauteuil à haut dossier, regarde avec mépris la femme qui s'avance. Elle n'est d'ailleurs pas encore arrivée à son bureau qu'il jette devant elle un petit sac en tissu.

— Tiens ! Tu es libre.

Julie demeure paralysée, figée par la surprise et l'incrédulité.

Libre ? Comment cela est-il possible ? Elle ne devait pas être libérée avant l'hiver prochain.

La jeune femme se ressaisit. Le temps n'est pas propice aux interrogations. Elle tentera de comprendre les raisons de son élargissement plus tard. D'un geste rapide, elle s'empare du petit baluchon en équilibre sur le rebord de l'imposante table en chêne clair. Elle l'ouvre, puis, après un bref coup d'œil, elle se met à en fouiller frénétiquement le contenu.

— Mon argent ? Où est mon argent ?

Bras croisés, torse gonflé à en faire craquer sa chemise taillée dans un mauvais tissu marine, le concierge se veut lapidaire.

— Confisqué !

— Mais de quel droit ? Cet argent est à moi ! objecte-t-elle avec véhémence.

— Ou alors tu l'as volé celui-là aussi.

— Mais non ! Je...

— Tais-toi ! Cet argent n'est qu'une maigre contribution pour la nourriture et les soins dont tu as bénéficié ici.

— Les soins ? Mais vous plaisantez ?

Le concierge n'est pas là pour argumenter et encore moins pour perdre son temps. D'un mouvement de tête, il fait signe à ses porte-clefs, qui n'attendaient que ça, de faire sortir l'importune. Comme un seul homme, les gardiens se saisissent de Julie sans ménagement et l'accompagnent jusqu'à la sortie.

— Voleurs ! Vous êtes tous des voleurs ! Lâchez-moi !

Les gardiens ne l'écoutent pas. Non seulement, à cet instant précis, Julie leur paraît ridicule à se débattre ainsi avec vigueur alors que ses pieds ne touchent même plus le sol, mais surtout ces hommes n'ont que faire des injonctions d'une femme en marge de toute morale. Elle n'est rien à leurs yeux, si ce n'est une poupée désarticulée dont on va se débarrasser.

Arrivant à proximité de la porte de la prison, un de ses tortionnaires se met à hurler :

— Ouvre !

Presque instantanément, la lumière du jour vient alors inonder le boyau étroit où a progressé rapidement cette curieuse procession. Le cortège ne franchit pourtant pas le seuil. Julie est projetée sur les pavés de la rue du Faubourg-Saint-Denis comme un vulgaire paquet de linge sale. Elle n'a pas le temps de se relever et d'affronter ces rustres qu'elle entend déjà le verrou claquer derrière elle. Au moins ce manque de manières lui évite de proférer des insultes et d'attirer davantage l'attention des badauds. Ces mêmes promeneurs qui la regardent déjà avec un dédain non déguisé.

Julie tente de reprendre ses esprits et serre contre elle son baluchon comme s'il s'agissait de son bien le plus précieux. Après un moment, elle tente péniblement de se relever, lorsqu'une voiture arrive à bride abattue et fonce droit sur elle. La jeune femme a juste le temps de rouler sur elle-même et d'éviter ainsi de mourir sous les sabots des deux chevaux que rien ne semble pouvoir arrêter.

Soudain, Julie entend une voix masculine hurler de l'autre côté de la rue. Elle ne parvient pas à discerner ses propos, mais tout laisse à penser que l'individu injurie le cocher qui a manqué de la tuer. Elle ne sait qui il est.

Elle ne le regarde pas, tant elle est occupée à se remettre péniblement sur ses pieds. C'est alors qu'une main charitable lui est tendue. Aveuglée par le soleil, Julie ne parvient pas à distinguer le visage de son bon Samaritain.

— Vous n'avez rien ?

Cette voix ! Non ! Ce n'est pas possible.

— Mademoiselle Danière ?

C'est bien lui ! À n'en pas douter.

— Monsieur Lefort ? Est-ce bien vous ?

L'homme se met à éclater de rire et, Julie doit bien se l'avouer, jamais rire ne fut si doux à ses oreilles.

— Oui, c'est bien moi. Prenez appui !

La jeune femme se saisit timidement de la main du capitaine.

Elle frissonne. Sa peau est aussi douce qu'elle l'avait imaginé.

Julie n'avait croisé Pascal Lefort qu'une seule fois, mais il lui avait fait forte impression. C'était il y a quatre ans durant l'affaire Rose Keller. Julie avait été arrêtée pour une sombre histoire de meurtre dans laquelle elle n'avait pourtant rien à se reprocher. Après deux jours passés en cellule, Lefort l'avait finalement interrogée. Peu à peu, le militaire était parvenu à l'apprivoiser et elle s'était confiée comme rarement elle ne l'avait fait.

C'était quelques jours avant que son père ne la ramène en Normandie. Là-bas, elle avait reçu une lettre.

Elle la connaissait par cœur. Ce cœur qui lui confirme en ce moment même, à grands coups de battements endiablés, une vague impression déjà ressentie en 1768 :

Mademoiselle Danière,

J'ai appris que vous étiez repartie sur vos terres cauchoises, loin de l'agitation de la capitale. Mais je ne me souviens que trop l'importance que vous sembliez accorder à l'affaire d'Arcueil impliquant le marquis de Sade. Je ne sais si la nouvelle vous est parvenue, mais sachez que ledit marquis est dorénavant un homme libre. On dit qu'il s'est exilé dans ses terres du Sud.

À défaut de réellement le vouloir, je me devais toutefois de vous en informer.

Bien à vous.

Pascal Lefort

Julie doucement se relève. Elle profite de cet instant tant de fois rêvé.

Jamais elle n'a été aussi proche de lui. Elle respire son odeur, sent son souffle tiède sur sa joue.

Pascal Lefort la trouble au plus haut point. Elle n'a cessé de penser à lui durant toutes ces années. L'espace d'un interrogatoire, il avait bousculé ses certitudes et, avec sa lettre, il l'avait fait chavirer.

Elle avait lutté pour ne pas succomber à ce sentiment qui peut vous détruire autant qu'il peut vous épanouir. L'amour ne connaît pas la tiédeur. Il vous consume ou vous glace. La première fois, l'amour l'avait terrassée. La trahison de Lanson l'avait plongée dans la plus grande détresse. Dévastée, elle avait préféré fuir la Normandie afin de ne pas montrer à l'infidèle sa vulnérabilité et sa détresse. Elle était devenue une autre dans le seul but de se protéger et de préserver son cœur meurtri. La naïve s'était muée en une femme forte oubliant passé et bonne éducation. Elle avait fait sienne la gouaille de ces Parisiennes qui haranguent les hommes par des sobriquets douteux. Elle s'était mise à boire aussi, un peu... en tout cas la dose nécessaire pour faire taire la pauvre Julie Danière afin que Julie Follecuisse puisse continuer d'exister et la protéger ainsi de sentiments trop encombrants.

— Pas trop de mal ?

Julie tente de dissimuler son trouble.

Elle regarde sa robe tachée de boue.

— Je crois que j'en suis pour un bon nettoyage au bord de la Seine. Mais dites-moi ! Que faites-vous là ?

Pascal Lefort paraît gêné. Il tente de balbutier quelques mots, mais rien d'intelligible ne sort de cette bouche que Julie désespère de pouvoir embrasser.

Il rougit.

— Je vois ! Vous êtes le responsable de tout ceci. Je me trompe ?

Il baisse les yeux comme l'enfant qui s'attend à se faire réprimander par sa mère.

Julie sourit et donne une petite tape sur le torse du militaire.

— Enfin ! Ne pouviez-vous me faire sortir plus tôt ?

Le visage de son sauveur s'illumine. Elle ne lui en veut pas.

— Je n'ai appris votre présence ici qu'il y a trois jours seulement. J'interrogeais deux galantes suite à une rixe dans un troquet non loin des Invalides et nous en sommes venus à parler de vous.

Les yeux de Julie s'illuminent.

— Aude et Jeanne ? Vous leur avez parlé ?

— Oui, et elles m'ont chargé d'un message. Elles vous attendent dans leur chambre de la rue Saint-Dominique.

Julie peine à le croire. Après toutes ces années, ses deux amies ne l'avaient pas oubliée. Mieux ! Elles ne lui tenaient pas rigueur de cet interminable silence.

— J'irai les voir. Je leur dois beaucoup. À elles, mais également à vous. Sans votre intervention, je serais encore dans cette horrible prison.

Le regard de Julie devient fuyant.

— Pourquoi dites-vous cela avec une telle tristesse dans la voix ?

Julie baisse la tête pour ne pas montrer son malaise.

— Je sais ce que je vous dois, mais il me faut partir au plus vite.

— Encore ce Sade, n'est-ce pas ?

Julie se tait.

Évidemment Sade ! Son désir de vengeance ne l'a pas quittée. Elle s'est fait la promesse de le mettre hors d'état de nuire. Trop de femmes ont eu à subir ses assauts, à endurer ses perversités. On ne peut tout posséder, tout acheter sans un jour rendre des comptes et elle entend bien qu'il paie pour tout le mal qu'il a fait.

— Je vois, répond-il résigné. J'avoue que je m'y attendais, même si j'espérais secrètement pouvoir vous faire changer d'avis. Je vous conjure toutefois de ne rien commettre de répréhensible. Ma position à ce propos n'a pas changé. Maîtrisez votre colère ! Promettez-le-moi !

Si les promesses n'engagent que ceux qui y croient, Julie n'a cependant aucun goût pour le parjure. Elle préfère s'enfermer dans un silence assourdissant, teinté de rouge et ferreux comme le sang.

Sans crier gare, elle se met sur la pointe des pieds et vole un baiser à l'officier qui demeure interdit.

Pascal Lefort n'a pas le temps de réagir que Julie s'enfuit déjà. Elle déteste la solennité des adieux.

— Merci mon capitaine, lance-t-elle de l'autre côté de la rue en le saluant à la militaire.

— Prenez soin de vous, Julie, murmure-t-il en regardant s'en aller celle qui, un jour il l'espère, sera sienne envers et contre tous.

7

Marseille.
Le mercredi 24 juin 1772

Le soleil se lève peu à peu sur Marseille et illumine de ses rayons le port en réchauffant l'air de la belle promesse d'une journée radieuse. Le marquis est nu à la fenêtre grande ouverte de sa chambre d'hôtel. Cheveux épars, les bras en croix et les poings serrés, il bâille à s'en décrocher la mâchoire. Il savoure cet instant hors du temps où la ville peu à peu s'éveille, encore engourdie par une nuit peuplée de songes ou de cauchemars. Il adore ce moment où vous avez l'impression d'être le maître de ce monde qui doucement prend vie à vos pieds, tout comme ce sexe gonflé que Donatien exhibe fièrement à la face de cette ville rosissant sous les premiers feux de l'aurore.

De jeunes femmes quelque part sous ces toits, lascivement lovées dans la moiteur de leurs draps, ne se doutent pas encore de ce qu'elles vont vivre dans les prochaines heures. Le marquis a bel et bien l'intention d'assouvir le moindre de ses désirs, dût-il franchir la frontière du supportable si souvent tutoyée. Cette limite frôlée par la plupart de ses compagnes d'un soir, bon gré mal gré, parfois au risque de se perdre, mais bien souvent, hélas, en y laissant une part d'elles-mêmes. De cela, Donatien de Sade n'en a cure. Ces femmes ne sont que des instruments pour atteindre le plaisir et des réceptacles pour sa fureur qui ne connaîtra bientôt aucune mesure. Le volcan bien trop longtemps endormi va se mettre à gronder et engendrera une éruption dévastatrice déversant ses torrents de lave devant une populace à la fois incrédule et effrayée. Il crachera à la face du monde l'ardent message qu'il meurt de délivrer. Il est libre et il entend jouir de tous les droits que son sang lui confère.

C'est alors qu'une main chaude comme la braise s'empare du galbe de l'une de ses fesses. Les lèvres de Donatien laissent échapper un soupir, de ceux qui expriment le plaisir et invitent à l'audace. Pour qu'il ne subsiste aucun doute sur son consentement, le marquis enroule de son bras la hanche de celui qui se trouve derrière lui puis s'empare de son vit démesuré. Donatien ne peut se méprendre sur les intentions de Latour, qui n'aura décidément jamais aussi bien porté son nom que ce matin. L'insatiable marquis branle un instant le jeune homme, avant de se plaquer contre son ventre. L'invitation est on ne peut plus claire. Le fougueux domestique n'y tient plus et présente déjà son membre gonflé aux portes de l'intimité de son maître qui, comme il s'y attendait, n'oppose aucune résistance.

Un cri vient alors déchirer la quiétude d'un matin d'été et interrompre les premiers chants de volatiles insouciants. Loin d'alarmer Latour, ce râle ne fait qu'accroître son excitation. Alors, n'écoutant que ses plus vils instincts, il place une main devant cette bouche déformée par la douleur et le plaisir, et impose de grands coups de boutoir au marquis qui n'en attendait pas moins de son fidèle valet.

8

UN PEU PLUS TARD DANS LA MATINÉE

Une pièce drapée d'incroyables tissus d'un cramoisi brillant invite au voyage. Elle est décorée à la manière de ces harems orientaux que les marins aiment à décrire, et ce, même s'ils n'y ont jamais mis les pieds. Pas un pan de mur du grand salon n'en est dépourvu.

Adossées à ces tentures exubérantes, de confortables banquettes d'un bleu royal affichent honteusement leurs boiseries jaunâtres censées imiter l'or. La quête désespérée de l'ostensible frise hélas bien souvent le ridicule. Heureusement, les deux hommes qui font leur entrée n'ont que faire de cette mise en scène pathétique. Ils ne viennent pas pour le décorum, mais pour les éventuelles actrices de la pièce censée se jouer bientôt au sein de ce théâtre ridicule.

Elles sont là, rangées en rang d'oignons devant ce rideau rubicond qui tombera bientôt sur les personnages principaux. La distribution masculine est complète. Elle est composée de Sade et de son dévoué Latour. Par jeu, ils ont échangé leur rôle. Le domestique se fait appeler

« monsieur le marquis », et Donatien joue le valet de celui-ci et porte le nom de *Lafleur*. Voici pour l'élément comique de la pièce.

Pour le côté tragique, Sade hésite encore. Y aura-t-il une comédienne ou seront-elles plusieurs à se partager le haut de l'affiche ? Le marquis a un goût prononcé pour les jeunes femmes, les très jeunes. Celles dont l'innocence des traits invite à la perversion. Il sait qu'il ne trouvera pas de filles angéliques ici. Il n'a pas la naïveté de ces pucelles qu'il affectionne tant. Cependant il est certain que les instants passés ici seront des plus délectables. Il doit examiner les postulantes avant d'arrêter son choix.

Au moment où Donatien s'avance au début de la rangée des prétendantes, une dame fait une entrée remarquée côté cour de la scène alors que Sade et Latour se situent côté jardin.

— Monseigneur ! Bienvenue chez madame Vachier[2] !

Elle s'en va tout naturellement présenter sa main à Latour, habillé en marquis, qui s'empresse de lui faire le baisemain attendu.

— Et vous êtes madame Vachier, je présume, demande-t-il en tentant de contenir un sourire.

La grosse bonne femme émet un son ressemblant davantage au grognement d'un cochon qu'à un rire malicieux. Une torture pour les oreilles qui n'a d'égale que celle infligée aux yeux du marquis par la vision de cette poitrine démesurée sur le point de jaillir d'un décolleté trop étroit. Madame Vachier doit avoir cette robe de-

2 La maison de Mme Vachier se trouvait rue Saint-Ferréol-le-Vieux.

puis des années. Elle doit la préférer à toute autre pour se torturer ainsi à l'enfiler malgré un physique plus épais.

— À dire vrai, je ne sais si je suis à la recherche d'une brebis ou d'un petit cheptel.

— Nous avons, j'en suis sûre, tout ce dont vous avez besoin pour passer un agréable moment… champêtre. Suivez-moi !

Madame Vachier foudroie du regard les jeunes filles enrubannées qui, comme une seule, se redressent et prennent la pose, parées de leur plus beau sourire.

Aussi impatiente d'assouvir les désirs de ses hôtes que de toucher une belle petite somme, l'entremetteuse en oublie la politesse. Elle passe devant les deux visiteurs et se dirige vers la première pensionnaire, à gauche de la rangée.

— Regardez messires ! Voici Madeleine. N'est-elle pas jolie ? À croquer, non ?

Contre toute attente, les visages demeurent impassibles. Madame Vachier, mue par l'appât du gain, s'empresse de présenter une fille qui ne déçoit jamais. Celle dont l'unanimité tant chez les clients que chez ses consœurs attise chez les uns la convoitise tandis qu'elle ne suscite que jalousie et haine chez les autres. Les mêmes qui ne supportent pas que la maîtresse de maison leur passe devant le nez sans même les présenter à ces gens de Paris. Au moins peuvent-elles se consoler en se disant qu'elles ne sont pas payées à la considération qu'on leur porte.

— Et que pensez-vous de celle-ci ? maquignonne fièrement la dame Vachier.

Les deux hommes sont subjugués par la femme qui se tient devant eux. Elle possède un visage poupin, d'une blancheur immaculée, traversé de deux immenses yeux en amande. Ses lèvres gourmandes dessinent un sourire mutin et s'ouvrent sur de petites dents nacrées éclatantes comme seules le sont les perles les plus pures. Assurément, cette petite en ferait se damner plus d'un et Donatien de Sade n'est pas insensible à ses charmes.

— Elle se nomme Jeanne[3]. Regardez-moi cet air angélique !

Oh oui, il regarde ! D'ailleurs, il ne parvient à détacher son regard de cette beauté. Outre un visage délicieux, elle possède une gorge pleine de promesses et arbore de douces manières dénuées de toute vulgarité. Assurément, celui qui croiserait cette créature hors des murs de cette maison ne pourrait imaginer sa condition tant le vice est savamment dissimulé derrière une apparente pudeur virginale.

— Nous la prenons ! lance impatient Donatien.

L'empressement de Sade fait tomber les masques. Madame Vachier réalise que celui qui se fait passer pour le valet de l'autre en est finalement le maître. Elle n'est pas étonnée et préfère continuer à faire comme si. Après tout, de tels procédés sont courants chez ceux qui désirent garder une certaine discrétion sur leurs agissements et certaines fréquentations peu avouables. Tout le monde sait que la réputation de ces maisons se fonde

3 Jeanne Nicou, 19 ans, originaire de Lyon.

sur ce qu'elles peuvent offrir à leurs clients et leur capacité à se taire est une chose sur laquelle les hommes qui viennent ici sont intransigeants.

— Ne désirez-vous pas que Marie-Ange vous accompagne ? Regardez-la ! Elle est belle et peu farouche. Elles sont de grandes amies et se connaissent… sur le bout des doigts.

Sade ne pose pas même un regard sur la brunette que désigne la dame Vachier. Il ne cesse de contempler la belle Jeanne. D'une voix distraite, il murmure un *oui* qui n'appelle nulle autre réponse qu'un bruissement de tissus provoqué par la mère maquerelle qui pousse déjà Marie-Ange dans les bras du faux marquis.

Latour suit son maître jusqu'au pied de l'imposant escalier.

Voici madame Vachier heureuse et soulagée. Non seulement elle doublera le bénéfice, mais surtout la belle Jeanne ne sera pas seule avec ces deux hommes qu'elle ne connaît pas. Les incidents sont certes rares, mais pas impossibles, et l'air de ceux-là inspire une défiance qui paraît toute légitime.

9

Marseille. Le jeudi 25 juin 1772

Marguerite se réveille soulagée. L'étau qui enserrait sa poitrine s'est relâché. Elle respire plus facilement. L'avenir s'est éclairci et paraît moins incertain. Le marin ramassé l'autre jour sur La Canebière fut le premier d'une liste assez longue. Bernard n'avait pu s'empêcher de partager ses exploits avec ses camarades tout comme il n'avait pas manqué de vanter les mérites de la jeune femme peu farouche. Mieux ! Elle avait su satisfaire, voire anticiper, le moindre de ses désirs. Les marins depuis s'étaient succédé dans sa modeste chambre et avaient contribué tour à tour, parfois même en même temps, à rembourser les loyers en retard et à la libérer provisoirement de cette peur du lendemain qui ne lui est que trop familière.

Comme elle loue cet esprit de corps et les opportunités que tous ces navires offrent à celles qui, comme elle, ne rechignent pas à la tâche !

Marguerite est une courageuse et crache sur celles et ceux qui la regardent en biais ou la désignent dans la rue d'un coup de menton méprisant. Ces gens-là ne savent pas ce qu'elle endure pour avoir le droit d'exister. Ils ne connaissent pas le dégoût, ne soupçonnent pas les stratagèmes utilisés parfois pour sauver sa vie. L'alcool rend souvent les hommes méchants. Il lui arrive d'avoir à subir les pires humiliations et à endurer des coups assénés avec plus ou moins de violence. De celle dont elle ne se serait jamais sentie capable de tolérer. Elle n'excuse en rien cette brutalité et elle ne s'y est d'ailleurs guère habituée. Elle l'admet simplement comme faisant partie intégrante de sa profession. Après tout, les douleurs physiques s'estompent tôt ou tard. Quant aux autres, celles qui ne se voient pas, ces blessures intérieures qui vous détruisent plus souvent qu'elles ne vous construisent, elle les camoufle derrière une bouche écarlate comme une plaie d'où sortent des rires qui pourraient sonner comme des cris pour qui tendrait une oreille compatissante. Mais voilà ! De la compassion, Marguerite n'en attend pas. Personne ne lui en a jamais témoigné. Elle a appris à vivre sans. Et puis, comment quelque chose que vous ne connaissez pas pourrait vous manquer ? La tendresse, elle, lui manque cruellement. Tout comme la douceur et une certaine insouciance. Un jour, elle se sortira de cette misère et de cette frustration qui peu à peu la consume. Elle se donne quelques mois encore pour abandonner cette vie qui n'en est pas vraiment une. Une ou deux centaines de jours pour tenter de devenir l'une de celles qu'elle envie. Une de ces femmes insouciantes qui promènent leur enfant, de celles qui vont aux provisions comme on entrerait en communion, le cœur empli d'amour, l'âme apaisée et l'espoir en étendard. Qu'il doit être doux de veiller sur une famille !

Marguerite se frotte les paupières et étire en étoile ses quatre membres. Il faut cesser de rêvasser et tout faire pour concrétiser ce qui n'est encore qu'une idée confuse. D'un bond, elle se lève et se dirige vers une petite table où l'attendent une bassine et une cruche en faïence blanche rehaussée d'un liseré bleu. Reliques d'une aïeule inconnue, mais qu'elle s'est empressée de dérober le jour où elle a fui le domicile de ses parents à Montpellier.

Elle plisse les yeux et se met à secouer la tête comme si elle désirait chasser de son esprit des souvenirs trop douloureux. Ressaisie, elle s'empare du broc et verse une partie de son contenu dans la cuvette, puis elle saisit un linge. Elle s'apprête à le tremper dans l'eau quand on frappe à sa porte.

Il est encore tôt et elle n'est pas du genre à recevoir les clients à l'improviste. Elle les ramasse dans la rue, et ensuite les fait monter. Jamais l'un d'eux n'est venu de son propre chef. C'est une règle tacite sur laquelle elle ne dérogera jamais. D'ailleurs, accepteraient-ils, eux, que l'on tambourine à la porte alors qu'ils s'affairent entre les cuisses de leur hôtesse ?

Pressée, Marguerite enfile une chemise et se rend à la porte.

— Qui c'est ? demande-t-elle inquiète.

— C'est Mariette. Ouvre !

Que peut bien lui vouloir Marie Borelly à une heure si matinale ?

Marguerite entrebâille l'huis et découvre celle que tout le monde appelle désormais Mariette. Ici, beaucoup des filles ont oublié leur ancienne vie ainsi que leur véritable nom.

— Qu'est-ce que tu veux ?

— J'te l'dirai à la seule condition que tu m'offres un café, ma petite Margot.

Marguerite soupire, mais laisse entrer l'importune. Sans faire cas de la visiteuse et, chemise ouverte, elle s'en retourne vers la chambre continuer ce qu'elle avait commencé en levant le bras droit en direction de la cuisine.

— Tu sais comment faire. Sois gentille et sers-m'en un aussi !

— À vos ordres, Votre Altesse ! ironise Mariette dans une révérence ridicule.

Tandis que l'une fait sa toilette, l'autre prépare le café tout en continuant à interpeller bruyamment celle qui n'est pas encore tout à fait réveillée. Et tant pis si les voisins dorment encore !

— Tu ne devineras jamais ce que m'a raconté Jeanne.

— Nicou ?

— Évidemment, Jeanne Nicou. Tu en connais d'autres ?

Marguerite ne répond pas. Aussi, Mariette poursuit-elle son récit.

— Elle a reçu la visite d'un homme bien né et de son valet. Apparemment, ces deux-là sont insatiables et ont des goûts assez particuliers. Rien ne les arrête. Jeanne m'a dit que l'aristocrate était très généreux. Il est plutôt beau garçon en plus, ce qui ne gâche rien. Ça change de tous ces vieux vicieux aux corps fatigués et flasques. Tu sais, ces gâteux persuadés de nous donner du plaisir alors que leur vit regarde bien plus souvent en direction de leurs souliers que de leur chapeau !

Les rires des deux amies retentissent alors dans l'appartement de la rue Saint-Ferréol-le-Vieux.

— Elle m'a dit aussi que le bonhomme était en ville pour quelques jours encore et, vu l'appétit qu'il a, ce serait bien que toi et moi en profitions, non ?

— Je ne vais pas dire non ! J'ai des projets et pour ça il me faut de l'argent. Les rêves coûtent cher.

Mariette rejoint Marguerite dans la chambre, une tasse de café fumant dans chaque main. Elle en dépose une sur le chevet, près de la fenêtre, puis prend place sur le lit aux draps froissés et encore tièdes.

— Encore ces désirs de normalité ?

Marguerite ne répond pas. Elle sait pertinemment comment cette conversation finirait si elle le faisait. Elle ne souhaite pas se disputer. Tout comme elle ne veut pas s'entendre dire qu'elle se fait du mal à espérer autre chose que ce qu'elle a. Elle veut rêver.

Oh ! Elle sait qu'elle ne deviendra jamais une de ces courtisanes qui côtoient le pouvoir. N'est pas la Dubarry qui veut ! Puis Marseille est bien trop loin de Versailles pour espérer briller. Marguerite a aussi abandonné ses aspirations à l'amour ou au bonheur parfait. Elle veut simplement trouver un homme courageux avec qui elle aurait suffisamment d'affinités pour tenter de construire une relation respectable. Toutefois, cela ne pourra se faire sans quitter Marseille où les réputations sont plus tenaces qu'ailleurs. Telles des tiques sur un chien, il est quasiment impossible de s'en débarrasser.

Elle devra partir d'ici. Remonter vers le nord. À mille lieues de ces hommes qui ont partagé sa couche et souillé dans un râle les douces espérances d'une petite rêveuse.

— Ouh ouh ! Margot, t'es là ? se moque Mariette.

— Rends-toi utile et passe-moi ma chemise, tu veux !

La jeune femme de vingt-trois ans n'insiste pas et s'exécute tout en contemplant la beauté de celle qu'elle a déjà caressée maintes fois et ce dans le seul but de donner corps aux fantasmes de généreux clients. Ces moments ne sont pas ses préférés, et de loin, mais ils sont extrêmement bien rétribués et les deux femmes sont devenues expertes dans l'art de simuler ces attouchements saphiques qui excitent tant les hommes.

— Promettons que si l'une de nous deux croise ce marquis, nous en ferons aussitôt profiter l'autre.

— Si tu veux Mariette. Je te le promets. Et puis, à te croire, nous ne serons pas trop de deux pour satisfaire l'incroyable appétit de cet homme du monde. Buvons à cette vénale résolution !

Et les tasses de s'entrechoquer afin de sceller une promesse somme toute innocente, mais qui ne tardera pourtant pas à s'avérer des plus dangereuses.

10

Château de La Coste

Madame de Sade est assise dans ce fauteuil de la salle de compagnie depuis des heures. Elle s'est installée devant la cheminée de marbre où reposent trois bûches que l'on embrasera dès que paraîtront les premiers froids. Au-dessus du plateau se trouvent huit délicates figures de porcelaine qu'entourent deux flambeaux en laiton. Mais Renée-Pélagie n'a cure du décor. Elle regarde droit devant elle, sans voir quoi que ce soit tant elle est inquiète par ce qu'il se passe sous son toit. Ses yeux, noyés d'une mélancolie persistante, se perdent sur ce pare-feu qui d'ordinaire la fait sourire. Non, elle ne remarque pas ses enfants, dont l'un d'entre eux est monté sur le dos d'une chèvre, jouant dans les vignes. La marquise est sombre. Son âme est tourmentée et son cœur saigne abondamment[4].

4 Pour les descriptions du château de La Coste, nous nous sommes basés sur différents inventaires et sur l'ouvrage de Henri Fauville, La Coste, Sade en Provence, chez Edisud, 1984.

Ce mariage est davantage un chemin de croix qu'une parade amoureuse. Un chemin dont chaque station livre son lot de chagrins et de souffrances toujours plus atroces que la précédente. Renée-Pélagie ne se reconnaît plus. Elle en est venue à tolérer l'intolérable, à faire bonne figure devant ceux qui la pointent du doigt, affichant parfois même un sourire sur ce visage qui, la veille, était ravagé par les larmes. Pourtant, si cela était arrivé à l'une de ses amies, elle l'aurait giflée pour la réveiller, pour lui faire prendre conscience que tout cela n'était pas acceptable.

De quelle ignominie son époux se rendra-t-il bientôt coupable ? Quel calvaire devra-t-elle encore endurer ? Hélas, Renée-Pélagie est résignée. À trop entendre durant vos jeunes années que vous n'inspirerez aucune tendresse chez les membres du sexe opposé, vous vous réjouissez plus que de raison au moment où l'un de ses représentants vous porte intérêt. Et, sans même vous en rendre compte, vous voici prête à tout accepter afin de garder cet homme qui vous fait grâce de vous apprécier un peu, à défaut de réellement vous aimer.

Si Renée-Pélagie est loin d'être une épouse comblée, au moins a-t-elle le réconfort d'être une mère heureuse s'investissant corps et âme dans l'éducation de ses trois enfants. Deux garçons et une petite fille qui égaient par leurs rires une existence mélancolique et morose. Ils sont sa fierté, sa plus belle réussite, mais également une échappatoire devenue vitale. Elle passe ses journées à les choyer et à les encourager. La moindre de leurs actions provoque chez elle un émerveillement démesuré qui, lorsqu'elle ne s'en agace pas, amuse beaucoup madame Louviers, leur nourrice. Si Louis-Marie, l'aîné, parvient à attendrir son père par son intelligence et son caractère volontaire, Claude-Armand et Madeleine-Laure n'attirent que rarement l'attention du marquis. Leur mère espère que cela changera au fil du temps. Après tout, l'un n'a que trois ans et l'autre ne marche pas encore. En grandissant, ils se montreront dignes d'intérêt et gagneront les bonnes grâces de Donatien. Renée-Pélagie s'efforce de s'en convaincre sans toutefois y croire réellement. Peu importe ce qui arrivera, elle chérira ses enfants pour deux et eux l'aimeront en retour. Les liens familiaux ne sont-ils pas censés être les plus forts ?

La famille…

Elle pense soudain à sa sœur. Cette jeune femme avec qui elle partage non seulement son sang, cette demeure, mais aussi, dorénavant, son mari. Une trahison double décuplant la douleur et la honte. Tout lui indiquait que quelque chose d'étrange se passait à La Coste. De bien curieuses coïncidences, trop nombreuses hélas pour continuer à les considérer comme telles. Renée-Pélagie avait pourtant préféré ne pas y croire et avait balayé d'un revers de main toutes les pensées malheureuses qui envahissaient son esprit. Donatien ne pouvait pousser la perversion à ce degré de cruauté ! Puis sa sœur ! Il était impossible qu'elle fasse fi des liens indéfectibles qui les unissaient.

Comment aurait-elle pu concevoir toute l'horreur de cette situation ? Renée-Pélagie réalise que l'amour rend naïf et aveugle la personne qui ne veut pas voir l'évidence.

La situation est dorénavant on ne peut plus claire. Hormis ses enfants, tout le monde lui ment dans cette maison. Elle sait désormais où se trouvent ses priorités. Toutefois, elle sera toujours présente pour ce mari qui la délaisse et la plonge dans le plus grand des malheurs. Qui sait, peut-être lui reviendra-t-il un jour dans de meilleures dispositions ? Il finira bien par s'apercevoir que la mère de ses enfants est toujours à ses côtés et qu'en cela, elle lui donne la plus belle preuve de son attachement. Nulle autre ne pourrait l'aimer comme elle. Renée-Pélagie lui est totalement dévouée et elle espère simplement que ce premier voyage hors de ces murs, à Marseille, ne se transforme pas en équipée sauvage où les plus vils instincts de son époux lui feront perdre la raison.

L'épouse bafouée, mais folle d'espoirs, ne se doute pas un instant qu'à l'étage, sa cadette, haletante, parcourt le brouillon d'une lettre écrite à son mari, il y a plus de deux ans. Un pacte, plus qu'une lettre, qu'Anne-Prospère avait signé de son sang pour en souligner le caractère sacré.

Je jure à M. le Marquis de Sade, mon amant, de n'être jamais qu'à lui, de ne jamais me marier, ni me donner à d'autres, de lui être fidèlement attachée, tant que le sang dont je me sers pour sceller ce serment coulera dans mes veines. Je lui fais le sacrifice de ma vie, de mon amour et de mes sentiments, avec la même ardeur que je lui ai fait celui de ma virginité, et je finis ce serment par lui jurer que si d'ici un an, je ne suis pas chanoinesse et par cet état, que je n'embrasse que pour être libre de vivre avec lui et de lui consacrer tout, je lui jure, dis-je, que si ce n'est pas, de le suivre à Venise où il veut me mener, d'y vivre éternellement avec lui comme sa femme. Je lui permets en outre de faire tout l'usage qu'il voudra contre moi dudit serment, si j'ose enfreindre la moindre clause par ma volonté ou mon inconscience.

De Launay 15 décembre 1769[5].

Dans un soupir, Anne-Prospère presse la feuille de papier contre sa poitrine et rêve à ce moment où elle s'en ira vivre sur la lagune, à l'ombre du Palais des Doges, se lovant dans les bras de celui qu'elle ne souhaite désormais plus partager.

5 Cette lettre se trouve dans « *Je jure au marquis de Sade, mon amant, de n'être jamais qu'à lui...* », présenté et édité par Maurice Lever, Librairie Arthème Fayard, 2005.

11

Sur la route menant à Marseille

Une voiture tirée par quatre chevaux fend la campagne en laissant derrière elle un épais nuage de poussière. Ses six passagers observent sans admiration aucune le paysage qui, sous leurs yeux, défile à vive allure.

Il y a là un couple de trentenaires originaire du Sud qui, après deux semaines à Paris pour régler la succession du père du jeune marié, s'en retourne à Marseille, plus amoureux que jamais. Un autre ménage à la peau parcheminée est assis face à eux. Julie, installée près de la jeune Marseillaise, observe le vieux couple depuis tout à l'heure. Ils donnent l'impression de n'avoir plus rien à se dire après toutes ces années. À moins qu'ils ne se soient disputés avant d'entreprendre ce périple. Toujours est-il que leurs regards ne se croisent jamais. Pire ! Ils semblent tout faire pour maintenir une certaine distance entre eux, luttant pour ce faire contre la promiscuité qu'impose pourtant ce genre de transport. Ainsi, le vieux monsieur se plaque à la banquette côté route, tandis que son épouse, le visage grave et les yeux froncés, envahit un peu trop l'espace de son voisin, un homme élégant et poudré qui, agacé, serre contre lui un sac de voyage. En partant, celui-ci avait insisté pour le garder près de lui. Il était hors de question de le mettre à l'extérieur avec les autres bagages ! Il s'était montré très ferme à ce sujet et avait même glissé quelques pièces dans la poche du postillon qui, évidemment, s'était laissé convaincre.

Julie Follecuisse aura tout loisir de faire plus ample connaissance avec ces passagers qui la font déjà sourire. Une semaine environ pour rejoindre la Méditerranée ! Le voyage de Paris à Marseille est long, mais aussi très inconfortable, et ce, en dépit de la volonté du roi Louis XV de moderniser, voire de multiplier les routes du royaume. Certes, les trajets sont devenus un peu plus rapides, cependant ils demeurent tout aussi dangereux. Les bandes de brigands sont légion et leurs nombreuses attaques sont parfois fatales. Les exécutions de Cartouche ou de Mandrin n'ont guère été dissuasives. Beaucoup préfèrent défier la mort plutôt que de renoncer sans courage à tout cet argent si facile à dérober.

Julie Follecuisse préfère ne pas y penser. Pour l'instant, sa vie n'a que peu d'importance. Seule compte cette vengeance mûrement réfléchie contre le marquis de Sade et toutes ces potentielles victimes qu'elle pourra sauver en mettant un terme à ses agissements infâmes.

Le regard perdu dans ces champs de blé qui sous le vent ondulent, Julie se met à penser à Aude et Jeanne. Comme elles furent chaleureuses lors de sa visite d'hier ! Aucun cri. Aucun reproche. Preuve que les longs silences et les absences inexpliquées n'ont guère d'importance quand une amitié est solide. Elle entend encore Jeanne l'affubler à chaque phrase du sobriquet de *moineau* qu'elle affectionne tant. Elle voit aussi les yeux embués d'Aude lorsque celle-ci lui avait ouvert la porte de l'appartement rue Saint-Dominique. Ses deux amies l'avaient prise tour à tour dans leurs bras, la couvrant de baisers et l'enveloppant de leur tendresse. Ces retrouvailles avaient été émouvantes, mais également très dérangeantes. Julie s'était sentie obligée de raconter tout ce qu'elle avait subi depuis son départ précipité de Paris pour suivre son père en Normandie. Il y avait eu des larmes, mais aussi des rires. Comme ce moment où la curiosité de Jeanne avait été plus forte que ses fragiles résolutions de discrétion. « Alors, moineau ! C'est qui ce beau gendarme ? » Aude lui avait alors lancé un regard extrêmement dur, ne laissant aucune ambiguïté sur la colère qui l'animait. Julie était parvenue à désamorcer la chose en plaisantant sur la confusion des sentiments qui la tiraillait entre amour et méfiance. Elle avait tout de même avoué, sans trop se faire prier, que Lefort était loin de la laisser indifférente. La journée et la nuit n'avaient pas été assez longues pour exprimer tout ce qu'elles mouraient de se dire depuis ces si nombreuses années. Tout comme les mots avaient manqué à Julie pour remercier Aude lorsqu'elle lui avait remis une petite bourse de la part de Pascal Lefort. Il savait que la fierté de celle qui se fait appeler Follecuisse l'empêcherait d'accepter si c'était lui qui la lui donnait à sa sortie de prison. Il lisait en elle comme personne n'en avait encore été capable.

— Lâchez-moi !

Julie est soudainement arrachée à la douce étreinte de ses souvenirs. Cet ordre intimé par la vieille dame placée au milieu de la banquette face à elle résonne dans la voiture. Tous les passagers regardent, médusés, le spectacle improbable se déroulant sous leurs yeux. La vieille femme houspille son mari et le frappe à la tête avec son éventail.

Quelle incroyable vivacité chez une dame de plus de soixante-dix ans ! pense Julie. Là où on pourrait s'attendre à trouver une silhouette recroquevillée sur elle-même, les épaules basses et le dos voûté par le poids des années, Julie découvre une harpie prête à en découdre avec un époux penaud, interrompu dans son élan de se faire pardonner une faute quelconque. Le pauvre bonhomme est prostré dans le coin de la voiture, les bras devant le visage, suppliant à coups de « Arrêtez, Louise ! Je vous en prie ! » pour que cesse cette charge incompréhensible à son encontre. Peine perdue ! La furie n'entend pas. Courroucée comme jamais, les coups se mettent à pleuvoir, rapides, nombreux et d'une force insoupçonnée au vu de l'âge de celle qui les assène. Afin d'éviter l'éventail, l'homme au sac, assis près de la mégère, se recule le plus possible près de la portière en poussant de petits cris aigus, serrant de toutes ses forces ce sac de cuir noir comme si sa survie en dépendait. Apeuré, il quitte le siège et se retrouve aux pieds de Julie, lèvres tremblantes et paupières closes. La Follecuisse ne peut contenir un éclat de rire à la vue de cette scène burlesque digne de la Commedia dell'arte. Immédiatement, le silence revient dans la voiture. Ne résonnent plus alors que les sons perçants que ne manque pas d'émettre une Julie Follecuisse riant à gorge déployée.

Les corps se figent.

L'éventail demeure suspendu. Les yeux ronds de la vieille enragée toisent l'impudente qui, à n'en pas douter, doit être folle. Le souffre-douleur, lui, baisse sa garde, se redresse, à la fois incrédule et reconnaissant tandis que les amoureux transis, tout à leur bonheur, mais un tantinet effrayés, se lovent un peu plus l'un contre l'autre. Au sol, même l'homme au sac, l'emperruqué, s'est tu. Plus de cris stridents, de soubresauts ou de mouvements de bouche. Tous dévisagent cette femme qui ose se moquer d'une situation que d'aucuns trouveraient dramatique. Une femme qui, de plus en plus hilare en découvrant les mines déconfites de ses compagnons de voyage, se tient le ventre, ne contrôlant plus rien, pas même ses yeux qui commencent à inonder de larmes son visage écarlate.

Au bout de plusieurs minutes, Julie parvient enfin à se calmer. Après avoir essuyé ses yeux à l'aide d'un mouchoir, elle découvre les regards lourds de reproches de ses voisins. Loin d'en être gênée, la demoiselle se redresse, range son mouchoir et s'adresse à la vieille dame qui la fixe, sourcils froncés :

— Merci madame pour ce moment. Voilà bien longtemps que je n'avais autant ri !

La dame s'offusque, baisse l'éventail et, piquée au vif, interpelle cette insolente qui mériterait qu'on lui apprenne les bonnes manières à coups de triques :

— Pourrait-on savoir, je vous prie, ce que vous avez trouvé de si drôle ?

Loin d'être impressionnée, Julie s'empresse de répondre :

— Oh ! Vous auriez ri vous aussi, madame, si vous aviez eu la possibilité de vous voir frapper votre pauvre mari. L'énergie que vous y mettiez attisait presque la jalousie, mais également une certaine pitié pour cet homme impuissant qui vous suppliait d'y mettre un terme.

Henriette Morel place sa main devant la bouche afin d'étouffer un rire.

— Cessez de glousser, mademoiselle ! ordonne l'épouse blessée.

— Je m'excuse, madame, mais avouez que cela n'est pas bien grave.

— Vous dites cela, car vous êtes jeune et éprise. Vous verrez plus tard, quand s'émousseront les sentiments et se succéderont les trahisons. Vous repenserez à ce moment et réaliserez que vous avez été bien sotte de vous moquer ainsi d'une de vos aînées.

La demoiselle baisse la tête, se met à rougir et aussitôt, l'époux transi de venir au secours de sa belle.

— Et quand bien même ! La sagesse acquise durant toutes ces années devrait vous interdire d'agir de la sorte en société. À moins que vous ne veuillez ajouter l'humiliation à la rudesse de vos coups ?

L'ambiance devient tendue. Julie se doit d'intervenir tant elle se sent responsable de la joute verbale qui commence.

— Ce n'est pas grave, insiste-t-elle. Je m'excuse. Je n'aurais pas dû me moquer. J'en suis navrée. Restons-en là, voulez-vous ? Nous sommes dans cette voiture pour plusieurs jours. Il serait fâcheux de rendre ce voyage plus pénible qu'il ne l'est déjà.

— Voilà bien les premiers propos sensés que vous tenez depuis notre départ ! rétorque la vieille dame.

— Louise ! murmure l'homme battu jusque-là silencieux.

Julie se mord les lèvres afin de ne pas répondre à cette ultime provocation d'une femme désespérée qui ne désire pas perdre la face. Elle la défie pourtant du regard.

Les deux femmes se jaugent.

— Je me présente. Henri Gohier, marchand de tissus. Mon épouse Louise m'accompagne à Marseille où nous nous rendons pour le négoce d'étoffes arrivant des Indes.

Julie ne pipe mot, tentant de maîtriser au mieux cette fougue qui la caractérise et l'incite en ce moment même à terrasser l'épouse du commerçant à coups d'insultes bien senties qui fleurissent dans les faubourgs qu'elle arpente à longueur de journée.

L'époux rabroué poursuit ses efforts afin de dédramatiser la situation.

— Je ne vais pas demander à nouveau à ce jeune couple de se présenter. Monsieur Morel l'a fait après s'être excusé platement pour leur retard alors que nous quittions Paris.

Richard Morel sourit et, gêné, se met à ironiser sur le manque de ponctualité de certains notaires.

Le calme semble revenir parmi les voyageurs.

— Et vous, mademoiselle ? Qui êtes-vous ? demande Louise Gohier à la Follecuisse, la bouche méprisante.

— Moi, madame, je ne suis personne. Je ne suis à la tête d'aucun héritage ni d'aucun commerce.

— Comment vous appelez-vous ?

— Julie.

— Vous devez bien avoir un nom, Julie ?

— Je vous en fais grâce, car, si j'ai mérité celui que je porte à présent, il ne plaît pas à tout le monde. Tout comme ce caractère impétueux d'ailleurs que les années et les épreuves ont forgé. Sachez simplement que ce n'est plus le nom que mes parents m'ont donné. Les plus belles renaissances se font parfois à ce prix.

La vieille dame examine celle qui n'a pas baissé les yeux depuis tout à l'heure. À bien la considérer, la petite ne manque pas de courage. La vie ne doit pas l'avoir épargnée. Alors, comme une proposition de paix accompagnée d'un léger rictus :

— Deux paroles sensées dans un délai si court. La promesse que, peut-être, les apparences sont parfois trompeuses. Vous commencez à me plaire, vous !

Le regard de Julie se fait enfin plus doux.

— Ma foi, la route est longue. Nous tenterons de confirmer tout cela avant Marseille, mais promettez alors de ne plus me faire rire !

Louise Gohier opine du chef avec bienveillance, puis, après un court instant, Julie se penche vers l'homme qui n'a quitté ni sa place au sol entre les deux banquettes, ni son sac qu'il serre à s'en faire blanchir les doigts.

— Et vous, monsieur ? Qui êtes-vous ? lui demande-t-elle.

L'intéressé semble prendre conscience à l'instant du ridicule de sa position. Il rejoint péniblement la banquette dans d'extraordinaires contorsions. Il ne répond pas. Madame Gohier insiste :

— Je crois que la demoiselle qui vous fait face vous a posé une question, monsieur.

— J'ai entendu, rétorque-t-il d'une voix fluette, mal assortie à la stature du bonhomme. Plutôt grand, brun et le corps athlétique, tout laissait supposer qu'il était pourvu d'une voix plus… ordinaire même si les cris poussés un peu plus tôt laissaient augurer cette agression auditive.

— Eh bien ! Nous attendons, surenchérit monsieur Morel.

Et le quadragénaire emperruqué de répondre sur le ton du secret :

— Mon nom est Brémond. François Brémond.

Tous se regardent, intrigués, mais à la fois amusés. Morel décide alors de se prêter au jeu.

— Et quelle profession exercez-vous, monsieur Brémond ? demande-t-il à voix basse.

— Je suis, ce que l'on pourrait appeler, un homme à tout faire. Je rends divers services pour lesquels je perçois une rétribution, disons… importante, mais somme toute méritée. Ce n'est pas pour me vanter, cependant je mets un point d'honneur à exceller dans chaque chose que j'entreprends. Ma réputation sur ce point n'est plus à faire et contribue à ma fortune.

Madame Gohier craint de comprendre. Elle est à la fois choquée et sujette à un certain dégoût. Alors, d'un bond, elle s'éloigne de ce marchand de vices jusqu'à se retrouver toute proche de son mari qui n'en espérait pas tant.

Louise Gohier, qui vit le jour sous Louis XIV, n'a que trop entendu ces histoires d'alcôves où Monsieur, le frère du Roi-Soleil, se perdait dans des amours viriles avec ses favoris. Et madame Gohier n'est assurément pas aussi indulgente que le furent les épouses de Monsieur. *Le mal français*, comme aimait à l'appeler la Palatine, la seconde épouse du frère du roi, insupporte au plus haut point la vieille bigote. Celle-ci préfère mille fois regarder défiler les champs où besognent les paysans plutôt que de poser à nouveau son regard sur cet individu qui, sans même le vouloir, est parvenu à un exploit : la faire taire !

Les Morel, quant à eux, ne semblent pas réaliser ce que madame Gohier pense avoir compris. Ils sourient béatement en se donnant la main.

Julie est perplexe. Elle n'est assurément pas dévote, mais elle est encore moins naïve. Tout sonne faux chez cet homme. L'exagération de ses manières, cette voix qui n'a rien de naturel et cette silhouette robuste qui ne sied guère à quelqu'un d'oisif plus enclin à se poudrer qu'à croiser le fer. Les marchands de plaisir, la Follecuisse les connaît. Quels que soient leurs origines, leur sexe ou leurs talents. Elle est convaincue que celui-là n'est pas celui qu'il prétend être. Qui est ce François Brémond ? Pourquoi est-il dans cette voiture ? Et ce sac ? pense-t-elle. Que peut-il donc bien contenir pour le garder ainsi sur soi ? Mais oui, ce sac !

Julie Follecuisse regarde la pièce de cuir. En bas à droite ! Un monogramme ! Deux lettres écarlates entrelacées sur fond noir.

A et L. Pas le F de François ni le B de Brémond, non ! A et L…

12

Aux abords du port de Marseille.
Le jeudi 25 juin 1772

Un individu assez grand, vêtu d'une matelote rayée jaune et bleu, arpente La Canebière, les sens en éveil, à l'affût, le regard aiguisé et carnassier. Il marche lentement et scrute la moindre silhouette féminine esseulée susceptible de répondre à des critères assez précis.

Latour n'est pas ici pour la promenade. Non ! Il est en mission. Son maître, le marquis de Sade, l'a chargé de trouver des filles, très jeunes de préférence et assez jolies. Ces longs mois sans réels plaisirs, si ce n'est lors de trop rares et furtives escapades à Marseille, l'ont rendu plus insatiable que jamais. Pas une demi-journée où il ne fait allusion au sexe et à ses désirs assez particuliers. Quand Latour pense avoir fait le tour de ces excentricités, il s'en ajoute de nouvelles, plus originales et extravagantes que les dernières. Sade ne cesse de le surprendre. Les journées passées à ses côtés sont tout sauf ennuyeuses. Il n'y a pas hélas que de bons moments. L'homme est entier, intelligent, et ses sentiments comme ses actions ne sauraient connaître la demi-mesure. Il possède les défauts de ses qualités. Il est colérique, dépensier, orgueilleux, jaloux, aime à se plaindre pour mieux être consolé et adore par-dessus tout que l'on s'occupe exclusivement de lui et de ses intérêts. D'ailleurs, comment pourrait-il en être autrement tant les autres lui sont inférieurs en tout ? Latour ne sait s'il restera longtemps au service du marquis, car les amitiés de ce dernier ne se caractérisent guère par leur longévité. Cependant, il compte bien lui apporter entière satisfaction et ne jamais le décevoir. Il se doit de trouver ce que Sade lui a demandé.

Latour n'a pas à chercher longtemps. À l'angle d'une rue, devant un magasin de chapeaux, une jeune fille à la peau blanche et aux dents éclatantes aborde les passants l'air mutin. Certains, choqués, préfèrent traverser et éviter l'effrontée tandis que d'autres, plus faibles, changent de côté par crainte de succomber à la tentation.

Le valet ne perd pas une minute et s'approche de la demoiselle.

— Bien le bonjour, ma jolie ! Tu es très belle, dis-moi. Comment t'appelles-tu ?

— Marianne. Vous n'êtes pas mal non plus, dit-elle en ondulant légèrement du bassin.

— Quel âge as-tu ?

— Dix-huit ans, messire.

— Tu es de Marseille, Marianne ?

— De Lyon ! Mais je vis ici depuis quelque temps, rue d'Aubagne. On peut y aller si vous voulez. Ce n'est pas loin.

Latour dévore la fille des yeux. Assurément la petite ne fait pas ses dix-huit printemps. Elle en parait aisément deux de moins. On le félicitera pour cette belle prise.

— Alors ? Vous venez ? s'impatiente Marianne.

Pour sûr, il irait bien ! Mais monsieur de Sade ne lui pardonnerait pas. Pire ! Il le battrait et ne manquerait pas de le renvoyer sur-le-champ. Le marquis n'entend pas passer après son valet. S'il consent à partager les morceaux de choix, il lui faut cependant la première bouchée.

— Non, ma belle. Je suis ici pour mon maître.

Mon maître. Marianne se répète inlassablement ces deux mots. Ils sont la promesse de gains substantiels, acquis de manière agréable. Cela lui changera des marins et des sempiternels crasseux. Le parfum est cent fois préférable aux effluves d'alcool et de sueur.

— Et il est où ton maître ?

Latour, tout à la joie de satisfaire le marquis, se sent soudain blessé. Le vouvoiement n'est plus de mise. La bougresse n'est plus dans la séduction. En avouant sa domesticité, il s'est dépourvu de tout intérêt. Elle le traite d'égal à égal.

— À l'auberge des Treize Cantons. Il est ici pour s'amuser avec des filles de ton âge, bien jeunes. Tu vis où rue d'Aubagne ?

— À la Maison Nicolas. Il peut venir s'il veut.

— Pas ce soir, il dîne avec des comédiens. Mais je peux te l'amener demain, si tu es chez toi.

— D'accord. Qu'il demande Marianne. Marianne Laverne.

— Entendu ! Onze heures, demain soir ?

— Onze heures.

Latour s'éloigne déjà quand il est interpellé.

— Eh ! Il aime quoi ton maître ?

Le pas rapide il la rejoint.

— La discrétion déjà, lui dit-il en serrant les dents et en empoignant le bras de l'imprudente. Quant à ses préférences, tu les apprendras bien assez tôt !

Marianne Laverne demeure interdite, les yeux écarquillés de surprise et de peur. Latour réalise son erreur et lâche aussitôt prise. Il se met à lui sourire maladroitement.

— Demain soir, 11 heures. Sois à l'heure ! Il sera généreux.

Marianne, immobile, se contente de murmurer un *oui*, avant que ne s'en aille, aussi brusquement qu'il était apparu, l'homme à l'habit jaune et bleu.

13

Château de La Coste

Une chandelle fait se mouvoir des ombres gigantesques sur les murs de la chambre d'Anne-Prospère Cordier de Montreuil. Elle les observe, s'amuse à faire danser ses mains dans la pénombre, tente de leur donner différentes formes comme elle l'a vu faire lors d'une soirée dans un petit théâtre de l'île Saint-Louis. Elle doit bien se l'avouer, elle est beaucoup moins habile de ses doigts que ces gens du spectacle. Pourtant, et au terme d'incroyables efforts, elle parvient enfin à faire apparaître un lapin. Quant au chien ! ...

Peu importe les talents plus qu'incertains de la jeune femme, ces tentatives maladroites ont le don d'émerveiller ses neveux qui, blottis contre elle, ne perdent pas une miette de ce qui s'apparente davantage à de la magie qu'à un éventuel jeu d'adresse. La fascination est totale. Louis-Marie et Claude-Armand ont les yeux emplis d'étoiles.

Comme elle aime ces garçons ! Donatien n'est pas à ses côtés en ce moment, mais par leur intermédiaire, il est un peu là.

Un jour, ils auront des enfants bien à eux. Ils seront la preuve vivante de leur sublime amour. Ils seront beaux, intelligents et pourvus de toutes les qualités possibles. Il ne pourrait en être autrement. Elle aspire à ce bonheur qu'elle se désespère de pouvoir vivre au grand jour. Certes, il y aura des embûches, des personnes malheureuses, des explications à donner, mais là n'est pas le plus important. La réaction des autres, leur éventuel consentement ou leur probable réprobation, elle apprendra à composer avec tout cela. Ce qu'elle a en revanche de plus en plus de mal à tolérer c'est cette interminable attente d'être réunie à l'homme qu'elle aime. Il lui a promis que tout cela prendrait fin très vite. À son retour de Marseille, ils iront tous les deux à Venise. Elle a déjà préparé leur périple en lisant quantité d'ouvrages sur l'Italie. Ils se promèneront le long des canaux, traverseront les innombrables ponts, prendront un bateau pour visiter les îles de la lagune. L'étrange Murano et ses talentueux souffleurs de verre que Louis XIV enviait tant. Mais aussi la belle Burano où les maisons multicolores rivalisent d'éclat et d'originalité. Ensemble, ils se perdront dans les étroites ruelles de la Sérénissime pour mieux la découvrir. Ils seront seuls au monde et pourront enfin laisser libre cours au tendre et indéfectible lien qui les unit dans une ville qui appelle au romantisme sans craindre qu'on leur crache au visage.

La jeune femme serre contre elle ses neveux et les couvre de baisers. La chambre de la chanoinesse se met alors à résonner de rires enfantins.

— Il faut aller vous coucher, mes chéris. Il est l'heure.

— Oh non ! supplie l'aîné. Faites-nous à nouveau le lapin et ses grandes oreilles.

Attendrie, Anne-Prospère ne peut qu'obtempérer.

— Une dernière fois alors et ensuite vous irez dans votre chambre.

Avec la plus grande application, la tante place ses mains l'une sur l'autre, croise certains doigts, en lève d'autres et apparaît alors sur le mur, comme par miracle, près de la fenêtre aux rideaux tirés, la tête d'un lapin surplombant ce qui semble être un corps et quatre pattes minuscules.

— On ne voit pas son œil, ma tante, proteste tristement Louis-Marie.

Concentrée comme jamais, se mordant les lèvres, la jeune femme tente de faire apparaître l'orbite. Au bout d'un instant, elle y parvient enfin et entend alors les applaudissements des spectateurs conquis.

Elle les enlace une dernière fois avant de tirer sur le cordon placé à côté de la tête de lit. Quelques instants plus tard, madame Louviers fait son entrée, le visage sérieux et fermé. Anne-Prospère ne peut s'empêcher de se demander si elle a seulement déjà vu sourire cette femme austère qui seconde madame Langevin, la gouvernante des enfants.

À son apparition, les enfants se raidissent et sautent sur le plancher avant même que leur gouvernante n'ouvre la bouche. Madame Louviers a sur eux une autorité qu'est loin de posséder madame de Sade. Comment le pourrait-elle d'ailleurs ? À trop cajoler, les enfants en deviennent capricieux et sont dans l'attente perpétuelle de marques de tendresse qu'elle, madame Louviers, est peu encline à satisfaire.

Quant à cette fille qui vient de la sonner, madame Louviers n'a pour elle que peu de sympathie. C'est une rêveuse doublée d'une paresseuse. Son oisiveté n'a d'égale que la duperie qu'elle utilise comme une arme affûtée et dont son aînée est la victime. Cependant madame Louviers a surpris les bribes d'une conversation entre les deux sœurs et apparemment, madame la marquise semble avoir ouvert les yeux sur le double jeu mené par sa cadette. Si la gouvernante avait bien surpris des râles et des soupirs derrière des portes closes, si elle avait remarqué les mains s'effleurer dès qu'elles le pouvaient, elle s'était pourtant montrée on ne peut plus discrète. Son emploi était bien plus important que la vérité. Il ne lui revenait pas d'aviser l'épouse trompée de ce nouveau statut peu enviable et encore moins de la trahison de sa sœur. Ce n'était pas à elle d'infliger de telles blessures. Si madame Louviers aime sa patronne, celle-ci a pourtant bien des défauts. Elle est une mère trop affectueuse et donc trop permissive. Elle est aussi une épouse naïve et absolument soumise à ce marquis qui n'a mêlé sa vie à la sienne que pour l'argent et qui n'hésite pas à souiller leur union à coups de reins donnés à des inconnues ou reçus par un valet débauché.

Décidément, elle préfère mille fois sa vie de gouvernante à celle peu enviable des femmes de cette famille.

— Dépêchons-nous, messieurs ! Il est grand temps d'aller au lit.

Les garçons se dirigent instantanément près de madame Louviers qui n'en attendait pas moins.

— N'ai-je pas le droit à un dernier baiser ? demande Anne-Prospère, la bouche en cœur, d'un air triste.

Les enfants se gardent bien de répondre à la requête de leur tante. Tous deux lèvent des yeux inquiets vers madame Louviers, attendant une approbation qui tarde à venir.

Au bout d'un instant, celle-ci consent enfin à cette ultime démonstration de tendresse. D'une main derrière l'épaule, elle les enjoint à aller vers cette demoiselle trop habituée à ce que rien ne lui soit refusé. Les deux garçons, ravis, se précipitent dans les bras de leur tante qui les embrasse avec affection.

Rapidement, un claquement de langue de madame Louviers vient mettre un terme à ces au revoir dégoulinant de mièvrerie. Les enfants savent qu'il ne faut pas faire attendre la gouvernante et quittent donc à regret la douce étreinte avant de disparaître dans le couloir.

La porte se referme et laisse Anne-Prospère à sa nuit qui sera, à n'en pas douter, peuplée de rêves vénitiens et de douces espérances de maternité.

14

Peu avant minuit. Le vendredi 26 juin 1772

Un poing rageur vient heurter le mur de la chambre sans considération aucune pour les éventuels voisins.

La colère est ainsi, égoïste, incontrôlable, intense et surtout elle se doit d'être bruyante, tonitruante même si l'on veut s'en débarrasser rapidement. Donatien de Sade explose pour ne pas être consumé par cette rage qui le tenaille depuis plusieurs minutes :

— Tu es un pleutre ! Un bon à rien !

Latour, tête baissée, reçoit les reproches comme il recevrait ces poings dans l'estomac, avec courage, sans la moindre grimace. Il ne connaît que trop les coups de sang de son maître, aussi violents que soudains. Il sait qu'il faut attendre la fin de la tempête qui cessera tôt ou tard, aussi brusquement qu'elle a commencé.

— Qu'y avait-il de compliqué à trouver une fille ? Marseille n'est pourtant pas un village du Lubéron ! Je suis certain qu'il se trouve ici quantité de putains promptes à partager ma couche. Qui peut décliner une telle proposition ? Dis-moi ! Quelle sotte peut se permettre de refuser de gagner si facilement mon argent ?

Devant le mutisme de son valet, Sade s'emporte davantage, le visage enflammé :

— Vas-tu parler, enfin ?

— Elle m'avait promis d'être là.

— Et tu portes crédit aux promesses d'une femme ? Crétin ! Sot que tu es ! Tu n'as décidément rien appris à mes côtés. Ces pestes sont pernicieuses. Elles te font avaler des couleuvres en affichant le plus beau des sourires. Elles te cajolent, te promettent tant et tant que tu ne peux qu'être déçu. Ne crois jamais une de ces créatures ! Déception, trahison, humiliation... tant de noms dont le genre dénonce très justement celles qui en sont la cause. Les femmes sont à l'origine de bien des maux de cette société. Même ces idiots de chrétiens le savent et l'enseignent ! Ne leur accorde ta confiance sous aucun prétexte !

Que son maître a dû connaître de bien grandes désillusions pour en être arrivé à un tel degré de colère envers les représentantes de ce sexe ! Certes, Latour a évidemment entendu parler de ses amours contrariées avec madame de Lauris alors qu'il n'était pas encore marié et également celles avec la Beauvoisin, une de ses liaisons adultères. Une fille initiée à la prostitution à l'âge de 16 ans par monsieur du Barry, celui-là même qui offrit celle qu'il aimait à Sa Majesté le roi Louis XV qui en fit sa favorite. La Beauvoisin, elle, était enceinte de quelques semaines lorsque Sade en devint l'amant. Rien d'étonnant à cela, car outre l'insatiable appétit sexuel du marquis, Latour connaît les goûts particuliers de son maître et celui pour celles sur le point de donner la vie est un de ceux qu'il affectionne plus que nul autre. S'il n'en connaît pas vraiment la raison, il ne peut que constater cet étrange penchant.

Marianne Laverne, bien qu'ayant le ventre vide, n'en est pas moins un mets de choix. Cependant elle n'est point dans sa chambre comme convenu ! Latour ne comprend pas et le voici pourtant à subir des réprimandes pour une absence dont il n'est nullement responsable. Cette bougresse paiera pour cela. Et si ce n'est pas Sade qui la corrigera, il se promet de s'en charger personnellement.

— Tu m'entends, Armand ?

— Oui, Messire. Je vous demande pardon.

Toujours le regard vissé à ses souliers, Latour ne peut percevoir le sourire esquissé par Donatien.

Dieu que Sade raffole de ces réprimandes qui ne font que renforcer la soumission de l'autre ! Cet être qui revient alors vers vous, plus docile que jamais, prêt à tout pour se racheter, et ce, même s'il doit aller à l'encontre de ses propres convictions. Cette emprise, ce pouvoir que vous exercez alors sur lui est une source de plaisir difficilement égalable. Pour Sade, et contrairement à ce que racontent certains pseudo-intellectuels, les rapports humains sont on ne peut plus simples. Il n'existe que deux catégories chez les hommes : les dominants et les dominés. Charge à chacun de se retrouver du bon côté du fouet. Et si la naissance peut induire ce que vous serez, elle ne doit pas être tenue responsable de la larve que vous deviendrez.

— Nous nous occuperons de cette fille et crois-moi, j'en aurai pour mon argent. Elle apprendra à ses dépens qu'on ne joue pas ainsi avec le marquis de Sade.

Latour voit s'avancer la main du marquis. Elle vient se placer sous son menton, lui lève doucement la tête, puis, d'un ton plus doux :

— Quant à toi, tâche de ne plus jamais me décevoir. J'ai beau te considérer comme un ami, je tolère très mal la médiocrité, aussi rare et passagère soit-elle.

— J'en fais le serment.

— Brave petit, murmure Donatien en flattant Latour d'une caresse sur la tête, de celles que l'on accorderait à un chien obéissant.

Soulagé, le domestique rajuste ses cheveux ébouriffés et propose à son maître d'aller prendre l'air sur le port. Là, ils trouveront bien une fille avec qui s'amuser un peu. À sa grande surprise, Sade refuse. Il a vu la Nicou un peu plus tôt dans la journée, cela suffira. Il préfère aller se coucher.

Peu habitué à un tel comportement, Latour insiste. Loin d'en prendre ombrage, Sade, qui a déjà commencé à se déshabiller, s'explique :

— Les prochains jours ne vont pas être de tout repos. Il nous faut prendre des forces. Crois-moi ! Marseille se souviendra longtemps de mon passage et les mères, après cela, seront un long moment à cacher leur progéniture.

15

Paris.
Rue Neuve-du-Luxembourg

— J'ai à vous parler, monsieur.

Le ton employé par madame de Montreuil est on ne peut plus sérieux. Son époux pressent que les minutes à venir seront faites de petits malheurs, mais aussi de grandes contrariétés. Voilà qui ne va pas arranger ses douleurs à l'estomac.

Il range les papiers sur lesquels il était à travailler à son bureau et se tourne vers la Présidente déjà à faire les cent pas sur le parquet à chevrons de la bibliothèque. Puis, ôtant délicatement ses binocles, dans un soupir empreint de lassitude :

— Je vous écoute, madame.

Les talons continuent à malmener le plancher.

— Je vous sais occupé, aussi ai-je tenté de ne point vous ennuyer avec tout cela, mais je n'y tiens plus. J'ai à vous faire part d'une grande inquiétude qui ne me quitte plus depuis plusieurs jours et m'a fait perdre le sommeil.

— Je vous écoute.

La Présidente s'immobilise, jette un œil larmoyant à son époux et, la mine déconfite, révèle l'objet de ses tourments :

— Il s'agit de notre gendre, monsieur.

— Qu'a-t-il encore fait ? soupire monsieur de Montreuil.

— Rien encore, toutefois la chose est imminente. J'en suis certaine.

— Que me valent ces sombres présages, je vous prie ? Vous a-t-il écrit ?

Madame de Montreuil ne dit mot.

— Notre fille alors ?

Toujours aucune réaction de la Présidente.

— Madame, je crois que vous vous fourvoyez dans des considérations qui ne reposent sur rien.

Le rouge monte alors soudainement aux joues de l'épouse du président de la Cour des aides.

— Qui ne reposent sur rien, vous dites ? Je me souviens que vous étiez bien heureux que je gère l'incident d'Arcueil. Me suis-je alors fourvoyée ?

— ...

— Bien ! Vous n'êtes pas sans savoir que la réputation de monsieur de Sade est des plus détestables, que ses bas instincts le dominent et guident chacune de ses actions.

— Certes, il en était ainsi par le passé, mais voici plusieurs années que nous n'avons eu à nous plaindre de lui.

La Présidente taquine les lattes du plancher de sa semelle.

— Et le fait d'avoir sans cesse bourse déliée afin de payer les dettes de cet individu n'est pas un motif de nous en plaindre ?

— ...

— Mais là n'est pas la question.

La Présidente s'immobilise. Ses pieds se tiennent tranquilles, la pièce devient silencieuse.

— On m'a fait prévenir que monsieur de Sade a quitté La Coste avec son valet pour se rendre à Marseille.

Là où madame de Montreuil s'attendait à trouver stupeur et colère, elle ne rencontre qu'immobilisme et silence.

— Enfin ! M'avez-vous entendue ?

— ...

— Plus personne ne le contraint. Ni femme, ni enfants, pas plus qu'un éventuel souci de faire bonne figure devant les gens de son domaine. Le voici libéré de tout et de tous, prêt à rattraper ses longs mois d'apparente docilité.

— Le tableau que vous en brossez est bien sombre. Je pense au contraire que le drame d'Arcueil lui a fait prendre conscience qu'il ne jouit d'aucune forme d'impunité et qu'il est un justiciable comme n'importe lequel d'entre nous. Il se gardera bien de commettre à nouveau un acte répréhensible, croyez-moi !

Madame de Montreuil demeure interdite. Elle observe avec un mépris non déguisé cet individu avec qui elle partage sa vie depuis plus de trente ans. Un mari qui lui a certes fait de nombreux enfants, mais un homme terne, sans caractère et à présent, il faut croire, pourvu d'une naïveté qui frôle la sottise. Ce même défaut partagé avec sa fille aînée qui, bien que trompée, humiliée et délaissée, espère encore désespérément l'improbable retour de sentiments de ce Sade dont l'égoïsme démesuré finira pourtant par le perdre.

— Suis-je donc la seule ici à deviner ce qui est sur le point de se produire ? La rue Mouffetard ? Arcueil ? Tout ceci ne représente donc plus rien pour vous ? Vous ne pouvez avoir oublié ces moments funestes dont nous payons encore chaque jour le prix. Il ne peut en être ainsi.

— …

— Mais allez-vous répondre enfin ? Vous me regardez là, à jouer avec les branches de vos binocles, l'œil en biais, comme si j'avais perdu la raison.

— C'est que vous ne parlez plus. Vous hurlez, ose timidement monsieur de Montreuil.

Cette réponse, aussi déconcertante qu'inattendue, plonge la Présidente dans un silence assourdissant de reproches qu'elle n'a nul besoin de formuler. Le regard qu'elle lance à cet époux débonnaire suffit à l'inciter à se taire. Elle fait un quart de tour vers la cheminée à trumeau, s'avance et observe le reflet écarlate que lui renvoie le miroir. Il lui faut se calmer, apaiser les mouvements de cette poitrine qui, sous la colère, menace à chaque respiration d'arracher les dentelles de son décolleté.

Elle baisse la tête et peu à peu reprend le contrôle d'elle-même. Le souffle se fait plus long, plus lent, les inspirations plus profondes. Il lui faut garder la maîtrise d'elle-même. Les jours prochains seront difficiles et elle ne pourra les surmonter et sauver une fois encore cette famille que si elle parvient à faire fi de ses sentiments.

Elle pose les mains sur la pierre de Bourgogne, puis regarde à nouveau ce visage encore pâle dans le miroir de mercure. L'œil scintille. Les lèvres se serrent. Puis, comme une promesse :

— Cinq jours tout au plus. M'entendez-vous ? Cinq jours avant que vous veniez me supplier.

Et la Présidente de quitter la pièce sans la moindre considération pour ce mari dont elle n'attend plus rien. Pas même une réponse.

16

Marseille.
Le samedi 27 juin 1772.
Peu avant 8 heures du matin

Le soleil n'est pas levé depuis deux heures que les rues de Marseille s'animent déjà. On se rend au marché, chez le boulanger ou au travail. On s'y croise, on se salue ou on s'y réprimande dans toutes les langues, car la belle Marseille est une ville accueillante et cosmopolite. L'activité du port est telle que nombre d'équipages de divers pays du globe y font escale tandis que des passagers étrangers foulent le sol de la cité phocéenne pour s'y installer ou se reposer quelques jours avant de prendre les routes de France vers une autre destination.

Latour ne prête pourtant aucune attention à ces passants aux dialectes et aux costumes hétéroclites. Ses pas battent le pavé et l'emmènent à vive allure vers la rue d'Aubagne. Il a un compte à régler avec la jeune Marianne Laverne qui, du haut de ses 18 ans, l'a humilié aux yeux de celui qu'il vénère. Cette fille ne s'attend certainement pas à ce qui va lui arriver. La vengeance n'en sera que plus savoureuse. Latour accélère et serre les poings. Sa bouche esquisse un sourire carnassier.

Après quelques minutes, le valet du marquis est au pied de la Maison Nicolas. Il ne porte aucun intérêt à cet immeuble étroit et crasse. Il entre, le visage grave, monte les marches deux par deux sans donner l'impression de fournir le moindre effort. Arrivé devant la porte de la Laverne, il lève le bras, prêt à frapper puis se ravise. Il ne doit pas afficher la colère qui le ronge. Il prend un instant, rajuste sa tenue et tente de redonner forme à ses cheveux qu'il a jusqu'aux épaules. La chose faite, il s'efforce d'adoucir ses traits en figeant un rictus ridicule sur sa tête légèrement vérolée.

Trois coups résonnent sur le palier avant que l'infâme créature ne fasse son apparition !

— Bonjour Marianne.

La mine fatiguée, la jeune fille met un moment à reconnaître celui qui se trouve devant elle. Elle le détaille un instant et reconnaît la matelote rayée jaune et bleu. Ses mains se placent alors devant la bouche comme si elle voulait contenir un cri. Rouge de honte, les yeux écarquillés, elle se confond en excuses. Elle avait promis à cet homme de les recevoir.

— Nous sommes venus comme convenu, mais nous avons trouvé porte close.

— Je suis désolée.

— Où étais-tu ?

— On m'a invitée à une partie en mer et j'ai accepté. J'avais totalement oublié ce que tu m'avais demandé la veille. Je suis navrée.

Oh oui, elle s'en veut ! Latour peut le voir. Elle a le regard fuyant, les mains crispées, le teint rose et les épaules ramassées. Le corps est un livre ouvert pour qui sait le lire. Le prochain chapitre qui va s'ouvrir n'en sera que meilleur.

— Il existe bien un moyen pour te racheter.

— Volontiers. Quel est-il ?

Latour jubile. Le piège est prêt à se refermer sur cette femme qui l'a déconsidéré aux yeux de son maître.

— Celui pour qui je viens désire des filles bien jeunes.

— Quand ?

— Maintenant.

Marianne hésite. La nuit dernière, la soirée au large de Marseille ne fut pas de tout repos. Elle sort à peine de son lit et n'a guère la tête à la bagatelle. Cependant, il lui paraît difficile de refuser. Elle a manqué à sa parole et elle ne peut décevoir une nouvelle fois cet homme mystérieux qui ne doit pas manquer d'argent.

— Fais-le venir dans une heure ! dit-elle en refermant déjà la porte que Latour bloque avec son pied.

— J'ai des ordres bien précis. Ta maison est trop en vue et mon maître souhaite être discret.

— Je vois.

— Il te demande de te rendre chez Mariette, au coin de la rue des Capucins. Tu connais, je crois ?

— Oui. C'est une amie. Elle habite à deux pas.

Marianne fait mine de prendre le temps de la réflexion, puis consent comme s'il s'agissait d'une faveur :

— Bien. Va-t'en lui dire à ton maître que j'y serai avant 10 heures !

Latour penche la tête en signe de reconnaissance. Puis il retire son pied et prend congé de Marianne Laverne dont la jeunesse n'excuse en rien cette naïveté qu'elle regrettera bien assez tôt.

La porte se referme sur Latour qui descend l'escalier aussi rapidement qu'il l'avait monté tout à l'heure, heureux du tour qu'il vient de jouer. Le domestique a le sens du devoir et il entend bien le prouver. Il a promis à Sade de lui amener au moins trois filles, alors le valet profite de sa présence à la Maison Nicolas pour passer chez Marianne, croisée hier, afin de lui rappeler le rendez-vous à honorer. Il fera de même ensuite pour Rosette. Toutes deux ont à peine 20 ans et, malgré leur emploi, elles ont gardé cette fraîcheur que le marquis recherche tant. Sûrement parce qu'elle est indissociable d'une certaine forme d'innocence.

Le jeune homme ne pensait pas qu'en entrant au service du marquis, il apprendrait tant sur le plaisir. Il n'aurait jamais imaginé pouvoir laisser s'exprimer ses plus vils instincts, dévorer tous les fruits auxquels il rêvait de goûter et partager tant de choses avec celui qui l'employait.

Non, il ne s'attendait pas à tout cela et c'est précisément pour cette raison qu'il ne donnerait sa place à quiconque. Charge à lui de tout mettre en œuvre pour la conserver et, sans même s'en douter, ces filles vont l'aider à y parvenir. Grâce à lui, dans les prochaines heures, le marquis laissera libre cours à ses envies et, loin de La Coste, il permettra enfin à cette fureur d'éclater au grand jour.

17

Sur une route de France

Il n'est pas encore 10 heures et pourtant la voiture pour Marseille s'est arrêtée dans un relais de poste. Les chevaux étaient au bout de leurs efforts et il fallait en changer au plus vite. Afin de ne pas perdre un temps précieux, monsieur Marguet, le maître d'équipage, a demandé aux passagers de profiter de cette étape pour se restaurer. Ils feraient l'impasse sur le prochain repas. Tous ont accepté sans sourciller, trop heureux de ne pas prolonger cette folle équipée plus que de raison. Même Louise Gohier n'a rien trouvé à redire !

Assis sur des bancs autour d'une lourde table en chêne, six voyageurs attendent patiemment leur assiette. Si beaucoup d'entre eux se plaignent de leur dos et plaisantent à propos de l'inconfort de ces voitures, Julie Follecuisse, elle, ne quitte pas des yeux François Brémond. Cet homme maniéré dont les initiales ne correspondent pas du tout à celles inscrites sur ce mystérieux sac dont il ne se sépare jamais. D'ailleurs, en s'installant, elle l'a vu le placer tout à l'heure entre ses pieds et le serrer entre les talons.

Toutefois, dans le but de ne pas paraître suspicieuse, Julie s'est assise à l'opposé de cet étrange bonhomme. Lui à un coin de la table, elle à un autre, mais en diagonale. Discrète, elle aura ainsi tout loisir de l'observer sans rien laisser paraître.

— Je vous amène déjà les pichets de vin. Vous pourrez ainsi vous réchauffer un peu. Je préfère vous prévenir, mais le vin d'ici, en Bourgogne, il a du caractère.

Une jeune femme d'une vingtaine d'années, sans doute la fille de la tenancière qui les a accueillis et qui s'en est allée aussitôt en cuisine, arrive chargée de trois cruches en terre cuite remplies à ras bord. De longs cheveux blonds viennent couronner le teint laiteux et poupin de cette demoiselle dont les immenses yeux verts ajoutent quelque chose de félin à ce physique qui déjà ne manque pas de grâce et attire l'attention. Il n'y a qu'à voir le comportement des représentants de la gent masculine assis là, devenus étrangement silencieux, à contempler celle qui contourne les bancs et dont la poitrine les frôle en posant le vin à des endroits stratégiques afin que tous puissent se servir. Même monsieur Brémond n'en perd pas une miette. Il détaille cette beauté à n'en plus finir, l'œil étincelant, la bouche entrouverte et sûrement l'imagination en ébullition. Julie l'a évidemment remarqué. Cette fois elle en est certaine. Ce personnage n'est pas ce qu'il prétend être et elle est décidée comme jamais à savoir qui il est vraiment. Elle souhaite connaître les raisons précises qui lui ont fait prendre cette voiture et entreprendre ce voyage vers Marseille. Elle a remarqué qu'il ne cesse de l'observer et qu'il s'efforce de ne perdre aucune parole sortant des lèvres. Elle n'a pour le moment qu'une intuition diffuse, un sentiment assez vague, comme si cet individu étrange était une menace.

— Le reste arrive. Ma mère fait de son mieux. Nous n'avons pas l'habitude de servir à une heure si matinale.

— Nous attendrons, mademoiselle, répond le visage souriant et d'une voix plus grave qu'à l'accoutumée François Brémond.

Personne ne relève ce changement de tessiture, excepté évidemment Julie Follecuisse.

— Oui. Ne vous inquiétez pas, enchérit Henri Gohier qui soudain, dans un *aïe* retentissant, se plie en deux. Tous comprennent alors que son épouse vient certainement de lui donner un coup de pied ou tout autre témoignage d'affection de ce genre afin de se rappeler au souvenir de ce mari un peu trop cajoleur. Avant que l'assemblée présente ne puisse en rire, voire se moquer, Louise Gohier préfère les en dissuader grâce à ce regard assassin dont elle a le secret. L'arme est silencieuse, mais efficace. Tout le monde baisse les yeux et se tait.

Comme à l'accoutumée, monsieur Gohier tente de réchauffer l'atmosphère et s'évertue à faire oublier cette dernière humiliation.

— Quelqu'un désire-t-il du vin ?

Julie, toujours prompte à secourir ce vieux monsieur pour qui elle éprouve de la sympathie, lève déjà son verre, le regard complice.

— Volontiers, monsieur Gohier !

Le vieux monsieur lui sait gré de cette réponse spontanée et, reconnaissant, l'en remercie d'un clin d'œil appuyé. Après avoir servi Julie, les autres tendent à leur tour leur verre renvoyant le coup porté par madame Gohier au nombre des mauvais souvenirs. C'est au moment précis où le dernier verre se remplit que l'aubergiste fait son entrée portant à l'aide d'un torchon un plat fumant.

— J'vous aurais bien fait une potée, mais ça demande plusieurs heures de cuisson. J'avais bien un reste sur le feu, mais pas pour autant de monde. Alors voilà de la soupe ! J'apporterai ensuite une bonne omelette au lard.

Richard Morel considère la femme qui pose à l'instant la soupière sur la table. Elle dut être belle jadis. Ses traits sont assez fins, malgré la rondeur du visage. Les dents sont mauvaises, la silhouette épaisse, mais elle est pourvue des mêmes cheveux dorés que sa fille.

— Moi qui me faisais une joie de goûter cette fameuse spécialité bourguignonne, s'exclame l'air faussement dépité monsieur Morel.

— Vous en faites pas, mon bon monsieur. J'ai une flamusse aux pommes en réserve. Vous m'en direz des nouvelles. Un gâteau de chez nous comme vous n'en mangerez nulle part ailleurs. Parole de Lucette !

— J'ai hâte de découvrir cette merveille, Lucette.

— Patience, monsieur ! Les bonnes choses finissent toujours par arriver. Pour l'heure, mangez votre soupe avant qu'elle ne refroidisse. Y a pas de pommes ni de sucre, mais elle n'en est pas moins délicieuse. Personne ne s'en est jamais plaint. J'vous laisse vous servir.

— Pas facile sans louche, objecte madame Gohier.

— Elle viendra pas par le ciel, ma pauv'dame. Ces machins-là, ça arrive pas tout seul. C'est comme les chiens, faut les appeler.

Et la bonne femme de mettre deux doigts dans la bouche et de siffler.

— Isabelle ! Amène la louche pour ces m'sieurs dames.

Puis, se penchant vers la vieille dame raide comme un « I », allant même jusqu'à lui mettre une main sur l'épaule :

— Tenez ! La voilà, vot'louche ! Pis elle est bien dressée ma fille, voyez ! Elle amène même le pain qu'j'avais pas demandé.

Louise Gohier marmonne. Car si elle aime à humilier ses semblables, avec somme toute une préférence toute particulière pour son vieux mari, elle déteste que l'on s'en prenne à elle.

— Merci ma Zabelle.

Et s'adressant à l'assemblée :

— Allez ! J'vous laisse tout ça. J'm'en vais m'occuper de la suite. Tu viens Zabelle. On sera pas trop de deux.

La mère et la fille s'en vont tandis qu'Henriette Morel, placée entre son époux et monsieur Brémond, se lève tout naturellement afin de servir la soupe. Le septuagénaire qui se trouve face à la jeune femme ne se fait pas prier et tend déjà son assiette.

— Tenez, monsieur Gohier ! Si cette soupe est aussi bonne que son odeur laisse à le penser, vous devriez vous régaler.

— Je vous remercie.

Madame Gohier proteste.

— Décidément, tout se perd avec l'âge ! Où est passée votre galanterie, mon ami ?

L'époux, submergé par la honte, se saisit de l'assiette de sa femme et la présente à madame Morel. Celle-ci n'a pas encore plongé la louche dans la soupière que Louise Gohier s'empare de l'assiette pleine de son mari et la place devant elle avec fureur en en renversant une partie sur la table.

Julie, qui n'a rien manqué du spectacle, se lève, rouge de colère, prend appui sur ses poings, puis tête en avant s'adresse à la vieille dame située à l'autre bout du banc, face à monsieur Brémond :

— Vous auriez pu le brûler !

Madame Gohier, loin de se laisser ébranler par l'invective de la Follecuisse, se contente de se pencher un peu à son tour, puis, dans un sourire, comme une provocation :

— J'aurais pu, il est vrai, mais remarquez que je ne l'ai pas fait.

— Vous attendez quoi ? Qu'il vous remercie peut-être ?

— Il le pourrait en effet.

— Oh ! Je ne sais pas ce qui me retient de vous infliger une correction.

— Le respect peut-être ? Celui que les personnes de votre âge se doivent d'éprouver pour celles ayant le mien.

— Sachez que le respect, madame, n'est pas un dû. Il se mérite. Et pour le moment, je n'ai rien décelé dans vos actions qui puisse m'inspirer un tel sentiment.

Les voix se taisent avant que le bruit des couverts cesse à son tour. Tout le monde est suspendu aux lèvres de ces deux femmes de caractère, forgées dans ce même métal que rien ne semble en mesure de plier. Deux yeux défient Louise Gohier tandis que huit autres scrutent la moindre expression de son visage qui pourrait laisser présager de la suite des évènements.

Rien. Pas un rictus, pas un mouvement de sourcil, ni la moindre lueur dans le regard. Pas même une coloration suspecte du teint. Absolument rien !

Louise Gohier demeure impassible. Elle continue à fixer cette impudente pour qui pourtant sa sympathie ne cesse de croître, car Dieu qu'elle aime ce genre de femmes ! Celles qui, à son image, n'ont peur de rien et ne reculent devant aucune forme d'adversité pour s'affirmer telles qu'elles sont. Celles qui s'assument et ne se cachent jamais derrière un mari en baissant lâchement la tête parce qu'on leur a dit justement que la tête pensante d'un couple était fatalement celle de l'époux. Elle admire ces femmes qui, à son image, ont choisi leur vie en refusant d'en subir une autre, toute tracée par des gens indifférents à leurs aspirations.

Se battre pour ne pas pleurer.

Crier pour ne pas s'oublier.

Cette Julie sans nom est de celles-là. Louise Gohier en est certaine.

Soudain, la porte d'entrée s'ouvre avec fracas.

Les corps sursautent et les regards se posent alors presque rageurs sur celui qui vient de mettre fin à un duel dont l'issue était incertaine.

— Je ne serais pas contre un peu de vin, moi !

Monsieur Marguet s'immobilise et observe les mines déçues de ces gens aux regards teintés de reproches.

— Quoi ? Qu'y a-t-il ?

— Absolument rien, monsieur Marguet. Approchez et prenez ce verre de vin qui vous fait tant envie ! Comment vont les chevaux ? interroge Louise Gohier tout sourire.

— Ils vont se remettre. Je les ai installés à l'écurie. Ils vont faire comme nous : se restaurer et se reposer. J'ai déjà attelé les autres.

Madame Gohier sort de table en se tenant le bas du dos.

— J'ai besoin de me dégourdir les jambes et de prendre l'air. Mettez-vous en bout de table, monsieur Marguet. Vous aurez la place d'honneur. Vous nous avez menés ici sans encombre et la méritez bien.

L'homme ôte son chapeau et prend place tandis que la vieille dame se dirige vers Julie, ne laissant pas le temps à l'assemblée pantoise de sortir de son mutisme.

— M'accompagnez-vous, Julie ?

D'abord surprise, Julie s'extrait à son tour de sa place puis, sans un mot, elle tend le bras à son aînée qui y prend appui. Elles sortent ainsi de l'auberge dans un silence d'église.

La porte passée, madame Gohier presse le pas.

— Éloignons-nous de la bâtisse vous voulez bien ? Je pense qu'ils ont eu assez de spectacles pour aujourd'hui. J'ai à vous parler.

Arrivées non loin d'une mare qu'envahissent peu à peu les roseaux, Louise Gohier lâche subitement le bras de cette femme dont elle ne connaît pas le nom. Elle s'avance jusqu'à n'être plus qu'à une petite enjambée du bord et se met à fixer l'eau endormie.

Julie observe la frêle silhouette drapée de noir qui désormais lui tourne le dos. À bien y réfléchir, c'est la première fois qu'elle prend la peine de considérer la femme Gohier. Elle possède un physique si longiligne qu'il en paraît presque étrange. Les bras, malingres, paraissent immenses et se terminent par des mains décharnées. Des mains dont les veines saillantes dévalent sous une peau blafarde parsemée çà et là de taches brunes. Louise Gohier semble si fragile, prête à se briser. Une apparence à l'opposé de ce caractère volcanique capable à lui seul de faire trembler une armée.

Après un long silence, elle prend enfin la parole :

— Vous vous interrogez sûrement sur les raisons qui m'ont poussée à vouloir vous parler. Eh bien, je crois que nous sommes pareilles vous et moi. Nous faisons fi de la bienséance et de cette éducation mortifère où nous, les femmes, n'avons pour seul destin que celui d'enfanter et d'adoucir par tous les moyens la vie de ces hommes qui ne sont que violence, ambition et cupidité. Tel est ce fardeau que nous sommes priées d'accepter par un mutisme complice. Je me suis opposée à porter le mien. Je me suis mariée, certes, mais j'ai toujours refusé à Henri le bonheur de lui donner un fils. Vous verrez, ils souhaitent tous un fils. Étrange volonté d'ailleurs de vouloir perpétuer un nom qui bien souvent est entaché de scandales et de secrets. Il doit s'agir, je pense, d'un certain désir d'immortalité. Comme si une fille ne pouvait elle aussi être le prolongement d'une lignée.

Louise Gohier se tait, enveloppée d'un passé douloureux et de son cortège de souvenirs se percutant par dizaines dans la tête. Julie n'ose interrompre cette femme qui l'impressionne autant qu'elle l'irrite. Elle ne connaît que trop la force dévastatrice, mais nécessaire, du passé. Elle mène bien souvent la personne capable de ne pas se laisser submerger par les regrets à une résilience bien souvent salvatrice. Une promesse de lendemains moins amers à défaut d'être plus radieux.

Les épaules délicates se soulèvent, puis une main vient se placer devant la bouche crispée d'où émane un léger toussotement. Doucement, madame Gohier se tourne et fait enfin face à son interlocutrice, les yeux légèrement embués.

— Vous me comprenez, n'est-ce pas ?

— Que trop, madame.

— Vous et moi sommes encore des exceptions, même si d'autres avant nous ont tenté de faire changer les choses. Je ne doute pas qu'un jour, nous serons légion et que l'une d'entre nous se fera l'écho de toutes ces voix muselées depuis la nuit des temps. Peut-être serez-vous celle-là, Julie.

— Je ne crois pas, madame. J'ai d'autres desseins hélas, beaucoup plus personnels. Même s'il s'agit d'un combat envers un homme qui, comme tant d'autres, pense que nous ne sommes sur cette Terre qu'uniquement dans le but de les servir eux et certains de leurs désirs.

— Je vois.

Louise Gohier tente de déceler dans le regard de Julie une émotion, un indice, susceptible de lui fournir un début d'explication sur cette étrange croisade. Peine perdue. La jeune femme ne laisse rien transparaître du feu qui la consume.

— Vous savez, Julie, je vous aime beaucoup et je ne veux pas que nous nous fâchions.

— Le sommes-nous, madame ?

La vieille dame sourit.

— Pas le moins du monde, mademoiselle. Vous savez, je vous parais sûrement un peu rustre et si je traite ainsi mon époux, sachez seulement que j'ai mes raisons. Elles m'appartiennent. Tout comme vous appartient ce combat avec ce personnage que vous pourchassez et qui semble vous avoir fait souffrir. Moi aussi j'ai connu des tempêtes. Ma vie n'a pas toujours été une mer calme, et même si la vieille frégate que je suis arrive à quai, j'ai eu à me battre contre des vents violents et des marées imprévisibles. J'ai tangué, souvent, failli chavirer, parfois. Aussi souvent que possible, j'ai jeté l'ancre au large de minuscules îlots d'espoirs. Des escales plus ou moins longues, mais toujours heureuses et intenses comme s'il s'agissait des dernières. L'essentiel est de toujours garder le cap pour ne pas sombrer et surtout, surtout, Julie, de toujours tenir la barre. Ne la confiez à personne ! Et certainement pas à un homme. Vous êtes le capitaine de votre destin, vous m'entendez ?

Il se dégage une telle gravité dans les propos de cette femme décidément pleine de surprises. De la gravité, mais aussi une volonté de partager une expérience de vie, comme s'il s'agissait de conseils à suivre afin de ne pas perdre de temps dans cette existence terriblement courte.

— Je ne sais où le courant me portera, madame Gohier, mais je vous promets que nul autre que moi ne prendra la tête de mon navire.

— Bien. Très bien.

Louise Gohier s'avance et prend dans les siennes les mains de Julie. Cette femme qu'elle ne connaît pas, mais qu'elle a l'impression de comprendre mieux que quiconque.

— Je ne sais ce qui vous est arrivé, ni qui vous êtes réellement. Mais ce dont je suis certaine, c'est que la colère qui vous anime peut être aussi dévastatrice que salutaire. N'en soyez pas prisonnière ! Les gens ont du mal à voir derrière la vieille femme que je suis devenue. Ils oublient la petite fille joueuse et pleine d'espoirs en l'avenir, la femme, jeune, jolie et terriblement désirable que j'étais. Il en est hélas toujours ainsi avec les gens de notre âge.

Puis, sur le ton de la confidence :

— Tout cela pour vous dire, Julie, que derrière chaque ride, il y a une histoire. Des joies, des peines, des sourires et des espoirs déçus qui ont creusé leurs sillons. Je connais ce sentiment qui vous a envahie et si je puis me permettre une recommandation et une seule, c'est de ne pas vous perdre dans des combats qui pourraient vous détruire.

— J'en tiens compte, mais je ne suis pas en mesure de vous promettre quoi que ce soit.

Louise Gohier serre un peu plus les mains de Julie dans les siennes.

— Rassurez-vous ! Ce n'est pas ce que je vous demande.

Tentant de ne pas succomber à la vague de tendresse prête à déferler, la vieille dame respire profondément avant de s'adresser une dernière fois à Julie :

— Bien ! Entrons, voulez-vous ! Nul doute que tous là-bas se demandent laquelle de nous deux aura eu raison de l'autre. Hélas ! Nous n'aurons point de têtes ébouriffées ou de traces de sang à leur présenter. Espérons seulement que leur déception ne leur coupera pas l'appétit.

18

Marseille, à l'angle de la rue d'Aubagne et de la rue des Capucins[6]

Des rires et des bruits de bottines résonnent dans la cage d'escalier d'une maison située non loin de La Canebière.

Trois demoiselles en montent les étages, le cœur léger, chargé d'une certaine insouciance. Elles se connaissent et s'apprécient. Et il en est de même pour cette amie qu'elles s'en vont rejoindre. Elles pressent le pas afin de ne pas être en retard. Elles ont rendez-vous avec deux messieurs. La rencontre sera sans doute agréable et très lucrative. Bref ! Une bien belle journée s'annonce.

L'ascension, d'abord rapide, se fait un tantinet plus lente, voire plus difficile pour certaines. L'une des demoiselles, légèrement essoufflée, prend d'ailleurs appui sur la rambarde en fer forgé aux montants torsadés afin de gravir les dernières marches.

6 À l'actuel 15 bis, rue d'Aubagne.

Parvenues enfin au troisième étage, toutes se mettent alors à frapper la porte à double vantail. Six petits poings tambourinant l'huis de cette chère Mariette qui s'empresse de venir ouvrir à ses camarades avant que les voisins ne manifestent leur agacement.

— Mais vous êtes folles ? Je vais avoir des ennuis si vous continuez. Entrez vite !

Les trois amies obéissent à Marie Borelly, légèrement plus âgée qu'elles, et pénètrent dans l'appartement en riant. Jeanne-Françoise Lemaire, qui se tient à l'entrée de la cuisine, les voit pénétrer une à une dans le couloir dans un joyeux désordre. Elle fronce les sourcils. Ces filles d'à peine vingt ans manquent de maturité à ses yeux. Elle, elle a quarante-deux ans, est mariée et, contrairement à ces écervelées, possède un certain sens des responsabilités et un travail dont elle peut être fière même s'il ne s'agit pas d'une vocation. Quelle petite fille rêverait de faire des ménages ? C'est un emploi difficile, usant et source de bien des maux, mais au moins elle peut avoir la tête haute. Marie Borelly est d'ailleurs une de celles qui font appel à ses services. Si Jeanne-Françoise sait pertinemment ce que font toutes ces dames pour gagner leur vie, elle n'a cependant aucun scrupule à prendre l'argent de leur labeur pour gagner les fruits du sien.

— Mais qu'est-ce qui vous prend ? demande Mariette. Vous pensez donc qu'on ne parle pas suffisamment de nous dans le quartier ?

— Oh ! T'en fais pas pour ça, lui répond Marianne Laverne. On va très vite te faire oublier ces rabat-joie. On trinquera même à leur santé ce soir !

Les deux autres s'esclaffent sous le regard courroucé de la Lemaire.

— Tiens donc ! C'est le fabricant de tarots d'à côté qui te l'a dit ? réplique, agacée, la maîtresse de maison[7].

— Non, mais tu verras. Un gentilhomme entrera ici dans quelques minutes, accompagné de son valet et, crois-moi ou non, on nous a promis une belle petite somme.

— Mais avait-on besoin d'être si nombreuses ?

— Quatre contre deux..., nous avons déjà fait pire, non ?

Les gloussements reprennent et redoublent même à la vue de Marianne Laugier, dite Mariannette qui, pliée en deux, se tient le ventre d'une main tout en se frappant la cuisse de l'autre.

Soudain, l'appartement devient silencieux.

On cogne à la porte.

Mariette se passe le pouce au coin des yeux pour en essuyer les larmes, puis tente de se frayer un chemin parmi ses amies afin d'aller ouvrir. La femme Lemaire, par discrétion ou par gêne, préfère quant à elle se rendre dans la cuisine.

— Bonjour, mesdemoiselles ! s'exclame un jeune homme.

7 Au numéro 8 de cette rue se trouvait la Maison Camoin où Nicolas Conver grava le célèbre tarot de Marseille, créé en 1760.

Toutes le reconnaissent. Comment faire autrement d'ailleurs ? Voici des jours qu'il ne s'est pas départi de sa matelote rayée.

Après les salutations d'usage et s'être assuré de la présence de chacune de celles qu'il a convoquées, Latour donne ses ordres :

— N'oubliez pas que nous comptons sur votre discrétion ainsi que sur un certain enthousiasme qui, j'en suis sûr, ne vous fera pas défaut eu égard aux rires entendus alors que je me trouvais encore sur le palier.

Les quatre amies n'ont pas le temps de répondre que déjà d'autres coups retentissent.

Marie Borelly accourt, ouvre la porte et se trouve aussitôt face à un individu d'une trentaine d'années, de taille moyenne, portant une veste et une culotte de soie couleur souci, un frac gris et une épée à la ceinture. Elle perçoit sous un chapeau à plumet des cheveux clairs et un regard azur. Un visage élégant et très agréable qui lui sourit. Oui, l'homme qui vient d'entrer est beau et Mariette ne peut s'empêcher de penser qu'une fois n'est pas coutume, elle aura grand plaisir à gagner son argent. Qui plus est, la canne à pommeau d'or qu'il tient de sa main droite est une promesse de revenus substantiels. Et puis, si les manières sont aussi raffinées que son apparence, le moment passé en compagnie de ce monsieur devrait être des plus exquis.

Donatien de Sade examine chacune des femmes ici présentes. Elles sont jeunes et Latour semble avoir bien travaillé. Une ou deux d'entre elles pourraient même passer pour de douces adolescentes. Néanmoins, quelque chose ne va pas. Toutes se taisent et certaines même baissent la tête. Le marquis déteste ces silences. Les moments de légèreté se doivent d'être bruyants, un rien tapageurs même ! Alors, afin de rompre la glace, il sort de sa poche une poignée d'écus. Le tintement des pièces a l'effet escompté et attire l'attention et les regards de l'assemblée. Certaines des filles ont l'œil qui pétille et l'esquisse d'un sourire apparaît même sur certains visages. Pas peu fier de son effet, le marquis passe de main en main les pièces rutilantes en s'adressant à ses futures compagnes de jeu.

— Vous voyez toutes ces jolies pièces ? Leur éclat n'est-il pas magnifique ? Vous en profiterez toutes, mes belles, à condition que nous nous amusions. Regardez-les bien ! Ne les quittez pas des yeux ! Bien. Maintenant, je vais en retirer quelques-unes.

Le marquis de Sade range une bonne partie des écus, puis bras tendu et poing fermé :

— Combien m'en reste-t-il ?

Rose Coste est déjà prête à répondre lorsqu'elle est stoppée dans son élan par le marquis qui déclare d'une voix solennelle :

— La première qui me donnera le nombre exact de pièces gagnera non seulement le privilège de remporter l'argent, mais également celui de passer la première dans la chambre.

Au grand dam de ses amies, Marianne Laverne est la plus rapide et, pour certaines, la plus chanceuse. Elle aura la primeur de ces deux corps jeunes, encore frais, dépourvus de sueur et d'autres témoignages de plaisirs passés.

Tout à leur jalousie, aucune d'entre elles ne remarque cependant le sourire perfide de Latour. Ce valet tout heureux de passer enfin un moment avec celle qui, la veille, l'a déshonoré aux yeux de son maître. Pour son plus grand plaisir, il n'y aura plus de classe, de rang social ou de couleur de sang dans l'intimité de cette chambre. Le sang sera rouge et ne manquera pas de couler.

La porte de la chambre se referme sur deux hommes avides de sexe, de débauches et d'expériences contraires aux lois de la nature et durement réprouvées par celles des hommes.

19

Angerville-Bailleul, en Normandie

Une brume matinale a envahi la campagne cauchoise dès les premières lueurs du jour et peine à se dissiper. Le château semble flotter tel un navire fantôme au milieu d'arbres séculaires, silhouettes immenses dont on ne distingue guère le feuillage. Une masse de pierre empreinte d'une inhabituelle légèreté défiant les règles de l'apesanteur. Nicolas Danière s'émerveille de ce spectacle onirique et étrange que d'aucuns trouveraient peut-être angoissant.

Ce domaine, il le connaît mieux que personne pour l'avoir parcouru des centaines de fois. Il en connaît chaque recoin, chaque arbuste, il aime à caresser le tronc des hêtres ouvrant la longue et splendide perspective sur l'avant du château. Cette propriété n'est pas à lui, mais elle fait partie de lui. Il l'observe, l'écoute, en guérit les blessures du temps, parfois, et la barbarie des hommes, souvent. Depuis un certain temps, il doit lutter activement contre le braconnage sur les terres du seigneur de Bailleul. Il n'est pas rare en effet de trouver dans les bois des carcasses de cervidés ou de sangliers, assassinés plutôt que tués, dépecées partiellement, à la va-vite et grossièrement comme le font les médiocres ou ceux qui, pressés, craignent de se faire prendre. Les hommes, il ne les aime pas. La plupart d'ailleurs ne méritent que peu de respect, contrairement à ces animaux qu'ils exécutent froidement.

Il préfère se dévouer corps et âme à son emploi ici. Il n'a plus que cela. Sa femme est morte, son fils aîné est au Havre avec les siens et voilà des années qu'il n'a vu sa fille. Des mois interminables à ne savoir ce qu'est devenue Julie ni où elle se trouve. Peut-être est-elle à Paris ou dans l'une de ces villes où les jeunes gens aiment à se rendre au bal ou à l'opéra. Tout ce qu'un petit village comme Angerville-Bailleul est loin d'être en mesure de leur apporter. Les campagnes françaises sont malades et regardent, résignées, l'hémorragie qui finira tôt ou tard par leur être fatale. Elles se vident de cette jeunesse qui, les yeux pleins de rêves, préfère suivre les lumières aveuglantes de ces villes où tout semble possible, mais où beaucoup se perdent.

— Julie ! murmure-t-il.

Il espère que sa fille n'a pas emprunté une nouvelle fois les chemins du vice. Elle ne lui avait jamais ouvertement avoué la manière dont elle gagnait sa vie durant ces années. Elle n'en avait pas eu besoin. Nicolas Danière l'avait vue sur l'Île de la Cité en compagnie de ces deux femmes. Deux créatures qui ne faisaient aucun secret de leur condition. Et puis, il y eut cette conversation avec André Lanson ! Ce mari dont Julie avait obtenu le divorce à coups de révélations fracassantes. Une conversation qui l'avait mis en rage et qu'il s'était empressé de rapporter à son beau-père, pensant ainsi humilier à son tour son épouse aux yeux de ce père qu'elle aimait et admirait plus que tout.

Hélas ! Sa déception fut grande. Car non seulement monsieur Danière prit contre toute attente la défense de sa fille, mais il éprouva également un grand plaisir à chasser sans ménagement cet individu qui décidément n'était pas digne d'entrer dans sa famille.

Dès lors, les plus folles rumeurs avaient commencé à circuler à Angerville et aux alentours sur la réputation perdue des Danière. L'origine de cette kabbale ne laissait évidemment aucune place au doute. Un mari déshonoré et en colère est capable de tout. Surtout lorsqu'il est animé par un sentiment aussi violent que le désir de vengeance.

Certains jaloux, jusque-là silencieux, car trop lâches pour se déclarer, en profitèrent et se mêlèrent à la meute afin de participer au dépeçage d'une respectabilité devenue moribonde. À défaut de réellement savoir, on exagéra, on inventa et on imagina les pires horreurs dans le but de discréditer le garde-faune du château et accessoirement, aussi, de peut-être prendre sa place.

Nicolas Danière n'avait d'ailleurs pas tardé à présenter sa démission à Charles-Pierre de Bailleul qui la refusa. Mieux ! Au cours de la traditionnelle fête de la Saint-Jean, le châtelain n'avait pas hésité à vanter le travail effectué par son garde-faune et à clamer à qui voulait l'entendre qu'il n'envisageait pas un seul instant de se séparer d'un homme dont le courage et l'honnêteté n'étaient plus à prouver. Cela avait, comme prévu, tué dans l'œuf nombre d'ambitions personnelles et suffi à faire taire la plupart des cancaniers et autres fielleux.

Un seul avait osé dénigrer Nicolas Danière lors de l'énorme feu de joie. Un des meilleurs amis d'André Lanson. Un arriviste qui sous des dehors avenants et serviables était le plus vil et le plus corrompu des hommes. Un individu prêt à tout pour éteindre les autres dans le seul et unique but de briller lui-même davantage. Un personnage à l'orgueil démesuré et convaincu d'être indispensable à tous. Oui, Guillaume Lebellanger était un odieux serpent qui oscillait sans vergogne entre ombre et lumière, sournoisement, semblant apparemment rendre quantité de services, mais ne servant finalement que son propre intérêt. Cet enfant d'Angerville, cet ami d'enfance de Lanson, était venu vivre à nouveau dans ce village qu'il avait quitté presque dix ans plus tôt pour Rouen. Son père décédé, il vint tout naturellement reprendre l'exploitation familiale. Ses rêves de fortune avaient fait long feu. On disait même qu'il avait fréquenté un temps les prisons de la ville pour escroquerie. Aussi, quand Lebellanger demanda à Charles-Pierre de Bailleul si l'on pouvait décemment faire confiance à quelqu'un incapable d'élever correctement une fille devenue une vulgaire catin divorcée, le châtelain fit d'abord part de son étonnement, puis répliqua que seul un être irréprochable était en mesure de porter un quelconque jugement. Ce qui, ajouta-t-il, et si l'on en croyait cette rumeur à laquelle lui-même semblait porter tant de crédit, était loin d'être son cas. Puis, monsieur de Bailleul se moqua ouvertement de son interlocuteur en lui disant qu'il ferait bien de faire sienne la devise des Bailleul : *Tacere aut bene Dicere* qui pouvait se traduire par « Tais-toi ou parle bien »...

Cette réponse lapidaire provoqua des rires étouffés et autres railleries à peine déguisées et finit d'humilier Lebellanger qui, lèvres pincées, préféra se retirer. On ne le revit plus dans le village pendant des jours.

Il s'est dit aussi que Lanson et lui passèrent énormément de temps enfermés chez l'un ou chez l'autre et que, par la suite, tous deux s'étaient rendus à Paris. Personne ne sut jamais le fin mot de l'histoire.

La seule chose à présent certaine est que Lebellanger a quitté Angerville depuis plus de deux semaines et que Lanson, les rares fois où on l'aperçoit dans les rues du village, paraît étrangement nerveux. Nicolas Danière ne peut s'empêcher de penser que ces deux-là doivent préparer un de ces sales coups dont ils ont le secret.

Tout cela lui est pourtant égal. Lanson ne fait heureusement plus partie de sa famille et ces deux comparses ne sont plus au cœur de ses préoccupations et encore moins de sa vie.

Seule compte l'absente.

Celle qu'il se désespère de revoir pour lui dire, sans aucune équivoque, tout l'amour qu'il lui porte.

Oui, seule compte Julie.

20

Marseille. Troisième étage d'une maison à l'angle de la rue des Capucins et de la rue d'Aubagne

La porte de la chambre n'est pas tout à fait refermée que déjà Sade se jette sur Marianne. Fougueusement, il se met à l'embrasser à pleine bouche tout en jetant des coups d'œil appuyés à Latour qui, après avoir fermé la porte à clef, commence à se déshabiller. Le spectacle de cet effeuillage ne tarde pas à faire son effet et accentue l'excitation du marquis qui serre la jeune fille un peu plus fort contre lui.

En se frottant vigoureusement contre la cuisse de Marianne, il lui palpe un sein avec fermeté. Il ne le caresse pas. Il le pétrit, le presse furieusement comme un fruit bien mûr, le malmène même. N'y tenant plus, il fléchit les genoux, et, arrivé à la hauteur du décolleté de la demoiselle, il en baisse sans ménagement le tissu pour qu'enfin de sa langue il puisse venir en titiller le téton avant que ses dents ne se mettent à le mordiller. Râles et soupirs envahissent peu à peu la pièce tout comme les vêtements lancés à la volée et qui jonchent à présent le parquet.

Les esprits s'échauffent et les corps bouillonnent.

— Allongez-vous tous les deux ! ordonne le marquis.

Marianne Laverne et Latour s'exécutent et se retrouvent sur le lit, entièrement nus.

Donatien de Sade contemple un instant ces deux corps bien plus jeunes que le sien qui lui sont offerts et dont il entend pouvoir jouir comme il le désire. Leur peau est belle, laiteuse et douce comme l'est celle des jeunes gens pas encore tout à fait sortis de l'adolescence. Le sexe de Latour est déjà gorgé de sang et défie effrontément de ses soubresauts le marquis qui, n'y tenant plus, se débarrasse de ses dernières nippes.

Sade demande à la jeune fille de dix-huit ans de se mettre sur le ventre. Obéissante, elle se tourne lentement, de manière lascive et le regard mutin ne s'attendant certainement pas à ce qui va suivre. Donatien de Sade s'empare d'un petit martinet qu'il avait dans la poche de son gilet, puis, après un sourire complice à son fidèle Latour, commence à fouetter la belle qui sursaute et pousse un cri de stupeur. Passé ce moment de surprise, Marianne Laverne s'abandonne sans trop rechigner. Après tout, la pratique est on ne peut plus courante lors de parties fines et puis, pour le moment, les coups sont tout à fait supportables. Les lanières de cuir viennent taquiner le postérieur de la jeune fille qui, altruiste, grimace et se met à gémir afin d'exciter davantage son beau client.

Sade passe sur le côté du lit et, tout en continuant de molester la catin, de son autre main il s'empare du sexe de Latour et le branle sur toute sa longueur. Le valet s'arc-boute, poings sous les fesses et entame des mouvements de va-et-vient dans la main serrée de son maître.

— Cela vous plaît-il, monsieur le marquis ? lance Donatien au domestique, amusé de changer pour un temps de position sociale avec son jeune complice.

— Assurément, mon vieil ami. Continuez ainsi ! C'est un ordre.

Sade ne se fait pas prier et les mouvements se font plus rapides. Ainsi enhardi, les coups de fouet se font plus énergiques et les cris que commence à pousser Marianne Laverne ne sont plus ceux émis pour feindre une encourageante simulation.

Sade s'en aperçoit et ne voulant pas apeurer celles qui patientent derrière la porte, il décide de ne plus battre celle étendue sur le lit tout comme il cesse de jouer avec le sexe de Latour craignant qu'il ne décharge trop vite. La journée ne fait que commencer et, même si son valet est un exemple d'endurance, il faut le ménager si Donatien veut en profiter.

— Monsieur le marquis, auriez-vous l'obligeance de sortir ? J'ai à m'entretenir avec mademoiselle.

Devant l'apparente incompréhension de Latour, le regard de Donatien se fait insistant.

— S'il vous plaît, monsieur ?

Le valet, au comble de l'excitation, paraît quitter peu à peu les cieux vers lesquels son esprit s'était envolé. Les mots de son maître résonnent dans son esprit et Latour réalise enfin ce qu'on attend de lui. Sans perdre un instant, il se lève, se rhabille à la hâte et quitte la chambre.

— As-tu mal ? demande Sade à la jeune Marianne.

— Non, messire. C'est supportable.

Il sourit.

— Bien. Très bien.

Donatien de Sade se dirige vers son gilet. Il fouille l'une de ses poches et sort une bourse de peau grise. Il en dénoue délicatement le cordon et apparaît alors une petite boîte de cristal cerclée d'or. Une fois le couvercle ouvert, Marianne peut apercevoir des pastilles en forme d'anis sucrés.

— Afin de m'excuser, et aussi parce que cela me ferait grandement plaisir, je te donne ces pastilles. Manges-en beaucoup ! Autant qu'il te plaira.

La jeune Marianne prend deux de ces bonbons. Elle les a à peine mis dans sa bouche que le marquis la prévient :

— Elles te feront péter. Préviens-moi dès que tu sens des gargouillements dans ton ventre. J'irai récolter tes vents.

À ces mots, Marianne suspend la succion des dragées. Certains clients ont certes des goûts particuliers, mais cette envie d'accueillir des pets est des plus originale. Après un bref moment de réflexion, la jeune femme reprend pourtant la consommation de ces curieuses douceurs. Après tout, cela ne lui coûtera rien. Elle ne souffrira pas et cet homme ainsi satisfait se montrera généreux. Un client heureux est un client qui paie et qui revient. Pour lui plaire, Marianne en prend et en reprend encore. Elle les suce sans relâche dans de sensuelles contorsions tandis que Donatien, dans l'attente d'odorantes perspectives, la caresse entre les cuisses. Après sept ou huit de ces pastilles, Sade lui en propose davantage, mais la belle n'en veut plus.

— Consentirais-tu que mon ami le marquis entre à nouveau et te connaisse par derrière ?

Nouveau refus.

— Je te donne un louis supplémentaire si tu acceptes que l'un de nous deux te sodomise. Un louis ! Réfléchis bien ! C'est une belle somme.

Marianne hésite. Cet argent serait bien employé, c'est certain, mais elle n'aime pas se faire prendre ainsi. Elle ne veut pas souffrir, même pour un louis.

— Je suis désolée, mais non.

Donatien ne cache pas sa déception, mais il connaît bien d'autres moyens pour prendre du plaisir. Il sort alors un rouleau de parchemin hérissé d'épingles recourbées de différentes tailles. Marianne remarque que le fouet est maculé de traces de sang. Elle commence à avoir des haut-le-cœur.

— Eh bien, puisque tu ne veux pas que je joue avec ton cul, tu joueras avec le mien. Prends ça et fouette-moi l'arrière-train !

Marianne Laverne hésite. Elle tend le bras, mais tarde à s'emparer de cet objet de torture. Elle s'interroge. Pourquoi vouloir s'infliger de telles souffrances ? Se faire lacérer le dos avec des lanières de cuir passe encore, mais ça ! Et qui lui dit que cet homme, une fois le dos en sang, ne portera pas plainte contre elle ? Qui peut lui promettre qu'il ne cherchera pas à se venger en lui infligeant à son tour pareil supplice ?

Marianne n'a plus le temps de tergiverser. Sade lui met l'outil dans les mains et lui présente déjà ses fesses.

— Frappe ! Allez ! Qu'attends-tu ?

Elle lui assène le premier coup. Timide et hésitant.

— Je ne t'ai pas demandé de me caresser le cul. Frappe bon sang !

La belle prend un peu d'élan, mais détourne le regard.

Sade demeure insatisfait et s'agace.

— Plus fort, enfin !

N'oublie pas Marianne, pense-t-elle, *un client heureux est un client qui paie et qui revient.*

Elle ferme les yeux.

Le bras se lève très haut et s'abat sur le bas du dos du marquis avec une telle force qu'il pousse un grognement sans que Marianne ne parvienne à savoir s'il s'agit d'un témoignage de plaisir ou d'une douleur contenue.

Inquiète, elle ouvre les paupières, mais ce qu'elle aperçoit alors lui soulève le cœur. Le haut des fesses de cet individu à quatre pattes sur le lit est parsemé d'écorchures d'où suintent de multiples gouttes de sang. Le marquis, attendant désespérément le coup suivant, s'alarme de ne rien sentir venir et tourne la tête vers cette fille qui décidément ne met pas beaucoup d'entrain à la tâche.

— Mais qu'as-tu ? Frappe donc ! Et frappe fort !

— Je ne peux plus, monsieur. Je suis désolée. Le courage me manque.

— Il va pourtant t'en falloir du courage si tu veux gagner ce louis.

— Ces blessures, ce sang...

— Si les épingles te rebutent, charge à toi de trouver un autre instrument pour me punir. Mais fais vite !

Marianne réfléchit quelques secondes puis, sans même prendre la peine de se couvrir, elle ouvre grand la porte. De toute façon, toutes ici l'ont déjà vue nue et le faux marquis au visage vérolé a pu la contempler dans le plus simple appareil pas plus tard qu'il y a cinq minutes.

La porte de la chambre s'est à peine mise à grincer que la femme Lemaire accourt déjà.

— Qu'y a-t-il ?

— Tu peux aller m'acheter un balai de bruyère, Jeanne ?

— Tu veux nettoyer la chambre avant de partir ? Ben ça alors ! Si on m'avait dit que la jeune et belle Mariannette se soucierait un jour de mes corvées !

— Ne sois pas ridicule ! Va me chercher ça, tu veux.

— Et je le paie comment, moi, ton balai ?

Marie Borelly qui, de la cuisine a entendu la conversation, arrive et tend quelques pièces à sa domestique.

— Tiens ! Prends ça et va chez Julien ! Ne reviens pas sans ce que Mariannette t'a demandé ! Compris ?

Jeanne-Françoise Lemaire obéit non sans émettre un soupir.

Après tout, on peut être docile et avoir du caractère.

La quadragénaire sortie, Marie s'enquiert de l'état de son amie au teint trop pâle.

— Ça va ?

— Oui. Te tracasse pas !

— Mais pourquoi un balai ?

Marianne désigne de la tête l'intérieur de la chambre.

— Monsieur veut être puni.

Mariette tente de contenir un rire.

— Je vois. Monsieur aime souffrir.

— C'est peu de le dire ! Et vous ?

— L'autre est dans la cuisine à jouer avec la petite Rose. Rien de bien méchant. Des caresses et quelques baisers. Il dit vouloir attendre d'être dans la chambre.

Soudain, le visage de Marianne se ferme. Son amie s'en aperçoit.

— T'es sûre que ça va ?

Marianne n'a pas le temps de répondre. Une voix de l'autre côté de la porte se fait entendre.

— J'attends !

Sans un mot, mais le regard perdu, Marianne, résignée, ferme la porte.

21

Dans le salon de Marie Borelly

Des rires et des gémissements se mêlent aux bruissements des étoffes, mais cette musique, d'ordinaire agréable aux oreilles de Marie, sonne pourtant faux aujourd'hui. Quelque chose ne va pas. Les instruments ont beau interpréter un air qui se veut joyeux, les notes sont teintées d'une mélancolie presque palpable. Ils ne jouent pas, ils pleurent. La joie du début s'est teintée peu à peu en tristesse à l'image de la sarabande, cette danse à l'origine espagnole qui, d'enjouée et énergique, devint au fil du temps d'une lenteur plaintive.

Le spectacle annoncé ne tient pas ses promesses. Si le musicien de haute taille au visage légèrement vérolé paraît avoir les faveurs du chef d'orchestre, le maestro lui dégage une autorité inquiétante, voire malveillante. Et ce n'est certainement pas l'air abattu qu'avait tout à l'heure Marianne qui contredira ce malaise.

L'homme qui est dans la chambre semble vouloir battre la mesure de ses envies à coups de fouet, de martinet ou de balai. Si d'ordinaire cela ne gêne pas Marie, elle met cependant un bémol sur la brutalité que pourraient engendrer de telles pratiques. Il arrive parfois que certains clients se laissent emporter par une cadence effrénée et ne maîtrisent plus totalement la force de leurs coups. En général, il suffit d'exprimer sa douleur pour que cesse la violence et commencent les excuses gênées.

Il faut savoir nuancer certains plaisirs, les doser, en contrôler le rythme. Débuter piano et les assouvir crescendo. Une de ces progressions harmoniques que le public de connaisseurs apprécie grandement et dans lesquelles Marie est devenue experte.

Cependant, l'impression dominante de ce matin est que le simple fait d'être une virtuose ne suffira pas. On a beau avoir de multiples talents, voire exceller dans son art, on ne peut toujours vibrer au même diapason. Certains spectateurs sont difficiles et possèdent certaines exigences très pointues que vous n'êtes pas toujours en mesure de satisfaire. Qui plus est, ce matin les musiciens semblent ne pas lire la même partition et, il faut bien l'avouer, celle de ces deux hommes paraît des plus étrange.

— Alors Mariette ! Tu ne veux pas te joindre à nous ?

Marie est soudain ramenée à cette réalité qu'il faudrait peut-être fuir.

Allongée sur une banquette au tissu fleuri, Rose a les cheveux en désordre et le teint légèrement échauffé. Quant au faux marquis, la taille de son sexe ne laisse aucun doute sur les talents de la petite qui se contorsionne sans aucune pudeur entre ses bras.

— Oui, Mariette, insiste Latour. Viens !

Marie Borelly hésite. Comme le disait sa mère : intuition n'est pas toujours vérité, cependant, celle qui la tenaille en ce moment se fait de plus en plus insistante. La jeune femme est tendue.

D'un mouvement de tête, Marie tente de chasser de son esprit ce sentiment insensé, presque morbide. Décidée à prendre du bon temps, elle se dirige vers Rosette et l'homme de haute stature qui se caressent sans retenue quand soudain, le souffle court, Jeanne-Françoise Lemaire fait son entrée.

— Maudits escaliers ! Un d'ces jours, ils auront ma peau !

C'est alors qu'un vacarme épouvantable se fait entendre dans la chambre occupée par Marianne et le deuxième client. Marie Borelly se précipite, prête à intervenir, mais la porte s'ouvre sur Marianne qui, haletante, s'adresse à la domestique.

— Tu l'as ?

— D'après toi ? Qu'est-ce que je tiens là ? demande-t-elle en lui désignant le balai.

— Donne-le-moi !

— Un *s'il te plaît* te brûlerait les lèvres ?

— Donne, je te dis !

La femme Lemaire tend le balai dans un soupir consterné.

— Décidément, la politesse et les bonnes manières deviennent des denrées rares. Prends-le ton fichu balai ! T'oublieras pas les angles quand tu le passeras.

Marianne se contente de hausser les épaules et se saisit de cet accessoire qui sera bientôt détourné de son usage premier. Elle n'a assurément pas besoin de discours ironique ni de leçons de savoir-vivre à ce moment précis. D'habitude, elle affectionne ces joutes verbales et s'en amuse même, seulement, ce matin, elle n'a pas le cœur à se lancer dans ce petit jeu. Un autre duel l'attend et elle entend bien en respecter les règles qu'on lui a fixées. Elle va corriger ce marquis qui joue très mal au domestique tant il ne peut s'empêcher de donner des ordres. Si la vue du sang la rebutait un peu, Marianne va désormais prendre sur elle et porter de bon cœur les coups que cet homme désespère de recevoir.

Tel sera le châtiment de cet individu dont l'égoïsme transpire jusque dans sa quête de plaisir.

Doucement, la porte se referme sans qu'une parole ne soit échangée entre Marianne et Marie. Pourtant, l'inquiétude ressentie plus tôt s'est dissipée. Un regard, bref, furtif, unique a suffi pour que Marie comprenne qu'il ne fallait plus se tracasser.

Quelque chose avait changé.

Le visage de son amie était transfiguré par la colère.

22

Dans la chambre de Marie Borelly

— Est-ce là l'objet de mes tourments et la source de jouissances à venir ? demande Sade, incrédule devant le balai de brus.

— En effet ! lui répond laconiquement Marianne Laverne.

— Eh bien, il me tarde de découvrir l'usage que tu en feras !

— Qu'il en soit ainsi ! En position, je vous prie !

Donatien de Sade, impatient, se met à quatre pattes sur le lit. Cependant, il ne peut s'empêcher de donner un dernier conseil à Marianne qui tient déjà fermement le manche.

— Ne retiens surtout pas tes coups ! N'aie crainte ! Tu as pu le constater, j'ai le cuir épais.

— Comme il vous plaira, messire.

Sans crier gare, Marianne assène le premier coup. Surpris, mais ravi, le marquis se mord les lèvres, incapable de contenir un râle de plaisir. Il n'a pourtant pas le temps de savourer l'instant. Le deuxième coup arrive rapidement, suivi d'un troisième, puis d'un autre encore.

Sade peine à reconnaître la jeune fille timide de tout à l'heure qui rechignait à lui administrer la correction qu'il réclamait. Terminées, les supplications et les menaces. La fille se fait docile et obéit enfin à celui qui a promis de grassement la rétribuer.

Les fesses du marquis se font de plus en plus rouges. Son sexe se gonfle de plaisir.

— Encore ! Vas-y ! Plus fort ! implore-t-il.

L'homme est insatiable et Marianne, malgré sa bonne volonté, ne sait si elle sera en mesure de lui donner ce qu'il attend. Elle a beau éprouver de la colère, être en proie à une certaine fureur même, rien ne semble cependant satisfaire cette quête inextinguible de souffrances et d'humiliations.

Les forces commencent à lui manquer. Elle a chaud et éprouve des douleurs à l'estomac. Elle ne tiendra pas longtemps à ce rythme.

Sade ne tarde pas à s'apercevoir que la puissance des coups décline. Illico, il propose à la petite de prendre une nouvelle dragée en lui promettant que cela lui redonnera du courage. Le cœur au bord des lèvres, Marianne finit toutefois par accepter mollement. Le souci de ne pas décevoir est bien plus grand chez elle que l'intérêt porté aux alarmes de ce corps qui ne lui appartient plus vraiment.

Le bonbon à peine terminé, Sade propose à la jeune femme de s'allonger sur le lit, le cul légèrement levé vers le plafond. Tout heureuse de ne plus frapper l'arrière-train ensanglanté du marquis, Marianne s'exécute pensant naïvement que cette position lui fera passer cette nausée qui ne semble pas décidée à la quitter. À peine est-elle étendue sur le ventre qu'elle sent la langue humide du marquis s'immiscer entre ses fesses. Loin de s'en offusquer, Marianne profite de cette sensation qui n'est pas faite pour lui déplaire. Le souffle chaud du marquis mêlé à ce titillement inquisiteur lui procure même un certain plaisir. Pas suffisant, hélas, pour lui faire oublier ce mal qui lui tenaille les entrailles. Son ventre se met alors à gargouiller telle une bande de vieux matous criant famine.

À ce son, Sade jubile. Il flatte la croupe de la jeune femme et demande à ce qu'elle lui pète au visage.

— Non !

— Comment cela *non* ? Me refuserais-tu ce petit jeu de pet-en-gueule ?

— Je suis malade, monsieur.

— Eh bien ! Raison de plus. Il faut te libérer de ces gaz qui te procurent tant de souffrances.

— C'est que j'ai peur de...

Marianne n'a pas le temps de terminer qu'un vent s'échappe de son derrière. Donatien de Sade se précipite et recueille avec gourmandise cette offrande qu'il n'espérait plus. Il s'en délecte et, avide, ne perd pas un seul de ceux qui ne tardent guère à se succéder dans sa bouche.

Honteuse, Marianne tente de quitter le lit, mais Sade ne l'entend pas ainsi et la maintient fermement par les hanches.

— Laissez-moi partir !

— Tout doux, jeune enfant ! Tu ne crains rien avec moi. Laisse-toi aller !

— Je ne veux pas. Je suis malade, monsieur, et n'y tiens plus.

— Un louis supplémentaire pour que tu partages avec moi les effets de ce malaise.

— Pas un ! Pas même dix ! Pitié. Je ne me sens vraiment pas bien.

Dépité, Donatien relâche son emprise et bascule sur le côté. Il ne faudrait pas alarmer celles qui se trouvent à côté.

Marianne ne perd pas un instant. Elle se lève d'un bond, ramasse ses vêtements et quitte précipitamment la chambre laissant Sade tout à sa frustration.

Après un bref instant de réflexion et comptant bien ne pas demeurer dans un tel état, le marquis demande à Latour de le rejoindre accompagné d'une autre fille.

Sortant la tête des jupons de Mariette, le domestique se lève aussitôt. Le sexe paré pour de nouvelles prouesses, Latour prend la main de la jeune femme, disposé à répondre à la sommation de son maître. Cependant, il n'oublie pas avant de partir d'embrasser celle qui était à lui caresser les fesses.

— À tout à l'heure, belle petite Rose, lui murmure-t-il à l'oreille.

Elle n'a pas le temps de répondre. Latour est déjà loin, entraînant Mariette derrière lui.

Marie Borelly, qui avait oublié un moment dans les bras de Latour ses sombres pressentiments, se fige l'espace d'un instant en croisant son amie Marianne qui accourt dans la cuisine.

Marianne a peur. Non. Marianne souffre. Elle a beau se taire, ses traits parlent pour elle. Marie n'a pas l'occasion de lui demander quoi que ce soit. Tout est allé si vite. Elle est maintenant dans la chambre et Latour ferme la porte.

23

Dans la cuisine de Marie Borelly

Marianne peine à tenir debout.

Chancelante, elle prend appui sur le mur et arrive avec difficulté dans la cuisine. Sa vision se voile. Elle transpire à grosses gouttes. Ses crampes à l'estomac lui déchirent le ventre et la nausée se fait de plus en plus présente. Le pas hésitant, elle s'agrippe à la chaise posée contre le mur. Elle manque de tomber en voulant s'asseoir, mais se rattrape in extremis à la table.

La femme Lemaire, inquiète, s'approche de la jeune fille au teint cireux et au regard affolé.

— Ça va ?

Une main sur la bouche et l'autre sur l'abdomen, Marianne ne répond pas.

— Marianne ?

D'une voix très faible, après quelques instants, elle parvient enfin à demander un peu d'eau. Jeanne-Françoise se précipite alors vers l'étagère près de la fenêtre, se saisit d'un verre et le remplit à la hâte à l'aide de la cruche, posée sur la table. Du liquide se disperse par terre, mais la domestique n'en a cure. Elle tend le verre à Marianne qui, n'y tenant plus, le vide d'une gorgée.

— Tu vas mieux ?

Marianne fait signe de la tête que non et tente péniblement de reprendre sa respiration.

— Mais qu'est-ce que tu as ?

Un peu plus audible que tout à l'heure, mais toujours fragile, Marianne essaie de décrire les symptômes de ce mal qui a envahi son corps et lui torture à présent l'esprit.

La quadragénaire écoute, à la fois attentive et incrédule. Elle ne perd pas un seul mot qui sort de cette bouche pâteuse. Si la fille de joie se garde bien de narrer avec force détails les prouesses réalisées derrière la porte de la chambre, elle ne fait cependant pas grand secrets de ses impressions sur le bonhomme.

— Tu crois qu'il est dangereux ? s'enquiert la domestique.

— Non, mais il est étrange. Je sais que tu détestes que l'on s'étende sur ce qui se passe entre nos draps, mais je peux t'assurer que cet homme est particulier, à l'image de certains de ses goûts.

Marianne se met à tousser si fort qu'elle est sur le point de vomir.

— Donne-moi un autre verre d'eau, tu veux ?

Assise face à la jeune femme, Jeanne-Françoise n'a qu'à tendre le bras pour le remplir. Marianne l'a à peine terminé que Rose fait son entrée dans la cuisine, tentant de remettre un peu d'ordre à sa coiffure.

Découvrant le visage défait de son amie, Rose s'émeut.

— Mais que t'arrive-t-il ? Tu es malade ?

La femme Lemaire, qui se réjouissait de recueillir les confidences de Marianne, s'agace.

— Si on te pose la question, tu diras que tu n'en sais rien. Évidemment qu'elle est malade ! Si tu n'avais pas passé un temps fou à te refagoter après t'être frottée au jeune vérolé, tu saurais de quoi il retourne. Peut-être même, aurais-tu été en mesure de réconforter ton amie.

Loin de se laisser impressionner, Rose Coste toise celle qui a pourtant le double de son âge.

— T'as pas un sol à laver ou des babioles à astiquer ?

À cet instant précis, la femme Lemaire souhaiterait gifler l'insolente. Elle ne supporte pas ces jeunes personnes qui se donnent de grands airs pensant que l'entrée dans l'âge adulte leur confère tous les droits, y compris celui de ridiculiser leurs aînés. Une folle envie de rabaisser le caquet à la petite Rose Coste envahit la servante, à lui en faire trembler les mains. Pourtant elle se contient et tente de dissimuler ce témoignage de nervosité sous la table. Elle ne doit pas s'emporter si elle désire garder sa place. L'effrontée est une amie de celle qui l'emploie et toute parole déplacée serait malvenue. Cependant, son amour-propre l'empêche de se taire.

— Tu as raison. Astiquer est un art. Et contrairement à d'autres, mon talent, à le pratiquer, n'est pas une insulte à la morale.

Marianne pourtant au plus mal ne peut contenir un rictus amusé contrairement à Rose qui ne semble pas du tout apprécier ce bon mot.

— File, souillon ! Si tu ne veux pas que je demande à un de ces deux-là de te montrer de quoi sont faits les vrais mâles.

Le visage rubicond et le regard noir de colère, Jeanne-Françoise se lève d'un bond pour se rendre au salon et, par défi, bouscule en passant la jeunette d'un coup d'épaule.

Rose préfère ne porter aucune considération à cette ultime provocation et s'agenouille aussitôt face à Marianne en lui caressant la joue.

— Qu'est-ce que tu as ma petite Marianne ? Mon Dieu ! Tu es toute chaude !

— Je ne sais pas. J'ai envie de rendre et mon ventre me fait terriblement mal.

— Tu as mangé quelque chose ?

— Non. Rien depuis hier soir, excepté les pastilles que cet homme m'a proposées.

— Qui ?

— Le plus vieux.

— C'était quoi ? Tu en as pris beaucoup ?

— On aurait dit des bonbons à l'anis. Je ne sais plus combien j'en ai avalé… sept… huit… peut-être plus.

— Mais pourquoi il t'a donné ça ?

Marianne a beau avoir vu et subi des choses innommables, elle paraît gênée. Pourtant elle se doit d'en parler. Il lui faut prévenir celles qui vont lui succéder dans cette chambre.

— Il a dit que c'était pour me faire péter.

— Pardon ?

Marianne n'a pas le temps d'apporter la moindre explication. Elle se met à grimacer, se plie en deux et tente de retenir un gémissement terrible.

Percevant les plaintes contenues de Marianne, la femme Lemaire quitte la pièce attenante à la cuisine et accourt, manquant dans sa précipitation de se prendre les pieds dans le tapis.

— Qu'y a-t-il ?

— Tu ne le vois pas ? Elle est au plus mal, répond Rose sèchement. Donne-lui un verre d'eau !

Marianne, le visage déformé par la douleur, oppose son refus en levant la main.

Les deux femmes demeurent immobiles, impuissantes, scrutant la moindre réaction de celle qui continue à se tordre de douleur. Peu à peu, au rythme de sa respiration qui se fait plus calme, les traits de Marianne finissent par se relâcher.

— L'eau ne fait rien. Il y a du café ?

— Elle a raison, dit Rose. Cela lui fera du bien à l'estomac.

Jeanne-Françoise se fige, se décompose.

Rose s'emporte devant l'immobilisme de la domestique.

— Eh bien ! Tu as entendu ? Amène-lui du café !

La femme Lemaire bredouille une réponse à peine audible provoquant l'ire de Rose Coste.

— Mais enfin ! Que dis-tu ?

— C'est qu'on n'en a pas ici.

— Descends lui en trouver ! Fais vite !

Jeanne-Françoise trépigne. Un pas à droite, l'autre à gauche. Elle voudrait partir, mais ses pieds semblent ne pas vouloir lui obéir.

— Allez ! se met à hurler Rose.

Un ordre qui n'en est pas un tant il résonne davantage comme une supplique désespérée.

Une prière qui fait se mouvoir les pieds d'une femme prête à tout pour que cessent la douleur et les cris.

24

Marseille.
Non loin du port

Marguerite Coste aujourd'hui est heureuse. Elle ne sait pourquoi, mais à son réveil, son cœur était léger, sa tête débarrassée du moindre souci.

Cela lui arrive parfois. Hélas, trop rarement !

Elle aime ces matins où tout paraît simple et facile, où la vie vous serre dans ses bras, ces instants où vous avez l'impression d'être importante, presque invincible et tellement heureuse d'être là.

Insouciante, Marguerite déambule dans les allées du marché, caressée par les rayons du soleil. Tandis que les ménagères se pressent et discutent les prix, elle, au contraire, prend son temps. Elle s'émerveille devant les étals arc-en-ciel, respire les odeurs de fruits et d'épices et se remplit les poumons de cet air iodé qui vous fait vous sentir si vivant.

Ce matin, Marguerite trouve de la beauté en toute chose et se laisse attendrir par ce qui d'ordinaire ne la touche pas, voire la rebute. Tel ce mendiant, croisé plus tôt, assis près de l'église des Augustins. Elle lui a souri et même donné une pièce alors que d'ordinaire elle serait passée à côté de lui, feignant de ne pas le remarquer.

Oui, c'est certain ! Cette journée sera belle, à marquer d'une pierre blanche.

— Marguerite ?

Cet homme à la peau bronzée qui l'interpelle de l'autre côté, elle le connaît. Il a partagé son lit quelques jours plus tôt.

— Bernard ! Mon marin d'eau douce. Comment tu vas ?

— Je reprends la mer demain.

— On dirait que ça n'a pas l'air de t'enchanter. Et où vas-tu ?

— Aux Indes. Tu as bien deviné, non, je ne suis pas très heureux de partir.

— Mais pourquoi ? Naviguer, tu connais. Et les Indes ? Les Indes, Bernard ? Cela doit être magnifique. Ces personnes parées de magnifiques étoffes, ces palais grandioses et ces animaux exotiques que nous ne verrons jamais ici. T'as une telle chance et tu ne t'en rends même pas compte !

Bernard préfère ne pas répondre tout comme il préfère de ne plus soutenir le regard azur de Marguerite Coste. Y plonger serait à n'en pas douter lui dévoiler la nature des sentiments qu'il éprouve pour elle. À quoi bon lui dire qu'il ne veut pas partir, qu'il désire plus que tout rester près d'elle ? Pourquoi lui annoncer qu'il souhaite plus que tout terminer ses jours à ses côtés et peut-être même lui faire un enfant ? Oui, pourquoi ? De toute manière, elle ne manquerait pas de lui rire au nez. Car que pourrait-elle trouver à un homme comme lui ? Un vieux loup de mer au crépuscule de sa vie et qui passe le plus clair de son temps sur les océans du monde à fuir l'ennui d'une vie trop rangée. Ce genre de vie qu'il voudrait pourtant partager avec Marguerite aujourd'hui.

— C'est souvent comme ça ici. Pas seulement à Marseille, mais en France. Les gens se plaignent alors qu'ils ont tout pour être heureux.

— Et ne font rien pour l'être, murmure Bernard.

— Précisément !

— Mais tu sais, Marie, ces pays lointains que tu admires tant ne sont pas comme tu les imagines. Le paradis est au ciel, pas sur cette Terre. Des palais, y en a partout et, comme dans le reste du monde, y a la pauvreté tout autour. Les belles robes que tu rêves de porter ne sont pas pour les gens comme nous. Aux Indes aussi, y a des hommes, des femmes et des enfants en guenilles. La richesse est rare alors que la misère est à chaque coin de rue. On croit toujours trouver mieux ailleurs, mais le bonheur est là où nous sommes. Faut juste se donner la peine de le voir.

Marguerite siffle d'admiration.

— Tu parles bien, mon marin d'eau douce. Tu sais, tu devrais boire un peu moins. Elles te vont bien ces belles paroles dans ta bouche ! Si je m'attendais à ce que tu tiennes une conversation ! Ben ça alors ! T'avais pas de beaux discours comme ça la dernière fois qu'on s'est vus, mais tu dois pas t'en souvenir.

Oh que si, il s'en souvient ! Bernard se rappelle chaque minute, tous leurs baisers, le grain de peau de Marguerite, son odeur et ses caresses. Elle avait été si douce ! Marguerite a beau être une professionnelle, elle lui avait témoigné tellement de tendresse que cela l'avait bouleversé, ému presque aux larmes !

— Tu as raison. J'sais pas trop ce qui m'est arrivé ce jour-là.

Il ne ment pas. Il n'avait jamais ressenti cela auparavant.

Il avait bien épousé Madeleine, il y a fort longtemps, pour ne pas vivre seul et surtout afin de plaire à son père, marin comme lui et doté d'un caractère bien trempé. La jeune femme était leur voisine. Elle et Bernard avaient pratiquement grandi ensemble. Seulement, les absences répétées et l'infidélité constante de Bernard avaient éloigné Madeleine peu à peu jusqu'à ce qu'elle meure en couches deux ans seulement après leur union devant monsieur le curé. Ce jour-là, il perdit une femme qu'il connaissait, mais n'affectionnait pas vraiment et un fils qu'il désirait voir grandir et qu'il aimait déjà pour avoir simplement donné un sens à ce mariage.

Marguerite était la plus belle chose qui lui soit arrivée depuis des dizaines d'années.

L'argent n'était pas seul responsable de cela. Il en était certain. Cette fois, c'était différent ! Les filles comme elle ne témoignent pas autant d'intérêt pour les hommes qui passent dans leur vie.

— Tu t'en vas demain matin ?

— Oui. Encore une journée à terre et après...

— Quoi après ?

— Ben, tu sais, on ne sait jamais trop quand on revient. Si tant est que l'on revienne un jour.

Marguerite fronce les sourcils et, d'une bouche en coin, montre sa désapprobation.

— Tu vas pas jouer les rabat-joie, Bernard ? La vie est belle. Regarde ! Il fait soleil, les fruits sont beaux, les enfants sourient et même moi, la belle, mais triste Marguerite, je suis heureuse. Je me dis que chaque jour est un cadeau que le Bon Dieu me fait. On a tous nos chagrins, mon pauv' Bernard, mais à trop se plaindre, on oublie simplement de vivre. D'ailleurs si je me rappelle bien, c'est pas toi qui disais tout à l'heure qu'il faut voir le bonheur là où il est ?

Bernard est gêné.

— Si, c'est moi.

La jeune fille relève de son index le menton de celui qui, depuis tout à l'heure, baisse la tête.

— Ben alors ? T'aurais pas osé me mentir ?

— Oh non, Marguerite ! À toi, je ne mentirai jamais.

— Souris-moi alors !

Et voilà Bernard qui se redresse et tente maladroitement de faire plaisir à sa belle.

— Mieux que ça, allons ! lui demande-t-elle tendrement en tapotant la joue mal rasée du marin, sans se soucier le moins du monde des regards réprobateurs que portent sur eux certains badauds.

— Ben voilà ! Tu vois, Bernard, c'est ce sourire qu'il faut garder pour traverser ta vie.

Devant les traits crispés et grimaçants de Bernard, Marguerite se met à rire bruyamment.

— Tu n'es pas obligé de l'afficher tout le temps ce sourire, sauf si tu ne crains pas d'être pris pour un simple d'esprit.

Le visage finit par se détendre.

— La vie est belle, Bernard. C'est une chose à garder en tête. Une lumière qui doit éclairer tes journées et ce visage abîmé par le sel et le vent.

Puis Marguerite de prendre entre ses mains le visage de Bernard et de coller sur le front un de ces baisers qui claquent et font le bonheur des enfants. Bernard paraît s'en amuser, même si en son for intérieur il espérait un autre témoignage de tendresse, un baiser différent, un de ceux que l'on donne à son amoureux, car il s'agit bien de cela : Bernard est amoureux. Hélas ! Marguerite ne semble guère partager ses sentiments.

Que doit-il faire ? Le lui dire au risque de la perdre ? Il a beau être naïf parfois, il n'est cependant pas sot. Nul doute que si cette inclination n'est pas réciproque, Marguerite refusera de le voir à nouveau. Les sentiments sont des bagages trop encombrants pour ce genre de fille et ne favorisent pas leur commerce.

— Tu me raconteras ton voyage à ton retour des Indes. J'ai hâte de t'entendre me parler de tout ça.

Bernard acquiesce. Triste et heureux à la fois. Elle ne l'aime sûrement pas, néanmoins, il va de soi pour elle qu'ils se reverront. Alors, afin de prendre congé, il lui rend ce baiser enfantin qu'elle lui a donné tout à l'heure. Le contact de ses lèvres sur sa peau est toutefois plus doux, plus appuyé et trahit certainement cette tendresse qu'il ne peut réprouver.

À son retour, il s'offrira ses services, il la paiera, mais cette fois il lui fera l'amour.

Il s'apprête à partir quand il sent la main délicate de Marguerite se saisir de la sienne. Surpris, il se retourne et découvre le regard infiniment doux de sa belle.

— C'est trop triste, Bernard. On n'va pas se quitter comme ça ? Viens !

L'espoir.

Et si… ?

25

La Coste

La chaleur est déjà accablante en Provence ce matin et si la cymbalisation des cigales envahit peu à peu la vallée, la jeune femme qui avance vers le village semble pourtant ne pas y prêter la moindre attention. Anne-Prospère de Montreuil descend en effet d'un pas décidé l'éperon rocheux sur lequel est bâti le château des de Sade. Un endroit où l'air est devenu aussi lourd que l'ambiance qui y règne au point d'en devenir irrespirable.

Les deux sœurs en sont arrivées au point de ne pratiquement plus se parler. Chacune consent cependant à faire des efforts en présence des domestiques afin d'éviter que ne circulent des rumeurs auxquelles il serait difficile de mettre un terme. Les sujets de ces conversations n'ont cependant rien de trop personnel et portent généralement sur les enfants. L'un des rares qui permettent de ne pas finir en reproches, éclats de voix ou autres claquements de portes.

La cadette suffoque dans cette atmosphère pesante et se désespère du retour de celui qu'elle aime plus que tout. Il lui tarde d'avoir la chance de le revoir, de courir à perdre haleine afin de se jeter dans ses bras et se presser contre ce cœur qui, elle en est certaine, ne bat plus que pour elle. Il ne peut en être autrement. Il le lui a dit tout comme il a promis qu'ils partiraient loin de cette famille encombrante et hostile à leur bonheur. Cependant, Anne-Prospère doit être patiente et attendre encore quelques jours avant de voir leurs rêves se réaliser. Dès le retour de Donatien de Marseille, ils prendront la route pour ne jamais plus revenir.

Anne-Prospère, en quête de sérénité et d'un air plus respirable, est partie se balader. Elle aurait aimé se rendre au pont Julien, ce vestige romain qui fait la renommée de la région, mais y aller à pied par cette chaleur serait pure folie. Elle se contentera donc de traverser les rues escarpées de La Coste bordées de leurs maisons grises flanquées sur le versant de ce contrefort du Lubéron. Elle erre sans but, si ce n'est celui d'être éloignée de Renée-Pélagie, plus sinistre que jamais alors qu'elle possède tout ce qu'elle, la cadette, lui envie : mari et enfants. Pour le moment du moins, car un jour, tout cela sera à elle. Anne-Prospère a déjà dérobé l'époux de sa sœur. En ce qui concerne les enfants, elle s'est fait la promesse de porter rapidement les prochains héritiers de Donatien.

La jeune femme s'immobilise un instant et regarde la vallée couleur émeraude qui, à ses pieds, s'étend à perte de vue sous un ciel sans nuage. Songeuse, elle passe une main sur ce ventre qu'elle rêve de voir s'arrondir.

Donatien ! Que peut-il bien faire en ce moment ? pense-t-elle.

Elle n'a pas le temps de rêvasser ou d'imaginer le pire. Quelqu'un l'interpelle.

— Bien le bonjour, ma p'tite dame.

Anne-Prospère tourne la tête et observe l'homme qui vient de s'adresser à elle.

Un villageois d'environ 40 ans se tient devant la porte d'une maison. Elle ne saurait deviner exactement son âge tant le soleil du Sud durcit les traits et plisse les visages.

— Vous venez du château, c'est bien cela ?

— En effet.

— Pourriez-vous dire au seigneur, là-haut, que j'attends toujours d'être payé pour le pain que je livre quotidiennement ?

— Je... je ne comprends pas.

— C'est que ça commence à faire une belle petite somme ! J'ai été patient et attendu comme on me l'avait demandé, mais là, je ne peux plus. J'ai aussi des enfants. Il faut que l'on me dédommage.

Anne-Prospère savait la situation financière des de Sade difficile, mais elle ne se doutait pas que c'était au point de ne pouvoir assurer les dépenses quotidiennes.

— Vous pouvez compter sur moi. Je passerai demain vous régler. Je vous le promets.

La réponse de la jeune femme provoque la colère du boulanger qui hausse le ton :

— Les promesses n'engagent que ceux qui y croient. Ce temps-là est révolu. Terminées, les promesses, elles ne nourrissent pas les hommes. Je veux de l'argent, sonnant et trébuchant !

Des têtes ne tardent pas à apparaître aux fenêtres des maisons alentour. Confuse, Anne-Prospère opine du chef et tourne les talons, décidée à mettre un terme à sa promenade sans plus attendre. Alors, dépitée et tête baissée, elle se résigne à revenir sur ses pas et entreprend l'ascension du chemin de la honte sous les regards froids des Lacostois qui se sont pressés aux fenêtres et aux portes des maisons. Elle préfère retourner dans le calme rassurant de sa chambre et éviter de poursuivre vers la rue basse au risque d'y croiser d'autres commerçants de La Coste chez qui le couple serait débiteur.

Anne-Prospère ne se doutait pas un seul instant que cette escapade hors des murs du château se transformerait en un véritable chemin de croix. Elle avait bien surpris des bribes de conversations où il était question d'argent. Elle avait aussi entendu sa mère, la Présidente de Montreuil, se lamenter devant le train de vie fastueux de Renée-Pélagie et de son époux, arguant que cela finirait par causer leur perte. Pourtant, à les voir évoluer ici dans leur quotidien, rien ne laissait supposer que les créanciers étaient si nombreux et parfois même à leur porte.

Heureusement, tout cela appartiendra bientôt au passé. Après tout, la raison de ce voyage à Marseille n'est-elle pas justement de régler certaines affaires dans le but de percevoir de l'argent ?

En attendant, comme convenu, elle retournera demain au village afin de payer le boulanger et éventuellement d'autres commerçants chez qui ils seraient débiteurs. Elle s'acquittera de ces dettes sur ses propres deniers comme le ferait n'importe quelle épouse pour celui qu'elle aime.

Demain sera le début d'une nouvelle vie.

26

Dans la chambre de Marie Borelly

Mariette découvre le marquis avachi sur les draps en tenue d'Adam, le sexe tendu et le regard pénétrant. Il n'y a pas l'ombre d'un doute sur les intentions de ce monsieur. Marianne n'a pas dû le rassasier. Charge à elle à présent de tout mettre en œuvre pour lui donner ce qu'il désire.

Latour, toujours debout derrière elle, commence à lui caresser les seins en lui déposant des baisers sur la nuque. Ce qu'elle sent dans le bas de son dos ne laisse aucun doute sur la suite que prendront les évènements. L'homme au visage vérolé se frotte de plus en plus fort contre elle. Ses mains descendent vers son entrejambe. Celui assis sur le lit réagit et ne le laisse pas s'immiscer dans son intimité. Il prend délicatement la main du domestique et l'embrasse avant de l'éloigner du corps de la fille. Ils ont beau être complices et intimes, le maître du jeu ici c'est lui !

Pendant que le plus jeune continue de s'exciter sur la poitrine et le haut des fesses de Mariette, Sade entreprend de la déshabiller. Il le fait sans ménagement, ne portant que peu de considération aux étoffes qu'il malmène au risque de les déchirer. Loin de décontenancer Marie, celle-ci pousse des petits cris amusés. Ses contorsions n'ont pour conséquence que de stimuler davantage l'ardeur des deux mâles impatients de la posséder. Elle est débarrassée de sa robe en moins de temps qu'il n'en faut pour le dire. Ses jupons sont à ses pieds et Latour empoigne déjà l'une de ses fesses et lui mordille le lobe de l'oreille.

Mariette, par des mots bien choisis et une attitude engageante, encourage les deux comparses à ne pas faiblir. Les râles commencent à résonner sous les plafonds bas de la chambre. Trois corps frissonnent sous des mains avides de sensations charnelles.

Marie ferme les yeux. C'est alors qu'on lui écarte les cuisses. Une langue vient la fouiller tandis qu'une autre glisse le long de son cou. N'y tenant plus, elle presse la tête de l'inquisiteur contre son pubis. Le souffle chaud de celui-ci accroît ses gémissements.

Il est rare que des clients pensent ainsi au plaisir de celle qu'ils paient pour assouvir les leurs. Mariette profite de cet instant si rare.

Soudain, le froid.

Le marquis s'est éloigné de son intimité et lui demande de se pencher sur le lit. Obéissante, Marie se met en position et observe le domestique commencer à se déshabiller dans un coin de la pièce.

— Aïe !

Marie crie. Elle a mal. On vient de lui cingler le cul. Elle se retourne et voit Sade, le regard conquérant, tenir le balai de brus que Jeanne-Françoise est allée chercher tout à l'heure.

— Moins fort ! J'suis pas contre, mais faut prévenir.

Aucune réponse. D'un geste rapide, mais autoritaire, on lui signifie simplement de reprendre sa place. Contrariée, mais docile, Marie obéit. Parée à recevoir le prochain coup, mais inquiète, ses membres se raidissent, son dos se crispe et ses traits se figent. L'attente est courte. Le deuxième assaut arrive rapidement. S'il est moins violent que le précédent, la douleur, elle, est toujours au rendez-vous. Marie se mord les lèvres. Sade ne peut le voir, mais les yeux de la jeune femme implorent Latour, nu contre la cheminée.

Loin de se laisser attendrir, le domestique se saisit de sa verge et observe la détresse de celle que son maître se plaît à corriger. Tous deux n'ont que faire des suppliques de ces créatures. Elles sont là uniquement dans le but d'assouvir les désirs de ceux qui les rétribuent. Point de sentiments et encore moins de pitié. L'argent a ce pouvoir de déshumaniser les gourgandines les plus téméraires, réduites alors à n'être plus que les réceptacles de plaisirs égoïstes.

Le regard humide et perdu, Marie encaisse les coups avec courage. Si elle n'est pas grande amatrice de ces pratiques avilissantes, elle ne peut toutefois les refuser. Elles deviennent courantes, et ce serait se priver d'argent que d'autres, moins scrupuleuses, accepteraient sans rechigner. La concurrence est rude à Marseille et à jouer les difficiles, Marie signerait sa perte.

— Fort bien ! Voici une belle entrée en matière. Qu'en dis-tu, Mariette ?

La voix de l'homme debout derrière elle prend des accents de satisfaction. Une joie non dissimulée qui procure, si ce n'est plus, du moins autant de douleur à Marie que la bruyère séchée martyrisant la peau de ses fesses.

Marie n'a pourtant pas le temps de se lamenter. Contre toute attente, Sade lui tend le balai. Le bourreau veut échanger sa place et devenir victime à son tour.

Sade s'empare de son couteau perdu dans le tas de vêtements qui jonche le sol, fait le tour du lit et se cambre. Il fait face à la cheminée que Latour vient de quitter afin de se placer contre le mur, près de la fenêtre. Un endroit idéal lui permettant de contempler le visage de son maître et celui de Marie qui semble ne pas comprendre ce qu'on lui demande.

— Frappe fort ! Ne sois pas timide !

Perdue, elle lance un regard à Latour qui se masturbe de plus belle. Il lève le menton et désigne son maître.

— Allez ! Obéis ! lui lance le domestique.

Marie parcourt la pièce des yeux et remarque un fouet ensanglanté dans le coin de la pièce, près de la porte. Un drôle d'objet surmonté d'épingles. En son for intérieur, elle remercie Dieu de ne pas avoir à endurer les douloureuses caresses de cet instrument de torture.

Oui, mais le couteau ? pense-t-elle. *Pourquoi avoir pris ce couteau ?*

Les pires hypothèses se bousculent dans la tête de Marie Borelly. Cet homme attend-il qu'elle le frappe pour avoir une excuse afin de se retourner d'un bond et l'égorger ? Le meurtre serait-il pour ce genre d'individu la jouissance suprême ? Un but ultime à atteindre ?

— Qu'attends-tu ? interroge Latour.

Marie sursaute, replace une mèche de cheveux et répond timidement :

— Rien.

Ne pas penser au pire ! Surtout ne pas penser au pire ! se répète-t-elle. *Il ne peut rien m'arriver. Rose, Marianne et la bonne sont de l'autre côté de la porte.*

D'abord timides, les coups se mettent à pleuvoir, nombreux et à un rythme soutenu sous les encouragements renouvelés du marquis. Le domestique contemple tour à tour ces deux visages. Les expressions qu'il y lit le fascinent. Sur l'un, il reconnaît le plaisir provoqué par la douleur tandis que l'autre, moins rayonnant, ne traduit que colère et fatigue. Fatigue somme toute légitime au vu des dizaines de coups portés. Latour ne pourrait les quantifier, mais à en juger par la tête ébouriffée de la Mariette et les gouttes de sueur qui lui coulent le long des tempes, ils doivent bien être au nombre de cent, peut-être même le double vu le temps écoulé. Le dos et les fesses de son maître sont cramoisis. Des gouttes de sang s'échappent même çà et là à la surface de cette peau mutilée. Certaines viennent tacher les draps.

C'est à ce moment précis pourtant que Sade décide de se lever. Avec frénésie, il grave quelque chose à l'aide de son couteau sur le tuyau de la cheminée. Marie n'a pas le temps de déchiffrer le mystérieux message. Sade la jette déjà sur le lit avant que la bruyère séchée vienne à nouveau lui martyriser le dos. Nue et offerte, les poings serrés fermement sur des draps qui ont perdu de leur blancheur, Marie serre les dents et subit les fantasmes douloureux de ce client singulier.

Malgré tant de courage, la violence d'un des coups lui arrache un cri. La jeune femme se met à trembler. Tétanisée par la peur, elle ferme les yeux et enfonce sa tête dans le matelas, craignant ce qui risque d'arriver. Elle en est certaine, la fureur du marquis va redoubler. Il va la punir pour avoir osé se plaindre.

À son grand étonnement, il n'en est rien. Non seulement l'homme vient de cesser de s'acharner sur son dos endolori, mais, chose étrange, le silence a également envahi la pièce. Plus de râles ni de bruit de succion et surtout, Marie en est heureuse, point de mouvement suspect dans le but, peut-être, de s'emparer d'un outil quelconque afin de se livrer à d'autres jeux cruels. D'ordinaire, ce silence est rassurant, voire apaisant. À part que la situation est tout sauf ordinaire. Cette absence de bruit, quel qu'il soit, est même source d'une inquiétude grandissante chez Marie. Une autre torture tout aussi redoutable.

L'ignorance est souvent source d'angoisse. Celle-ci est terrifiante.

Marie Borelly ne le sait pas, mais ce cri qu'elle a été incapable de contenir n'a fait qu'accroître l'excitation de Donatien de Sade. Après un instant paraissant durer une éternité, mais nécessaire afin que le marquis et son fidèle Latour conviennent, sans mot dire, de la suite à donner à cette séance des plus jouissives, on s'adresse enfin à elle :

— Tourne-toi !

Craintive, elle roule mollement sur le lit. Elle peut alors apercevoir Sade aux côtés de Latour, se tenant par l'épaule. Ils l'observent et se masturbent.

La femme soumise allongée sur le lit est à eux. Ils veulent la posséder.

Sade s'allonge sur Marie Borelly.

Pas mécontente d'avoir à exécuter des choses plus traditionnelles, Mariette, presque pressée, écarte les cuisses. Le classique, le sexe à papa, elle maîtrise. Elle est même devenue une experte dans l'art de faire jouir rapidement les hommes. Non seulement cela lui permet d'abréger les échanges, mais elle peut ensuite se mettre en quête d'un autre client et multiplier ainsi les bénéfices. Les jeunettes, derrière la porte, sont encore ignorantes de toutes les subtilités du métier. Et c'est tant mieux ! Les lacunes des unes favorisent ainsi la richesse des autres.

Donatien, sans crier gare, s'introduit en elle d'un coup sec. Marie ne sourcille guère. Les plaisirs égoïstes des clients font partie de son quotidien. Elle accepte cela. Son corps ne lui appartient plus vraiment et depuis bien longtemps. Elle l'entretient cependant jalousement comme on prend soin d'un parquet précieux en point de Hongrie. Un sol sur lequel le monde prend plaisir à passer, qu'il piétine même et devant lequel pourtant il s'extasie sans vraiment s'en soucier au point de bien souvent le souiller. Des anonymes peu scrupuleux, mais exigeants, voire intransigeants, à l'image de ces deux agités pour qui elle n'est réduite qu'à un morceau de chair, réceptacle de leurs envies crasses et peu avouables.

L'homme s'anime en elle dans des coups de reins de plus en plus puissants et rapides. Marie se contorsionne, gémit, se passe la main dans les cheveux, se palpe les seins, ce n'est pourtant pas encore assez. Elle ne lui suffit pas. Marie le surprend à masturber le sexe démesuré de son domestique. Contrairement à son plaisir, son étonnement lui n'est pas feint. Sade s'en aperçoit. Il lui prend alors le menton fermement et lui plaque la tête sur le lit. Il se met alors à l'embrasser sauvagement, goulûment, sans tendresse. À ses yeux, elle n'en est sûrement pas digne. Marie est lucide. La douceur des sentiments n'est pas compatible avec sa condition. Quant à l'amour ! ...

La cadence des mouvements de bassin s'est subitement ralentie au point d'en être devenue à peine perceptible. Étonnée, Marie observe le visage de celui allongé sur elle. Ce qu'elle aperçoit alors par-dessus son épaule la déstabilise davantage, elle, Mariette, pourtant rodée aux pratiques les plus excentriques.

Le jeune vérolé vient se coucher sur le marquis semblant chercher à le posséder. Loin de s'en offusquer, celui-ci porte ses doigts à ses lèvres afin d'y recueillir un peu de salive dans le but de faciliter l'assaut. En moins de temps qu'il n'en faut pour le dire, les traits de Sade changent et témoignent de ce qui vient de se produire.

Soudain, des secousses ébranlent le lit et les corps.

Des bouches déformées halètent et se mettent à jurer.

Un triolisme aux amours particulières vient de commencer.

Marie, écrasée par le poids de ces deux hommes, est contrainte de subir leurs haleines qui exhalent de manière outrancière la domination et le vice.

27

Château de La Coste

Jacques de Sade, oncle de Donatien, n'est pas mécontent d'avoir quitté son château de Saumane. Si sa présence à La Coste n'était pas demandée, elle lui était cependant nécessaire, voire vitale. Certes, il s'est déjà fait éconduire, mais il ne peut toutefois s'empêcher de revoir la belle Anne-Prospère. Cette fille lui fait littéralement tourner la tête. Ses sens sont en ébullition. Le simple fait de penser à elle provoque chez lui des sentiments qu'il estimait être incapable d'éprouver.

Des relations physiques, il en avait eu plus que de raison, mais une explosion de sentiments comme celle-ci était si rare. Le visage de la chanoinesse le hante à chaque instant du jour et occupe la plupart de ses nuits. Pas un moment de répit ne lui est accordé. Il sait pourtant que ce n'est pas réciproque. Elle le lui a expliqué, mais l'homme de bientôt soixante-sept ans n'est pas de ceux prompts à se contenter d'un refus. Que peut connaître de l'amour une jeune fille de vingt et un ans ? Qui plus est après avoir passé tant d'années dans un établissement religieux ! Le vieil abbé est bien décidé à bousculer chez elle certaines certitudes trop précaires que confère bien souvent la jeunesse.

Impatient, il fait antichambre et attend désespérément qu'on vienne le chercher pour le conduire auprès de celle qu'il entend bien conquérir. La porte s'ouvre enfin sur un domestique en livrée bleu et or qui lui demande de bien vouloir le suivre. N'y tenant plus, l'abbé de Sade lui emboîte le pas au risque de bousculer le valet, persuadé de n'être qu'à quelques enjambées du bonheur.

Les deux silhouettes traversent tout d'abord la salle à manger où trône une cheminée au manteau de marbre, différentes tables dont une de trictrac, des lustres et miroirs rivalisant de beauté que seuls quatre grands tableaux surpassent. *L'École d'Athènes, La Mort d'Alexandre, Josué arrêtant le soleil* et le dernier qui fascine l'abbé : *une Madeleine* de grandeur nature.

Il n'a cependant pas le temps de s'extasier devant cette œuvre magnifique. On ouvre la porte menant au salon vert avant de l'annoncer d'un ton cérémonieux :

— Monsieur l'abbé de Sade.

Il se précipite, manque de renverser l'emperruqué qui tarde à se pousser de l'embrasure, puis se fige.

— Mon oncle ! Que me vaut cette visite ?

Cette voix n'est pas celle qu'il escomptait. Dépité, mais n'oubliant pas ses bonnes manières, monsieur de Sade s'avance et salue celle qui, assise dans un canapé, lui tend déjà la main.

— Madame.

— Voulez-vous que l'on fasse préparer une chambre ?

— Je vous remercie, mais je dois me rendre à Gordes avant ce soir.

Après un moment de brève réflexion, il ose poser la question qui lui brûle les lèvres :

— Madame votre sœur n'est pas là ?

Renée-Pélagie, vexée, ne manque pas de faire part de sa déception :

— Moi qui me réjouissais de pouvoir m'entretenir avec vous, voilà que je réalise que dans *hommes de Dieu* il y a, d'abord et avant tout, le mot homme.

— Je ne comprends pas.

— Allons, mon oncle ! Mentir est pécher. Nous connaissons vous et moi la raison de votre présence ici. Vous n'êtes là ni pour moi ou mes enfants et encore moins pour ce neveu dont vous ne semblez plus guère vous soucier.

— Donatien m'avait fait prévenir de son prochain départ pour Marseille en me demandant de veiller sur vous. Je viens donc naturellement m'enquérir de votre santé et de vos éventuels besoins.

— Naturellement !

Renée-Pélagie préfère détourner le regard de ce goujat avant que sa colère ne l'emporte et lui fasse regretter les propos acerbes qu'elle s'empêche de proférer. Ses yeux se posent sur la pendule d'écaille posée sur la commode en noyer. Un sauvage en cuivre tenant lance et bouclier surplombe l'horloge.

Il lui arrive parfois d'envier ce personnage, immobile, froid et imperturbable. Elle aimerait, elle aussi, être indifférente à ce qui l'entoure. Et pourquoi pas, de temps à autre, à l'aide de son arme, titiller les flancs de ceux qui ne lui portent que peu de considération à l'image de cet époux absent, de ses parents inquisiteurs et de ce visiteur, debout face à elle, et qu'elle n'a pas envie d'inviter à s'asseoir ?

Monsieur de Sade ne peut que remarquer l'émoi provoqué par sa maladresse.

— Vous allez bien ?

À ces mots, Renée-Pélagie foudroie du regard l'intrus qui, selon les rumeurs entendues ici ou là, cache une lubricité débridée derrière sa soutane. La marquise ne sait cependant quel crédit porter à ces rumeurs. On dit tant de sottises dans les villages qu'il est tout à fait possible d'entendre une chose et son contraire en l'espace d'une même journée. Toujours est-il que les Sade ont une réputation sulfureuse. Jean-Baptiste, le père de Donatien et frère de l'abbé, était connu lui aussi pour être un libertin.

Voilà la famille qui maintenant est la sienne !

— Je vais bien. Aussi bien que cela est possible.

Elle se lève et s'avance vers Jacques de Sade.

— Je suis navrée, mais Anne-Prospère est sortie je crois.

La tête haute, d'un geste lent et avec un je-ne-sais-quoi de hautain dans le regard, elle tend à nouveau la main afin de prendre congé.

— Vous repartirez donc sans avoir rencontré celle pour qui vous aviez fait tout ce chemin de si bon matin. Au revoir, mon oncle.

Il s'incline, baise la main de cette nièce décidément moins naïve qu'il ne le pensait et s'en retourne dans le vestibule, après avoir refermé derrière lui la porte de la salle à manger.

À ce moment précis, Anne-Prospère fait son entrée et Jacques de Sade ne peut que se remémorer ces lignes que Donatien lui avait écrites il y a un an :

Du milieu de cette famille aussi vertueuse qu'épaisse est sorti un ange céleste qui, par tous les agréments physiques et moraux qui la renferment, a porté le méchant public à de furieux doutes sur la vertu de la Présidente, on n'a jamais voulu ni pu croire que le magistrat Cordier ait eu la moindre part à l'existence de cette divinité qui véritablement semblait absolument dégagée de l'informe et lourde matière dont il avait embrouillé les organes du reste de sa progéniture[8].

La demoiselle, d'abord surprise, ne tarde pas à se parer de son plus beau sourire et s'avance vers cet oncle qui s'empresse de déposer le plus chaleureux des baisers sur cette main tendue à la blancheur virginale.

— Comment se porte le petit cheval corse que je vous ai offert pour vos promenades ?

— Le mieux du monde, mon oncle. Ne m'en veuillez pas, mais ce matin j'ai préféré me rendre à pied au village.

---

8 Lettre de Donatien de Sade à l'abbé de Saumane datée du 15 juin 1771. Anne-Prospère de Launay. « *L'Amour de Sade* ». *Lettres retrouvées et éditées par Pierre Leroy. Avant-propos de Philippe Sollers*, Gallimard, 2003.

Non, le vieux monsieur ne lui en veut pas. Comment le pourrait-il ? Il dévore des yeux cette beauté qu'il se mourait de revoir. La jeune femme, qui n'a pas oublié les avances à peine voilées de l'abbé quelques mois plus tôt, ne tarde pas à vouloir connaître les raisons de sa présence à La Coste.

— Et que nous vaut cette visite, je vous prie ?

— Rien de particulier. Simplement, je me rendais à Gordes et j'ai pensé que c'était là l'occasion de passer voir mes nièces.

Le visage d'Anne-Prospère trahit un certain malaise.

— La Coste n'est pas vraiment sur le chemin de Gordes, mon oncle ! Voilà un énorme détour !

— La promesse de certaines rencontres nous fait dévier parfois des voies que nous nous étions promis de suivre.

— Et éprouver bien souvent des douleurs peu nécessaires.

— Faites-vous allusion à mes rhumatismes ou à ce cœur que vous avez blessé en refusant les sentiments qu'il vous portait ?

La jeune femme recule d'un pas.

— Je me doutais que la seule courtoisie ne pouvait avoir motivé votre venue.

— Si je suivais les mouvements de mon cœur, je vous écrirais tous les jours, mes lettres seraient pleines de tendresse et de chaleur[9].

— Gardez raison, je vous en conjure !

9 Pour cette discussion, nous nous sommes basés sur une lettre non datée de l'abbé de Sade à Anne-Prospère de Launay, Bibliothèque nationale, ms. 24384, n° 1971.

— Mais ne m'avez-vous pas écrit : *Ah, mon cher oncle, que je vous aime ! Depuis que je vous ai connu, vous n'êtes pas sorti de ma mémoire* ?

— Cette déclaration était innocente et n'était rien d'autre qu'un témoignage de mon attachement pour vous.

— Si vous continuez d'en faire de cette espèce, je ne serai plus maître de moi : je rassemblerai tous mes feux, j'irai fondre toutes vos neiges et j'en ferai un torrent qui vous inondera.

— De grâce, cessez de me torturer de la sorte ! Je vous ai demandé de substituer à tout cela un sentiment plus tranquille. Si tout ce que vous dites est vrai, je ne doute pas que vous le ferez afin de me rendre heureuse. Il en va de ma réputation, de mon honneur et peut-être même de ma vie.

— Votre vie ? Comme vous y allez !

Anne-Prospère est au bord des larmes tant ses nerfs sont mis à rude épreuve ce matin. Cette journée qui débute s'apparente déjà à un véritable cauchemar. Elle doit partir, prétexter une chose à faire, n'importe quoi afin d'éviter de demeurer une minute de plus face à cet homme. Fuir pour ne pas s'écrouler et risquer que Jacques de Sade ne cherche à la consoler et à la serrer dans ses bras de toute façon trop courts face à l'immensité de son chagrin.

La demoiselle recule davantage et fait mine de se diriger vers l'escalier menant aux étages.

— Vous devriez partir, monsieur. Vous allez vous mettre en retard.

L'abbé s'offusque.

— Monsieur ? Quelle est la raison de tant de distance et de froideur tout à coup ?

— La même qui vous a guidé jusqu'ici. La recherche d'un certain bonheur. Un bonheur égoïste, mais nécessaire. Ma sérénité n'a pas de prix. Adieu !

La frêle silhouette a déjà disparu laissant pantois le gros bonhomme.

Fou de rage d'avoir été ridiculisé de la sorte, Jacques de Sade se fait la promesse de ne plus jamais couvrir les malversations de ce neveu qui, il en est certain, a ravi le cœur de celle qui vient de se refuser à lui et tant pis si pour cela il doit provoquer les foudres de la Présidente.

28

Chez Marguerite Coste

Un rai de lumière chaude vient caresser le corps lourd et endormi d'un homme épuisé par l'intensité des ébats. Le coude sur l'oreiller, Marguerite observe son marin avec tendresse. Il paraît si calme, si serein.

Tout à l'heure Bernard lui a fait l'amour. Deux fois. Contrairement à bon nombre de clients, il ne s'est pas rué sur elle la porte à peine refermée. Il l'avait contemplée avec convoitise durant quelques minutes. Elle avait presque pu sentir la caresse de son regard sur sa peau. Bernard ne possédait pas ce regard de prédateur qu'elle ne connaît que trop. Cet air bestial qui bien souvent devient violence lors d'ébats rapides et sauvages. Au fil des expériences, Marguerite avait appris à déceler cette étincelle qui enflammait d'une manière inquiétante les pupilles de certains représentants de la gent masculine. Elle eut à subir deux ou trois fois la furieuse appétence de certains clients. Des hommes qui n'ont que peu de respect pour celles qu'ils paient allant jusqu'à en oublier leur humanité.

Bernard n'est pas de ceux-là. Il y a chez lui tant de tendresse et d'empathie. Des sentiments que développent bien souvent des êtres que le passé n'a pas épargnés. Tous deux ont cela en commun et peut-être est-ce la raison pour laquelle ils se sont reconnus. Marguerite ne s'attendait pas à une telle explosion des sens et des sentiments. Elle n'a pas eu à feindre le plaisir. Leurs baisers n'avaient pas le goût du mensonge. Elle s'était sentie aimée, désirée, comprise, abandonnée...

Et si ?

Elle contemple sa peau dorée et plissée par le soleil et le sel, ses bras et son torse encore puissants, ce petit ventre rebondi par des années englouties à toute vitesse à bord de vaisseaux sans femmes.

Marguerite ferme les yeux pour mieux regarder ses rêves. Elle se voit au bras de son Bernard, observant leurs deux enfants, un garçon et une fille, occupés à jouer dans le jardin de leur maison. Les époux s'attendrissant de leurs rires innocents, goûtant la simplicité d'un bonheur gratuit que beaucoup possèdent sans vraiment en apprécier le juste prix.

Bernard se met à bouger. Marguerite désire profiter de l'instant. Elle observe les paupières qui se mettent à remuer lentement avant de s'entrouvrir sur deux billes azur. Il la voit enfin et leurs visages affichent alors un sourire béat. Il tend le bras et se met à lui caresser ses cheveux défaits. Au bout d'un moment, Marguerite vient se blottir contre celui qui deviendra peut-être son homme. Il la serre contre lui. Nul besoin de parler. L'instant est trop précieux pour s'embarrasser de paroles qui seraient de toute manière bien trop fades pour exprimer ce qu'ils ressentent. Le faut-il seulement ? Doivent-ils oser dévoiler leurs attentes au risque de trop s'exposer ? La peur de la déception est si grande.

Après un instant, Marguerite décide pourtant de briser ce silence que tant d'espoirs et de craintes rendent assourdissant :

— Tu reviens quand à Marseille ?

— Au printemps ou à l'été prochain.

Elle soupire.

— Je t'attendrai, murmure-t-elle.

L'étreinte se fait plus forte encore.

Le bonheur est là, lové contre elle. Il n'a pas l'allure d'un de ces éphèbes sur qui il lui arrive de se retourner et pourtant elle sent que Bernard détient la clef de tous ses possibles. Dans un an tout au plus, elle quittera Marseille et elle deviendra alors une femme respectable.

29

Marseille

Les coups de reins et de balai se sont succédé à un rythme effréné dans la chambre de Marie Borelly au milieu des râles et des cris mais les clients, loin d'être rassasiés, ont demandé à Mariette de sortir et de faire venir Rosette.

La jeune Rose fait alors son entrée dans cette pièce qui exsude la transpiration et le sexe.

Sade la considère un moment.

Cette Rose-là est beaucoup plus jeune et plus fraîche que celle torturée quatre ans plus tôt dans la maison de l'aumônerie à Arcueil. La Keller ! Cette Strasbourgeoise qui a réussi à l'envoyer en prison. Enfin... avec un petit coup de pouce de madame de Montreuil. Cette belle-mère à l'âme aussi laide que la fistule qu'il a au cul. Ce monstre de suffisance et d'autorité. Qu'il déteste Marie-Madeleine Masson de Plissay, femme Cordier de Montreuil ! Qu'il maudit cette Rose Keller, miséreuse qui a entaché à jamais ce qu'il lui restait de réputation et envenimé pour toujours les relations avec la Présidente !

Il doit bien admettre que les femmes sont de maudites créatures, capables de procurer à la fois d'intenses plaisirs et souvent causer votre perte.

Celle qui demeure près de la porte paraît intimidée ou impressionnée. Elle est belle comme le jour et semble aussi fraîche qu'une rosée printanière. Donatien l'avait remarquée tout à l'heure, en arrivant dans l'appartement. Elle est jeune, très jeune. Elle ne doit pas excéder vingt ans. Latour a décidément bien des talents et trouver de belles partenaires pour leurs jeux particuliers fait indéniablement partie de ceux-là.

— Ne crains rien ! Approche !

Rose observe les deux hommes allongés sur le lit, nus et se distrayant mutuellement. Cela ne la surprend pas. Marie lui a parlé des mœurs particulières de ces deux-là avant qu'elle n'entre. Loin de s'en offusquer, la Rosette avance doucement en direction de ces corps luisants de sueur et de sang tout en commençant à délacer son corsage.

— Déshabille-toi doucement, ma belle ! Pas trop vite ! Mon ami et moi désirons profiter de ce moment pour te contempler et nous échauffer les sangs.

Rose débute donc un effeuillage lent et mesuré, de ceux qui ne dévoilent rien sans avoir auparavant suggéré. Un moment langoureux, plein de promesses, exécuté avec une certaine provocation dans le but de susciter l'imagination et attiser l'excitation.

Sans mettre un terme à leurs attouchements virils, Sade et Latour ne quittent pas la jeune fille des yeux. Ils s'en amusent même et accentuent leurs caresses en guettant la moindre réaction réprobatrice que pourrait afficher Rosette. Leurs attentes sont déçues tant la donzelle semble ne pas faire cas de leur bravade charnelle.

Armand Latour s'approche alors du marquis et, en quête de compliment tel un chien cherchant les caresses de son maître, lui murmure à l'oreille :

— N'est-elle pas merveilleuse ?

Pour seule réponse, Sade se tourne vers son ami et lui pince le téton avant de s'adresser à celle déjà presque nue :

— Viens, ma belle ! Il est grand temps que nous fassions plus ample connaissance.

Docile, Rose Coste se défait à la hâte des quelques pièces de tissus qui dissimulent ce qui lui reste d'intimité et va s'allonger entre les deux individus dont les corps ne cachent rien de la fièvre qui s'est emparée d'eux. D'ailleurs, maître et valet ne perdent pas un instant. Des mains parcourent le corps de la belle sans qu'elle ne sache trop à qui elles appartiennent, des bouches se cherchent et des langues se mêlent avec frénésie dans des mouvements empressés et désorganisés. Les doigts se font indiscrets, voire inquisiteurs, mais ô combien complices. Les jambes et les corps se chevauchent, s'entrecroisent, s'enroulent et s'étirent dans ce lit où draps et traversins se côtoient dans ce désordre singulier propre aux champs de bataille.

Après quelques minutes, le marquis administre une petite claque sur les fesses de Rose et lui enjoint de se mettre en position afin d'être corrigée.

Là encore, le visage de Rose demeure impassible. Ses amies l'ont prévenue tout comme elles lui ont conseillé de ne surtout pas retenir ses cris tant ils semblent contribuer au plaisir du monsieur.

Donatien de Sade se saisit du balai de brus et échange à nouveau deux ou trois baisers avec Rosette et Latour. Des êtres totalement à sa merci, présents uniquement dans le but de le satisfaire. Le jeune domestique, fébrile, se trouve sur le lit aux côtés de Rose qui, yeux clos, paraît prête à recevoir le premier coup. Celui-ci ne tarde pas, suivi de tant d'autres, en grand nombre. Blessures supplémentaires à un amour-propre déjà en berne, muselé par de l'argent durement gagné.

Ne pas oublier les cris !

L'excitation des deux hommes est à son comble.

Les coups redoublent. Latour, campé depuis tout à l'heure sur ses deux coudes, se met à portée du sexe de Rosette et vient le lui caresser. La jeune fille grimace.

Sans trop savoir s'il s'agit de douleur ou de plaisir, le domestique se fait plus entreprenant encore et ses doigts s'introduisent en elle sans aucune pudeur.

Latour gémit.

Latour savoure.

Sade, les sens en ébullition devant l'ardeur de sa domesticité, continue à fouetter Rosette d'une main, tandis que de l'autre, il se saisit du vit du jeune homme afin de lui donner du plaisir.

— Cela te convient-il, mon ami ?

Question inutile au regard de la mine réjouie du bonhomme.

— Serrez davantage vos doigts ! Vous verrez ! Je m'en vais m'occuper de votre main comme s'il s'agissait de votre croupe.

Pour une fois ravi d'obéir, monsieur le marquis resserre l'étreinte sur le sexe de Latour qui ne tarde pas à tenir sa promesse dans de puissants va-et-vient qui manquent de faire perdre l'équilibre à Rosette, toujours offerte aux coups de balai.

En ouvrant les yeux afin de se raccrocher aux draps pour éviter la chute, Rose assiste à ce jeu érotique qui l'amuse plus qu'il ne la choque.

Tout ce qui est fait n'est plus à faire ! pense-t-elle.

Il existe une telle complicité entre ces deux hommes ! Assurément une force pour des équipiers de débauche friands de jeux qui sont loin d'être du goût de tous. Il suffit de se fier aux propos de Mariette et Mariannette qui l'ont précédée ici.

Avoir des haut-le-cœur pour si peu ! pense la jeune femme.

Il se dit pourtant que ce sont des pratiques courantes à la Cour. Le maréchal de Richelieu, fils du petit-neveu du cardinal, est un libertin convaincu. Le roi n'est pas en reste et il se murmure dans tout le pays que les pièces du château de Versailles sont le théâtre de bien des pratiques peu ordinaires. À bien y réfléchir, grâce à ces deux beaux messieurs qui jouent de son corps, Rose Coste prend de la hauteur et s'approche de ces femmes aristocrates dont les pratiques lubriques n'ont rien à envier au commerce qu'elle exerce. Rosette est heureuse de partager des instants de vie identiques à ceux de ces *Madame de.*

Une belle ascension sociale par le sexe que voilà !

Rose Coste sourit à cette pensée.

Interprétant ce rictus comme un témoignage de plaisir, les doigts de Latour s'activent davantage en elle tandis qu'il s'anime frénétiquement entre les doigts de son maître qui jubile.

Les coups de balai cessent et Sade s'approche de l'oreille de Rosette.

— Je crains que mon ami ne soit trop excité. Que dirais-tu s'il remplaçait ses doigts par cet organe gonflé de sang que je tiens là ?

— Je dirais que c'est une très bonne idée, messire, lui répond-elle, en se mettant déjà sur le dos.

Le marquis signifie son opposition d'un claquement de langue contre les dents et d'un index réprobateur.

— Non, ma fille ! Tout cela est bien trop conventionnel. Par le cul.

30

Sur une route de France

Julie Follecuisse est soucieuse.

Plus que cela même !

Le malaise éprouvé depuis tout à l'heure devant l'individu se tenant face à elle pourrait aisément s'apparenter à de l'appréhension, voire à de la peur. Julie a beau se triturer l'esprit afin de savoir si elle a déjà croisé Brémond, aucun souvenir pourtant ne semble vouloir dissiper le brouillard de sa mémoire. Comment expliquer alors ce sourire arrogant et teinté de mystère lorsqu'il s'adresse à elle dévoilant des bribes de ce qu'il croit être des vérités, anamorphoses masculines d'une vie qui pourtant n'appartient qu'à elle ?

Les doutes sont une gangrène et Julie ne veut rester davantage dans l'incertitude.

Il faudrait qu'elle puisse voir François Brémond débarrassé de ses artifices, sans sa perruque grotesque et ce maquillage outrancier. Peut-être parviendrait-elle alors à le reconnaître, à mettre un prénom sur ce visage aux expressions hypocrites et parfois menaçantes. Lors du prochain relais, elle tentera de le surprendre au saut du lit ou avant le coucher, lorsque les portes seront closes et sa vigilance en sommeil. Elle se sent menacée et il n'est pas envisageable un seul instant que ce Brémond, ou peu importe son nom, l'écarte du but qu'elle s'est fixé : assassiner Sade ! La mort du marquis est une nécessité. Pas seulement pour elle, mais pour les victimes telles Rose Keller et Jeanne Testard et toutes celles qui ont croisé son chemin et se sont tues. Toutes ces femmes qui, par honte ou cupidité, ont décidé de ne rien dire. Elle le tuera pour toutes celles-là, mais aussi pour les autres, susceptibles de rencontrer un jour ou l'autre cet aristocrate gonflé d'orgueil et persuadé que sa position seule autorise à réaliser tout ce que son esprit malade est en mesure de concevoir.

Le marquis de Sade doit mourir.

— Vous sentez-vous bien, Julie ? demande Louise Gohier.

D'abord surprise, Julie lui répond qu'il n'y a pas lieu de s'inquiéter et s'enquiert aussitôt de la raison d'une telle question.

— C'est que vous me semblez si pâle !

L'emperruqué enchérit de sa voix de castrat :

— Madame Gohier a raison. Pour peu on vous croirait exsangue.

— Rassurez-vous, monsieur Brémond ! Mon sang et moi-même nous portons à merveille. Ma vitalité pourrait d'ailleurs vous étonner.

Brémond pouffe derrière son mouchoir de dentelles avant d'asséner une petite pique :

— C'est ce qu'il se raconte en effet.

Les soupçons de Julie sur cet homme ne font alors que se confirmer.

— Je vous demande pardon ?

Le goujat se mure dans un silence amusé qui n'agace que davantage la Follecuisse.

Louise Gohier qui n'a rien perdu de ce bref échange, contrairement aux trois autres passagers qui s'émerveillent devant le paysage vallonné qu'ils traversent, décide d'épauler celle qu'elle considère désormais comme une amie.

— Allons, monsieur ! Je pense que vous devez vous expliquer. Vos insinuations sont d'une gravité déshonorante.

François Brémond se penche discrètement en direction des deux femmes et leur lance, plein de défi, avant de regagner sa place :

— Vous m'avez ridiculisé tout à l'heure. Apparemment, vous voulez jouer, mesdames, eh bien jouons !

Brémond se racle la gorge, puis, d'une voix assez forte afin que tout le monde puisse profiter de ses paroles, il s'exclame :

— Julie a raison. Cessez de vous soucier de sa santé, madame Gohier ! Sa vitalité est légendaire.

— Vous me connaissez donc, monsieur ? Sinon de qui tenez-vous cela, je vous prie ?

La réponse se fait cinglante, brutale :

— Des mêmes qui aiment avoir recours à vos multiples talents.

Stupeur et gêne envahissent alors la tête et le cœur de Julie.

— De quoi parle-t-il ? interroge Henriette Morel beaucoup plus naïve que son mari rougissant déjà de colère.

Et Henri Gohier de demander à son tour des précisions sur ce qui vient d'être dit. Une curiosité déplacée qui a le don d'irriter son épouse qui le gratifie d'un léger coup de coude entre les côtes.

Julie ne doit pas faiblir. Nulle échappatoire possible ! Il faut montrer à cet individu qui pensait la blesser qu'elle est bien plus forte qu'il ne l'imaginait.

— Je crois que monsieur Brémond fait allusion à mes aptitudes à divertir certains membres de la gent masculine. C'est bien de cela qu'il s'agit, monsieur, n'est-ce pas ?

Quelque peu décontenancé, l'homme fardé répond en tentant de ne rien perdre de sa superbe :

— Absolument ! J'ai ouï dire que vous faisiez l'unanimité chez ceux de mon sexe.

— J'en suis fort aise. Il est tellement difficile de se construire une réputation et de la préserver. Mais, excusez-moi si je me répète : de qui tenez-vous cette information ?

Monsieur Brémond, dans son empressement à blesser, semble avoir oublié de faire preuve de discrétion à défaut d'intelligence. Comment pouvait-il croire que l'auditoire boirait ses paroles sans chercher à savoir ce qu'on lui servait ? Il lui faut rebondir sans se dévoiler.

— Un ami m'a dit avoir eu recours à vos services moyennant finance. Madame Follecuisse, c'est bien cela ?

— Mon Dieu ! s'écrie Henriette Morel, se pressant de faire un signe de croix. Nous partageons donc notre banquette avec une...

Elle ne peut poursuivre. Les mots restent bloqués dans sa gorge.

Julie se retourne vers la jeune femme assise à ses côtés, puis l'air conquérant :

— Une putain, une catin, une libertine, une galante, une besogneuse, une courtisane... Dois-je continuer ou avez-vous là le mot qui convient ?

Madame Gohier ne peut demeurer silencieuse. D'un ton autoritaire, qui impose aussitôt le silence, elle s'adresse à monsieur Brémond, apparemment satisfait du petit effet occasionné par ses révélations :

— Vous connaissez donc depuis le début du voyage le métier de notre jeune amie et ne daignez pourtant en parler que maintenant ? Pourquoi un tel silence ? D'ailleurs, et à bien y réfléchir, je ne peux que me demander si votre présence dans cette voiture est réellement le fruit du hasard ou si, au contraire, vous ne vous êtes pas arrangé pour faire route en compagnie de celle que vous venez de piétiner le sourire aux lèvres. Et, qui sait, peut-être même êtes-vous monté dans cette berline mû par ce seul et unique dessein !

À cet instant précis, cinq visages fixent celui dissimulé maladroitement derrière un bout de tissu ridicule. Peu sûr de lui, Brémond tente une pirouette malhabile.

— Je ne voulais pas compromettre cette... dame. Hélas, à trop me provoquer, j'ai bien peur que ma colère fût plus forte que la volonté de me taire.

Si le couple d'amoureux, ayant encore en mémoire la discussion un peu plus tôt sur les préférences sexuelles de François Brémond, paraît se contenter de cette explication, Julie et madame Gohier, elles, demeurent insatisfaites, voire frustrées. Quant à Henri Gohier, il est, comme à son habitude, habité par une indécision confortable ayant le mérite de lui éviter les remontrances de son épouse.

Julie ne compte pas en rester là. Quelque chose ne tient pas dans cette défense, une faille dans laquelle elle entend bien s'engouffrer.

— Mais dites-moi ! Votre ami n'est pas dépourvu de talents non plus. Il a vraiment dû me décrire avec la plus grande précision pour que vous soyez en mesure de me reconnaître ainsi, si rapidement et avec une telle justesse.

Louise Gohier ne peut qu'approuver d'un regard complice cette remarque judicieuse.

Devant le mutisme de l'homme au mouchoir, la vieille dame se fait un devoir d'insister :

— Alors, monsieur ? Point de réponse ? Nous vous avons connu plus loquace.

Embarrassé par ces questions auxquelles il n'était pas préparé à répondre, l'esprit de Brémond se met à réfléchir à toute vitesse à une excuse capable de le tirer de ce mauvais pas. Les images et les mots fusent, se croisent et s'entrechoquent dans l'esprit torturé de l'homme au visage poudré quand soudain, une lumière.

— Vous ne m'avez peut-être pas remarqué, mais nous nous sommes croisés une fois, aux abords des Tuileries. J'étais avec un ami et vous nous avez approchés. Celui qui m'accompagnait vous a suivie et ne fut pas avare de compliments vous concernant à son retour.

— Que voulez-vous que je vous dise ? Votre ami est un connaisseur, voilà tout ! Quant à vous, eh bien, le fait que vous ne nous ayez pas accompagnés ne me surprend guère. Je devais certainement ne pas être assez virile à votre goût.

Julie Follecuisse et Brémond se défient du regard. Tous deux savent à présent qu'ils ne seront jamais amis. Si Julie est démasquée aux yeux de tous, il n'en est rien pour son adversaire. La Follecuisse repart à la charge :

— C'était il y a combien de temps ? Un mois, un an ? Peut-être davantage encore, car j'ai beau chercher, votre visage ne me dit rien du tout. Étrange pour une femme comme moi, réputée reconnaître tout le monde.

— Un pan de votre grande réputation qui, hélas, n'est jamais arrivé jusqu'à moi. Mais peut-être avez-vous une mémoire prodigieuse pour d'autres parties de notre anatomie ?

À ces mots, monsieur Morel peine à contenir un rire qui provoque aussitôt la colère de sa jeune épouse. Nul besoin de formuler au mari indélicat sa réprobation. Des sourcils froncés et un nez pincé suffisent amplement à restaurer le silence.

La joute peut reprendre.

— Dites-moi, monsieur ! À quand date cette rencontre près du Louvre ?

— Des Tuileries, madame. Des Tuileries. Même si le Louvre n'est pas très éloigné, nous étions plus près de la place Louis-XV que du Palais-Royal. Quant à la date, je ne me rappelle plus exactement. Il y a plusieurs années, c'est une certitude.

Julie se fait plus ferme et articule lentement chaque syllabe :

— Combien ?

François Brémond sent qu'il lui est impossible d'éluder la question. Il doit donner une date. Une année alors traverse son esprit. Arcueil !

— 1768 ! Oui, c'est cela 1768 !

Julie est sur le point de capituler quand Brémond, heureux et fier de constater la mine déconfite de son adversaire, ne peut s'empêcher d'apporter une précision :

— Cela me revient à présent. C'était en octobre. Nos troupes venaient de subir la terrible défaite de Borgo, en Corse.

Octobre !

Les traits de Julie se figent.

La chose est impossible. Cet homme ment. Elle n'était pas à Paris à cette date. Son père l'avait ramenée en Normandie et elle ne l'avait quittée qu'à l'hiver, après avoir reçu la lettre du capitaine Lefort.

Brémond, si tant est que cela soit son véritable nom, se débat et se noie dans ses mensonges sans même s'en apercevoir. Julie se promet de ne pas trop attendre avant de le voir sombrer.

31

Paris.
Porte Saint-Antoine

À l'ombre des tours de la Bastille, habillé en civil, comme on le lui a demandé, le capitaine Lefort est attablé au fond du troquet. Le colonel Leprince n'avait pas voulu en dire davantage. Les ordres venaient de très haut et ne pouvaient être ignorés. Pascal Lefort n'aime guère les mystères et si naturellement de nombreuses questions occupent son esprit, il est néanmoins serein. Il sait bénéficier de l'estime et de la considération de ses supérieurs. Il n'a donc rien à craindre.

Sur la table, ses doigts battent la mesure d'une musique que lui seul entend. Des percussions couvertes par le brouhaha d'une clientèle qu'il ne peut s'empêcher de détailler. Une déformation professionnelle parmi tant d'autres. À bien considérer les mines blafardes, les nez marqués par le mauvais vin et les têtes ébouriffées, aucun ici ne semble représenter une menace, même s'il sait pertinemment que les apparences sont parfois mauvaises conseillères. La femme qui occupe ses pensées en ce moment ne le contredirait pas sur ce point. D'ailleurs, à cette heure où la pluie bat le pavé parisien, Julie doit être en route vers la lumière du Sud pour y poursuivre de sombres desseins.

Lefort espère ne pas avoir à regretter l'aide qu'il lui a apportée. L'argent donné à Jeanne et Aude était destiné à libérer celle qu'il est à présent certain d'aimer. Vengée de Sade, elle sera enfin toute à lui, disposée à ouvrir les portes de son cœur et celles d'un avenir auquel elle ne croyait plus. Ils quitteront Paris afin que la nouvelle vie de Julie ne soit pas entachée des erreurs du passé. Peut-être iront-ils même s'installer à Angerville-Bailleul, si Julie le désire. Peu importe l'endroit, il la suivra. Mais de son bonheur à elle dépend le sien.

Il sait qu'elle a besoin de se retrouver face au marquis, de le regarder dans les yeux et de lui faire part de toute sa haine, tout comme elle désire empêcher que d'autres filles n'aient à subir toutes les horreurs dont il est capable et que pourtant Julie n'a jamais voulu partager avec lui. Elle le fera arrêter, le blessera peut-être, mais elle ne le tuera point. Elle ne lui a pourtant rien promis, mais Pascal Lefort se persuade depuis des jours qu'elle ne compromettra en rien ses chances de vivre heureuse.

Un individu de haute stature portant des vêtements de couleur noire et un air taciturne fait soudain son entrée. L'établissement devient alors moins bruyant et deux ou trois visages deviennent graves. L'homme s'avance d'un pas décidé accentuant davantage l'autorité naturelle qui émane de sa personne. Les traits émaciés s'animent doucement avant que les lèvres fines se mettent à articuler :

— Monsieur Lefort ? Pascal Lefort ?

Le gendarme se lève et serre la main de cet étrange bonhomme aussi austère qu'un gardien de cette forteresse de l'autre côté de la rue.

— Précisément. Et vous êtes ?

L'homme aux cheveux de jais ne répond pas et se contente de prendre place face à Lefort.

— Comment se porte le colonel Leprince ?

— Pas très bien. Il vient de perdre un fils qui faisait partie de l'équipage de Marion-Dufresne en Océanie.

— Comment est-ce arrivé ?

— Vous n'êtes pas au courant ? Il se dit qu'une partie des hommes a été massacrée et mangée par les indigènes.

L'inconnu demeure impassible, comme étranger aux turpitudes du monde qui l'entoure. Après un bref moment et devant l'incompréhension de son interlocuteur, l'étranger consent à témoigner un peu d'humanité :

— Vous transmettrez ma sympathie à votre colonel.

— Certainement, mais de la part de qui ?

— Oh ! C'est vrai. Pardonnez-moi !

Puis, sur le ton de la confidence :

— Je suis Louis Marais, inspecteur de police au bureau de la discipline des mœurs.

— J'ai entendu parler de vous, répond Lefort. Vous espionnez le monde en vous servant des prostituées et des tenancières de maison. On dit même qu'il vous arrive de les rétribuer en échange de quelques détails compromettants sur leurs clients.

Contre toute attente, Marais éclate de rire.

— C'est une vision assez simpliste de notre service, mais soit, disons qu'elle n'est pas dénuée d'une certaine vérité.

— Eh bien, si tel est le cas, je ne vois pas en quoi je peux vous aider. Je ne suis qu'un petit gendarme confronté à des affaires bien banales et très éloignées d'éventuels secrets ou mystères concernant les puissants de ce royaume.

— Détrompez-vous, Lefort ! Sans même vous en apercevoir, vous êtes le détenteur de quantité d'informations des plus importantes.

Le capitaine ne cache pas son étonnement, mais Marais, soucieux de ne pas perdre un temps précieux, met rapidement fin à ses interrogations.

— Je vais vous aider à y voir plus clair. Si je vous disais que j'ai enquêté de longs mois, voire des années, sur les agissements d'un certain marquis de Sade. Je l'ai même accompagné dans diverses prisons du pays.

Pascal Lefort blêmit.

Marais poursuit :

— Bien ! Je vois que je dispose de toute votre attention. Je crois savoir que vous vous êtes rendu à Saint-Lazare il y a quelques jours afin d'accueillir une prisonnière à sa sortie, n'est-ce pas ?

Louis Marais, amusé, contemple les petites plaques rouges qui apparaissent dans le cou du militaire comme autant de témoins de la gêne qui peu à peu s'empare de lui.

— La Follecuisse. Une jeune femme qui n'était pas vouée à embrasser ce milieu, mais qui, dit-on, a quitté un mari volage et menteur et a trouvé dans la débauche le moyen de subvenir à ses besoins, mais aussi, et surtout, la solution pour se venger de cet homme qui l'avait ainsi déshonorée. Une fille étonnante, vous en conviendrez ! On m'a appris que cette Julie Follecuisse avait écumé la capitale à la recherche de renseignements sur monsieur de Sade et que, apprenant la présence de celui-ci en son château de La Coste, elle avait pris une voiture pour Marseille.

Embarrassé, mais gagné par le souci de garder un air dégagé, Lefort recommence à pianoter sur la table devant lui.

— En effet, elle m'a dit vouloir partir vers le Sud.

L'inspecteur de police est satisfait. Lefort pour le moment ne nie rien.

— Pourquoi cherche-t-elle à rencontrer le marquis ? Pouvez-vous m'éclairer sur ce point ? Car si monsieur de Sade est un habitué des femmes de petite vertu, d'ordinaire ce ne sont pas elles qui le convoitent.

Lefort ne sait comment réagir. Pourtant, il arrive à la conclusion que, ne sachant exactement ce dont Marais a connaissance, il ne peut décemment lui cacher des faits pour lesquels lui, représentant de l'ordre et menteur, pourrait être poursuivi. Lefort ignore également que Marais, légèrement enivré, s'est laissé aller, il y a quelques années, à certaines confidences concernant le marquis à une inconnue, qui s'est avérée plus tard être Julie Follecuisse.

— Elle le connaît, admet Lefort à voix basse.

— Je vous demande pardon !

— Ils se sont rencontrés il y a plusieurs années, mais je ne saurais vous donner précisément la date.

— Il était l'un de ses clients ?

— Pas vraiment. Elle n'a jamais été claire à ce sujet, mais je suis persuadé qu'elle a eu à subir certaines choses contre son gré.

— Quel genre de choses ?

— Je ne puis être plus précis, mais vous comme moi connaissons les goûts particuliers de ce monsieur. Tout le pays a entendu parler d'Arcueil et pourtant, déjà en 1768, Julie était à sa recherche.

Lefort ignore également que bien avant l'affaire Rose Keller, Louis Marais avait prévenu les autorités que le scandale de la rue Mouffetard serait le premier d'une longue liste et que Sade ne tarderait pas à faire la une des gazettes. Il avait même interdit aux maquerelles de fournir des filles au marquis, mais il n'aurait pu imaginer qu'il s'en prendrait à une mendiante à la sortie de la messe.

L'inspecteur de police Louis Marais s'assombrit. Cela va bien plus loin qu'il ne l'aurait cru. Cette Julie Follecuisse doit certainement être une des victimes du marquis et elle le poursuit de sa haine sans savoir qu'elle encourt elle-même un grave danger.

— Il nous faut la retrouver. Quand a-t-elle pris cette voiture pour Marseille ?

— Je ne sais pas, répond Lefort. Elle est sortie de prison et s'est rendue chez des amies à elle, sur la rive gauche. Je ne saurais vous dire combien de temps elle y est demeurée. Mais pourquoi est-ce si important ?

Marais se ferme puis, d'un ton solennel :
— Je crains pour sa vie.

32

Marseille

Donatien de Sade, hirsute et luisant de transpiration, halète aux côtés de son fidèle Armand. Les ébats d'aujourd'hui sont nombreux et de qualité, cependant la petite Rosette a quelque peu déçu le marquis. Le physique de la jeune fille est loin d'être responsable de cette contrariété, elle était d'une beauté rare, mais la docilité dont elle a fait preuve l'a profondément frustré. Lui qui adore qu'on lui résiste, le supplie et aime à surprendre les traits qui se crispent de douleur ou de dégoût.

La domination ne peut se prélasser dans un plaisir mutuel. La souffrance et la contrainte doivent agrémenter le corps à corps qui, à défaut d'être imposé, est tenu de repousser certaines limites ordonnées par la morale. Une morale décidée par un petit nombre au nom de tous et que Sade prend plaisir à enfreindre. De quel droit interdirait-on quoi que ce soit à un membre de l'une des plus anciennes familles du royaume, proche de celle des Condé par sa mère ? Personne n'enjoint un sang si noble à obéir ! Quant à considérer les autres comme des personnes dignes d'intérêt ou de pitié, la chose est ridicule ! Les aider à s'élever serait perdre l'opportunité de comparer leur misère à sa félicité, un plaisir ô combien jouissif et nécessaire dont il se priverait s'il traitait ces gens avec respect.

Sade se fait la promesse que le dernier acte de cette orgie sera l'occasion pour lui de montrer à celles et ceux présents ici qui est le véritable maître.

La Rosette congédiée, voici justement qu'arrive Mariannette, à la belle figure et dont la bouche lippue dessine un sourire crispé[10]. Sade se lève et fond vers sa proie tandis que des images démentes lui viennent à l'esprit, des images violentes où se mêlent le sang et les larmes émanant de corps désincarnés, morceaux de chair contraints à se faire dévorer jusqu'à satiété.

Le sexe gonflé d'envie et le torse bombé d'orgueil, le marquis se met à caresser les cheveux ondulés de celle dont il s'apprête à disposer.

— Quel est ton nom, ma beauté ?

— Marianne, messire, mais tout le monde ici m'appelle Mariannette.

Sade éclate de rire.

— Quelle originalité ! N'est-ce pas Armand ?

Latour, étonné, mais toujours enclin à satisfaire son maître, acquiesce avec entrain et rejoint son maître dans cette soudaine hilarité sans vraiment en comprendre les raisons.

— Les filles comme toi pensent peut-être qu'il suffit d'un petit suffixe accolé à leur prénom pour les

10 Marianne Laugier, 20 ans, née à Aix-en-Provence, fille de boulanger.

rendre plus mignonnes et innocentes, plus respectables. Allons ! Personne n'est dupe.

Le marquis se saisit soudain du menton de la jeune fille et l'oblige à le regarder dans les yeux.

— Tout le monde connaît la manière dont vous gagnez votre vie. Ma pauvre petite *Marian-nette*, dit-il en insistant sur la dernière syllabe. Tu n'es pas et ne seras jamais fréquentable hormis pour ceux qui comme moi te paient. Tu m'entends ?

Marianne est sonnée. Il y a si longtemps qu'on ne l'avait ridiculisée de la sorte. Bafouée, mais digne, elle se contente d'opiner du chef, résignée à admettre jusqu'à l'intolérable simplement pour gagner son pain et ne pas faire d'esclandre, consciente que si beaucoup s'accordent sur sa mauvaise réputation, elle se doit de ne pas ajouter celle de fille caractérielle. Tout se sait et très vite. Il ne faudrait pas que d'éventuels clients refusent de faire appel à ses services à cause d'une rumeur vipérine.

Aussi se laisse-t-elle caresser de manière assez rude sans ciller tout comme elle se soumet aux doigts inquisiteurs qui ne tardent pas à s'immiscer entre ses cuisses. L'homme ne fait preuve d'aucune délicatesse. Il ne cherche pas à provoquer un quelconque plaisir chez celle qu'il explore frénétiquement.

Elle grimace.

Qu'à cela ne tienne ! L'argent qu'il lui donnera aidera à lui faire oublier ses manières un peu rustres. Sade ne peut s'empêcher de penser que certaines de ces filles devraient changer de profession plutôt que de gâcher le plaisir de ceux qui viennent les visiter. Malheureusement pour Marianne, plus elle se renfrogne, moins ses lèvres ne témoignent de plaisir et plus l'envie de l'humilier se fait grandissante. D'ailleurs, au bout d'un moment, le marquis n'y tient plus.

— Penche-toi sur le lit !

Mariannette, trop pressée d'en finir, obéit. La croupe ainsi offerte, elle observe le plus jeune, allongé devant elle, occupé à encourager celui qui se trouve derrière elle tout en se caressant.

— Il me reste vingt-cinq coups de fouet à administrer.

À cet instant, Mariannette surprend l'air amusé et le coup d'œil de Latour vers le coin du lit. Elle s'interroge sur les raisons de cette mine enjouée et regarde à son tour vers le matelas de laine. Ce qu'elle voit alors la terrifie. Il y a là un martinet garni d'épingles ensanglantées. Du sang ! Partout ! Sur les pièces métalliques, le manche et le drap. Du rouge dans toutes les nuances selon le temps écoulé depuis son déversement.

Le visage de Mariannette se fige, devient pâle, sa bouche voudrait crier, mais n'y parvient pas. Les sons demeurent dans cette gorge qui se serre jusqu'à l'étrangler. Son corps se met à la trahir. Il faut fuir. Elle se redresse, fait demi-tour et se dirige vers la porte. Elle agrippe la poignée et entreprend de l'actionner afin de s'extirper de cette pièce à l'ambiance malsaine quand une main la retient fermement par l'épaule.

— Pas si vite ! La fête n'est pas terminée, *Mariannette*. Mon ami est, je crois, prêt à te faire patienter de manière plus conventionnelle, et ce, même si la taille de son chibre ne l'est guère.

Aussitôt Armand tend la main à Marianne qui, fataliste et apeurée, le rejoint doucement sur le lit. À choisir, elle préfère la compagnie du plus jeune. La cruauté ne semble pas encore l'avoir corrompu.

Monsieur le marquis ouvre en grand la porte de la chambre et, les bras en croix, demande, ou plutôt ordonne à Marianne Laverne de les rejoindre. Comme celle-ci tarde à faire son apparition, il réitère l'injonction d'un ton qui ne prête pas aux tergiversations et ne souffre d'aucune contrariété :

— Dame Marianne, on vous attend. Dépêchons !

Marianne Laverne, toujours malade, fait finalement son apparition dans le couloir, blême et quelque peu chancelante. Elle progresse péniblement en prenant appui sur le mur. Arrivée dans l'embrasure, Sade l'attire vers l'intérieur de la pièce, referme la porte à double tour puis cache la clef dans l'une des poches de sa culotte étalée sur le sol.

Le signal est donné.

Les choses sérieuses vont pouvoir commencer.

Latour ne perd pas un instant et tend une boîte de cristal à Mariannette afin qu'elle prenne des pastilles. Devant un premier refus, il insiste. Visiblement résignée, elle finit par accepter et s'empare de quelques anis sucrés qu'elle se met à sucer avant de les jeter discrètement, pense-t-elle. Hélas, le valet s'en aperçoit et interroge Mariannette sur la raison de tout ceci.

Timidement, elle répond :

— C'est que mon amie en a pris tout à l'heure et elle est malade.

Marianne justement qui, à son tour, refuse d'un mouvement de tête les bonbons. Marianne qui demeure inerte au pied du lit, les bras ballants.

À cet instant, Mariannette se demande même si son amie la voit. Elle a l'air absente. Son visage est trempé de sueur et des mèches de cheveux sont collées sur le haut de son front. Un visage au teint cireux qui ne fait qu'amplifier la rougeur de ses yeux et craindre le pire. Le premier café apporté par la dame Lemaire n'a apparemment pas arrangé son état.

Mariannette n'a pourtant pas le loisir de s'enquérir de sa santé ou de tenter de la consoler et encore moins de lui témoigner son affection que Sade pousse déjà Marianne sur le lit, retrousse ses jupons à la hâte et commence à la fouetter avec le balai de brus. Les coups pleuvent et les larmes tombent le long des joues blafardes de la jeune fille. Elle ne peut s'empêcher de se demander si ces deux hommes ne sont pas décidés à lui faire payer son absence de la veille. Peut-être est-ce le cas ? Cependant elle se félicite de ne pas avoir honoré le rendez-vous. Que lui serait-il arrivé si elle s'était retrouvée seule avec eux ? La mort aurait peut-être été la conclusion de cette entrevue ? Et n'est-ce d'ailleurs pas ce qui l'attend aujourd'hui tant ces pastilles avalées distillent en elle un mal étrange qui la ronge ?

Si au bout d'un moment les cinglements sur sa peau cessent, le feu, lui, continue de dévorer les chairs et se répand sur toute l'étendue de ses fesses et de son dos. Il la consume. Marianne est faible, totalement asservie et offerte comme le vérolé et celui qu'il nomme *Lafleur* l'espéraient. Elle n'a plus la force d'opposer la moindre résistance. Pourtant c'est à cet instant précis qu'on décide de ne plus faire cas d'elle, comme si l'abandon total et sans condition de ce corps n'excitait plus, comme si ce renoncement à la lutte inspirait même un certain dégoût. On la place dans un coin de la chambre tandis que Mariannette est soumise au même traitement. Ce *Lafleur* administre les coups sans faiblir, le sourire aux lèvres, pupilles dilatées, habité par une folie terrifiante. Il n'a même pas la décence de dissimuler son plaisir. La compassion est un sentiment que ce monsieur ne semble guère éprouver pour ses semblables.

D'ailleurs, Mariannette a beau se tortiller sur le lit, serrer les draps de ses doigts crispés, demander grâce, on ne l'entend pas. Le balai ne cesse de fendre l'air, distribuant poussière et douleur dans cette pièce maudite.

Quant à Marianne, la trêve n'aura été malheureusement que de courte durée, car Sade s'empare à nouveau d'elle. Il ordonne à Mariannette de se tenir à côté de son amie afin de profiter du spectacle. Puis, d'un ton impatient, il demande à Marianne si les pastilles lui font effet. Devant l'absence de réaction de la jeune fille, le marquis soulève à nouveau les jupes de la malade, enfouit son visage entre ses fesses, pose sa bouche sur l'orifice ainsi offert et lui intime l'ordre de péter. La drogue avalée a l'effet tant escompté, car Marianne décide de ne plus contenir les vents qui déchirent ses entrailles. En extase, Donatien les reçoit tant dans la bouche que dans les narines. Il frissonne, en réclame davantage et encourage la demoiselle à ne pas se retenir.

— Pète, mais pète donc !

Est-elle au moins soulagée ? Se sent-elle mieux ? Sade n'en a cure. Il se relève apparemment comblé et se met à branler frénétiquement son valet tout en possédant avec vigueur la moribonde. Après plusieurs minutes, n'y tenant plus, il se retire et s'étend sur le cul de la fille dans de grands râles qui ne font qu'exciter Latour qui saisit fermement son maître par les hanches et s'introduit en lui d'un coup de reins aussi violent qu'inattendu. Il le sodomise avec fureur. Le corps tout entier de Donatien est alors traversé de spasmes, bousculé et mû par un torrent de plaisir.

Mariannette ne peut en supporter davantage. Elle se précipite vers la fenêtre. Cherche-t-elle à s'enfuir ? À trouver un peu d'air ? Marianne, quant à elle, fond en larmes, ne sachant que faire pour que tout cela se termine au plus vite. Sortir de cette pièce, ne plus avoir à subir quoi que ce soit, ne plus souffrir, respirer, ne plus craindre pour sa vie. Car oui, elle a peur de mourir. Son cœur s'éteint au rythme de ces crampes d'estomac qui la font se plier en deux. Des douleurs qui lui désagrègent les entrailles et l'empêchent de se projeter dans un avenir obscurci par des nuages aussi noirs que la mort elle-même. Elle suffoque. L'oxygène peine à parvenir jusqu'à ses poumons. Sa poitrine brûle, l'oppresse. Elle lance un regard désespéré à son amie.

Mariannette supplie qu'on les laisse partir, mais n'obtient pour seule réponse que persiflages et railleries. On les menace même ! Plus les deux femmes pleurent et plus les deux hommes se moquent tout en poursuivant leurs ébats contre nature. Les coups de reins se font désordonnés, les muscles se raidissent et les visages grimacent. Le valet a joui et le maître triomphe, heureux de constater que sa croupe est capable de tourner les sangs et provoquer la perte de contrôle jusqu'à l'orgasme d'un homme plus jeune.

Satisfait, Sade s'empare de ses vêtements, fouille dans l'une de ses poches et donne à chacune un écu de 6 francs d'un air dédaigneux, comme s'il octroyait, dans sa grande bonté, une friandise à des chiennes. Marianne, inquiète et soulagée que tout soit enfin terminé, rejoint Mariannette sur le lit et l'enlace, tentant de la réconforter sous l'œil amusé des deux individus qui se rhabillent.

Latour, en nage, s'essuie le front et ouvre la porte de la chambre. Il se trouve alors face aux autres femmes, le visage défait par l'inquiétude que les cris ont provoquée.

Sade, indifférent, se fraie un chemin entre elles, puis, avant de quitter l'appartement, lance à l'assemblée incrédule :

— Tout cela, ma foi, était fort plaisant. Il serait néanmoins bien dommage de s'arrêter en si bon chemin, ne trouvez-vous pas, mesdames ? Aussi, et si vous êtes intéressées, nous ferons une petite sortie en mer ce soir. Il me faudra encore plus de filles. N'hésitez pas à en parler à vos connaissances. Vous savez ? Ces demoiselles dont le prénom se termine en *ette* ! Allons, Armand ! Pressons ! Tout cela m'a ouvert l'appétit.

Puis il se met à éclater de rire et sort de l'appartement suivi par Armand qui manque de bousculer la femme Lemaire qu'ils croisent dans l'escalier, du café à la main.

33

Appartement de Marie Borelly

— Mais enfin ! Que se passe-t-il ici ?

Café à la main, madame Lemaire, étonnée, observe les va-et-vient incessants et précipités de Rose Coste et de Marie Borelly. Elles courent de la cuisine à la chambre sans faire cas de la domestique qui se tient dans le couloir.

Pire ! On la bouscule même dans des soupirs de mécontentement jusqu'à ce que sa maîtresse, Marie Borelly, agacée, lui fasse remarquer qu'*au lieu de rester plantée là*, elle ferait mieux de les aider en amenant une bassine d'eau et des chiffons.

Vexée et toujours ignorante des raisons de cette effervescence, la quadragénaire s'exécute en bougonnant.

Pour qui se prennent ces jeunettes à lui parler ainsi ? Certes, elle est au service de l'une d'entre elles, mais elle n'en est pas moins une femme comme elles, mieux qu'elles même, et plus âgée de surcroît ! Mais peut-elle réellement attendre du respect de créatures irrespectables ?

Tout en s'affairant afin d'obéir aux ordres donnés, Jeanne-Françoise se met à secouer la tête pour en chasser ses mauvaises pensées, car elle a beau pester, elle les aime ces petites. Elle les considère même un peu comme ses filles et éprouve beaucoup de tendresse pour chacune d'elles. Elles qui, pourtant si jeunes, ont traversé tant d'épreuves et ont déjà révélé bien plus de courage que n'en auront jamais les personnes qui aiment à les juger.

— Jeanne ! Vite !

La voix de Marie Borelly ne donne pas vraiment un ordre, mais adresse plutôt une supplique. L'affaire doit être très grave. La servante s'active dans une étonnante efficacité. Elle connaît l'appartement par cœur et sait où est rangée chaque chose. En moins de temps qu'il n'en faut pour le dire, elle se précipite dans la chambre les bras chargés.

Jeanne-Françoise ne peut pourtant en franchir la porte. Ce qui s'offre à son regard la fait frémir et l'odeur qui émane de la pièce la prend à la gorge et la paralyse. Quelqu'un s'est littéralement vidé sur les draps, et apparemment de toutes les manières possibles.

Les filles pleurent, gémissent et tentent de se consoler mutuellement, le regard perdu, mais s'obligeant à croire en toutes ces paroles réconfortantes. Marie Borelly, assise sur le lit, tente de réconforter Marianne lorsqu'elle aperçoit sa domestique dans l'embrasure de la porte, interdite, le visage dévasté. Ne voulant affoler davantage ses compagnes d'infortune, les yeux embués, elle se contente de murmurer un *s'il te plaît* à celle qui, elle en est certaine, les aidera comme elle l'a toujours fait.

34

Paris. Rue Neuve-du-Luxembourg

— Ma chère amie ! Comme je suis heureuse de vous revoir.

La créature qui se précipite et s'engouffre dans le grand salon de madame de Montreuil ne porte pas la moindre considération au domestique qui lui ouvre la porte. D'ailleurs la plume noire qu'elle porte à la perruque vient taquiner le nez de Jacques qui, pas peu fier de la charge qu'il tient dans cette maison et enorgueilli de la totale confiance que lui voue la Présidente, s'oblige à demeurer le plus impassible possible.

Les deux femmes font mine de s'embrasser dans une de ces accolades superficielles, de celles qui se font à distance raisonnable et où les joues ne risquent évidemment pas de se toucher.

Si la dame d'une cinquantaine d'années surjoue le bonheur, voire l'euphorie, par de grands gestes et une voix de crécelle, madame de Montreuil, elle, ne prend guère la peine de dissimuler l'exaspération que lui occasionne cette visite impromptue.

— Madame de Faverolles. Que me vaut donc l'honneur de votre venue dans cette maison ? Cela fait quoi ? Bientôt quatre ans, non ?

Madame de Faverolles sent alors la gêne venir lui colorer ce visage pourtant déjà très maquillé. Elle perd soudainement cet enthousiasme qu'elle s'était pourtant promis de ne point quitter.

La Présidente, remarquant l'embarras chez son interlocutrice, est décidée à ne pas cesser là la charge. Elle est exaspérée par ces gens qui font irruption dans votre vie alors qu'ils n'y sont pas invités, simplement dans le but de s'abreuver de vos malheurs jusqu'à l'ivresse pour les vomir ensuite à l'oreille de congénères avec qui ils partagent cette indélicatesse teintée de voyeurisme. Madame de Faverolles est de ces commères qui la révulsent, d'autant plus qu'elle soupçonne celle-ci d'avoir couché avec monsieur de Montreuil.

— Oui, je crois me souvenir que c'était au début de l'été 1768. C'est bien cela, n'est-ce pas ?

Madame de Faverolles tente de conserver un semblant de contenance et décide de susciter la compassion.

— Allons, mon amie ! Vous n'êtes pas sans savoir que mon époux est décédé.

La Présidente esquisse un sourire.

— Absolument. L'année qui suivit notre dernière entrevue. D'ailleurs, comment pourrais-je oublier ce deuil qui vous accable ? Il se dit dans tout Paris que vous ne quittez cette plume noire qui orne votre tête que deux fois l'an pour prendre un bain.

Madame de Faverolles serre les poings. Sa mâchoire se crispe. Elle ne peut être la cible des pires humiliations sans décocher une flèche à son tour. L'arme portera le nom de celui dont elle voulait avoir subtilement des nouvelles.

— Comment se porte votre gendre ? Il se dit aussi, mais dans tout le pays cette fois, que sans vos efforts et votre fortune, le marquis de Sade se prélasserait dans la fange d'un cachot.

La Présidente reconnaît bien là la répartie de madame de Faverolles, une arriviste issue d'une vieille famille d'Auvergne sans le sou qu'un mariage providentiel avec un homme bien plus âgé et fortuné sauva de la misère. Une union qui lui ouvrit les portes des plus beaux salons et remplit son carnet d'adresses aussi rapidement que sa bourse. De nombreuses et riches rencontres qui contribuèrent à lui forger à la fois le caractère et l'esprit. Une opportuniste désireuse de faire sien ce monde où l'argent et les cercles d'amis contribuent à biaiser toute tentative de sincérité.

— Et je suis certaine que vous vous trouvez parmi la meute, voire que vous en êtes le chef et hurlez le plus fort.

Madame de Faverolles préfère se taire et tente de désamorcer cette conversation explosive. L'attaque n'est jamais une bonne tactique quand on souhaite soutirer des informations.

— Quelle chaleur, ne trouvez-vous pas ?

La Présidente, impassible, actionne la cloche posée sur le guéridon.

Un domestique fait aussitôt son entrée.

— Veuillez nous apporter quelques rafraîchissements. Je ne tiens pas à ce que madame de Faverolles se sente mal et répande, je ne sais où, qu'elle fut aux portes des enfers à cause de mes manières peu hospitalières.

La porte se referme sur deux femmes bien décidées à ne pas baisser le regard devant l'adversaire. Capituler n'est pas du vocabulaire de ces fortes têtes.

— Et comment se porte madame votre fille ?

— Le mieux du monde, ma chère. Voilà plusieurs mois qu'elle s'en est allée, enfants sous le bras, rejoindre son époux à La Coste. Sa famille est son bien le plus précieux.

— L'on dit que sa plus jeune sœur se trouve avec eux.

— Décidément Paris a la langue bien pendue et la rumeur semble dévaler ses rues plus rapidement que ne le fait la Seine entre ses berges. Toutefois, l'une comme l'autre possèdent des relents nauséabonds.

L'arrivée des breuvages tue dans l'œuf toute possibilité de réponse cinglante teintée de cette amertume, que les deux meilleures ennemies retrouveront dans cette limonade savamment préparée par Ursule, la cuisinière. Madame de Montreuil raffole tellement de ce mélange d'eau, de jus de citron et de sucre qu'elle doit se raisonner pour ne pas en boire à longueur de journée, surtout quand la chaleur est étouffante comme aujourd'hui.

Après avoir posé ce plateau si lourd dans des cliquetis de cristal, la jeune Fanny entreprend de servir sa maîtresse et son invitée avec la plus grande précaution. Elle se sait maladroite, mais a tellement à cœur de faire bonne impression sur la Présidente qui a si gentiment accepté de l'employer, malgré ses huit ans. Le fait qu'Ursule, la cuisinière, soit sa mère n'est pas étranger à cet élan de bonté et Fanny en a pleinement conscience. Il lui faut plaire à la Présidente pour ne pas faire honte à cette mère qui travaille si dur ici depuis tant d'années. La pression qui pèse sur ses frêles épaules est immense.

La petite fille se saisit de la carafe dans une grimace qui ne laisse planer aucun doute sur le terrible effort et l'extrême concentration fournis en cet instant. Fanny se sait observée, mais tout à son service, elle ne peut surprendre les mimiques bienveillantes de madame de Montreuil qui accompagne chacun de ses mouvements comme pour la soulager ou lui montrer ce qu'il faut faire, pas plus qu'elle n'est en mesure de croiser le regard dédaigneux de madame de Faverolles qui, au contraire, guette avec impatience une catastrophe qui tarde à se produire. Fanny, inconsciente de ce duel qui se joue dans son dos, s'applique à décevoir madame de Faverolles avec mille précautions. L'entreprise est laborieuse, certes, mais elle ne renverse qu'une petite goutte de limonade sur le plateau d'argent. Elle s'empare du premier verre qu'elle tend à l'invitée courroucée qui ne pipe mot, puis sert le dernier à madame de Montreuil, qui ne manque pas de lui adresser un chaleureux « Merci, Fanny. Vous pouvez disposer. » L'enfant, soulagée et heureuse, quitte le grand salon la tête droite et le torse gonflé de fierté.

La Présidente vide à grandes gorgées la moitié de son verre. Madame de Faverolles, quant à elle, y trempe à peine les lèvres et le repose aussitôt sur le petit guéridon à proximité de son siège.

— Vous n'aimez pas ? s'étonne la Présidente.

— Beaucoup, mon amie, détrompez-vous ! C'est que mon estomac me joue des tours.

— La rancœur sans doute.

— Je vous demande pardon ? s'exclame madame de Faverolles.

Madame de Montreuil qui sait à présent avoir toute l'attention de son interlocutrice ne boude pas son plaisir et entend bien distiller quelques vérités qui lui pèsent sur le cœur :

— Vous n'êtes pas sans savoir que certains sentiments qui nous gouvernent nous procurent autant de mal, voire bien plus, que celui qu'il nous plaît à faire à ceux que nous désirons voir souffrir. Apparemment, cette haine dirigée vers notre famille vous ronge de l'intérieur, *mon amie*.

Madame de Faverolles veut protester, mais à peine a-t-elle ouvert la bouche que la Présidente, index levé et sourcils froncés, met un terme à cette folle tentative.

— Je n'ai pas terminé, *mon amie*. Vous et moi savons pertinemment les raisons de votre présence ici. Allons ! La seule politesse n'a pas guidé vos pas jusqu'à moi. Vous désirez des renseignements susceptibles de vous permettre de répandre votre fiel en discréditant un peu plus ma famille. Au risque de vous décevoir, vous n'apprendrez rien de ma bouche ! Nourrissez-vous donc de ces gazettes qui font les gorges chaudes de tout Paris. Abreuvez-vous jusqu'à la lie de ces torrents de boue qui ne manqueront pas de tous nous emporter un jour prochain. Je dis bien *nous tous* ! À trop vouloir nous entre-dévorer et nous discréditer en propageant des calomnies, viendra le moment où ces armes se retourneront contre ceux qui les brandissent à présent, et ce depuis des décennies. Ces piques assassines ont beau être dirigées contre des gens de notre caste, dites-vous bien pourtant que le peuple les entend également et s'il s'en amuse aujourd'hui, il n'en sera pas toujours de même. Alors de grâce, réfléchissez avant de vous répandre en mensonges dans ces salons où vous bénéficiez d'oreilles attentives. Ces jeux auront un jour ou l'autre de dramatiques conséquences.

Les joues de madame de Faverolles s'empourprent et ses poings se serrent davantage.

— Sont-ce des menaces ?

La Présidente se lève et s'approche de cette amie qui ne lui veut assurément pas du bien, mais qu'elle domine à présent de toute sa hauteur.

— Que nenni ! Simplement les conseils avisés d'une vieille dame dont l'expérience creuse un peu plus les joues chaque jour. Je ne vous raccompagne pas.

Madame de Faverolles se lève timidement, le regard craintif, obligée de prendre appui sur le fauteuil afin de ne pas tomber. Elle se contorsionne pour ne pas bousculer la Présidente, qui semble bien décidée à ne pas bouger. Elle arrive près de la porte quand soudain on l'interpelle :

— Oh ! J'oubliais. Gardez-vous bien de vous présenter à nouveau chez moi ! Depuis quatre ans, le cercle de nos amis s'est réduit et sachez que si la chose fut difficile à accepter au début, nous ne nous en portons que mieux aujourd'hui.

— Si les gens se sont ainsi éloignés, vous ne pouvez que blâmer votre gendre et son goût pour les affaires sordides.

— Méfiez-vous ! Vous pourriez lui plaire.

Madame de Faverolles, outrée, s'apprête à sortir lorsqu'elle lance à la Présidente, impassible :

— Vous ne tarderez pas à vous morfondre et à chercher notre bienveillance lorsqu'il se décidera à frapper à nouveau.

— Sortez ! hurle madame de Montreuil. Sortez et dites à ceux qui vous envoient que ce jour n'arrivera pas.

La porte claque.

Le cœur se serre.

La Présidente ne peut que donner raison à madame de Faverolles sur un point. Donatien frappera à nouveau. Seuls la date et le lieu demeurent inconnus.

35

Marseille.
Auberge des Treize cantons.

Attablés près d'une fenêtre, Donatien et Armand mangent de bon appétit un plat de poisson que l'on vient de leur servir. L'après-midi est déjà bien avancé, mais l'aubergiste n'a pas rechigné à rallumer les fourneaux pour cet habitué qui lui prend une chambre à chacun de ses voyages dans la ville phocéenne. Sa générosité n'est plus à prouver, à condition toutefois de faire preuve d'une totale discrétion. Le marquis est caractériel et ses colères sont comme les tempêtes du Sud : soudaines et violentes avant qu'une belle éclaircie tout aussi intense tente d'en effacer jusqu'au souvenir.

— Aubergiste ! Apporte-nous du vin ! ordonne le marquis.

Monsieur Lamare s'active derrière son comptoir et arrive en un instant près de ses convives, une bouteille à la main.

— Du vin de Syracuse, monseigneur. Un excellent breuvage dont raffolait monsieur Casanova lorsqu'il descendait ici.

Donatien soupire et se laisse tomber mollement au fond de son siège. Il est las d'entendre parler de ce Casanova dont le propriétaire de l'établissement ne manque pourtant pas de lui narrer les exploits avec toujours pour point d'orgue son évasion des Plombs, cette infâme prison de Venise. Lamare lui avait fait remarquer une fois que cet aventurier et lui avaient tant en commun. Le marquis s'était alors quelque peu énervé en rétorquant qu'on ne pouvait comparer un homme qui se comporte tel un adolescent découvrant son vit et multipliant les conquêtes afin de rattraper le temps perdu avec un artiste comme lui, devenu, au fil du temps, expert dans l'art de donner corps à ses excentricités.

— Oui, je sais, Lamare. Ce Casanova est le seul prisonnier de toute l'histoire de la Sérénissime à s'être échappé de cette geôle, située dans les combles du palais des Doges.

— Mais rendez-vous compte ! Il lui était impossible de tenir debout dans sa première cellule. Cellule dont il fut délogé alors qu'il était à la veille de s'en échapper. Ça ne s'invente pas !

— Allez savoir, mon bon Lamare ! Il est si aisé de faire passer certains mensonges pour des vérités.

L'aubergiste se vexe, mais se cabre aussitôt, tout déterminé qu'il est à ne pas bouder son plaisir. Il se fait piquant.

— Dites ce qu'il vous plaira, toujours est-il qu'on a eu beau changer l'oiseau de cage, il a tout de même fini par s'envoler.

Donatien, fatigué, agite les mains au-dessus de sa tête dans des moulinets blasés.

— Voilà ! Bon vent ! Maintenant, pouvez-vous enfin servir cet excellent vin dont votre ami, ce héros vénitien, aimait à se délecter ? Vous serez bien aimable. Mon camarade et moi avons à trinquer.

Latour, étonné, ouvre grand les yeux. Sade s'en amuse et avec emphase, sans prêter la moindre attention à Lamare qui sert le nectar italien, il précise son propos :

— Eh oui, mon ami ! Nous avons deux choses à fêter aujourd'hui.

— Deux, monsieur ?

Sade ne souhaite en dire davantage devant Lamare qui, en homme expérimenté, comprend par ce silence que sa présence est devenue gênante. Aussi, dès que les verres sont remplis, il s'empresse de prendre congé.

— Allons, Armand ! Quel jour sommes-nous ?

— Samedi, monsieur.

Donatien éclate de rire.

— La date, mon ami. La date !

— Le 27 juin.

Le marquis, d'un geste amusé, invite son ami à poursuivre ses efforts.

— ... 1772.

— Bien ! Et cette date ne te dit-elle rien ?

Latour fronce les sourcils, retrousse son joli nez et essaie de creuser au plus profond de cette mémoire qui se dérobe.

— Mon fils ! Le petit Donatien fête ses 3 ans aujourd'hui[11] !

Latour se frappe le front.

— Suis-je bête ! Buvons à sa santé et à celle de tous ces enfants qui perpétueront votre nom !

On lève les verres, on rit et déguste ce vin de Méditerranée qui décidément n'est pas pour déplaire aux deux amis.

— Ne trouves-tu pas que nous avons fêté cet anniversaire de manière grandiose ?

— Assurément, monsieur ! L'on ne pouvait faire mieux.

À ce moment, le visage du marquis se fait sérieux.

— Détrompe-toi, Armand ! Il nous faut toujours nous surpasser ! Ne t'ai-je pas précisé que ton maître était un artiste ? Car voici précisément la deuxième raison pour laquelle nous allons lever nos verres. Dis-moi, pourquoi devrions-nous nous arrêter en si bon chemin ? Ces mois enfermé à La Coste avec femme et enfants n'ont pas eu raison du feu qui me consume. Il couvait, attendant patiemment l'heure où il serait enfin en mesure de se déchaîner à nouveau, se répandre et tout brûler sur son passage. Depuis deux jours, nous n'avons que soufflé sur quelques braises. Aujourd'hui, l'incendie a bel et bien commencé. Ce soir, Armand, sera l'apothéose. Nous ferons en sorte que le ciel de Marseille flamboie de mille feux.

11 Donatien Claude-Armand, né le 27 juin 1769.

36

Aux Portes de Paris

La campagne parisienne s'étire à perte de vue dans une palette multicolore qu'une légère brise vient doucement onduler. Loin du tumulte citadin, la nature frissonne et pépie.

Un samedi agréable, plein de promesses, propice à la joie de vivre qui emplit un peu plus les poumons des promeneurs à chaque respiration.

Pourtant cette apparente quiétude estivale est soudainement troublée par un vacarme assourdissant.

Des passants ont à peine le temps de se pousser qu'un cheval blanc vient les frôler.

Il ne galope pas, il vole, et le Bellérophon de ce Pégase, tête baissée, chevelure blonde offerte aux quatre vents et corps en avant, tient fermement la bride. Loin de calmer sa folle monture, il l'encourage par des cris et des coups de talons dans les flancs allant même jusqu'à les taquiner de temps à autre de coups de cravache bien sentis.

Pascal Lefort ne prête pas la moindre attention à ces badauds. Il n'entend pas les enfants pleurer ni les hommes l'insulter. Ses préoccupations sont ailleurs. Les mots de l'inspecteur Marais repassent en boucle dans sa tête : « Il nous faut la retrouver. Je crains pour sa vie. »

Julie est en danger. Il aurait dû écouter son instinct et l'accompagner dans cette quête insensée. Il en mourait d'envie, mais se l'était pourtant interdit, jugeant que ne pas la suivre était aussi le moyen de lui prouver toute la confiance qu'il lui portait. La confiance, mais aussi des sentiments qu'il avait bien du mal à exprimer... Quelle folie !

Folie de taire des sentiments qui vous consument au point d'éteindre toute volonté.

Folie encore que cet horrible mutisme soit en mesure de devenir une arme capable de précipiter involontairement la mort de l'être aimé.

Le capitaine Lefort enrage. Il sait pourtant pouvoir se fier à ses premières impressions. Il aurait dû suivre Julie à sa sortie de Saint-Lazare, l'aider à trouver ce Sade, retenir les coups qu'elle ne manquerait pas d'asséner à cet être dont la réputation n'était plus à faire, mais surtout la protéger, pas seulement des autres, mais aussi d'elle-même, de cette haine qui semble guider chacune de ses décisions.

Oui, tous deux sont fous. L'un est dans l'extrême maîtrise de ses émotions tandis que l'autre n'agit que par elles. Cependant, et avant que toute histoire n'ait réellement commencé, l'un comme l'autre risquent de tout perdre.

Accablé, mais déterminé à corriger des erreurs qui pourraient leur être fatales, Pascal Lefort ordonne à son cheval de forcer l'allure. Il n'y a pas une minute à perdre. La voiture possède plusieurs jours d'avance et la route vers Marseille est longue et périlleuse.

37

Début de soirée. Dans la voiture

Aux éclats de voix et de rire a succédé un silence gêné. Un de ces moments que l'on aimerait abréger sans vraiment savoir comment s'y prendre. L'inconfort de la situation est perceptible, presque palpable. Le malaise perdure depuis de trop longues minutes pour espérer le faire oublier d'un bon mot. Tous connaissent à présent la profession exercée par Julie et depuis, la plupart des regards posés sur elle ont changé. Les rares qui osent s'y poser d'ailleurs ! Car beaucoup, par dégoût ou manque de courage, l'évitent purement et simplement.

Julie ne s'en offusque guère, ces comportements embarrassés ou lâches, elle ne les connaît que trop, par contre elle ne supporte guère les cachotteries et les mensonges. D'autant plus lorsqu'ils émanent d'étrangers qui semblent bien renseignés sur votre compte.

Qui est ce François Brémond qui semble si bien informé ? Un policier ?

Il n'en a pas les manières.

Un aventurier ? Un espion ?

Impossible ! Que lui voudrait-il ? Elle n'est rien, ne possède rien et n'a aucune influence dans le monde des affaires ou de la politique. Oui, elle a bien couché avec des personnes fréquentant la Cour ou le Parlement, mais elle n'a pas cherché à recueillir des secrets d'État ou des confidences. L'une des rares occasions où elle avait un tant soit peu utilisé son métier pour obtenir des renseignements fut ce jour où elle échangea quelques caresses expertes avec monsieur Marais. Elle avait su qu'il suivait ce maudit Sade. Cela remonte à plusieurs années maintenant. Ce devait être environ un an avant la fameuse date où ce Brémond se vante de l'avoir croisée à Paris alors qu'elle se trouvait à Angerville-Bailleul, dans la maison de son père, au pied de ce château qu'elle aime tant. Elle se promet d'y emmener Pascal un jour, lorsque tout cela sera terminé. Une fois le marquis retrouvé et neutralisé.

Comment s'y prendra-t-elle ? Elle avait eu le temps d'y réfléchir durant toutes ces années et ce séjour en prison n'avait que renforcé le sentiment d'avoir pris la bonne décision : elle devait tuer Sade. Il ne pouvait en être autrement. De par sa naissance et ses relations, il parviendrait toujours à se tirer d'affaire en achetant des témoins comme il l'avait fait avec Rose et peut-être d'autres dont elle n'a pas connaissance. Sa famille tenterait toujours de le soustraire à la justice des hommes par des lettres de cachet en facilitant son évasion.

Subitement, la berline se met à prendre de la vitesse. Les passagers entendent des claquements de fouet. Monsieur Marguet hurle après les chevaux afin qu'ils galopent plus vite. On se tient aux portières, à son voisin, à tout ce qui tombe sous la main. Madame Morel émet de petits cris de peur qui insupportent madame Gohier. Elle lui somme de se taire sur-le-champ. Monsieur Gohier tente alors de jeter un coup d'œil par la fenêtre, mais le bruit d'un coup de feu retentit et l'oblige à se rasseoir.

— Nous sommes attaqués ! hurle madame Morel qui se blottit, hystérique, dans les bras de son mari.

La gêne a définitivement quitté les visages des voyageurs pour laisser place à la peur la plus terrible : celle de mourir. Tous comprennent que l'instant est grave, y compris Louise Gohier d'ordinaire combative et frondeuse. Elle ne sait que faire, que dire. Elle se met à chercher désespérément du réconfort auprès de son époux qui, encore sonné par cette balle qui a bien failli le toucher, peine à retrouver ses esprits. Perdue, elle se tourne pleine d'espoirs vers Julie qui, comme elle s'y attendait, croise son regard et lui sourit timidement. Pourtant Louise n'est pas dupe, Julie est aussi terrorisée qu'elle, mais le courage paraît ne pas l'avoir quittée. Elle scrute le moindre recoin de la voiture, jetant même de temps à autre des coups d'œil à l'extérieur à la recherche d'une échappatoire, une possibilité de fuir la tragédie qui s'annonce.

La lumière faiblit. L'équipage entre dans une forêt.

Brémond serre de toutes ses forces son sac comme s'il pouvait lui servir de bouclier et le protéger ainsi des balles qui continuent à siffler au-dehors.

— Allons-nous donc mourir ici ? demande-t-il à ses voisins qui déjà lui crachent leur colère au visage.

— Avez-vous d'autres choses intelligentes à nous dire ? fustige Louise Gohier. Non, mais je ne sais pas ! Peut-être vos lèvres brûlent-elles de nous livrer d'autres mots aussi rassurants que ceux qui viennent de nous assommer ?

La vieille dame, guère décidée à excuser cette maladresse, revient à l'attaque :

— Non ? Vous en êtes certain ?

Brémond se tait.

— Bien ! Vous nous en voyez ravis et croyez bien que nous vous remercions pour ce silence que vous n'auriez jamais dû briser. À l'avenir, réfléchissez avant de poser de telles questions !

Brémond se fâche.

— Mais quel avenir, vieille folle ? N'entendez-vous pas ce qui se passe au-dehors ?

Plus personne ne parle et, l'espace d'un instant, on ne prête plus la moindre attention aux coups de feu qui se multiplient.

Cette voix !

Une voix grave, chaude et masculine bien loin de celle de castrat qui leur brise les oreilles depuis Paris.

Brémond perçoit le malaise et comprend aussitôt sa bêtise. La colère a eu raison de ses efforts de dissimulation. Julie ne perd pas un instant et en profite pour confondre l'usurpateur.

— Mais qui êtes-vous enfin ?

La question demeure sans réponse. La voiture semble quitter la route principale et négocie un virage à droite, mais l'allure excessive projette tout ce beau monde de l'autre côté dans de grands cris. Ceux des passagers d'abord, surpris par la manœuvre périlleuse et écrasés sous le poids de leurs voisins, ceux de monsieur Marguet ensuite qui lance des « Accrochez-vous ! » sans arrêt et évidemment les hurlements des poursuivants qui ordonnent à l'impétueux de s'arrêter.

La vitesse est trop élevée. Les bagages à main volent à travers la berline, les voyageurs ne sont plus que des poupées de chiffon et l'inévitable ne tarde pas à se produire. Des hennissements terribles se font entendre et l'instant d'après survient un choc terrible. Le véhicule vient percuter un arbre dans un fracas épouvantable.

La confusion est totale. Gémissements, plaintes et pleurs s'entremêlent dans un chaos indescriptible. Des corps se chevauchent. On tâtonne, des mains se cherchent, des voix invoquent des prénoms avec la même ferveur que si elles priaient Dieu. Certains même se surprennent à espérer un miracle de toutes leurs forces.

Hélas ! Certains appels restent sans écho.

Madame Morel supplie en vain Richard de se réveiller. Les époux Gohier, quant à eux, demeurent muets. Julie, qui vient de reprendre ses esprits, appelle Louise et lui ordonne de lui dire que tout va bien. La vieille dame lui désobéit. Les doyens de ce voyage ont fini leur longue route sous la cime d'un chêne du royaume de France.

Loin de chez eux, mais ensemble tel qu'ils l'avaient toujours désiré, malgré les cris et les disputes.

La Follecuisse n'a guère le temps de se lamenter. Elle entend arriver les chevaux des brigands qui les ont attaqués. Elle regarde autour d'elle. Brémond semble revenir à lui, mais, à sa grande surprise, il ne tient plus ce maudit sac. Julie s'empresse de le chercher. Il n'y a pas un instant à perdre. Elle l'aperçoit enfin aux pieds de Louise Gohier et s'en empare aussitôt. Dernier cadeau d'une amie qu'elle n'a pas eu le temps de connaître, mais qui, elle le sait, continuera de là-haut à lui prodiguer les conseils avisés que seule une femme d'expérience et de caractère est en droit de lui donner.

La berline est venue s'enrouler autour de l'arbre plusieurs fois centenaire parsemant autour d'elle, telles des offrandes, divers morceaux de bois, de tissus et des bagages désormais sans propriétaires. Sans oublier ce don suprême parachevant les sacrifices les plus admirables, celui du sang qui commence à s'écouler le long d'une portière dans un funeste et lent goutte-à-goutte.

Des pas se font entendre à l'extérieur. Julie ferme les yeux et s'efforce de ne pas bouger.

— Oh mon Dieu ! s'exclame monsieur Marguet en découvrant le spectacle de ces hommes et femmes immobiles et étendus dans des poses étranges.

— Que ceux qui le peuvent encore tentent de fuir !

Julie observe affolée autour d'elle. Une seule fenêtre demeure accessible.

Avec mille précautions pour ne pas bousculer monsieur Brémond et précipiter ainsi son réveil, Julie se fraie un passage parmi les cadavres et tente de persuader Henriette Morel de la suivre. Peine perdue ! La jeune femme ne peut quitter ce mari qui était sa seule raison de vivre. À regret, Julie laisse l'épouse tout à son chagrin et à cette décision irréfléchie qui ne sera certainement pas sans conséquences. Le sac en cuir sous le bras, elle parvient non sans mal à s'extraire du tombereau et se dirige vers le cœur du bois afin de s'y cacher et échapper ainsi à ces bandits qui ne tarderont plus.

Julie Follecuisse se met à courir à l'ombre des grands arbres qui, elle l'espère, contribueront à la dissimuler un tant soit peu jusqu'à ce qu'elle parvienne à trouver ce refuge providentiel.

Un brouhaha diffus se fait entendre derrière elle avant que ne retentissent des éclats de voix. Des bribes de phrases lui parviennent. Des hommes sont à la recherche d'argent et de bijoux. Julie ne se retourne pas. Soudain, il semble que l'on force les portières avec fracas et aussitôt les cris d'Henriette Morel viennent déchirer ce lieu où d'ordinaire règne le silence.

Bouleversée par les suppliques insoutenables de madame Morel, Julie suspend sa course effrénée et se fige. Elle hésite à rebrousser chemin et porter assistance à celle qui n'a pas voulu la suivre. Mais que pourrait-elle faire ? Julie n'a guère l'occasion de tergiverser davantage. Elle perçoit la voix de monsieur Marguet qui tente de s'interposer. Ses efforts paraissent dérisoires face à la détermination de ces hommes qui se mettent à rire.

Soudain un coup de feu résonne et se démultiplie dans un cruel écho. La voix de monsieur Marguet s'est définitivement tue tandis que les hurlements de madame Morel, eux, reprennent de plus belle. Cruauté suprême, ceux-ci sont aussitôt singés par l'un des assassins décidé à se moquer de la survivante avant d'en disposer comme bon lui semblera.

La perversion est un art où certains excellent et Julie le sait mieux que personne. Elle ne peut cependant combattre tous les fous de la Terre.

Une brise vient lui caresser ce charmant visage que la peur et l'odeur de mort ont transfiguré. Furtif réconfort pourtant qu'un craquement de brindille vient avorter.

Julie regarde, observe et scrute les moindres recoins de ce bois qui, de refuge possible, semble vouloir se transformer en terrible piège.

Personne.

— Qui va là ? murmure-t-elle, prenant garde de ne pas attirer l'attention des brigands.

Aucune réponse.

Les battements de son cœur s'accélèrent. Sa gorge se serre.

Elle ne peut demeurer ici davantage sans risquer de périr. Elle doit suivre le conseil de monsieur Marguet et fuir le plus loin possible.

Madame Morel se met à implorer la pitié de ses bourreaux dans des notes de douleur et de désespoir.

Julie doit fuir le plus loin possible de ces atroces suppliques. Elle se remet à courir sans jeter le moindre regard derrière elle. L'avenir est de l'autre côté. Elle se concentre sur l'horizon, sur ces rais de lumière qui transpercent l'ombre de ces arbres comme des promesses de jours meilleurs. Elle se concentre aussi sur ses pas pour ne pas tomber, mais également pour s'assurer qu'ils lui obéissent sans succomber à cette pitié qui pourrait lui faire faire demi-tour et lui être fatale.

Après quelques instants, Julie s'immobilise à nouveau, pose le sac en cuir à ses pieds et ose un coup d'œil en direction de l'endroit où le voyage s'est arrêté pour bon nombre de ces personnes qui avaient pris avec elle la route vers le Sud. Un voyage qui ne devait être qu'un moment de leur vie et non le terme de celle-ci.

Elle ne distingue rien d'autre que des troncs d'arbres et des fougères.

Elle ne perçoit plus qu'une certaine confusion, comme le bruit menaçant d'un orage lointain. Le danger semble s'être éloigné. Julie se résout enfin à reprendre son souffle tout comme elle s'accorde le droit de recouvrer l'espoir en cette existence qui décidément ne l'aura guère épargnée. Il aura fallu à Julie ce nouveau drame afin de se rendre compte que Louise Gohier avait raison. Elle l'entend encore donner ce conseil au bord de la mare de cette auberge, un peu plus tôt dans la matinée :

« Si je puis me permettre une recommandation et une seule, c'est de ne pas vous perdre dans des combats qui pourraient vous détruire. »

Cette quête insensée lui a déjà coûté bien plus qu'elle ne l'aurait imaginé : la perte de son fidèle Ravage, un viol dans une auberge, des personnes décédées, voire assassinées, sans oublier la mort, la sienne, qu'elle a frôlée à plusieurs reprises.

Il doit bien exister d'autres moyens que d'exiger de ce marquis le prix du sang afin d'étancher cette soif de vengeance devenue obsessionnelle et destructrice. Pascal Lefort saura certainement l'accompagner et la guider sur ce chemin qu'hier encore elle n'envisageait pas d'emprunter. Oui, il l'aidera. Comment pourrait-il en être autrement ? Le capitaine l'aime, elle en est certaine. Il est temps que la raison guide sa vie et qu'elle autorise à nouveau son cœur à se réchauffer, à se laisser attendrir et pourquoi pas à battre pour le beau gendarme.

Le meilleur reste à venir, car elle ne veut plus s'interdire d'être heureuse. Elle emploiera des moyens légaux pour se venger de Sade et l'empêcher de nuire. Puis, Julie rejoindra Angerville-Bailleul, peut-être même au bras du bel officier, retrouver ce père qui lui manque tant.

Julie est décidée à tomber le masque et la cuirasse.

La Follecuisse n'est plus. Elle l'a laissée dans cette voiture empruntée pour se rendre à La Coste. La petite Julie Danière fait son grand retour et entre à nouveau dans la lumière, prête à reprendre en main le cours de sa vie.

Soudain, un homme derrière elle l'interpelle :

— Où croyais-tu aller comme ça ?

38

Marseille.
Vers 9 heures du soir

Le jour décline, mais Marseille n'a nullement l'intention de s'assoupir. L'air est lourd et les corps sont moites. Habitants et promeneurs sont descendus dans les rues de la ville, car personne ne désire se cloîtrer dans la chaleur étouffante des appartements. Quitte à ne pas dormir, beaucoup préfèrent sortir discuter avec les voisins ou les amis et profiter éventuellement de ce luxe inespéré que deviendrait la moindre brise.

Marguerite Coste ne fait pas exception. Fuyant son lot de grande solitude et de petites déceptions, la jeune femme est descendue au bas de son immeuble, rue Saint-Ferréol-le-Vieux, insouciante et joyeuse, profitant de ce moment de convivialité avec ses voisins. On parle fort, on rit aux éclats, on partage vin et limonade dans une apparente désinvolture. Seul compte l'instant, ce présent précieux qui s'étire et où chacune de nos actions influence notre avenir.

D'ailleurs, un étranger assez grand et apparemment bien renseigné s'approche de Marguerite en arborant un sourire des plus charmants. Elle ne peut s'empêcher de penser que l'individu pourrait être beau si son visage n'affichait pas ce teint grêlé propre à ceux ayant souffert de petite vérole. Il la saisit par la main et l'attire à l'écart.

— J'ai à vous parler. Pourrions-nous monter, je vous prie ?

Marguerite ne se fait pas d'illusions. Elle se doute bien des raisons qui ont amené ici cet inconnu. Quant au sujet de cette conversation apparemment des plus urgentes, elle ne fait pas grand mystère. Ce monsieur fera sûrement comme tant d'autres et se jettera sur elle à peine la porte fermée afin de prendre avec précipitation ce qu'il est venu chercher.

Marguerite prend congé du petit groupe avec qui elle savourait ce début de soirée en oubliant un temps sa condition.

— Suivez-moi ! dit-elle sans entrain en s'adressant à l'inconnu.

Les deux silhouettes s'engouffrent dans l'immeuble et gravissent les escaliers jusqu'au deuxième étage de cette maison appartenant à monsieur Debœuf, maître serrurier. Marguerite entre la première dans l'appartement qu'elle n'avait pas fermé à clef.

Étrangement, on ne se précipite pas sur elle comme elle s'y attendait.

— Tu as de l'argent ? demande Marguerite.

— Oui, mais ce n'est pas pour moi. Je viens de la part de mon maître. Il voudrait te rejoindre ici pour s'amuser un peu.

— Il ne pouvait venir lui-même ?

— C'est qu'il n'aime guère se déplacer pour rien.

Marguerite trouve tout cela étrange.

— Et il paie bien ton maître ?

— Ça oui ! Si tu es docile, il se montrera généreux. Il ne regarde pas à la dépense lorsqu'il s'agit de son plaisir, tu peux me croire.

— Et qu'est-ce qui me dit que tu ne te moques pas de moi et que je vais rester ici à attendre pour rien ?

Latour sort de sa poche un mouchoir de dentelle.

— Tiens ! Prends ça ! Il appartient à celui que je sers. Je te le laisse, en gage de notre bonne foi.

Marguerite s'empare du mouchoir et le détaille longuement. C'est une belle pièce qui ne peut qu'appartenir à une personne importante. Elle aimerait tant en avoir de si beaux.

— D'accord. Tu peux lui dire que je l'attends.

Latour est heureux et, sans perdre un instant, s'en va annoncer la bonne nouvelle à son maître. Le marquis lui sera reconnaissant pour cette soirée qui s'annonce des plus prometteuses et digne de ce jour si spécial qu'il entend bien marquer d'une pierre blanche.

39

Château de La Coste

Les deux sœurs se font face de part et d'autre de la table de la salle à manger. Les regards se fuient, les corps sont fermés et rien dans les attitudes ne laisse entrevoir l'espoir d'un échange. On fait mine de détailler la tenture verte qui tapisse les murs de la pièce, on s'attarde sur les tableaux, notamment *La Mort d'Alexandre* et *L'École d'Athènes* en faisant mine de s'intéresser à ces représentations idéalisées de la Grèce antique.

Toutes deux désespèrent de voir les domestiques faire leur entrée et commencer le service. Anne-Prospère ne peut endurer ce silence assourdissant davantage. Elle se risque à évoquer un sujet somme toute banal, mais qui aura peut-être le mérite de briser la glace.

— Le petit Donatien a-t-il apprécié ses cadeaux ? Et qu'a-t-il pensé du mien ? Lui a-t-il plu ?

Renée-Pélagie, droite sur sa chaise et dans ses principes, a la politesse de répondre :

— Vous savez, à cet âge, peu importe les cadeaux, on aime tout et n'importe quoi.

La tentative de rapprochement se solde par un échec. Pire ! La cadette prend la réponse de son aînée comme une pique délibérément dirigée contre elle et cela ne semble pas être terminé.

— Vous gâtez beaucoup trop ce chérubin. Lui et les deux autres d'ailleurs. Vous ne les aidez pas en agissant ainsi. Nul ne sait ce dont demain sera fait et habituer ces jeunes créatures à ce qu'il y a de plus beau ne peut que favoriser la frustration qu'ils ne manqueront pas d'éprouver tôt ou tard.

— Mais ils sont les enfants d'un comte, qui se fait appeler marquis certes, mais un jour, à la mort de son père, l'aîné héritera du titre.

Renée-Pélagie, lasse, mais plus réaliste que jamais, se doit de rétablir certaines vérités.

— Un titre ronflant qui vous ouvre certaines portes et fait s'incliner sur votre passage bon nombre de personnes, mais une charge trop lourde et une coquille vide pour qui n'a que trop peu d'argent. Et vous n'êtes pas sans savoir que, si monsieur mon mari possède bien des réputations, celle de bon gestionnaire, hélas, n'en fait pas partie.

Madame de Sade dit vrai. Depuis son arrivée ici, Anne-Prospère se rend bien compte que le train de vie dispendieux du marquis n'est pas sans causer quelques soucis. Ne l'a-t-on pas interpellée à ce propos au village ? Les dettes s'accumulent et pourtant Donatien s'entête à ne rien laisser paraître de ses difficultés avec, chevillée au corps, cette farouche volonté de maintenir son rang quoi qu'il en coûte.

— Si l'on m'a quelque peu écartée du rôle d'épouse que j'avais à cœur d'occuper, sachez que j'entends remplir le mieux possible celui de mère. Dorénavant, seul le bonheur de mes enfants est important à mes yeux et je ferai tout ce qui est en mon pouvoir afin de le préserver.

Une porte s'ouvre et arrive enfin ce repas assurément plus chaud que l'ambiance régnant entre les deux sœurs. Elles ne prêtent aucune attention au potage que l'on vient de leur servir. Une fois les domestiques sortis, l'aînée prend à nouveau la parole :

— Savez-vous à quelle date mon époux envisage de revenir parmi nous ?

D'abord surprise par la question de son aînée, Anne-Prospère tente d'y répondre le plus calmement possible afin de ne pas envenimer davantage une relation déjà bien complexe :

— Comment le saurais-je ? Il ne me parle guère de ses affaires.

— Suis-je sotte ? Vos conversations doivent certainement être fort éloignées de ces considérations futiles. À vous les envolées enflammées et les paroles pleines de tendresse tandis que l'on me laisse les contrariétés liées à l'intendance de cette maison.

Afin de ne pas se laisser submerger par la colère et la tristesse, Renée-Pélagie s'empare de sa cuillère et commence à déguster le potage dans un apparent détachement qui ne trompe pourtant pas Anne-Prospère.

— Croyez-moi ! Je n'ai pas voulu ce qui arrive, lance Anne-Prospère d'une voix basse.

— J'ai grand-peine à admettre que nous puissions toutes deux nous poser en victimes, car consentez que l'une d'entre nous souffre davantage tandis que l'autre, au contraire, paraît trouver dans cette tragique ironie du sort un semblant de bonheur, voire de plaisir.

Embarrassée, c'est au tour de la plus jeune de se perdre à présent dans l'assiette creuse posée devant elle. Échappatoire dérisoire au goût d'asperge et empreinte d'une certaine amertume dont le potage n'est pas l'unique responsable. Aux paroles accusatrices et blessantes succède à présent le bruit des cuillères et des bouches venant y recueillir le breuvage encore fumant.

Renée-Pélagie désire clarifier les choses afin que l'on cesse de se méprendre sur son compte. Elle n'est pas l'idiote aveugle que tout le monde pense. Elle connaît son mari et ses goûts mieux que personne. Anne-Prospère, quant à elle, ira de déconvenues en chagrins avant de finir par regretter que sa route ait croisé celle de Donatien. Elle en est certaine.

— Préservez votre âme et votre cœur tant que vous le pouvez, ma sœur, car je vous plains, bien plus que je ne vous hais. Si j'ai fini par comprendre que je ne serai jamais l'épouse comblée qu'il me plût à devenir, au moins ai-je la consolation de tenter de devenir la plus aimante des mères. Mais vous ? Que vous restera-t-il lorsque cet homme se sera emparé de tout ce qu'il désirait prendre chez vous et n'y laissera rien d'intact après son passage, pas même votre honneur ?

La charge est violente et la jeune femme, ébranlée, demeure immobile à l'autre bout de la table. Pourtant elle ne peut rester davantage dans cette pièce. Rassemblant courage et dignité, elle pose délicatement sa cuillère, écarte sa chaise et entreprend de se lever le plus calmement possible.

— Je n'ai pas très faim. Permettez-moi de me retirer.

La marquise fait part de son approbation d'une légère inclinaison de la tête avant de se replonger comme si de rien n'était dans cette préparation aux asperges. Apparent détachement auquel succèdent pourtant des larmes à peine la porte de la salle à manger refermée.

40

Marseille.
Dernières heures du samedi 27 juin 1772

On frappe à la porte de l'appartement de Marguerite Coste.

Elle s'en va ouvrir sans perdre un instant, laissant dans son sillage des effluves de jasmin. Les cheveux dénoués tombant sur ses épaules, ses pieds nus se précipitent sur le parquet. Sa chemise légèrement transparente laisse apparaître un décolleté galbé et un corps aux courbes pleines de promesses.

Deux individus se tiennent sur le palier. Marguerite reconnaît le premier pour l'avoir rencontré tout à l'heure aussi son regard se pose aussitôt sur le second, plus petit, mais dont la seule présence suffit à supplanter toute autre. Il est blond et ses yeux clairs exprimant intelligence et malice transpercent la jeune femme. L'homme est habillé d'un frac gris sur une culotte en soie couleur souci. Il a de l'allure et impose le respect. Pas seulement à cause de son épée à la ceinture ou de cette canne au pommeau d'or, non ! Il se dégage de sa personne une autorité naturelle, un charisme incroyable susceptible d'annihiler toute résistance à la moindre de ses volontés.

— Vous êtes Marguerite ? lui demande-t-il d'une voix charmante qui se veut rassurante. Pour un peu, Marguerite se sentirait importante elle aussi.

— Oui, monsieur. C'est bien moi, mais votre présence ici me dit que vous le savez déjà, non ? Entrez donc !

Les deux compères ne se font pas prier et pénètrent dans l'appartement où brûlent quelques bougies contribuant à donner à l'endroit une atmosphère des plus étranges. Des ombres démesurées se déploient sur les murs, tels des monstres parés à fondre sur d'innocentes victimes.

Le marquis s'adresse à Latour avant de pénétrer dans la chambre.

— Tu peux disposer, mon ami.

Le domestique, d'abord surpris puis déçu, finit par obéir et quitte l'appartement tandis que son maître, sans considération aucune pour cet *ami*, ferme déjà la porte. Il ôte son épée et pose sa canne contre le mur avant de s'asseoir sur le lit. Il contemple la belle Marguerite. Elle le voit sortir de sa poche une boîte de cristal cerclée d'or.

— Tiens ! Sers-toi !

La jeune femme ne se fait pas prier et choisit volontiers une pastille qu'elle porte aussitôt à la bouche. Cette friandise au goût anisé n'est pas pour lui déplaire, mais le bellâtre n'est pas ici pour partager des petites douceurs. Marguerite sait ce que l'on attend d'elle. Elle se baisse, embrasse doucement la bouche de ce nouveau client et commence à frotter lascivement sa poitrine contre ce visage rasé de près.

Loin de se laisser troubler par cette amorce de corps à corps plus qu'encourageante, Donatien tend à nouveau sa bonbonnière à celle qui semble prête à tout pour le satisfaire. Si Marguerite trouve cela curieux, elle finit par s'en amuser et pioche à nouveau dans le récipient en défiant comme s'il s'agissait d'un jeu de séduction ce regard azur qui étudie la moindre de ses réactions.

Sans prévenir, Sade ôte furieusement la chemise de la belle et se met à peloter avec fermeté les fesses de celle qui vient de s'asseoir sur ses cuisses. Il les presse, les frotte l'une contre l'autre, les écarte et vient même tapoter un de ses index à l'entrée de ce jardin que beaucoup considèrent comme défendu. Jardin que pourtant nombre d'entre eux rêvent de pouvoir labourer et ensemencer. Donatien ne peut que plaindre ces pauvres hères que la morale emprisonne et la religion empoisonne. Renoncer à de tels plaisirs, à ces femmes et à ces hommes disponibles et offerts par centaines simplement afin d'avoir le droit de mettre en bouche une hostie censée représenter le corps du Christ. Quel sacrifice inutile et stupide aux yeux de Sade qui préfère mille fois que sa bouche connaisse des corps chauds, bien vivants et avec tellement plus de saveurs que ce morceau insipide fait de farine et d'eau !

Qu'ils gardent tous leurs regrets et fassent le deuil de leur vie charnelle ! À cette utopie risible de vie éternelle, monsieur le marquis préfère la réalité de cette jouvencelle qui ondule à présent au-dessus de son visage lui offrant ainsi son sourire le plus intime. La malice invite au vice et Donatien, non sans une pensée pour ces tristes culs bénis, se fait un devoir d'aller prendre sur-le-champ la précieuse hostie à la chapelle.

Marguerite ne feint guère le plaisir. Elle gémit, se mord les lèvres même afin de ne pas crier, son corps entier frissonne, mais c'est oublier Donatien qui compte bien reprendre fermement les rênes.

Après quelques minutes de ces préliminaires prompts à endormir les doutes, voire les craintes de la charmante inconnue, monsieur le marquis s'ennuie. Il administre une légère claque sur les fesses de Marguerite qui suffit à elle seule à lui faire comprendre que les bonnes choses ont une fin et que celles en cours n'ont que trop duré. Pour tenter de se faire pardonner une éventuelle frustration, monsieur de Sade tend à nouveau la boîte de cristal et enjoint la petite Margot à prendre des bonbons, plusieurs à la fois même si elle le désire.

Elle avance à genoux sur le lit jusqu'au marquis, adossé au traversin, et saisit deux pastilles qu'elle vient mettre dans sa bouche l'une après l'autre, le regard mutin et la langue gourmande ne laissant planer aucun doute sur ses intentions. Donatien se caresse l'entrejambe et ne tarde pas à se laisser gagner par l'excitation qui commence à déformer sa culotte de soie. Le pouce et l'index de la main droite serrent la base de son membre tandis que ceux de la main gauche viennent en souligner les contours. Tout cela est prometteur et Marguerite a le sentiment que la soirée sera bonne. Non seulement pour les affaires, mais aussi et surtout, une fois n'est pas coutume, pour son propre plaisir.

Rares sont les clients capables de lui en procurer. Marguerite a conscience qu'ils ne viennent pas la voir à cette fin. Les hommes sont des égoïstes, elle le sait et les clients le sont davantage encore, mais quand arrive un de ceux qui prennent leur temps et acceptent de donner autant qu'ils ne reçoivent, la petite Margot savoure chaque instant, d'autant plus si, comme celui-ci, le visiteur est agréable à regarder.

Marguerite se met à quatre pattes devant l'homme qui affiche un sourire satisfait et un regard où flamboie la convoitise la plus insatiable.

— Ne sens-tu rien dans ton ventre ?

Elle s'amuse de la réflexion du bellâtre.

— Pas encore, messire, mais à la vue de ce que vous tenez entre les doigts, quelque chose me dit que cela ne saurait tarder.

La jeune femme entreprend d'ôter la culotte du marquis afin de libérer ce sexe qui semble y être trop à l'étroit. Cependant, et contre toute attente, Sade se saisit des poignets de Margot et l'empêche de mener à bien cette entreprenante initiative.

— Tout doux ! Sommes-nous pressés, Marguerite ?

— Du tout ! Je ferai ce que vous désirez.

— Vraiment ?

— N'êtes-vous point ici pour cela ?

Sade sourit. Si seulement cette petite avait conscience de ce qu'elle vient de dire !

— Alors, reste dans cette position, veux-tu ?

Sans attendre le moindre consentement, Sade se lève, passe au pied du lit et s'agenouille à terre, le visage face à l'arrière-train de Marguerite, toujours à quatre pattes sur le matelas.

— Toujours rien ?

— Je vous demande pardon ?

— Dans ton ventre ? Point de sensations étranges ?

Marguerite ne comprend pas et s'agace.

— Mais que voulez-vous que je ressente à la fin ?

À ce moment précis, des gargouillis se font entendre et le bruit d'un vent retentit dans la pièce. Gênée, Marguerite se confond en excuses et s'apprête à se lever du lit pour quitter la pièce, mais Sade la retient fermement par les chevilles.

— Reste là ! Ne bouge pas ! Voici précisément ce que j'attendais.

— Je... je ne comprends pas.

— Tais-toi et prends à nouveau une de ces pastilles. Allez !

Marguerite obtempère, même si ses gestes sont empreints d'une hésitation qui n'est pas dans son caractère. Elle en prend une, mais, d'un coup de menton, Sade lui signifie de ne pas s'arrêter en si bon chemin et c'est ainsi que la jeune femme se retrouve subitement avec trois de ces horribles bonbons dans la bouche. Elle a chaud. Ses oreilles se mettent à bourdonner et son cœur se soulève.

— Termine la boîte !

— Non ! Je n'en veux plus. Je vais être malade.

— Voyons, obéis ! N'aie crainte ! J'en offre à toutes les demoiselles. Elles en raffolent et aucune ne s'est jamais plainte.

Une fois de plus et à contrecœur, Marguerite s'exécute. Cet instant qu'elle pensait, il y a quelques minutes encore, agréable, peu commun et hors du temps est sur le point de devenir peut-être l'un des plus dangereux tant les intentions de cet homme semblent particulièrement étranges. Soudain une pensée fugace traverse l'esprit de Marguerite, le souvenir d'une conversation tenue ici même, dans cet appartement, quelques jours plus tôt. Mariette lui avait dit qu'un voyageur bien né et son valet étaient à Marseille, qu'ils s'étaient rendus chez Jeanne Nicou et que, si leurs goûts étaient apparemment étranges, ils payaient très bien. C'est eux ! Margot en est certaine.

Des douleurs se font ressentir dans ses entrailles, comme si une immense canule la transperçait avant de se mettre à la fouiller. Son ventre fait un bruit insensé. Il se plaint, gémit à n'en plus finir. L'homme derrière elle paraît se délecter de la situation et se met à applaudir.

— Ne te retiens pas ! Pète donc ! Libère-toi ! Tu verras, cela te fera le plus grand bien. Écoute ton corps ! Ne résiste pas !

Elle entend bien au contraire ne pas se laisser aller et tente de garder le contrôle. Mais Sade ne l'entend pas de cette oreille. Il porte alors un index à sa bouche puis l'insinue entre les fesses de la Marguerite pour en flatter l'entrée.

— De grâce, monsieur. Non !

Suppliques inutiles. Impatient de profiter des effets escomptés de ses pastilles, Sade enfouit à présent son visage au fin fond de ce postérieur offert à sa dévotion lubrique. Sa bouche s'impatiente, sa langue s'active et ses mains ne demeurent pas inactives. Elles écartent les deux hémisphères afin de faciliter l'accès à ce sacro-saint orifice sur lequel reposent toutes les espérances du marquis. Après un tel traitement, Marguerite ne peut que déposer les armes. Son corps ne lui obéit plus et vient lui infliger la honte la plus dégradante qui soit. Humiliée, Marguerite se met alors à pleurer tandis que Sade récolte, tantôt dans la bouche et tantôt dans les narines, l'objet de cette singulière convoitise.

— Voilà qui est mieux ! dit-il d'une voix étouffée.

Aux encouragements du marquis succèdent les vents et les sanglots de la jeune Margot qui n'arrive à contenir les uns et les autres. Elle ne contrôle plus rien. Elle est totalement soumise aux abominations que lui fait subir cet inconnu et aux réactions de ce corps qui la trahit sans lui octroyer le moindre répit.

Marguerite tente de s'échapper à de multiples reprises, mais Sade la maintient fermement par les hanches. Cherchant à se libérer de l'emprise du marquis, elle s'étend sur le lit pensant qu'ainsi allongée, plaquée sur le matelas, l'homme ne sera guère en mesure de la soumettre davantage. Une naïveté aussitôt désavouée par l'incroyable volonté de l'aristocrate qui n'entend pas se laisser si aisément priver de son jouet. Sa bouche a suivi la croupe de Marguerite et voici Sade à moitié étendu à son tour sur le lit forçant la jeune femme à écarter les jambes dans le but d'accéder plus facilement au fruit de sa gourmandise. Est-ce la position ou le fait d'avoir bougé ? Toujours est-il que les pets redoublent et que Sade s'extasie, ivre de volupté.

— Ma jolie garce. Ma douce et charmante gourgandine. Quels chatouillements délicieux !

Marguerite croit qu'ayant obtenu ce qu'il était venu chercher, ce sauvage ne tardera pas à partir. Là encore elle se trompe. Le marquis reprend plus avant son exploration. De longues minutes durant lesquelles il est aux portes du bonheur le plus intense tandis que sa proie semble agoniser dans de terribles maux d'estomac.

Il ne faut pas que la petite perde connaissance ! Pas maintenant ! Sade la retourne d'un coup puis, couché sur elle, il s'introduit avec force et s'agite en elle pour que la menace d'un éventuel évanouissement soit écartée. L'assaut ne tarde pas à provoquer l'effet escompté. La belle Margot ouvre les yeux et se retrouve face à ce regard azur dans lequel brille la satisfaction guerrière d'un conquérant.

— Bien ! Te revoilà ! Continuons !

Donatien de Sade s'active dans de puissants coups de reins qui font gémir Margot. Elle ne prend aucun plaisir, au contraire. La pression exercée contre son ventre provoque à nouveau de terribles douleurs. Ses intestins sont en feu et se mettent à faire des bruits assourdissants que les rires du marquis ne parviennent pas à étouffer.

— On dirait que tu es prête pour une nouvelle salve.

— Oh non ! Je vous en prie. Pitié !

Sans la moindre précaution, Sade se retire et tourne sans ménagement Marguerite à nouveau sur le ventre. Son visage reprend aussitôt sa place entre les fesses de la demoiselle qui ne tente même plus d'échapper à ce client qu'elle aurait préféré ne jamais rencontrer.

Marguerite est prête oui. Prête à assouvir encore les goûts fantasques de cet homme, mais assurément pas à être déshumanisée une nouvelle fois de la sorte. La jeune femme pleure tout son soûl, les poings serrés sur ces draps qu'elle ne manquera pas de brûler tant ils sont imprégnés d'odeurs qu'elle préfère oublier et particulièrement celle de cet homme, légèrement musquée, poivrée, animale. Une bête qui n'a eu aucun scrupule à faire de son appartement sa propre tanière, un logement marqué à jamais du sceau de l'horreur et de la honte.

41

Dans une forêt bourguignonne

La peur s'est insinuée dans tous les membres de Julie jusqu'à les paralyser. Le ton de l'homme qui vient de l'interpeller n'est pas fait pour inspirer la confiance ou quelconque forme d'espoir sur l'issue de la rencontre. La menace y est clairement exprimée, aussi sûrement que les ténèbres s'empresseront de s'abattre sur cette forêt que les rayons de soleil semblent vouloir fuir.

L'esprit de Julie est en ébullition, sa mémoire surtout, car elle a un doute sur l'identité de celui qui la poursuit. Cette voix ne lui est pas familière.

— Allons ! Tu ne souhaites pas me faire face et regarder dans les yeux celui qui va te tuer ?

Julie n'est pas de celles qui affichent sa peur ou étale ses faiblesses. Elle fournit un effort incroyable pour relever le défi et ordonne de toutes ses forces à ses pieds de bouger. Ceux-ci peinent à lui obéir, mais finissent par obtempérer. Tête baissée, elle finit enfin par tourner sur elle-même dans un mouvement d'une extrême lenteur. Sont-ce ses pieds qui retardent le plus possible l'instant fatidique ou l'inconscient de Julie qui essaie de gagner de ce temps si précieux qui risque bientôt de lui manquer ? L'interminable rotation s'arrête. Elle est enfin face à l'homme qui s'apprête à lui faire du mal. Qui est-il ? Elle a peur de le découvrir et n'ose lever le regard afin de mettre un terme à tant de questions.

— Voilà ! Encore un effort, Julie.

Son sang se glace. Elle devient blême. L'homme la connaît ! Il connaît son prénom. Ce ne peut donc pas être un de ces brigands qui a attaqué la voiture.

Courage Julie ! Regarde-le !

Elle pense qu'en se parlant ainsi, en son for intérieur, elle parviendra à surmonter la terreur qui l'envahit peu à peu de son étreinte nocive. Julie étouffe, la panique l'étrangle.

— Alors mademoiselle Danière, on a peur ?

Des frissons la gagnent. Sa tête bourdonne.

— Ou plutôt devrais-je dire madame Lanson ?

Lanson ! Le nom de cet époux qu'elle s'était efforcée d'oublier. Ce monstre infâme qui avait changé le cours de sa vie à tout jamais. L'homme pourtant n'est pas son mari, ce n'est pas la voix d'André Lanson, mais l'inconnu le connaît néanmoins. Il doit certainement venir de Normandie et peut-être même de son village natal d'Angerville-Bailleul.

André Lanson.

A.L.

Les initiales sur le sac qu'elle tient dans les bras, serré contre elle.

Des images se succèdent à une vitesse folle dans la tête de la jeune femme. Des flashs qui ne font que souligner l'incroyable naïveté, voire la bêtise dont elle a fait preuve ces derniers jours. Tout se met en place peu à peu. Ce François Brémond ! C'est donc lui ! Cet étranger outrageusement fardé pour mieux dissimuler sa véritable identité. Cette habitude de se cacher derrière un mouchoir en dentelle en ricanant avec une voix forcée singeant celle des castrats ou de ces efféminés qu'on se plaît à railler entre hommes virils. Julie avait bien senti que tout sonnait faux chez ce monsieur, qu'il l'observait et connaissait trop de choses la concernant. Elle avait bien tenté de le confondre, mais il avait résisté aux assauts qu'elle avait menés, parfois aidée de cette chère madame Gohier. Sous la colère, il avait toutefois fini par se dévoiler un peu, mais était très vite parvenu à reprendre le contrôle de ses nerfs.

Julie lève enfin les yeux et ose se confronter à l'impossible vérité.

L'homme qui se faisait appeler François Brémond est penché vers Julie comme pour tenter de croiser le regard de la jeune femme qui se dissimule derrière ses cheveux blonds. Lorsqu'il aperçoit enfin ses yeux azur, il esquisse un de ces sourires carnassiers propres à vous glacer le sang et vous inciter à vous enfuir le plus loin possible. Mais Julie décide de rester et de faire face à cet inconnu. Sa soif d'explications a raison de cet instinct de survie que d'ordinaire elle suit aveuglément.

— Surprise ?

— Plutôt en colère contre moi-même. Qui êtes-vous ? Pourquoi m'avoir suivie ? Vous connaissez Lanson ?

Il éclate de rire. Pas un de ceux à la voix de fausset, non ! Un rire grave au contraire, un rire semblant surgir des enfers.

— Que de questions, ma belle ! Somme toute légitimes, mais trop nombreuses pour que je puisse apporter une réponse à chacune d'entre elles. C'est que je ne compte pas m'attarder en ces bois.

— Vous me devez pourtant des explications !

— Je ne te dois rien, sale putain ! dit-il en s'approchant. Tu es bien mal placée pour me parler de devoirs. N'en avais-tu donc pas certains envers ton époux ?

Julie était dans le vrai. L'individu connaît André. Loin de la réconforter, cela l'affole.

— Ça ne vous concerne en rien ! oppose-t-elle dans un cri qui se veut rageur, mais que des sanglots pourtant étouffent.

Brémond ou quel que soit son nom fléchit les genoux, frappe des poings sur ses cuisses et se moque en répétant cette phrase de la jeune femme d'un ton pleurnichard, puis, d'un coup d'un seul, il fond sur Julie, la plaque contre le chêne qui se trouve derrière elle et la saisit par la gorge.

— Décidément, tu n'es pas à la hauteur de ta réputation. Tu es bien moins courageuse qu'on le dit, ma belle. Tous te surestiment et tu n'as certainement pas la valeur que les gens s'accordent à te donner. Tu crois quoi ? Que tu es une châtelaine parce que l'emploi de ton père te donne accès à un parc magnifique ? Tu es comme nous et comme cet époux que tu vomis. Regarde-toi ! dit-il d'un ton méprisant en toisant la frêle silhouette. Loin de toute ta petite cour, tu as perdu de ta superbe et te retrouves réduite à écarter les cuisses pour survivre.

Le visage de Julie devient écarlate, son cou congestionné, ses yeux affolés se mettent à pleurer tant ses poumons brûlants peinent à se remplir d'air. Si elle le pouvait, elle supplierait ce rustre de faire preuve de pitié. S'est-il seulement rendu compte que ses pieds ne touchent désormais plus le sol ? Les mains de Julie s'agrippent aux poignets du monstre et s'efforcent de leur faire relâcher leur emprise. Rien n'y fait. C'est alors qu'elle se met à les griffer avec une telle fureur que l'assaillant est contraint de quitter momentanément la gorge de Julie dans un cri de douleur.

— La garce !

Julie tente de reprendre sa respiration, mais la souffrance est si insoutenable qu'il lui semble que l'homme est encore accroché à elle. Alors, une fois libérée, les mains de la jeune femme viennent gagner aussitôt sa gorge afin de s'assurer qu'on ne lui a pas taillé les chairs sans qu'elle s'en aperçoive. À peine rassurée, Julie oublie ses questions et ses doutes et se met à courir le plus vite possible droit devant elle. Son œsophage et sa poitrine lui brûlent, mais il lui faut fuir pour survivre. Le bois mort craque sous ses pas empressés, les oiseaux dérangés quittent ces bois où il ne fait pas bon rester et prennent leur envol vers un horizon plus tranquille. Julie voudrait pouvoir les suivre, déployer de grandes ailes et s'élever vers la cime de ces chênes pour aller tutoyer ces étoiles qui peu à peu sertissent un ciel de plus en plus sombre comme tant de lueurs d'espoir, des points d'ancrage parsemés sur un océan lugubre.

Hélas, il n'y a aucun refuge. Elle entend déjà des pas derrière elle, rapides, lourds et puissants, si puissants que le sol se met à vibrer sous ses pieds. Elle tente d'accélérer, mais soudain elle ressent un choc terrible dans le dos ! Un choc d'une telle force que Julie se voit projetée en avant, plaquée au sol, face contre terre laissant échapper un râle épouvantable. C'est que, dans ce réflexe inutile où l'on place ses bras devant soi pour amortir la chute, un bruit sec et terrible a déchiré le crépuscule. Julie ne peut retenir un cri assourdissant. Elle regarde son poignet et ce qui s'offre alors à ses yeux est insoutenable. Un de ses os sort de ses chairs. Elle tourne la tête pour ne pas perdre connaissance.

Loin d'attendrir son assaillant, celui-ci se met à lui tirer les cheveux et la retourne violemment. L'imposteur se tient au-dessus d'elle, son visage si près du sien que leurs nez se frôlent. Il y a une telle fureur dans le regard de cet homme ! Il se met à lui cracher sa rage au visage.

— N'as-tu toujours pas compris que tu n'as aucune chance d'échapper à ton destin ? Mais avant, et pour satisfaire tes dernières volontés, je vais te donner certaines de ces réponses que tu brûles de connaître.

Maigre consolation pour Julie que la douleur défigure.

— Je m'appelle Guillaume, Guillaume Lebellanger. Je suis un ami de ton mari, mais il a certainement dû te parler de moi. Nous nous connaissons depuis l'enfance et tu as cruellement fait souffrir mon ami. Le sais-tu seulement ?

Julie n'ose répondre.

— Le sais-tu ? se met-il à hurler.

— Et lui ? T'a-t-il dit qu'il m'avait trompée à de multiples reprises et qu'il n'eut aucun scrupule à le faire également avec la fille de mon frère ?

Lebellanger, loin de se laisser attendrir, affiche un sourire moqueur.

— Et quoi ? N'en a-t-il pas toujours été ainsi ? Vous les femmes êtes sur cette terre uniquement pour procréer et nous servir. C'est par le travail des hommes que la société évolue et par notre sang que nos frontières sont protégées. Nous vous avons toujours trompées depuis que le monde est monde. Nos sexes n'ont pas d'oreilles et sont sourds à toute morale. Mais vous, vous nous devez respect et soumission.

— Jamais ! Je ne suis pas de celles-là. Il n'en sera pas toujours ainsi. Les temps changeront et avec eux disparaîtront les usages d'un autre temps.

Guillaume Lebellanger se met à rire et plaque sa main sur la bouche de Julie.

— Tais-toi, malheureuse ! Tu n'as aucune idée de ce que tu dis. Tu n'aurais jamais dû faire ce que tu as fait et ridiculiser mon ami de la sorte. Il ne s'en remettra jamais. Il est la risée du village. Tu imagines ? Abandonné par une épouse qui l'a trompé avec tant d'hommes en monnayant ses charmes... Mais qu'est-ce qui t'a pris ? Quelle drôle de vengeance !

Julie n'est pas en mesure de lui expliquer. Parce que d'abord l'incroyable pression exercée sur le bas de son visage l'en empêche, puis que pourrait-elle dire à un tel individu à l'esprit aussi étriqué, animé par une irrépressible envie de tuer ?

— Tu vois, heureusement qu'André m'avait donné le petit portrait te représentant que vous aviez dans votre chambre, sinon je crois que j'aurais eu grand-peine à te retrouver. C'est ce portrait que je transportais dans ce sac de cuir ainsi que le signalement de tes deux amies, Jeanne et Aude, et aussi la liste des divers endroits où on vous avait vues dans Paris. C'est grâce à ces deux catins que j'ai pu te retrouver rue Saint-Dominique. André et moi avons tout préparé avec le plus grand soin, tu vois. À nous deux, nous avons pu réunir la somme nécessaire pour ce petit périple. J'ai insisté afin que ce soit moi qui me charge de toi. Il ne fallait pas éveiller les soupçons à Angerville-Bailleul et puis moi, tu ne me connais pas. On ne s'est jamais vus. Il n'y avait donc aucun risque que tu me reconnaisses.

Comment a-t-elle pu être si sotte et n'avoir rien remarqué ? Elle avait été l'objet d'une incroyable traque et ne s'était doutée de rien. Sa propre soif de vengeance l'avait aveuglée. Ce Sade aura décidément joué un rôle bien funeste sur sa vie.

— Un dernier souhait avant de mourir ?

Et Guillaume Lebellanger d'ôter doucement sa main de la bouche de Julie.

— Fais ça vite ! soupire-t-elle résignée en tournant la tête sur le côté.

Julie Danière a décidé de capituler. Elle n'a plus la force de se battre. Elle est fatiguée et incapable de tenter une nouvelle fois de s'enfuir. Le pourrait-elle seulement ? Son poignet la fait terriblement souffrir. Il lui semble qu'on lui a arraché la main et que le sang jaillit de cette fracture à chaque pulsation cardiaque. Jamais souffrance ne fut si horrible, excepté celles du cœur. Elle a perdu tant d'années à vouloir faire regretter à cet aristocrate ce qu'il lui avait fait subir rue Mouffetardet et à tenter de l'empêcher de réitérer de tels agissements avec d'autres à l'avenir.

L'avenir... Mes rêves de vie rangée avec Pascal Lefort.

Lebellanger se saisit d'une pierre.

Une vie en Normandie avec des enfants.

Il la lève, la suspend un instant dans les airs.

Mes enfants, un garçon et une petite fille gambadant dans le parc du château d'Angerville-Bailleul.

Il regarde la femme qui contre toute attente se met à sourire, les yeux dans le lointain, comme une dernière provocation.

Que ma vie aurait été belle !

42

À LA TOUTE FIN DU MOIS DE JUIN. LA COSTE

Deux chevaux fournissent un effort considérable, un dernier, afin que la voiture du marquis de Sade parvienne au sommet du pic rocheux. Dans quelques minutes, Donatien retrouvera son cher château et celle qui lui a manqué cruellement : sa jeune et douce Anne-Prospère. Il se languit de la revoir, de l'enlacer à nouveau au creux de ses bras qui n'ont que serré ces derniers jours des créatures vouées à satisfaire des désirs propices à choquer sa belle.

Mais que diable lui a-t-elle fait pour qu'il pense à elle de la sorte ? Pour quelles raisons veut-il ainsi la préserver de cette part d'ombre qu'il porte en lui ? Quel sort lui a-t-elle lancé ? Donatien ne peut que s'interroger, car il ne se passe pas une journée sans que ses pensées ne se dirigent immanquablement vers sa charmante belle-sœur. Il sent bien qu'il n'y a pas un seul des battements de son cœur qui ne lui soit totalement dédié. S'il n'aime pas cet état où prédomine le sentiment inconfortable que tout lui échappe, cette fois pourtant il s'autorise à s'y prélasser et à baisser la garde. De toute façon, il faut se rendre à l'évidence, il voudrait résister qu'il ne le pourrait pas.

Cet empressement à rejoindre cet amour improbable lui a fait quitter Marseille dès le lendemain matin de cette folle journée où les filles s'étaient succédé à un rythme effréné. Latour n'avait pas caché sa surprise quand, au petit matin, son maître lui avait enjoint de préparer les bagages. Sade, comme à son habitude, n'avait pas jugé bon de fournir la moindre explication. Certains ordonnent tandis que d'autres se contentent d'obéir. Ainsi va le monde et cette course immuable n'est pas pour déplaire à la caste à laquelle appartient le marquis.

La voiture franchit le pont-levis et fait son entrée dans l'avant-cour sur laquelle on referme aussitôt deux larges vantaux en peuplier massif garnis de larges ferrures, puis enfin la grille en fer forgé, couronnée par les armes de la famille de Sade, est franchie à son tour et l'équipage pénètre dans la cour intérieure. On vient ouvrir la porte de la berline et le marquis est en mesure de fouler à nouveau le sol de cette propriété à laquelle il est terriblement attaché. À peine a-t-il posé pied à terre, que son cher Minet[12] se précipite dans les bras de son père, suivi par le cadet dont le marquis a fêté l'anniversaire à sa manière quelques jours plus tôt. Renée-Pélagie apparaît à son tour, la petite Laure contre sa poitrine.

Donatien ne perd pas un instant et embrasse avec une profonde tendresse ses fils suspendus à son cou.

---

12 Surnom donné par Donatien à son fils aîné.

— Mes garçons ! Mes adorables garçons ! Comme vous m'avez manqué.

Après un long moment, Donatien se redresse, entouré de ses fils et les tenant par la main, il se dirige vers son épouse, sourire aux lèvres.

— Et à vous, mon amie ? Vous ai-je manqué ?

Le visage de Renée-Pélagie ne trahit aucune émotion. Cette apparente froideur surprend son époux.

— Vous savez que votre présence est essentielle à la bonne marche de ce domaine.

— Et qu'en est-il de celle de votre cœur ?

Pour seule réponse, Donatien se voit confronté à un silence lourd de signification.

Loin de laisser paraître son trouble, il se penche vers sa fille et lui dépose un baiser sur le front. Puis, il regarde intensément sa femme et l'embrasse sur la joue comme par défi.

— Peu importe. Sachez en tout cas que vous avez manqué au mien.

Renée-Pélagie ne peut dissimuler son étonnement, voire son dépit, dans un léger mouvement de tête et un haussement d'épaules qui en dit long sur le crédit porté aux paroles que vient de prononcer son mari.

Le retour au foyer n'est pas aussi chaleureux que Donatien aurait pu l'escompter. Ne souhaitant cependant aller à la confrontation, le marquis préfère entrer dans le vestibule tandis que Latour se charge de ses bagages. Sa famille ne tarde pas à lui emboîter le pas.

C'est alors que, sortant de la salle de compagnie, apparaît dans le grand vestibule, à sa droite, celle qui occupe toutes ses pensées et qui pourtant ne l'a pas accueilli dans la cour. Anne-Prospère se tient devant lui, mains jointes devant elle, le long de sa robe noire, comme une petite fille embarrassée et ne sachant comment réagir. Le cœur de Donatien se met à battre plus fort et d'une voix tremblante il s'adresse à elle :

— Vous voici enfin, ma chère sœur !

Donatien, après une brève hésitation, car se sachant observé par son épouse, décide malgré tout de se diriger vers ce visage angélique afin de l'embrasser. Au contact des mains de Donatien sur ses épaules, Anne-Prospère frémit et ses yeux s'embuent lorsqu'elle sent ses lèvres effleurer ses joues.

— Vous nous avez cruellement manqué, susurre-t-elle.

La pression du baiser se fait alors plus forte, témoignage invisible aux yeux de tous d'un attachement profond et du bonheur provoqué par ces retrouvailles. Renée-Pélagie pourtant fulmine et souhaite rapidement mettre un terme à cette accolade qui lui est douloureuse. Si ses enfants n'étaient pas à ses côtés, elle oublierait probablement la réserve dont elle a toujours fait preuve et s'en irait séparer avec force les deux amants.

— Je crois que le repas est servi, mon époux. Passons dans la salle à manger, voulez-vous ?

Donatien quitte à regret la peau laiteuse et chaude de sa tendre amante afin de se diriger vers la pièce où les domestiques attendent déjà. Renée-Pélagie suit son mari sans même adresser un regard à sa jeune sœur. Chacun prend place autour de la table et les questions commencent à jaillir :

— Comment se portent nos affaires ? Avez-vous touché la somme que vous escomptiez ? Vous n'êtes pas sans savoir que notre situation devient délicate.

L'inquiétude de Renée-Pélagie rassure un tant soit peu Donatien. Si ses pensées sont dirigées vers l'état des comptes de la maison, au moins ne le sont-elles pas vers sa relation incestueuse.

— Tout va pour le mieux, mon amie. Rassurez-vous ! Ce voyage à Marseille a permis de régler quantité de choses et nous permettra de commencer l'été de manière sereine.

Renée-Pélagie est soulagée, même si elle ne sait s'il faut croire cet homme qui lui a menti tant de fois et sur tant de choses. Elle tente toutefois de s'en convaincre pour trouver un semblant de paix intérieure, du moins sur la situation financière du couple, car en ce qui concerne leur situation personnelle…

Tandis que l'on sert le potage de laitue, Donatien fait mine de s'intéresser à ce qui s'est passé au château durant son absence et interroge Louis-Marie.

— Alors Minet ? Qu'avez-vous fait ces derniers jours ?

Tout heureux d'avoir une conversation avec son père, le garçon délaisse quelques instants le repas et ce potage dont pourtant il raffole.

— Notre tante a joué avec nous. Il y avait de la lumière et elle a fait des ombres sur le mur de notre chambre.

Puis il se met à frapper dans ses mains comme s'il assistait encore au spectacle et qu'il applaudissait. Il est aussitôt imité par son petit frère sous le regard attendri d'Anne-Prospère.

— Voilà qui est fabuleux ! s'exclame Donatien.

Renée-Pélagie fronce les sourcils et lance un regard réprobateur à son mari.

— Ne les encouragez pas, je vous prie ! Ils doivent manger leur potage et je crois que ces jeux d'ombres chinoises ne sont pas des plus appropriés. Les enfants pourraient être effrayés et ne pas trouver le sommeil.

Donatien remarque la gêne qui s'est emparée d'Anne-Prospère et ne doute pas que cette réflexion de Renée-Pélagie était sciemment dirigée à l'encontre de celle-ci. Il décide de venir sauver sa belle et, d'un rire forcé, il s'adresse à Renée-Pélagie :

— Allons, mon amie ! Regardez ces chérubins et dites-moi s'ils vous paraissent traumatisés par ce jeu innocent !

Si la mère est blessée par cette remarque, l'épouse est dévastée. Donatien se positionne clairement du côté de sa maîtresse et non du sien. Cependant, elle préfère se taire pour ne pas faire de scène devant ses enfants, mais aussi parce que faire des esclandres n'est guère dans son tempérament. Pourtant, si elle était courageuse et pourvue du caractère explosif de sa mère, la Présidente, elle se lèverait d'un bond et quitterait la pièce sur-le-champ. Résignée et le nez dans son assiette, l'épouse raillée n'est pas en mesure de surprendre le regard empli de gratitude qu'Anne-Prospère échange avec Donatien.

— Et vous ma sœur, hormis vous occuper de nos enfants, qu'avez-vous fait pour occuper vos journées ?

— Des travaux d'aiguille, quelques promenades dans le village et beaucoup de lectures.

— Ah ! Et qu'avez-vous lu ?

— Les *Fables* de La Fontaine et le théâtre de Molière.

— Oh ! Mais c'est que cette charmante jeune fille se fourvoie. Deux auteurs de cette qualité ! Vous liriez bientôt Voltaire que cela ne me surprendrait pas.

— N'exagérons pas, monsieur ! Il est des oppositions à l'Église qui me sont plus insupportables que d'autres.

— Pourtant, si je crois partager cette *opposition*, cela ne vous empêche aucunement de me porter de l'affection.

Le silence se fait dans la pièce. La gêne est palpable.

Renée-Pélagie y voit l'opportunité de faire entendre sa voix :

— Et vous, mon ami ? Qu'avez-vous fait de vos soirées à Marseille ?

— Oh ! Rien de bien exaltant. J'ai dîné une ou deux fois avec des comédiens et comme votre sœur, j'ai lu beaucoup. J'avoue, sans complaisance aucune, que mes soirées étaient bien tristes et que je me désespérais de vous retrouver.

Puis, le marquis se lève et tend son verre de vin.

— Tout cela est derrière nous. Cette escapade à Marseille appartient au passé. Buvons à nos retrouvailles ! Que rien à l'avenir ne vienne nous séparer !

On trinque joyeusement sans se douter que précisément à Marseille, tout est en marche pour que Sade ne soit pas en mesure de tenir cette folle résolution.

43

Marseille.
Au matin du mardi 30 juin 1772

Un homme est assis à son bureau, les coudes sur le plateau, mains devant la bouche, le regard dans le vide. Dans quatre jours, ce sera son anniversaire. Il prendra 32 ans et pourtant son cœur n'est pas à la fête. Jean-Pierre Chomel[13] a à rendre compte d'une affaire étrange qu'on vient de lui rapporter, qui nécessite une enquête approfondie et pour laquelle il éprouve un malaise. Il ne peut l'expliquer, mais il aime à se fier à son instinct qui ne l'a que rarement trompé et cet instinct lui dit précisément que la chose qu'il se doit de relater fera grand bruit.

Il a déjà eu évidemment à travailler sur des meurtres, des vols et autres manquements à la loi, mais les empoisonnements sont assez rares ici, d'ailleurs il n'a pas souvenir d'avoir traité pareil cas auparavant. Et si ce qu'on lui a dit est avéré, il ne se fait guère d'illusions sur le devenir de la jeune femme. Tout suggère que ses

13 Né à Marseille le 4 juillet 1740 et décédé en la même ville le 12 décembre 1825.

jours sont comptés et la mort il ne la connaît que trop. Elle a déjà emporté trois de ses enfants. Heureusement, Charles[14], âgé d'à peine 1 an, semble en bonne santé et le petit Jean[15], qui n'a pas encore 1 mois, bien que très fragile, semble vif. Tous les espoirs sont permis quant à leur survie. Alors, c'est dire si ses préoccupations et celles de Louise, son épouse[16], sont ailleurs ! Il y a des moments comme ceux-là où tout, malgré nos efforts, nous ramène aux soucis de notre quotidien. Ce n'est pas de l'égoïsme, mais simplement un besoin vital de se recentrer sur les choses réellement importantes afin de ne pas sombrer.

Jean-Pierre Chomel se redresse sur son siège, ouvre un tiroir de son bureau et en sort une feuille de papier que l'encre n'a pas encore noircie. Il se saisit de sa plume plus tout à fait blanche, la trempe dans le récipient d'étain et commence la rédaction de ce compte-rendu qui, il en est certain, bouleversera bien des vies.

L'en-tête d'abord, un brin autoritaire.

Remontre le Procureur du Roy au siège de la sénéchaussée de cette ville de Marseille.

Qu'il vient d'apprendre qu'une femme domiciliée rue St Ferreol le vieux est travaillée depuis quelques jours de douleurs internes et de vomissements continuels de matières noires et sanguines, avec des efforts extraordinaires et qu'elle se trouve dans ce triste état après avoir mangé

14 Charles de Chomel, né le 2 février 1771.
15 Jean Esprit Hippolyte de Chomel, né le 6 juin 1772.
16 Louise Claire Pasquier (1741-1828).

avec excès des pastilles sucrées qui lui ont été données par un étranger qui était venu la visiter et comme il importe de vérifier la vérité d'un pareil bruit pour ne rien négliger de ce qui doit servir à en faire connaître les vraies circonstances, requiert qu'il soit tout présentement accédé à la maison où loge la femme nommée Lacoste, rue St Ferreol le Vieux, pour y recevoir son exposition et faire toutes les procédures que le cas requerra et a signé

Marseille, le 30 juin 1772

Chomel, Lieutenant Général Criminel[17]

Chomel repose sa plume, appelle un de ses subalternes et lui enjoint de remettre ce pli au procureur dans les plus brefs délais. Lui, animé comme à son habitude par cette volonté de ne pas perdre la moindre minute, prend sa veste sur le dossier de sa chaise et ordonne à des hommes de le suivre. Il veut aller interroger sur-le-champ cette Marguerite Coste, visiter l'appartement et voir exactement de quoi il retourne.

17 La plupart des pièces de procédure sont extraites des travaux de Maurice Heine et retrouvées aux Archives de Marseille à la cote C 4156.

44

Un peu plus tard, au deuxième étage de la maison de Debœuf, dans l'appartement de Marguerite Coste

À peine passé le seuil, Chomel et les hommes qui l'accompagnent sont saisis par l'odeur pestilentielle qui règne dans l'appartement plongé dans la pénombre. L'un d'eux s'empare avec précipitation de son mouchoir et le porte aussitôt devant le nez dans une expression de dégoût.

— Quelle puanteur !

— Je sais Daumas[18], mais je pense que la pauvre femme que l'on vient visiter est aussi incommodée que nous le sommes, rétorque Chomel. Peut-être même est-elle honteuse alors qu'elle n'y est apparemment pour rien !

Confus, le greffier baisse la tête. Il déteste se faire sermonner de la sorte surtout en présence de personnes qu'il ne connaît pas ou très peu. Que vont penser de lui l'huissier Reymond et le maître chirurgien Roux ?

18 Louis Daumas, greffier, présent lors de l'audition de Marguerite Coste.

Une voix faible se fait entendre. La même qui les a autorisés à entrer tout à l'heure. Celle de la locataire de ces lieux.

— Je suis dans la chambre.

Chomel précède les autres et s'immobilise à l'entrée de la pièce. Le spectacle qui lui est offert le paralyse et lui inspire pourtant la plus grande pitié.

Une femme se tient dans un lit aux draps froissés, pas très nets, adossée à des oreillers. Son visage éclairé par des bougies est blafard, les yeux sont rougis et cernés, les lèvres en bouton de rose sont pâles et sèches, fanées. La mort s'est déjà invitée dans ce corps que la vie semble sur le point d'abandonner.

Le lieutenant général criminel se ressaisit.

— Vous êtes Marguerite Coste ? chuchote-t-il en ôtant son chapeau.

— Oui, lui répond-elle dans un soupir.

— Vous permettez que l'on ouvre les rideaux.

La jeune femme se met à tousser et finit par consentir qu'on les écarte sans toutefois les tirer complètement. Le soleil lui est extrêmement pénible.

D'un geste bref, Chomel demande à Daumas de le faire à sa place. Obéissant, il se rend à pas comptés près de la fenêtre qui donne sur la rue de peur de heurter quelque chose puis, doucement, il entrebâille les pans de tissus jusqu'à ce que la lumière s'insinue dans les ténèbres peu rassurantes de ce mouroir.

— Madame Ravel, votre logeuse nous a prévenus de votre état. Vous savez pourquoi nous sommes ici, n'est-ce pas ? poursuit Chomel.

La réponse se fait timide.

— Oui, monsieur.

— Je vais vous poser quelques questions et Louis Daumas, ici présent, retranscrira vos réponses. Cela vous convient-il ?

— Oui.

Marguerite peine à avaler sa salive.

— Permettez que je prenne un peu d'eau avant de poursuivre ?

— Je vous en prie. Faites !

Après la première gorgée, Marguerite se met à tousser si fort qu'elle a l'impression que ses poumons vont se détacher.

— Nous pouvons y aller ?

Elle opine du chef.

— Je vais vous demander vos noms, âge, origines et adresse.

— Je m'appelle Marguerite Coste, fille de Pierre Coste, ménager décédé. Je suis née à Montpellier. J'ai vingt-cinq ans. Je vis ici.

Marguerite prend à nouveau un peu d'eau. Cette fois, cela paraît lui faire plus de bien que tout à l'heure.

— Racontez-nous ce qu'il s'est passé.

La malade prend une profonde inspiration et commence son récit, émaillé de quelques moments nécessaires pour reprendre son souffle.

— Samedi dernier, sur les 9 heures du soir, j'étais dans la rue, près de ma porte. Je me suis fait accoster par un homme de haute taille qui me demanda de monter dans mon appartement afin de me communiquer quelque chose. Une fois ici, il me dit être venu de la part de son maître et savoir s'il pouvait venir. Il me somma ensuite de me préparer à le recevoir… Il me laissa même un mouchoir pour gage.

Marguerite marque une pause. Son esprit se met à divaguer et ses pensées s'envolent vers Bernard, son marin amouraché. Peut-être qu'une vie rangée à ses côtés lui aurait évité toutes ces horreurs.

Compréhensif, mais aussi quelque peu bouleversé par l'état de la plaignante, Chomel ne la brusque pas.

— Le domestique revint peu après, accompagné d'un autre jeune homme qu'il dit être son maître, d'une taille moyenne, assez rempli, les cheveux blonds. Il portait une épée et une canne à pommeau d'or, un frac gris et une culotte en soie couleur souci. Dès qu'il fut entré, le valet, l'air égaré, se retira. Dans la chambre, son maître ôta son épée et se débarrassa de sa canne. Il prit place au pied du lit et moi sur une chaise, à côté de lui. Il m'offrit des pastilles en forme d'anis sucrés contenues dans une boîte cerclée d'or. J'en pris quelques-unes. Il m'en proposa de nouveau, mais je n'en voulus plus. Il insista et m'engagea à manger tout le contenu de la boîte. Impatient, il me demanda si je ne ressentais rien au niveau de l'estomac ou dans le ventre.

Marguerite s'empare d'une bassine et se met à vomir abondamment. Les visages se tournent, les mouchoirs apparaissent, nombreux, et Reymond est en proie à un haut-le-cœur qu'il tente de contenir d'une main tremblante devant la bouche.

Marguerite, essoufflée et extrêmement fatiguée, avale à nouveau un peu d'eau, mais tarde à reprendre. Daumas jette un regard interrogateur à Chomel qui patiemment attend. Au bout d'une minute ou deux, elle poursuit enfin, des trémolos dans la voix. Daumas, insensible, mais soulagé, reprend sa retranscription.

— Il proposa de jouir de moi par derrière et de plusieurs autres manières, toutes plus horribles. Ce que je lui refusai sans cesse. S'étant néanmoins amusé de ma personne, il se retira après avoir laissé 6 francs sur la table. Lui et le domestique quittèrent ma maison. Ils furent à peine sortis que je me sentis l'estomac en feu et me mis à rendre copieusement des matières de différentes couleurs, le plus souvent noirâtres accompagnées d'odeur puante.

— Était-ce à cause des pastilles ? demande Chomel.

— Sûrement. Elles avaient un goût âcre qui était en partie pallié par la douceur du sucre qui les enveloppait. Je n'ai cessé de vomir.

Chomel se lève, jette un œil dans la bassine, puis se tourne vers Reymond.

— Huissier ! Prenez de ces matières, placez-les dans une bouteille que vous scellerez et vous la donnerez ensuite aux médecins afin qu'ils en fassent analyse.

Reymond écarquille les yeux. Son teint devient presque aussi pâle que celui de Marguerite.

— Vous… vous voulez que je… ?

— Parfaitement Reymond ! Pour que justice soit faite, il nous faut savoir si ces pastilles contenaient du poison. N'êtes-vous pas d'accord avec moi ?

— Je... si, monsieur. Assurément, mais...
— Allons ! Point de manières ! Ne perdons pas davantage de ce temps qui nous est précieux. Il nous faut entendre d'autres témoins.

45

Marseille.
Le mercredi 1er juillet 1772

Jean-Pierre Chomel n'a que très peu dormi. Sa nuit fut agitée.

Il pensait poursuivre ses investigations la veille en sortant de chez Marguerite Coste, mais la vision de cette femme mourante l'en a empêché. Il ne pensait pas que cette visite l'avait tant touché, mais en quittant l'immeuble et se trouvant à l'air frais, il faillit tomber. Il dut admettre qu'au vu de son état et de celui des hommes qui l'accompagnaient, il devait remettre au lendemain la suite des auditions.

Louise avait bien remarqué que quelque chose n'allait pas, mais, comme à son habitude, elle s'était bien gardée de poser des questions auxquelles elle n'aurait sans doute pas eu de réponses, car son mari tient plus que tout à garder le secret sur ce qu'il fait au travail. Non pas qu'il ne fasse pas confiance à Louise, mais il lui avait déjà dit qu'une simple parole lâchée, sans même qu'elle s'en aperçoive, et c'était des mois d'enquête qui pouvaient être réduits à néant. Elle respectait cela et ça renforçait davantage l'admiration qu'elle lui portait.

Chomel est ainsi, totalement immergé dans ses investigations jusqu'à l'empathie. Cela lui permet de ne jamais minimiser le ressenti des victimes et de toujours faire le maximum pour appréhender les coupables. Cette affaire ne fera pas exception. La visite faite la veille à Marguerite Coste l'a profondément marqué et il se demande quel est le monstre capable de tuer, ou risquer de tuer une femme par plaisir.

Il presse le pas jusqu'à atteindre la rue d'Aubagne, à l'angle de la rue des Capucins. En bas de l'immeuble se trouvent Me Delestrac, greffier, et l'huissier Reymond, tous deux encadrant le Procureur du roi.

— Bonjour, messieurs. On nous attend au troisième étage.

Des salutations collégiales et brèves permettront de perdre le moins de temps possible, pense-t-il. *Les deux hommes que l'on recherche sont des étrangers et Dieu sait où ils se trouvent depuis samedi dernier.*

On gravit les étages à grandes enjambées, certains plus aisément que d'autres. Chomel peut entendre derrière lui des respirations qui se font de plus en plus fortes, courtes et rapides. Il ne ralentit pas la cadence pour autant. Il arrive le premier sur le palier et frappe déjà à la porte sans même attendre que les autres le rejoignent.

Une demoiselle à la mine défaite vient lui ouvrir.

— On nous a dit que vous vous trouvez souffrante depuis la venue chez vous de deux individus. Nous venons vous interroger à ce propos.

Marie Borelly attendait leur visite. L'affaire a fait grand bruit dans le quartier du Panier et il se dit qu'une femme est morte, ou sur le point de mourir. Les rumeurs divergent sur ce point.

— Entrez, je vous en prie.

Chomel pénètre dans l'appartement et s'impatiente lorsqu'il se rend compte qu'il n'est pas suivi par ses comparses. Il soupire et se met à taper du pied la tomette aux abords de la cuisine. Le procureur apparaît enfin, suivi aussitôt du greffier. Seul Reymond manque à l'appel. L'abus de viande rôtie, de desserts crémeux et d'alcool ne doit pas être étranger à ce retard. Chomel veut bien accepter l'insatiable gourmandise de l'huissier à condition toutefois qu'elle ne nuise pas à son travail.

Le visage rougeaud et imprégné de sueur de Reymond fait finalement son entrée. Essoufflé, mais apercevant le visage fermé de Chomel, l'huissier se confond en excuses, excuses auxquelles le lieutenant général ne prend pas la peine de répondre.

— Où pouvons-nous nous installer, madame ?

Marie hésite, regarde autour d'elle.

— Mettons-nous dans la cuisine !

Tous prennent aussitôt place et observent Marie qui s'assied à son tour, au bout de la table, livide, dos à la fenêtre qui donne sur la rue d'Aubagne.

— Nous allons vous poser des questions sur les évènements dont vous avez été témoin. Je sais que cela peut éventuellement vous gêner, mais dites-nous tout, sans rien oublier. J'insiste. N'omettez aucun détail ! Le plus infime peut nous conduire à la vérité et à ceux qui vous ont fait ça.

— Entendu.

— Bien. Maître Delestrac, vous êtes prêt ?

L'homme de petite taille a déjà posé son encrier et des feuilles de papier devant lui.

— Oui. Nous pouvons commencer, monsieur Chomel.

— Alors, ne perdons pas un instant ! Quels sont vos noms, âge, origines et adresse.

— Je suis Marie Borelly, mais ça, vous le savez déjà. On me surnomme Mariette. J'ai vingt-trois ans et je vis ici. Je suis native de Valensole. Mon père, Antoine, était meunier. Il est mort.

Pour ne pas laisser un éventuel sentiment de nostalgie s'installer, Chomel décide de poursuivre.

— Nous vous écoutons. Racontez-nous ce qui vous est arrivé, ce qui vous a mise dans un tel état.

Marie se racle la gorge. Cela paraît lui être douloureux. Elle porte une main à son cou, serre les lèvres, puis, après un bref instant, commence son récit. Un épisode que pourtant elle préférerait oublier.

— Samedi dernier, vers les 10 heures, Marianne est venue ici avec Mariannette et Rosette. Marianne m'a dit qu'un voyageur allait arriver. J'ai su ensuite qu'il se nommait le marquis de Sade.

Chomel a un nom. Un nom qui ne lui est pas inconnu. Il pointe l'index sur la feuille que le greffier est occupé à noircir.

— Notez Delestrac ! Notez ! Le marquis de Sade ! Poursuivez, madame !

— Peu de temps après, je vis en effet non pas un, mais deux hommes faire leur entrée. L'un portait une matelote rayée et il était suivi du marquis.

— Comment était-il habillé ? demande Chomel.

— Le marquis portait un frac gris et il avait une épée au côté.

Le lieutenant général est satisfait. Les descriptions concordent.

— Lorsque celui-ci entra, il avait quantité d'écus dans la main. Il nous a dit qu'ils étaient pour nous. Nous devions l'amuser. Alors il a mis des pièces dans l'une de ses mains et nous avons été invitées à deviner combien il y en avait. Marianne trouva en premier alors ils lui ont dit que c'était son tour et elle a dû rester enfermée avec le marquis et l'autre homme dans la chambre.

— Combien de temps ?

— Je ne saurais le dire. Je suis désolée, s'excuse-t-elle comme si elle avait commis une faute.

Notant l'embarras de la jeune femme, Chomel la rassure :

— Ce n'est rien. Poursuivez, je vous prie.

Un tantinet rassurée, Marie Borelly poursuit :

— Au bout d'un certain temps, Marianne est sortie, puis ce fut mon tour. Le marquis m'a demandé de me déshabiller et de me mettre au bout du lit. Là, il a...

Marie baisse la tête, gênée. Le teint se rosit et les mains se crispent. Les doigts entrelacés perdent leur couleur tant ils sont serrés.

— Il a quoi ? demande Chomel d'un ton qui invite à la confidence.

— Il a pris un balai de brus pour…

— Pour ?

— Pour m'en donner quelques coups sur le cul, susurre-t-elle.

Après ces mots, Marie regarde un à un les hommes assis face à elle craignant d'y croiser de la réprobation. Rompus à l'exercice, pas un ne laisse transparaître la moindre émotion. Elle décide de poursuivre :

— C'est un balai que ma servante était allée acheter. Il me demanda ensuite de lui faire subir le même traitement.

— Il a demandé que vous le fouettiez à votre tour, c'est bien cela ?

— Oui, monsieur. Je l'ai fait avec le même balai, même si j'avais remarqué un fouet de parchemin qu'il avait apporté. Il paraissait tout ensanglanté et les extrémités étaient pourvues d'épingles courbes.

Cette fois l'assistance ne peut s'empêcher d'échanger des regards étonnés.

— Une chose m'a surprise, c'est qu'après avoir reçu quantité de coups, il les marquait avec son couteau sur le tuyau de la cheminée.

Chomel n'en revient pas. Il faut qu'il voie ça de ses propres yeux.

— Vous nous autorisez à nous rendre dans votre chambre tout à l'heure ? Nous devons vérifier vos dires. Comme je vous l'ai souligné, chaque chose est importante et celle-ci semble l'être au plus haut point.

— Bien sûr, monsieur.

— Continuez !

— Il s'amusa de moi ensuite. Je veux dire par là qu'il a… enfin, nous avons… eu un rapport sexuel.

Delestrac esquisse un sourire tout en noircissant sa feuille. Le fait qu'une fille comme elle n'ose prononcer certains mots est risible. Il ne peut s'empêcher de penser qu'elle les emploie certainement au quotidien et que d'autres, bien plus horribles encore, doivent franchir ses lèvres sans pudeur aucune, et que dire de ce qui y entre…

Marie ne s'en aperçoit pas, car, une fois encore, elle a la tête baissée.

— Quoi d'autre ? demande le procureur.

— Le marquis, pendant qu'il me prenait, était à exciter son domestique qui était déculotté. D'un coup, il m'a retournée sur le lit, s'est couché sur moi pour continuer sa besogne et c'est là que le valet s'est mis à jouir de lui par derrière…

— Vous voulez dire que le domestique sodomisait le marquis pendant que ce même marquis, allongé sur vous, était occupé entre vos cuisses.

Marie Borelly tourne la tête vers le mur et hoche la tête. Il lui semble revoir la scène, sentir le poids de ces deux corps sur elle, les soupirs, les cris et cette expression d'intense plaisir sur le visage de l'aristocrate aux yeux bleus.

— Oui, monsieur. C'est ça. Et de temps à autre, tous deux mouillaient leurs doigts et les portaient au derrière de ce marquis de Sade. Puis après un certain temps, je suis sortie et ce fut le tour de Rosette puis celui de Mariannette et il fit entrer à nouveau Marianne qui resta dans la chambre avec Mariannette. Quand tout fut terminé, il nous distribua à chacune un écu de 6 francs. Marianne et Mariannette m'ont dit que le marquis leur avait donné des anis sucrés. Mariannette les a jetés dans un coin, mais Marianne en a mangé et elle a été incommodée. D'ailleurs, elle l'est toujours.

Un silence se fait. Lourd, mais nécessaire afin de réaliser et surtout digérer tout ce qui vient d'être dit. Là où Chomel est satisfait, c'est qu'à en croire la déposante, l'appartement porte encore les stigmates de cette visite et peut-être trouvera-t-il dans un recoin les fameux bonbons. Le procureur semble suivre le même raisonnement, car il vient de lui poser une main sur l'épaule en lui adressant un clin d'œil assorti d'un coup de tête en direction de la chambre. Chomel s'assure d'abord que Marie n'a rien de plus à ajouter.

— Non, monsieur. Rien.

— Pouvons-nous visiter votre chambre ?

— Oui, bien sûr. Suivez-moi.

La frêle silhouette les précède et ouvre la porte qui mène à ce lieu. Le lieu du crime sur lequel reposent tant d'espoirs pour mener à bien cette enquête. Chomel pénètre le premier quand tout à coup, au pied du lit, à l'angle droit du mur, il trouve un carré de papier. Chomel le ramasse. Au dos, il découvre les fameux bonbons de couleur claire, encore collants. Pas peu fier de sa trouvaille, il lève le bras de sorte que tout le monde puisse admirer cette preuve inespérée.

— Ma servante a balayé le jour où les deux voyageurs sont venus et il y avait dans la balayure quantité de pastilles comme celles-ci qu'elle a jetées.

Chomel se met à rire.

— Grâce à Dieu, votre domestique n'est pas très consciencieuse !

Puis il se dirige vers la cheminée, à droite du miroir, vers la fenêtre[19]. À en croire Marie Borelly, Sade y aurait inscrit les coups qu'il avait reçus. Il aperçoit des inscriptions. Il s'approche jusqu'à toucher le tuyau de la pointe du nez et chausse une paire de binocles. Il doit y regarder à deux fois tant il a peine à croire les chiffres qu'il y lit.

Pas un bruit ne se fait entendre dans la pièce. Tous sont suspendus aux lèvres du lieutenant général criminel.

— Notez comme suit Delestrac. En prenant soin de mettre chaque nombre sur une ligne distincte, centré sur la feuille, comme ils apparaissent dans la chambre.

Le greffier écoute et note d'une main tremblante :

215
179
225
240

19 Pour la description des lieux, nous nous sommes servis de la déposition de Marie Borelly et des différents rapports de la procédure.

46

Cluny

À l'ombre de l'abbaye bénédictine, écrasée entre deux imposantes bâtisses en pierre, une maison étroite aux murs légèrement incurvés tente d'exister. Une maison que, de prime abord, on ne remarque guère. Pourtant les gens d'ici la connaissent et certains, peu honnêtes, en sont même venus à la redouter. C'est que dans ce lieu oppressant se trouve la sous-brigade de la maréchaussée. Autant dire un endroit que l'on espère ne jamais avoir à fréquenter.

Seulement, un jeune homme de haute stature vient d'en franchir le seuil, cerné par deux gendarmes, le regard vide, le visage défait et les épaules tombantes, terrassé par le poids immense de son chagrin.

Pascal Lefort est arrivé trop tard.

Après les recommandations de l'inspecteur Marais, il s'était précipité sans perdre une minute. Il s'était renseigné et avait pris la direction du sud en empruntant la route qui passe par Lyon. Les berlines passaient par là la plupart du temps et un postillon qui s'apprêtait à partir pour Marseille lui avait dit avoir vu une femme correspondant à la description de Julie. C'était elle. Elle avait demandé où s'arrêter afin de se rendre à La Coste.

Il n'avait ménagé ni ses efforts ni ses montures. Son corps et les chevaux l'avaient supplié d'arrêter. Il n'avait toutefois écouté ni l'un ni les autres, car seule comptait Julie, celle qui illuminerait son avenir malgré son obscur passé. Mais, ses espoirs d'une vie heureuse et paisible entouré d'enfants s'étaient évanouis à la lisière d'une forêt lorsqu'il aperçut une voiture accidentée près d'un chêne, portières arrachées, bagages lacérés et éventrés. Les banquettes étaient maculées de sang tout comme le sol alentour. Tant de dégâts et de sang ne pouvaient résulter uniquement de blessures causées par le choc. Un examen rapide des lieux permettait d'en déduire que l'équipage avait été attaqué. Cela ne faisait aucun doute.

Devant l'étendue des dégâts, Lefort s'attendait à trouver des corps à proximité, voire même un peu plus loin si certains passagers avaient tenté de fuir. Il avait donc cherché, mais sans succès. C'est alors qu'il fut surpris par deux gendarmes qui lui demandèrent ce qu'il faisait là. Sa présence leur paraissait suspecte.

Après avoir décliné son identité et les raisons de sa présence en ce lieu, les militaires avaient longuement cherché leurs mots et lui avaient finalement appris que la berline avait été attaquée par des bandits et que tous les voyageurs et l'équipage avaient péri. Tous sauf un homme qui demeurait introuvable et qui était parvenu à s'échapper ou s'était fait enlever. Toutes les hypothèses étaient envisagées. Les deux représentants de la loi s'étaient proposé d'accompagner le capitaine Lefort jusqu'à leur garnison de Cluny. Les morts s'y trouvaient et il serait en mesure d'identifier la jeune femme qu'il recherchait.

Morts !

Ce mot l'avait choqué en même temps qu'il lui avait permis de réaliser la terrible perte qui le frappait. Un coup de poing dans l'estomac ne lui aurait pas fait autant de mal. Il vacilla et dut se retenir à un arbre tout proche pour ne pas tomber. Abattu et prostré, il les avait suivis jusqu'à Cluny où reposait à présent celle qu'il n'était parvenu à sauver.

— C'est par là !

Arrivés à la garnison, le plus petit des deux hommes lui désigne un bâtiment au fond de la cour où trône en son centre une imposante porte en fer à cheval à double vantail flanquée de quatre petites fenêtres percées assez haut dans la muraille. On ouvre une porte plus petite et rectangulaire située dans le battant droit de celle imposante et cintrée. Les trois hommes doivent baisser la tête et lever les genoux pour en franchir le seuil. La salle dans laquelle les trois hommes viennent d'entrer semble taillée directement dans la pierre. Le plafond est étonnant. Des poutres en bois teint s'enchevêtrent dans un ballet savamment étudié qui défie les lois de la pesanteur. On croirait que l'on a posé au sommet des murs une coque de bateau que l'on a retournée.

Le sous-brigadier, gêné, se tourne vers Pascal Lefort et s'adresse à lui à voix basse :

— Ils sont ici parce que l'air est plus frais. Si personne ne les réclame, il est prévu de les mettre en terre demain soir.

Affligé, Lefort ne réagit pas, n'adresse pas même un regard à celui qui vient de déshumaniser un peu plus encore la femme pleine de vie qu'il aimait.

On descend trois marches, parcourt un long couloir où la lumière du jour ne pénètre pas et après s'être enfoncés davantage dans ce boyau interminable, les hommes empruntent un corridor à main droite qui débouche sur une salle éclairée par six fenêtres entrouvertes. Des tables drapées de blanc sont alignées de part et d'autre de la pièce, le long des murs. Des draps sous lesquels on devine les masses inertes.

Les corps sont là.

Enveloppes désincarnées, froides et raides que la vie a quittées en même temps que les souvenirs, les rêves et les espoirs qui les animaient. En un claquement de doigts, des brigands se sont substitués à Dieu et ont décidé d'arracher à jamais ces personnes à leurs familles, victimes collatérales d'une cruauté lâche et gratuite.

On désigne à Lefort une pièce de tissu rougie à hauteur de ce qui semble être la tête d'une femme. Son corps voudrait se précipiter, mais son cœur l'en empêche. Le jeune homme est paralysé par la peur de cette ultime confrontation avec celle qui portait en elle tous les possibles.

— Capitaine ?

Brutalement revenu à cette triste réalité qu'il préférerait fuir, Lefort s'avance vers un bonhomme rondouillard à la mine patibulaire qui tient déjà les coins du drap, paré à dévoiler l'horreur indicible. Après une profonde inspiration, Pascal Lefort incline légèrement la tête, donnant ainsi le signal presque imperceptible d'un accord qu'il ne peut repousser.

Elle est là. Julie lui apparaît.

Le sommet du crâne enfoncé, mais le visage apaisé. Pour peu, Lefort pourrait croire déceler un sourire sur ces jolies lèvres qu'il désespérait de pouvoir embrasser.

Julie semble en paix. Comme si cette mort, si tragique qu'elle fût, l'avait libérée. Plus de haine, de regrets ni de blessures béantes. Le repos. Enfin !

Pascal Lefort caresse ses joues pour la première fois, contact froid, mais tant espéré. Que de temps perdu ! Les non-dits deviennent avec le temps des regrets qui vous gangrènent. En cela le militaire ne se fait guère d'illusions sur les années qui viennent. Elles seront habitées par le souvenir de Julie Danière et par celui de cette belle figure qu'il aurait aimé voir évoluer à ses côtés au quotidien, par ce corps gracieux qu'il aurait aimé voir s'arrondir et porter le fruit de leur amour.

— Julie..., murmure-t-il comme une prière.

Il aperçoit un ciseau qui dépasse de l'une des poches du tablier que porte le rondelet, il s'en empare sans que quiconque n'ait le temps de réagir, puis il coupe une mèche des cheveux clairs de Julie qu'il se met à respirer comme si ce geste lui était vital. Après un long moment propice aux souvenirs, il prend un mouchoir pour y enfermer la précieuse relique qu'il place ensuite avec mille précautions dans un portefeuille de maroquin bleu.

— Trouvez-moi une voiture et préparez madame Danière. Je l'emmène chez elle en Normandie.

— C'est que...

Lefort ne laisse pas le temps au gendarme d'exprimer la moindre réprobation. Son seul regard, où se côtoient colère et tristesse, suffit à le faire taire. On ne s'oppose pas à quelqu'un affligé par le deuil, encore moins s'il est plus gradé que soi.

Les deux militaires quittent sans un mot la morgue improvisée. Ne restent alors dans cette pièce sinistre suintant la mort que Pascal Lefort, perdu à nouveau sur le charmant visage de sa belle endormie, et l'homme qui tient depuis plusieurs minutes ce drap qu'il faudra bien à un moment laisser tomber pour ne plus jamais l'ôter.

Un dernier baiser.

Non. Ce baiser restera le premier.

À jamais.

ᴄꜱ϶ᴈ

On a donné cinq heures au docteur Courcheron pour préparer la dépouille de cette malheureuse qui est allongée là, sur la table, entièrement nue.

Courcheron sait qu'il n'a pas une minute à perdre, cependant, il s'autorise un instant pour admirer cette jeune femme, aimée d'un gendarme et à qui, pourtant, on a fracassé la tête à coups de pierre.

Le corps, d'une extrême blancheur, est sillonné par endroits de fines veines bleutées dans lesquelles affluait, il y a peu encore, le sang qui lui prêtait vie. La silhouette est belle, quoiqu'un peu trop frêle au goût de ce praticien qu'un physique disgracieux n'autorise à toucher que des filles froides et immobiles, incapables de se dérober, mais pour lesquelles il a un profond respect et qu'il n'a jamais profanées, quoi qu'en dise la rumeur.

Ses doigts effleurent cette peau immaculée en remontant des orteils à cette belle poitrine aux boutons rosés. Le visage auréolé de cheveux blonds paraît étrangement serein et les deux lèvres fines esquissent même un sourire.

— Comment est-ce possible alors qu'on lui a défoncé le crâne ? s'interroge le médecin dans un murmure.

Courcheron se reprend. Il n'a pas le temps pour de telles questions. Il a un travail à effectuer et il doit le faire vite.

— L'emmener en Normandie ! Quelle folie !

Il jette un dernier coup d'œil à celle qui était autrefois une fille, une amoureuse, une amie avant de n'être plus qu'une enveloppe de laquelle il va falloir retirer les organes qui pourraient se putréfier durant le voyage.

Il incise. Il coupe. Il retire. Il dépose.

Avec le plus grand soin, il place le cœur à part. Il le presse doucement afin de le vider au maximum du sang qu'il pourrait encore contenir, puis il le met à égoutter sur une grille. Il l'installera tout à l'heure avec un mélange d'encens et d'herbes dans un reliquaire en forme de cœur qu'on lui a amené tout à l'heure. On en a proposé trois au gendarme, paraît-il. Il a évidemment choisi le plus beau, de couleur dorée, serti d'un lapis-lazuli en son centre.

Quand tout est enfin prélevé, Courcheron s'efforce de sécher le plus soigneusement possible l'intérieur du corps pour ensuite le remplir de linges imbibés de vinaigre et d'aromates avant de le recoudre.

Il doit maintenant œuvrer sur le visage de cette fille qu'on lui a dit s'appeler Julie.

Il a un moment d'hésitation. Ils sont rares heureusement, mais ce mystérieux sourire le trouble. Courcheron se reprend et s'adresse à la défunte dans un soupir.

— Désolé, ma belle.

Il s'empare d'une espèce de petite scie et procède à la craniectomie. S'il doit ôter les organes susceptibles de corrompre le cadavre durant le voyage, le cerveau lui aussi en fait partie. La chose une fois faite, il place dans la boîte crânienne ainsi évidée une éponge imbibée de vinaigre. Puis, après avoir replacé la calotte, il se met à bander la tête en allant du menton jusqu'au sommet du crâne afin de maintenir ainsi fermées à la fois la bouche et la tête curetée tout en prenant soin de ne pas dissimuler ce beau visage souriant.

Tout à l'heure, il enveloppera à son tour entièrement le corps de bandelettes telle une momie égyptienne partant pour son dernier voyage[20].

20 Nous tenons à remercier ici Nicolas Delestre, enseignant en techniques et histoire de la restauration corporelle de la faculté de médecine de Lyon-Est, Lyon I.

47

Marseille

Jean-Pierre Chomel a auditionné tous les témoins de cette affaire, du moins le croit-il. Toutes les filles ont été interrogées, la femme Lemaire, Antoine Roux, le médecin qui fut appelé au chevet de Marguerite Coste le dimanche soir et quantité de personnes ayant croisé la route de Sade lors de son séjour à Marseille. D'ailleurs, à en croire les différents témoignages, ce marquis a rencontré bien du monde dans la ville phocéenne et les raccrocheuses figurent en bonne place. Le marquis a fait appel à nombre d'entre elles et parfois plusieurs à la fois et dans la même journée. Chomel ne peut qu'admettre que l'homme est insatiable et à la hauteur de son effroyable réputation, mais il n'aurait pas dû commettre ses horribles forfaits à Marseille. Qu'il assouvisse ses perversions à Arcueil, Paris ou La Coste, passe encore, mais pas dans sa ville ! Une ville qui est sous sa responsabilité et dont il a la charge. Si le lieutenant général a l'esprit de caste et tente autant qu'il le peut d'aider ses amis aristocrates qui ont quelques soucis avec la justice, il ne peut rien pour ce Sade dont l'affaire est des plus graves et risque de jeter l'opprobre sur un pan entier de la société. Ne vient-on pas de donner les derniers sacrements à cette pauvre Marguerite Coste ?

Jean-Pierre Chomel lit à nouveau l'ordre reçu par monsieur De Mende, procureur du roi.

Vu la procédure, tout considéré,

Je requiers pour le Roy qu'à ma requête et à mon indication un homme vêtu d'un frac gris doublé de bleu et veste culotte soucy, connu sous le nom du marquis de Sade et un homme, haute taille, vêtu d'une matelotte rayée bleue et jaune, se disant domestique dudit marquis de Sade et désigné sous le nom de Latour, soient pris et saisis au corps, menés et conduits aux prisons royales, et ne pouvant être appréhendés, assignés et criés, leurs biens saisis et annotés sous la main du Roy à la forme de l'ordonnance.

Délibéré à Marseille, le 4 juillet 1772.

La chose est on ne peut plus claire.

La procédure est lancée, et ce, avant même que les apothicaires n'aient rendu leur rapport.

Ordre est donné d'arrêter les deux hommes.

48

La Coste

Madame de Sade pénètre dans le cabinet de travail de son époux avec une telle vigueur que le marquis, jusque-là paisiblement assis à son bureau à feuilleter un livre sur Venise, en a un sursaut.

— Qu'as-tu fait ? se met-elle à hurler.

— Mais enfin ! De quoi me parles-tu ? Je revoyais le texte des pièces pour la représentation prévue le 9[21].

— Marseille ! Je te parle de Marseille !

En l'absence de domestiques, des enfants ou d'Anne-Prospère, Renée-Pélagie ne s'embarrasse guère de ce vouvoiement qui les éloigne davantage encore.

Donatien, loin de se laisser décontenancer, semble prendre la chose à la légère.

— Tu connais les raisons de ce voyage. Dois-je te les rappeler ?

— Si je sais pourquoi tu as dit être parti, je ne sais comment tu y as passé ton temps.

Donatien éclate de rire.

---

21 *Adélaïde du Guesclin* et *L'Amant auteur.*

— Tranquillement. Tranquillement.

— Oh ! Arrête ce petit jeu, veux-tu ? Tu auras vite fait de cesser de te gausser ainsi, crois-moi ! Tu ne pouvais donc rester tranquille et me préserver un tant soit peu ? T'est-il donc si difficile de réprimer tes bas instincts ?

Donatien n'a plus le cœur à rire, non. Renée-Pélagie a des trémolos dans la voix. Il craint de comprendre. Il ne sait ni comment ni par qui, mais sa femme a été mise au courant de ses agréables petits passe-temps de Marseille. Il ne sert à rien de nier.

— Je peux tout t'expliquer, tente-t-il de tempérer.

— Vas-y ! Je suis curieuse de t'entendre.

Ce discours il le connaît. Il l'a servi tant de fois ! Pas seulement à Renée-Pélagie qui, il est vrai, a eu à le subir plus que n'importe qui, mais aussi à la Beauvoisin, une de ses maîtresses, et à tant d'autres. Il y a bien de petites variantes çà ou là, mais le fond est toujours le même.

— Tu es trop sensible, mon amie. Mais tu n'y es pour rien, cela est propre à ton sexe. Vous les femmes nommez trahison un acte par lequel nous ne recherchons qu'un *plaisir éphémère*. Et qu'est-ce que l'éphémère en comparaison d'une vie entière passée à vos côtés ? Là où vous mettez du sentiment, il n'y a pour nous que de la lubricité entre deux êtres qui ne se promettent rien. Vous avez le don de dramatiser une situation qui est innocente et prend son origine dans la nuit des temps. Les épouses ne...

— Je dramatise ? Je... Alors, dis-moi ! Recherches-tu aussi ce plaisir éphémère dans le meurtre ?

Donatien demeure muet un bref instant et, tout en essayant de ne pas se départir d'une certaine contenance, il tente d'avoir des explications sur ce qu'on lui reproche.

— Mais pourquoi me parles-tu de meurtre ?

— Il se dit à Marseille que ton valet et toi vous êtes offert du bon temps dans différentes maisons de la ville et que tu as empoisonné des filles. Il paraît même que l'une d'entre elles est morte.

Le marquis se lève et se dirige à la fenêtre. Du premier étage, il aperçoit un homme quitter la cour à cheval.

— C'est lui qui te l'a dit ? demande-t-il en pointant du doigt celui qui est déjà parti.

— Peu importe par qui et comment je l'ai appris ! N'y a-t-il donc pas plus important que cela ? Je parle de la vie d'une femme ! Je parle d'un crime ! On va t'accuser d'être un assassin.

Donatien, dans un sourire crispé, mouline de la main au-dessus de la tête.

— Fadaises que cela ! Si j'ai effectivement honoré quelques donzelles, je n'ai empoisonné personne.

Renée-Pélagie prend cette confession comme un nouvel affront, une nouvelle gifle portée à son honneur et cette affirmation d'innocence comme un possible nouveau mensonge.

— Regarde-moi ! demande-t-elle d'une voix semblant un peu plus apaisée.

Doucement son époux se retourne et lui fait face, puis dans un sourire forcé, il hausse les sourcils d'un air interrogateur.

— Eh bien ?

— Dis-moi que tu n'as rien fait ?

Ce n'est pas un ordre ni une demande, mais plutôt une faveur, une prière. Comme si, au-delà de l'éventuel crédit qu'elle accorderait à ses propos, Renée-Pélagie avait un cruel besoin d'entendre ces mots.

Donatien ne peut que tenter de la rassurer.

— Je n'ai rien fait.

Une larme vient ruisseler le long de la joue de l'épouse une nouvelle fois bafouée avant que le marquis n'aille y déposer un baiser.

— Nous allons nous en sortir cette fois encore. Je te le promets, lui dit-il en prenant ses mains. Regarde Arcueil !

— Tu oublies la prison. Je ne veux plus que l'on soit séparés. Cette fois, nous avons trois enfants et si nous sommes parvenus à museler cette Rose Keller parce qu'elle était pauvre, nous n'avons rien pu faire contre la rumeur. Nous en souffrons encore. Cette nouvelle affaire nous fera le plus grand mal, je le crains.

— Ce n'est rien. Je te l'ai dit. Un malentendu tout au plus. Ces filles étaient payées. Je n'ai enlevé personne.

— Mais tu n'entends pas ? L'une d'elles est morte.

Le marquis s'emporte. Il lâche brutalement les mains de Renée-Pélagie et commence à faire les cent pas dans le cabinet d'étude, telle une bête en cage.

— Cela ne se peut. Balivernes !

Renée-Pélagie le rejoint et tente de le calmer.

— Il te faut t'en aller. Si la chose est avérée, tu cours un grave danger.

— Mais où irai-je ?

— La Suisse ? L'Italie ?

Le regard de Donatien s'illumine. *L'Italie…*

— Tu as raison. Il me faut quitter le royaume.

Renée-Pélagie ne perd pas un instant et se presse vers la porte.

— Mais où vas-tu ?

— Je vais faire préparer nos valises, lui répond-elle étonnée.

Elle remarque alors l'embarras qui étreint son époux.

— Partir avec femme et enfants retarderait ma fuite. Tu l'as dit toi-même : je cours un grave danger. Vous me ralentiriez et puis, il me faut quelqu'un ici pour suivre l'évolution de tout ceci, m'informer et travailler à prouver mon innocence. Tu seras ici mes yeux et mes oreilles.

— Soit ! Si tu penses que c'est mieux ainsi. Je donne des ordres en ce sens aux gens de maison. Il ne te faut pas tarder.

Renée-Pélagie se saisit déjà de la poignée, prête à s'engouffrer dans le couloir quand Donatien la retient.

— Attends !

Le mouvement et le temps sont suspendus. Donatien hésite. Renée-Pélagie le ressent. Elle craint une nouvelle confidence qui risque de la terrasser. Sa main se met à trembler.

— Qu'y a-t-il ?

— Je vais emmener Anne-Prospère.

Le coup porté est si terrible que Renée-Pélagie se retient au chambranle pour ne pas perdre pied. Son époux a-t-il seulement conscience de l'extrême cruauté dont il vient de faire preuve ? Si Donatien n'a pas connaissance des soupçons qu'elle nourrit à leur encontre, cela est une preuve supplémentaire du peu de considération qu'il lui accorde. Elle n'est pas si naïve qu'il le croit.

— Tu vas..., mais pourquoi ?

Donatien ne peut que remarquer le trouble qui s'est emparé de sa femme. Il décide de la rassurer, mais sa décision est prise et rien ne saurait l'en faire changer. L'occasion qui lui est offerte de partir avec sa belle-sœur est trop belle. Il ne la laissera pas passer. Il se voit déjà à Venise, arpenter en sa compagnie les ruelles le long des canaux, prendre le bateau afin de découvrir les îles perdues dans la Lagune.

— Réfléchis, mon amie ! dit-il d'une voix mielleuse propice, pense-t-il, à dissimuler le vice. Un homme seul ne manquera pas d'attirer l'attention, tandis que si je suis accompagné par une demoiselle, on ne me remarquera guère. Car, qu'y a-t-il de plus normal qu'un couple qui franchit les frontières pour s'en aller à la découverte de nouveaux horizons, de nouvelles cultures ? Ce n'est pas que je souhaite l'emmener, tu sais que je préférerais mille fois que tu sois à mes côtés. Tu le sais, n'est-ce pas ? Mais c'est la chose la plus sage que nous ayons à faire.

Renée-Pélagie, stupéfaite par tant d'aplomb, ne répond pas. Elle se contente de remuer lentement la tête, résignée. Sans dire un mot, elle préfère quitter la pièce, autant pour ne pas laisser transparaître ses émotions, que pour éviter de laisser à cet homme qui se dit être son mari l'opportunité de la ridiculiser davantage.

La porte close, Donatien, qui jusqu'alors avait tenté de garder un certain flegme, s'écroule, mains en avant sur le bureau, la tête entre les épaules.

Morte !

Il va être recherché pour assassinat.

Il est hors de question qu'il retourne en prison.

Il doit se ressaisir. Il n'y a pas un instant à perdre.

Renée-Pélagie a raison. Il faut fuir !

49

Marseille

Allongée dans son lit, le visage rougi et le regard perdu, Marguerite Coste est au plus mal. Elle sait que sa dernière heure est proche. Les médecins ne le soupçonnent pas, mais elle a surpris leurs conversations alors qu'ils la croyaient inconsciente. Leurs messes basses ont résonné à ses oreilles comme une sentence de mort, terrible et assourdissante. Ainsi son existence prendra fin bientôt. Ses espoirs de vie meilleure seront enterrés en même temps qu'elle, probablement dans une fosse commune, en catimini. Elle n'aura pas de mari et encore moins d'enfants. Oublié son désir de respectabilité aux côtés de Bernard. Mariette se moquera encore de ses rêves insensés et ne manquera pas de la citer en exemple à celles qui, comme elle, aspireront un jour à concrétiser des rêves de grandeur pourtant irréalisables. À croire que, dans ce pays-ci, il est interdit de chercher à s'élever sans que l'on vous renvoie sans cesse à votre condition.

Si seulement Bernard, son marin d'eau douce, était là ! Pourquoi la mer l'a-t-elle appelé ?

Un spasme violent lui déchire soudain les entrailles. Elle n'a plus la force de hurler. Sa gorge lui fait si mal qu'elle a l'impression d'ingurgiter une poignée d'aiguilles à chaque fois qu'elle tente d'avaler sa salive. Tout juste parvient-elle à gémir. Personne n'accourt à son chevet. L'appartement est vide. Les praticiens sont passés ce matin et la femme qui vient veiller sur elle, quelques heures chaque jour, est partie depuis un moment. Elle ne la reverra que demain, si Dieu lui prête vie jusque-là.

La souffrance est atroce.

Pourquoi la mort doit-elle être si douloureuse ? Partir est déjà tellement cruel...

Marguerite s'incline vers la bassine et y déverse les hématémèses, cette matière noirâtre qu'elle ne cesse de rendre depuis des jours. L'odeur qui émane du récipient ne fait qu'accroître l'envie de régurgiter le peu qu'il reste encore dans son estomac.

C'est alors qu'un mal encore inconnu se fait ressentir dans la zone lombaire. Est-ce le fait de s'être penchée pour vomir qui est à l'origine de cette douleur ou un nouveau symptôme de cet empoisonnement ? Toujours est-il que Marguerite sent qu'elle n'aura pas la force d'endurer tout cela encore bien longtemps. Même les remèdes prescrits depuis plusieurs jours l'épuisent. Elle ne compte plus les lavements qu'on lui a administrés. Si encore ils la soulageaient... Hélas ! Il n'en est rien.

Vingt-cinq ans !

Marguerite se répète qu'elle est bien trop jeune tout en ayant conscience qu'il n'existe probablement pas d'âge raisonnable pour mourir. Elle souffre le martyre et pourtant si la sainte dont elle porte le prénom s'était fait avaler par un monstre et avait réussi à s'en extraire en perçant le ventre de la bête d'une croix, il lui semble en revanche qu'aujourd'hui c'est bien son abdomen que l'on transperce.

Marguerite Coste aura la consolation de voir se coucher le soleil. Elle a en effet demandé aux médecins qui sont venus la visiter un peu plus tôt de tourner son lit face à la fenêtre. Elle sera en mesure de profiter de cet embrasement du ciel, ce spectacle magnifique aux couleurs incomparables.

Et qui sait ? Avec un peu de cette chance qui lui a pourtant toujours fait cruellement défaut, peut-être même parviendra-t-elle à admirer l'aube...

50

Chez Marguerite. À la nuit tombée

Ding ! Ding !

Une clochette retentit au loin, comme dans un rêve.

Ding ! Ding !

Le tintement se fait de plus en plus fort et finit par sortir Marguerite de son sommeil.

La bouche pâteuse et le ventre douloureux, mais heureuse d'être toujours en vie, Marguerite décide de se lever afin de voir ce qui peut provoquer un tel vacarme à une heure si tardive. Ce son, elle le connaît pourtant, mais son esprit embué ne parvient pas à raviver ses souvenirs.

Fébrile et légèrement chancelante, la voici arrivée enfin à la fenêtre donnant sur la rue. Elle distingue des hommes, en face, qui ôtent leur chapeau et des femmes qui se signent, le visage sinistre et blême.

Ding ! Ding !

Et cette abominable clochette qui…

Non !

Marguerite se retient pour ne pas crier. Elle recule, titube, plus faible que jamais.

Elle vient d'apercevoir un jeune garçon. Une vision qui l'a remplie d'effroi tant elle est lourde de sens. Il s'agit d'un enfant de chœur. Un gamin qui ne fait tinter cette maudite clochette qu'accompagné d'un prêtre. Un duo sinistre qui annonce la mort et la précède de peu dans les maisons où s'arrête cette fatale procession. Un cortège chargé par les médecins ou amis de délivrer l'extrême-onction aux âmes que le Seigneur a décidé de rappeler à lui.

Blafarde, elle parvient à s'étendre sur son lit aux draps détrempés. À peine a-t-elle le temps de tourner la tête vers le mur qu'elle se met à vomir une nouvelle fois dans la bassine qui se trouve par terre.

L'escalier craque et résonne à présent de ce fichu tintement. Elle entend les portes des voisins s'ouvrir. Compassion ou curiosité ? Car cela ne fait aucun doute, ils sont là pour elle.

On frappe à sa porte. Elle ne peut se lever. Ses dernières forces ont été jetées dans cette courte escapade jusqu'à la fenêtre. Il lui en resterait un peu qu'elles seraient réduites à néant tant la peur qui l'étreint à présent la paralyse.

Devant l'absence de réponse, les hommes d'Église ne se découragent aucunement. Ils sont ici pour remplir leur devoir. Il faut faire vite avant qu'il ne soit trop tard. Ils tournent la poignée et se retrouvent en un instant dans la chambre que seule une lune gibbeuse vient timidement éclairer.

Une des deux ombres se met à lui parler :

— Nous sommes là, ma fille. Ne craignez rien !

Il s'agit du prêtre. La voix est rauque, voire lugubre.

Il semble que le freluquet ait trouvé la bougie posée sur le chevet. Un coin de la pièce s'éclaire soudainement d'une lumière vacillante. Les visages se font inquiétants, les ombres menaçantes.

Ne rien craindre ? Comment peut-on dire une telle chose à un moment pareil ? pense Marguerite. *On voit que ce n'est pas eux qui vont mourir.*

Marguerite peine à respirer. Elle est seule. Ni parents ni amis. Elle distingue toutefois des ombres derrière ses deux visiteurs. Sont-ce des voisins ou des inconnus croisés dans la rue ? Marguerite peut sentir un parfum aux essences de rose. Il y a une femme. Leurs prières à tous ne seront pas de trop pour assurer le repos de son âme tourmentée.

— Il vous faut vous confesser !

Ici ? Devant tout le monde ? Marguerite ne se sent pas la force de parler et encore moins de demander pardon pour des choses que tous ici condamnent.

— Nous vous écoutons.

Elle tend le bras vers la carafe d'eau et le garçon au visage poupin s'empresse de lui apporter à boire. Après quelques gorgées destinées à la soulager, mais également à retarder un peu l'instant, Marguerite s'exécute et égrène d'une voix faible une liste non exhaustive de péchés que certains tentent de saisir d'une oreille tendue avec avidité. Hélas pour eux, hormis le prêtre, personne n'est en mesure de comprendre ce qui est susurré. Après quelques minutes, l'homme d'Église murmure à son tour quelques paroles sur le ton de la confidence avant d'administrer le très saint viatique à une Marguerite hagarde, le front couvert de sueur.

On lui oint avec le saint chrême diverses parties du corps par lesquelles serait entré le péché : les oreilles, le front, la bouche, les yeux…

Enfin, monsieur le curé adresse une ultime prière pour une Marguerite moribonde :

— Que par cette onction sainte et par son infinie miséricorde, le Seigneur vous pardonne tous les péchés que vous avez commis.

Marguerite râle plus qu'elle ne respire.

Le doute n'est plus permis. La fin est proche. Celle de cette vie, mais aussi de ses rêves de normalité. Marguerite n'aura donc pas le temps de faire le chemin jusqu'à la femme que, petite fille, elle aspirait à devenir. Dieu ne le lui permet pas. Est-ce là la sentence pour ses années de prostitution ? Si tel est le cas, Dieu lui paraît bien cruel. On ne choisit pas d'être pauvre.

Vite ! La bassine !

Elle pivote vers le mur et sa gorge déverse son flot habituel d'hématémèses dans une odeur qui soulève le cœur et fait fuir les personnes encore présentes.

L'enfant de chœur souffle la bougie.

Le noir se fait et la porte claque.

Puis le froid, un froid terrible.

51

Paris.
Rue Neuve-du-Luxembourg.
Le jeudi 9 juillet 1772

La nuit est tombée sur Paris. Pourtant, la Présidente arpente à grandes foulées les allées du jardin adossé à l'hôtel particulier avant d'aller souper. Le temps est couvert, le vent siffle et se fraie un chemin dans les feuillages. Des branches dansent dans les airs, certaines se courbent dans des révérences gracieuses que personne ne remarque, pas même la maîtresse des lieux dont l'esprit est accaparé par une information dont elle aurait préféré ne jamais avoir connaissance, même si, une nouvelle fois, elle lui donne raison.

La rumeur a traversé une bonne partie du royaume et commence à enfler dans la capitale. Le nom de Sade est à nouveau sur toutes les lèvres. À croire que tous attendaient avec impatience le moindre faux pas de l'enfant terrible de l'aristocratie simplement pour avoir l'opportunité de recommencer de plus belle les persiflages et ces conversations pornographiques dont on raffole dans les salons. La Présidente n'en finit pas de pester contre cet impudent qui met à mal une nouvelle fois le nom et l'honneur de sa famille.

Et Renée-Pélagie qui ne donne aucune nouvelle ! Que diable peut-elle faire ?

Madame de Montreuil marmonne :

— Rien de toute évidence ! Sinon elle aurait tout fait afin d'empêcher ce nouveau drame.

La Présidente n'a de cesse de se reprocher d'avoir autorisé, voire favorisé, ce maudit mariage avec un être qu'elle pensait naïvement pouvoir éloigner des couches de ces filles publiques dont il raffole tant. Elle aurait dû pourtant prêter une oreille attentive aux avertissements qui ne manquaient pas de venir de toutes parts plutôt que de les balayer d'un revers de la main en pensant que son fort caractère suffirait à faire revenir ce jeune homme un peu trop enflammé dans le droit chemin. Finalement ce Sade aura ruiné tous ses efforts en même temps que sa réputation et celle de sa famille.

Jamais la Présidente n'avait eu à affronter pareil adversaire.

— Il est indécrottable ! Que me réserve-t-il encore ?

Madame de Montreuil a cessé sa promenade et se retrouve à faire les cent pas entre un magnolia et un érable pourpre.

Il ne peut aller plus loin ! La chose est impossible. Je ne rendrai pas les armes. Nous devons tout mettre en œuvre pour le mettre hors d'état de nuire, pense-t-elle.

— Et je vais m'y atteler de ce pas !

Madame de Montreuil décide de rentrer. Elle va se consoler un instant en soupant en compagnie de son mari et de ses enfants, puis lorsque tout le monde sera couché, elle s'enfermera dans son cabinet et commencera à écrire à certains de ses amis susceptibles de l'aider à neutraliser ce gendre qui n'a rien d'idéal.

— Mère !

La Présidente sursaute.

— Joseph ? Que fais-tu dehors ? Tu vas attraper froid.

On a beau redouter le caractère de cette femme de cinquante et un ans, il peut être d'une douceur infinie lorsqu'il s'agit de ses sept enfants[22]. Elle se fait agréable, prévenante même, voire un tantinet possessive. Andalouse de naissance, elle a cet instinct maternel exagéré, excessif, que possèdent les femmes méditerranéennes. Et cet instinct ce soir est à la fête, car madame de Montreuil est entourée de son clan. Tous sont là, excepté les deux filles aînées qui à son grand regret se trouvent en Provence chez le marquis. Tous sont ici, avec elle, car demain, la famille Cordier de Launay de Montreuil se rend à l'Académie royale de musique assister à la représentation d'*Aeglé*, une pastorale héroïque dans laquelle madame de Pompadour, jadis, tenait le rôle-titre dans le livret de Pierre Laujon. C'est que Pierre de la Garde, son compositeur, fut musicien ordinaire de la chambre du roi dans les années 1950 !

22 Des six enfants connus jusqu'à présent et répertoriés dans la biographie de Maurice Lever (Renée-Pélagie, Louis-Guillaume-René, Anne-Prospère, les jumeaux Charles et Joseph, puis Françoise-Pélagie), nous avons découvert l'existence d'un septième enfant, une fille : Jeanne, née en 1758 et morte en 1779. Elle avait 21 ans lorsqu'elle est morte à Paris. Elle fut transportée, avec la permission de l'archevêque de Paris, à La Verrière, paroisse du département des Yvelines où la famille possédait un caveau, car les ancêtres du président y étaient les seigneurs. Découverte que nous pensons inédite.

C'est une de ces occasions qu'il ne faut pas rater. Un évènement où on se doit de se montrer et de tenir son rang. Hélas ! La sortie familiale tant attendue, et prévue depuis plusieurs semaines, risque fort de se transformer en une véritable épreuve. La Présidente entend déjà les murmures, les moqueries et les ricanements sur leur passage, ceux que l'on laisse dans son sillage et qui deviennent le terreau favorable pour un sentiment qu'elle exècre : la honte.

— Nous vous attendons pour le souper.

La Présidente ne réagit pas. Ses pensées sont à l'opéra où elle voit déjà les belles, éclairées par les candélabres, dans leurs magnifiques robes rehaussées des somptueuses parures, pouffer derrière leurs éventails.

— Mère ?

L'un des jumeaux de 18 ans s'étonne de la voir ainsi. Elle, d'ordinaire si vive, expansive et volontaire, paraît affectée par quelque chose qui la dépasse, découragée par un obstacle insurmontable alors qu'elle en a tant franchi par le passé.

— J'arrive Joseph. Encore un instant. Mais, allez-y ! Je vous rejoins.

— Vous êtes sûre ? Vous n'avez pas l'air bien.

Madame de Montreuil se reprend. Elle ne doit pas inquiéter les siens. C'est à elle qu'incombe de veiller sur leur bonheur et elle s'y emploiera.

— Vous êtes si adorable, mon fils, lui dit-elle en lui caressant la joue.

Dire qu'un homme, un seul, menace ce bonheur et l'équilibre parfait que la Présidente a mis des années à trouver. Le même individu qui n'hésite pas à entraîner, avec le sien, le nom des Montreuil dans la fange.

Joseph s'éloigne à regret et gravit à présent les marches du perron.

Cette nouvelle affaire bouleverse les projets de la Présidente. Elle n'ira pas comme prévu passer l'été dans leur château de Normandie, à Échauffour. Il lui faut rester à Paris afin de traiter au mieux ce nouveau drame et tenter de préserver, voire utiliser, autant que faire se peut, le crédit que possède encore sa famille près des gens influents du royaume. Elle ne reculera devant rien pour tenter de neutraliser ce gendre trop encombrant et ainsi protéger les siens.

Soudain un éclair vient fendre le ciel parisien et presque aussitôt de grosses gouttes se mettent à tomber dans le parc. L'une d'elles vient mourir sur le front de la Présidente qui, sans perdre un instant, se dirige vers la maison. Elle connaît ces indices qui annoncent les averses orageuses et celle qui arrive devrait être diluvienne au vu de la chaleur qui a accablé Paris ces derniers jours. La Présidente ne se trouve encore que sur la terrasse qu'un autre éclair vient illuminer le ciel dans un bruit assourdissant et aussitôt des trombes d'eau se déversent dans le jardin. La robe bleue à nœuds noirs de la dame est détrempée, ses cheveux s'affaissent sur un visage ruisselant que la poudre et le rouge ainsi délayés parent d'un masque effrayant. Les pas se pressent afin de se mettre à l'abri au plus vite. Néanmoins, loin de pester contre le ciel furibond, madame de Montreuil esquisse un sourire en se faisant une promesse. Ce soir était la dernière fois où sa naïveté la mettait dans l'embarras. Le temps où elle avait la faiblesse de croire que tout allait s'arranger appartient au passé. Désormais, elle ne subira plus rien de ce qu'elle est en mesure d'éviter.

Donatien de Sade doit être mis hors d'état de nuire et elle s'y emploiera de toutes ses forces. Son bonheur et celui de sa famille en dépendent.

52

Angerville-Bailleul

Nicolas Danière fait antichambre au château. Il est assis, fébrile, sur une chaise d'un autre temps au bois sombre et aux pieds torsadés, près de l'escalier de pierre. François, un domestique du seigneur, est venu le prévenir que monsieur de Bailleul avait demandé à le voir le plus rapidement possible[23].

Le garde-faune est nerveux. François a beau lui avoir dit de ne pas se tracasser, il n'est jamais agréable de se faire convoquer par la personne qui vous emploie. Les drames semblent se bousculer sur le seuil de sa maison. Il n'en veut davantage. Ce mois de juillet 1772 est déjà tellement funeste. Nicolas Danière a perdu sa fille et il ne souhaite pas perdre son emploi. Il ne lui reste que cette place au château désormais.

Julie !

Les yeux se perdent et le cœur chavire.

Il voit encore le visage grave de ce jeune gendarme lorsqu'il lui a ouvert la porte, il y a deux jours. Son regard et

23 François Vautier, domestique du président de Bailleul à l'époque qui nous intéresse.

sa voix étaient gorgés de larmes, il en a compris plus tard la raison. Il voit encore le cercueil clair et nu sur la charrette, il sent encore les bras puissants de Pascal Lefort le serrer et l'empêcher d'en ouvrir le couvercle. Il perçoit encore le contact des silex sous ses genoux lorsqu'il s'est laissé tomber, fauché par la douleur, tandis que Lefort tentait de le retenir.

Julie !

Il n'a pas pu lui dire au revoir, l'embrasser. On l'en a dissuadé. Tous ces jours de voyage, par cette chaleur...

La soirée fut longue. Les deux hommes avaient discuté longuement. Pascal Lefort lui avait parlé de Julie, la Julie de Paris, la forte tête qui voulait se venger coûte que coûte de ce Sade, puis à son tour le gendarme avait écouté ce père désœuvré égrener ses souvenirs et Lefort avait ainsi fait connaissance avec la personne heureuse qu'elle était en Normandie jusqu'à son mariage avec cet André Lanson.

Chacun des deux hommes avait en sa possession une part de Julie et avait désiré la partager. Deux parties distinctes, mais qui rassemblées permettaient d'en dresser un portrait le plus juste et le plus complet possible. Ainsi les deux êtres qui l'avaient profondément aimée garderaient en eux, à jamais, le souvenir fidèle d'une femme d'exception sans qu'elle ne fût pour autant la fille la plus parfaite qui soit ni l'épouse comblée qu'elle aurait dû devenir.

François apparaît soudain dans le vestibule sans que Nicolas Danière ne l'ait entendu arriver.

— Suivez-moi ! Monsieur vous attend dans la bibliothèque.

Hagard, le garde-faune foule du pied le sol jaune, blanc et bleu où se côtoient fleurs de lys et cette lettre B, monogramme de l'illustre famille qui vit ici depuis des siècles. On ouvre une lourde porte et monsieur Danière entre pour la première fois dans cette pièce tapissée de rouge, au magnifique plafond à caissons où trône une imposante cheminée de marbre blanc finement sculpté. Le maître des lieux se lève du canapé cramoisi où il était confortablement installé, pose un livre sur la table devant lui et se dirige vers son employé en lui tendant une main amicale tandis que la porte se referme.

— Mon cher Nicolas. Je n'ose vous demander comment vous vous sentez. Je sais que les mots ne peuvent pas grand-chose en de pareilles circonstances, mais sachez que je suis de tout cœur avec vous. Ayez l'assurance que si je peux faire quoi que ce soit…

— Merci, monsieur, répond poliment Nicolas Danière.

Nicolas Danière est avare de paroles comme il l'est de toute démonstration de tendresse ou d'affection. C'est un taiseux pour qui la discrétion n'est pas une préférence, mais un devoir de par sa position dans cette maison.

Charles-Pierre de Bailleul ne peut laisser durer davantage ce silence où la douleur est assourdissante.

— J'ai également perdu un enfant, mais vous le savez déjà. Je ne comprends que trop ce que vous ressentez. La colère, le chagrin, la haine et les regrets. Ces sentiments sont intenses et vous étouffent. Je ne vais pas dire que cela s'arrangera avec le temps. Je vous mentirais. Je peux seulement vous dire ceci : ce que vous éprouvez aujourd'hui, vous l'éprouverez demain et tout le reste de votre vie. Claude est mort il y a bientôt dix-huit ans, peu avant Noël 1754[24], et pourtant je ressens encore tout ça. Cette obscurité qui s'est emparée de mon cœur lors de ce jour funeste fait partie de moi à jamais. Je sais que ces paroles ne vous consoleront guère et j'en suis sincèrement désolé.

Nicolas Danière, la tête dans les épaules, n'ose affronter le regard de son maître. Le croiser ne ferait que les plonger l'un et l'autre dans le deuil. Or, si celui de Julie est loin d'être fait, Nicolas Danière ne veut pas rouvrir chez le marquis une plaie béante.

Monsieur de Bailleul reprend :

— Sachez que vous n'aurez à vous soucier de rien. Je prends tout à ma charge. Je me suis approché de votre fils aîné pour l'organisation des funérailles.

Monsieur Danière s'y oppose et relève finalement la tête, les yeux rougis.

— Non, monsieur. Je suis son père et je dois m'acquitter de...

— Allons, mon ami ! Vous ne me devez rien. C'est moi au contraire qui vous dois tant et je sais ce que je vous paie. Vous ne seriez pas en mesure de rendre hommage à votre fille comme vous le voudriez.

Nicolas Danière sourit de gratitude.

— Merci, monsieur.

---

24 Claude Charles Emmanuel de Bailleul est décédé le 8 décembre 1754. Il était reçu à l'ordre des chevaliers de Malte, trois ans plus tôt, le 19 octobre 1751.

— Je vous fais ici une promesse. Nous ferons tout afin de retrouver celui qui nous a enlevé Julie. Nous mettrons tout en œuvre. Je me suis longuement entretenu d'ailleurs dans la matinée avec le capitaine Lefort qui, comme nous, semble très affecté. Nous travaillerons dans ce sens tous les trois.

— Comment peut-on faire ça ? Comment peut-on ôter la vie à...

Les mots ne peuvent franchir les lèvres du garde-faune. Certains, lourds de significations, sont devenus imprononçables.

— Retournez chez vous, mon ami ! Nous nous verrons demain à l'église. Ensuite je vous défends de revenir ici au moins avant une semaine. Reposez-vous !

— Non ! Je vous en prie. Travailler me permettra de penser à autre chose. J'ai grand besoin de ne pas me retrouver seul avec moi-même.

— Soit.

Charles-Pierre de Bailleul s'avance vers celui qui le sert depuis des années puis, une main sur l'épaule et l'autre enserrant celle de ce père déchiré, il le salue sans ajouter le moindre mot qui, de toute façon, serait superflu.

Juste un dernier regard empli de respect et de compassion.

53

Marseille.
Le vendredi 10 juillet 1772

Dans l'auberge où elle est descendue avec sa sœur aînée, Anne-Prospère de Launay est assise à une table près de la fenêtre, le regard perdu sur le port où l'on décharge un trois-mâts revenant d'une de ces contrées lointaines où elle ne se rendra jamais. Un de ces pays où la vie doit être beaucoup plus simple qu'ici.

Elle a refusé de fuir avec Donatien, mais a promis qu'ils partiraient aussi vite que possible. Elle n'a pas voulu laisser Renée-Pélagie affronter seule les affres de cette affaire et s'est proposé de l'épauler dans les démarches nécessaires à l'arrêt de cette infâme procédure. En attendant ce jour heureux, Donatien se cache et guette les nouvelles que l'on voudra bien lui faire parvenir.

Anne-Prospère va lui en donner, mais hélas, elles sont loin d'être bonnes.

La plume glisse sur le papier, rapide et précise.

Point de politesse. Le sujet est grave.

L'affaire est des plus sérieuses, les dépositions affreuses, enfin au point de pouvoir être arrêté. Par grande grâce, l'on a obtenu que l'on retarde jusqu'à lundi leur rapport au Parlement d'Aix. Il faut que votre oncle arrive au plus vite pour engager l'avocat général et le premier président à ne pas continuer les poursuites et à ne pas lâcher le décret.

Le connaissant, ils y feront encore plus que nous. Nous n'avons pas trouvé monsieur de Piles ; il est à Orléans. Mais monsieur de Jarente, votre parent, s'est intéressé à nous et a obtenu le délai jusqu'à lundi. Nous partons demain matin pour Aix, suivant son conseil et celui des juges d'ici, et nous y resterons avec votre oncle pour parer à tout. S'il n'est pas parti, qu'il vienne bien vite, car passé lundi, il n'est plus temps.

Il y a trois filles malades ; si elles meurent, vous n'avez qu'un seul parti : la fuite. Je vous le ferai savoir au plus vite, et vous tiendrai, malgré tout ce que j'apprends, la parole que j'avais donnée d'aller mourir...

L'émotion est trop forte. La jeune femme rature les deux mots suivants, puis après un bref moment, reprend l'écriture de cette lettre qu'elle souhaiterait plus optimiste.

Je resterai à Aix jusqu'à la fin de tout, d'une façon ou de l'autre. L'affaire fait un bruit affreux ; on vous condamne. Jugez de ma situation. Je ne vous en parle point et espère bientôt être dans l'impossibilité de vous en entretenir. N'ayant point fait votre bonheur, je n'ai plus qu'à mourir. Oui, c'est à cet unique terme que me conduisent mes désirs. Je ne veux plus voir que votre affaire finie ; et après, mon tombeau.

Adieu. Mes larmes sont ma seule nourriture ; puissent-elles couler encore une fois près de vous ! J'ai fait donner des secours à ces malheureuses. Restez où vous êtes jusqu'à ce que je vous mande d'en sortir.

À Marseille, vendredi, 1772 ; à 7 heures du soir.

Écrivez-moi par cet exprès à l'hôtel Saint-Jacques.

Lorsqu'il y aura quelque chose de nouveau je le ferai dire.

54

La Coste.
Le samedi 11 juillet 1772

Il est près de midi. De grands coups sont frappés à la porte du château.

— Ils sont là ! chuchote Antoine Fage, le notaire des Sade. Tenez-vous prêts.

A-t-on entendu ? Toujours est-il que l'on se met à hurler à l'extérieur :

— Ouvrez !

En retrait derrière la porte de la cuisine, car désireux de réussir son entrée, l'homme de confiance des Sade fait soudain signe d'ouvrir sans tarder.

Cinq individus de haute stature se tiennent alors derrière un autre, plus petit, plus rond et chaussant binocles.

— Messieurs ?

On tend rapidement un papier au serviteur avant de le ranger aussitôt. De toute façon, le domestique n'est pas concerné et ne sait probablement pas lire. On prend tout de même la peine de se présenter.

— Je suis l'huissier audiencier d'Apt. Je suis assisté aujourd'hui du brigadier Blancard et de trois cavaliers de la maréchaussée[25]. Vous connaissez sûrement l'objet de notre visite ?

— Non... non, balbutie timidement celui qui pourtant a longuement répété ce qu'il avait à dire.

Fage, assistant à ce désastre annoncé, préfère intervenir. Il sort de la cuisine, prend un air étonné et s'avance en direction de cet attroupement que le brave Denis n'a pu contenir à l'extérieur et qui se trouve déjà dans le vestibule.

— Bonjour, messieurs. Que se passe-t-il ?

— Nous sommes ici dans le but de saisir au corps et constituer prisonniers le marquis de Sade et son valet, le nommé Latour.

Le notaire joue la surprise.

— Je vous demande pardon ? Mais pour quelles raisons ?

L'huissier s'impatiente.

— Vous n'êtes pas le marquis et ne ressemblez guère à un valet. Cela ne vous concerne donc en rien.

— Si je ne suis pas monsieur le marquis, je suis toutefois son homme de confiance, Antoine Fage, notaire à...

L'huissier ne fait guère cas de celui qui vient vers lui, main tendue. Il le toise avant de le tacler dans un sourire moqueur.

— La coïncidence est troublante. Votre présence ici, aujourd'hui... Vous nous attendiez peut-être ?

25 Le brigadier était Étienne Blancard. Les trois cavaliers d'Apt se nommaient Joseph Roumieu, Louis Thibaud et Joseph Desannes.

À son tour, Fage se trouble. L'homme qui se tient devant lui est loin d'être idiot et ne reculera devant rien afin de répondre favorablement aux ordres reçus. Fage ne peut lui avouer que le brigadier Blancard les a prévenus. Il tente de se ressaisir.

— Je suis ici pour les affaires de la famille. Comme je vous l'ai dit, je suis l'homme de confiance. On m'appelle et je viens.

— Quel beau toutou vous faites ! Et dites-moi, le chien sans collier que vous êtes sait peut-être où se trouve son maître ?

Antoine Fage serre les poings.

— Il n'est pas là. Cela fait huit jours environ qu'il n'est paru ici. De même pour ce Latour que vous cherchez. Je suis désolé.

— Vraiment ? Et où sont-ils donc ?

— Je n'en ai aucune idée. Nous n'avons pas la moindre nouvelle depuis leur départ.

— Je crois que nous irions plus vite si vous me faisiez part de ce que vous savez. Où est madame de Sade ?

Fage regarde son interlocuteur droit dans les yeux en articulant chaque syllabe :

— Je ne sais pas.

Des cris d'enfants se font soudain entendre.

— Elle est partie sans ses petits ? s'étonne l'huissier.

— Il me semble qu'elle s'est absentée uniquement pour quelques jours. Elle les aura sans doute laissés à leur gouvernante.

— Sans doute… Messieurs, fouillez la maison ! Et n'omettez rien !

Les gendarmes s'avancent comme un seul homme quand Fage s'interpose.

— Vous n'avez pas le droit !

— Au contraire, je les ai tous, monsieur ! Lisez ceci si vous en êtes capable, lui dit l'huissier audiencier en lui tendant la feuille de papier présentée plus tôt à Denis. Cela vous occupera un temps. Messieurs, allez-y !

Fage parcourt très vite la page noircie que l'on vient de lui remettre. Des mots lourds de sens lui sautent aux yeux : *perquisition, saisie* et *annotation de tous les biens.*

On ouvre les portes les unes après les autres, on fouille les meubles, interroge les domestiques un par un, on inventorie. Fage s'agite, va d'une pièce à l'autre afin de surveiller ce qu'il s'y passe, si on ne dérobe rien ou pire, si l'on ne trouve rien de compromettant. Les hommes en uniforme ne font guère cas de lui. On le bouscule quand on ne lui rit pas au nez lorsqu'il ose poser une question sur la suite possible des évènements.

Les gens de maison, même préparés, sont apeurés, les enfants se mettent à hurler et se réfugient dans les jupes de madame Langevin. Cela dure des heures. Tout est passé au crible, de la cave au grenier et sans la moindre précaution. Au terme de cette intrusion en bonne et due forme, on donne à Fage une assignation afin que les deux fugitifs comparaissent dans la quinzaine et se constituent prisonniers à la prison royale de Marseille. On charge ensuite Pierre Chauvin, le fermier général du marquis, d'une responsabilité dont il se serait bien passé : il est nommé séquestre et dépositaire des biens. Gare à lui si le moindre objet répertorié est manquant lors de la prochaine visite ! On ne plaisante pas avec la loi. L'affaire est des plus graves. Un mot est sur toutes les lèvres. Un mot entendu à plusieurs reprises. Un de ceux qui glacent le sang : meurtre.

55

Angerville-Bailleul

La façade de l'église du village normand est drapée de noir.

Les mines sont graves, le silence solennel. Seules les cloches de Saint-Médard se hasardent à retentir tandis que six porteurs gravissent lentement les trois marches de l'entrée. Ils sont suivis des parents et amis parmi lesquels Charles-Pierre de Bailleul. Tous avancent à pas comptés, deux à deux, tête nue. Précédé du porteur de l'eau bénite et de celui tenant la croix, le long cortège franchit enfin la porte à deux vantaux surmontée d'une rosace de pierre, accompagné d'un chant en latin qui alourdit davantage les cœurs déjà chargés par tant de chagrin.

La foule observe le visage dévasté de ce père qui prend place au premier rang pour cet adieu terriblement injuste à sa fille chérie. Tous les villageois ont remarqué qu'André Lanson n'a pas pris place avec la famille. Il s'est installé au fond, aux côtés de cet ami que personne n'aime vraiment ici, ce Guillaume Lebellanger à l'air triomphant.

On dépose avec précaution le cercueil dans la nef au milieu de quatre cierges à la lumière vacillante.

L'office va débuter.

Nicolas Danière est entouré de son fils aîné et de monsieur de Bailleul. Pascal Lefort, placé juste derrière lui, lui pose une main compatissante sur l'épaule alors que les chants cessent.

Monsieur Héron, prêtre de la paroisse, commence l'office des défunts.

Nicolas Danière assiste à tout cela sans y prêter la moindre attention. Si son corps se lève, s'agenouille et ses lèvres marmonnent, son esprit est absent de cette cérémonie dont il n'a que faire. Il se remémore le visage de Julie. Il entend encore sa voix, son rire et perçoit encore ses soupirs lorsqu'elle était assise à contempler la beauté de ce château dont elle ne se lassait jamais.

Il se fait la promesse de répéter cet exercice chaque jour afin de ne jamais perdre le trésor de ses souvenirs. Rien n'est pire que l'oubli. Il ne commettra pas la même erreur qu'avec son épouse dont ses rêves peinent à restituer les traits. Tout ce cérémonial est pesant, d'une incroyable longueur. Et que dire de cette multitude de regards qui pèsent sur lui. Cette fascination qu'ont les gens pour le tragique et le sordide !

Monsieur Danière prend une profonde inspiration et se console comme il le peut en se disant que Julie sera mise en terre comme n'importe quelle bonne chrétienne, et ce, malgré ce qui s'est passé à Paris.

Nocturnes et laudes se succèdent sans faire cas du chagrin ou des sanglots des vivants. Les funérailles ont lieu selon un rite immuable depuis le pape Paul V et, étrangement, dans cette religion tournée vers son prochain, l'empathie n'y a pas sa place. On égrène les chants et les prières sans afficher la moindre compassion pour la famille et les personnes endeuillées. L'office doit être irréprochable, monsieur de Bailleul a insisté sur ce point.

Lorsque la messe est dite, le prêtre s'incline devant l'autel puis, aidé du diacre, il quitte sa chasuble et enfile le pluvial noir de circonstance, galonné de fil d'argent, et s'incline une nouvelle fois devant l'autel. Ensuite reprend ce ballet où célébrant, diacre, sous-diacre, thuriféraire et céroféraires se dirigent vers le cercueil en respectant un rite ancestral où chacun joue le rôle qui lui est attribué et ne se déplace que dans un ordre bien précis. Tout le monde entonne ensuite l'oraison puis le *Libera Domine* suivi du *Requiem* et du *Pater Noster*.

Pascal Lefort voudrait que tout ceci prenne fin. Il désire plus que tout être seul avec son chagrin et ses souvenirs. Tout ce cérémonial séculaire ne ressemble pas à son ardente Julie, elle qui était si… vivante.

On asperge enfin le cercueil d'eau bénite avant de l'encenser, toujours en prenant soin de s'incliner en passant devant la croix que porte le sous-diacre, puis on entame un nouveau chant tout aussi lugubre que les précédents.

La fin de la cérémonie est proche. On demande à tous de sortir, excepté la famille et les proches.

Nicolas Danière ne comprend pas.

— Julie faisait un peu partie de la famille, lui chuchote monsieur de Bailleul. J'ai décidé qu'elle serait ensevelie dans notre caveau où nous la rejoindrons vous et moi, le moment venu.

Monsieur Danière ne peut contenir ni son émotion ni ses larmes. Il serre la main de son employeur avec une gratitude infinie et ses lèvres prononcent un « merci », à peine audible, étouffé par les sanglots.

La foule se presse au-dehors. Tous sont impatients d'échanger leurs impressions sur cet ultime hommage à une fille du village, mais aussi de confronter leurs théories les plus incroyables sur cet effroyable assassinat. L'une de ces hypothèses est sur toutes les lèvres et implique André Lanson, ce mari volage et sans scrupules qui, selon la rumeur, n'aurait pas supporté d'être trompé à son tour. Ce même André Lanson qui se tient à l'écart, à l'extrémité du cimetière avec Guillaume Lebellanger. Tous deux semblent incroyablement détachés et observent presque amusés ces villageois dont l'absence du mari à la mise au caveau de Julie Danière ne trouble que davantage.

— Tu les vois, Guillaume ? Comme ils sont insignifiants ! Ils ne trouvent aucun intérêt dans leur misérable vie, alors ils s'intéressent plus que de raison à celle des autres. Ils envient les personnes comme nous, tu sais ? Nous sommes libres tandis qu'eux sont prisonniers d'une vie bien trop rangée où il ne se passe pas grand-chose. Vie que pourtant ils ont choisie ! Non par réel désir, mais plutôt par manque de courage. C'est à cause de gens comme eux qu'il y aura toujours des maîtres et des esclaves et que nous aurons à nous battre afin de nous trouver du bon côté de ce fossé que ces sots creusent chaque jour un peu plus profondément.

— En tout cas, l'une d'entre eux va bientôt être ensevelie dans cette boue dans laquelle ils pataugent.

— Détrompe-toi ! Julie n'était pas comme eux. Elle avait de la volonté et du caractère. Et c'est précisément cette force de caractère qui l'a menée dans ce caveau. À vouloir jouer avec des personnes plus fortes que soi...

Jacques Bellet, homme de confiance du président de Bailleul, interrompt un court instant sa discussion avec Madeleine Paumelle, car il vient de surprendre le sourire complice entre les deux hommes au fond du cimetière ainsi que la tape dans le dos que vient de donner Lanson à son acolyte. Si Bellet n'a jamais aimé ces deux-là, leur comportement en ce jour de deuil est des plus étranges.

— Tu crois qu'ils remonteront jusqu'à nous ? demande Lebellanger.

— Il n'y a aucune raison. Personne ne sait qui tu étais quand tu as pris la voiture. Le personnage que tu as joué n'a fait que brouiller les pistes davantage. Quant à moi, j'étais ici à travailler. Ne t'en fais pas ! Il n'y en a pas un parmi ceux-là assez malin pour savoir que tu as tué Julie et encore moins pour conclure que nous étions deux à le décider.

— Et ce Lefort ? Il est tout de même gendarme.

Lanson s'est aperçu que Bellet les observait. Il tente de rassurer Guillaume.

— T'en fais pas pour ça. Je m'occupe de lui. En attendant, rentrons ! On a quelque chose à fêter et il y a trop de curieux par ici, dit-il, en lançant un regard glacial à celui qui vient de reprendre sa conversation avec madame Paumelle sans toutefois cesser de dévisager les deux comparses.

56

Quelque part dans le sud-est du royaume

Le temps est lourd, les corps sont moites. Ces mêmes corps auxquels Donatien se doit de renoncer pour un temps. La discrétion est devenue une nécessité. D'ailleurs, il ne sort pas de cette chambre dépouillée, louée pour deux fois rien. L'endroit est si misérable qu'il est assuré que personne ne pensera à venir le chercher ici. Prétextant être souffrant, on lui monte ses repas, si tant est qu'on puisse appeler ainsi les plateaux qu'on ose lui apporter. Les viandes rôties et les pâtisseries ont laissé place à de la volaille bouillie et à des fruits sans saveur et gâtés la plupart du temps. Le prix de la simplicité peut paraître exorbitant à celui qui d'ordinaire ne manque de rien.

Donatien n'a plus de goût pour grand-chose. Il fait les cent pas du lit à la fenêtre dont il a tiré les rideaux. Il prend un livre, en parcourt une page avant de finalement le reposer. Il a beau avoir lu et relu le *Voyage sentimental à travers la France et l'Italie* de l'Irlandais

Laurence Sterne, cette fois l'ouvrage ne parvient pas à le captiver et encore moins à lui arracher un sourire. Même lors de ce passage où le révérend Yorick visite Montreuil et se fait accompagner par un jeune homme nommé... La Fleur. Non ! Les pensées du marquis sont tournées vers Marseille et la belle Anne-Prospère qui se démène pour tenter de le sauver. S'il en croit sa dernière lettre, la jeune femme ne ménage pas ses efforts et l'action combinée des filles de Montreuil avec celle de son oncle l'abbé de Sade devrait, il l'espère, avoir raison de cette procédure ridicule.

L'abbé est quelqu'un de confiance, doté de relations solides et d'une éloquence redoutable capable d'amener le diable lui-même à la prière. Si l'abbé est à l'image des hommes de la famille et doit composer avec des mœurs quelque peu dissolues, Donatien sait pouvoir compter sur lui. Après tout, cette constante recherche de plaisirs ne fait que renforcer les liens du sang.

Voilà qu'on frappe !

Le marquis ouvre la porte et s'empare de la missive que lui tend Antoine, le tenancier de ce refuge. Il croit reconnaître l'écriture de sa belle. Sans prendre la peine de remercier l'émissaire, Sade claque la porte et déchire déjà le cachet.

C'est bien elle !

Nous venons d'arriver à Aix croyant y trouver votre oncle. Je ne sais pas à quoi vous pensez, l'un et l'autre, et ne conçois rien à cette indifférence. S'il est encore à Saumane, qu'il parte avec la plus grande diligence et vienne nous trouver à Saint-Jacques à Aix. C'est de la dernière importance. Il faut être sur les lieux pour la sentir comme nous.

Donatien n'en revient pas. L'abbé ne s'est donc pas rendu à Aix comme prévu ! Il doit certainement être à se fourvoyer avec des prostituées dans son château de Saumane.

Que ferons-nous seules devant les juges ? D'ailleurs, l'affaire est d'un genre dont on ne parle guère devant des femmes. Qu'il vienne, sans quoi vous êtes perdu. Tenez-vous prêt à partir à la première nouvelle que je vous en donnerai, car hier au soir la fille était à toute extrémité. Je l'ai laissée entre les mains de des Rosières[26] *et d'un bon avocat qui m'instruit de tout.*

Anne-Prospère se fait insistante.

Votre oncle surtout, au plus vite ! Songez que nous n'avons plus que demain à nous.

À Aix, ce samedi[27]*, 1772, à 7 heures du matin.*

---

26 Sébastien des Rosières fut entendu lui aussi en qualité de témoin dans l'affaire de Marseille. Il a 28 ans, est comédien du Roy et vit à Marseille, rue de la Comédie. Il a déposé « ne rien savoir sur la plainte, si ce n'est qu'ayant eu l'occasion de connaître le marquis de Sade, et ayant appris qu'il était en ville depuis quelques jours, il fut le voir la semaine dernière à l'hôtel des Treize Cantons, où il était logé. Ne sachant qu'il devait partir samedi dernier, il se rendit chez lui vers neuf heures du soir le prier de se charger d'une lettre. Le marquis l'engagea de souper avec lui, et dès qu'il eut terminé ses affaires qu'il avait avec un tailleur, il soupa avec le déposant et partit immédiatement après en compagnie du sieur Le Noble et d'un domestique appelé Latour qui était vêtu d'une matelote rayée. Le marquis était vêtu d'un frac gris [...], de Bourracan verte et culotte de soie couleur souci ».
27 Samedi 11 juillet 1772.

Le marquis froisse la lettre de rage et la jette à travers la chambre.

Comment son oncle ose-t-il jouer ainsi avec sa vie ? L'affaire est des plus mal engagée. L'une des filles est mourante et tout le monde là-bas lui paraît hostile. Donatien n'a plus le moindre doute : dès qu'ils seront réunis, Anne-Prospère et lui s'enfuiront. Ils prendront la route pour l'Italie. Là se trouve pour le moment son unique certitude.

57

Aix-en-Provence

— Chomel, Demende… tous ces magistrats ne nous seront d'aucune aide. Aucun d'eux n'est prêt à écouter nos arguments. Tous désirent notre perte et attendent de nous voir tomber.

Anne-Prospère demeure assise sur le lit, le dos droit et les mains croisées comme une petite fille effrayée, ne sachant que dire ou faire pour tenter de calmer son aînée. La petite n'est pas sotte et a conscience que toute intervention de sa part risquerait d'envenimer la situation. Renée-Pélagie a tant à lui reprocher. La cadette préfère se taire et attendre que passe l'orage.

Soudain, l'épouse à la fois inquiète et furieuse s'immobilise, puis pivote subitement pour se retrouver face à sa sœur. Elle se penche vers elle et lui enserre le visage de ses doigts étrangement glacés.

— Rejoins-le et partez ! Allez-vous-en le plus loin possible !

Anne-Prospère demeure interdite. Elle a du mal à entendre.

— Il n'est certes pas celui dont je rêvais, il m'a fait souffrir tant de fois, cependant il m'est impossible de le savoir malheureux et un retour en prison serait pour lui, si épris de liberté, la pire des tortures.

— Mais...

Renée-Pélagie pose un index sur cette bouche qui se met à trembler.

— Chut ! Ne crois surtout pas que j'abandonne ou que je capitule. C'est précisément parce que j'aime Donatien que je te demande ce service. Je n'ai pas voulu l'écouter, mais il a raison, il passera plus facilement inaperçu s'il est accompagné d'une femme et je ne peux malheureusement être celle-là. Il y a les enfants et il me faut travailler à prouver son innocence. Je dois recueillir la moindre information susceptible de lui être favorable.

— Mais, je ne...

— Ne dis rien ! La chose m'est déjà assez pénible. Tu l'as vu toi-même. Les gens d'ici sont terriblement fâchés et je pèse mes mots. Ils ne supportent plus ce qu'ils appellent *l'impunité de la noblesse*. Je n'ose imaginer ce qu'ils feraient subir à Donatien s'ils le trouvaient. Tu le veux vivant, n'est-ce pas ? Tu souhaites tout comme moi qu'il se sorte de cette histoire sordide ?

Anne-Prospère opine du chef, les yeux humides et incrédules.

Sa sœur est incroyablement courageuse et si forte. Elle n'avait jusqu'alors jamais réellement décelé cela chez elle. Elle la pensait résignée, docile, voire insignifiante, alors qu'elle est en fait pragmatique, frondeuse et prête à franchir d'insurmontables obstacles simplement dans le but de sauver l'homme auquel elle s'est unie devant l'autel. Elle ne sait toutefois s'il faut l'admirer ou la plaindre.

La jeune femme en vient à se demander si elle est capable de tant d'abnégation pour cet homme que tout pourtant condamne. Elle ne doit pas raisonner ! Ce moment, elle l'attend depuis si longtemps. Il faut que le cœur s'envole et oublie ces doutes trop inconfortables ! Anne-Prospère désire vivre pleinement cet amour interdit. Cet épisode, aussi tragique qu'il soit, est une occasion inespérée de concrétiser ce projet insensé auquel Donatien et elle se raccrochent depuis de nombreux mois. Venise ! Ils iront à Venise, enfin ! L'Italie sera le pays de tous les possibles. Ils n'auront plus à se cacher. Cette terre chargée d'histoire abritera la leur. Elle nourrira leurs souvenirs et, elle en est certaine, comblera leurs rêves.

— Il te faut partir sans tarder ! Tu sais où il est, n'est-ce pas ?

— Euh... oui !

Bien sûr qu'elle le sait ! Ne lui écrit-elle pas de manière quasi quotidienne ?

— Bien. Latour est là-bas avec lui. Il viendra avec vous. Il sait bien trop de choses pour prendre le risque de le laisser tomber entre les mains de ceux qui les poursuivent.

Anne-Prospère se crispe. Elle n'avait pas envisagé cette possibilité, mais une fois encore, les paroles de son aînée sont sensées. Il ne faudrait pas que, se sentant abandonné par les Sade, le valet s'épanche sur les frasques de son maître et révèle ainsi de sulfureux secrets dont il est le gardien. Que diraient toutes ces personnes voulant nuire à cette famille si elles découvraient, entre autres choses, la relation incestueuse entre Donatien et elle ? Anne-Prospère soupire. Si Latour descend avec eux dans le même hôtel, il n'est cependant pas question qu'il les accompagne dans les rues de la Sérénissime. Donatien a beau être proche de son domestique, Anne-Prospère entend bien que celui-ci demeure à sa place.

Renée-Pélagie s'impatiente.

— Eh bien ! Qu'attends-tu ?

— Mais… il fait presque nuit. Les routes ne sont pas sûres et puis, le temps que je prépare mes bagages, il sera très tard.

— Emporte l'essentiel ! De toute manière, la plupart de tes malles n'ont pas été défaites depuis notre arrivée ici. Prends-les toutes ! S'il vous faut quoi que ce soit, je vous l'expédierai depuis La Coste. Allez !

Anne-Prospère capitule. Elle se lève d'un bond et surprend son aînée lorsqu'elle l'enlace de toutes ses forces comme l'aurait fait l'enfant qu'elle n'a jamais vraiment cessé d'être. Une candeur qui pourrait émouvoir Renée-Pélagie si elle n'avait l'impression de sentir à l'instant sur sa joue gauche le baiser de Judas.

Après un bref instant durant lequel un frisson de dégoût lui parcourt le dos, Renée-Pélagie s'efforce de sourire et embrasse sur le front celle qui aura bientôt la possibilité de poser sa charmante frimousse sur l'épaule de Donatien. L'épouse se console en se disant que, peut-être, un peu de ce baiser parviendra finalement jusqu'à lui.

58

Marseille

La chambre de Marguerite Coste grouille d'hommes qu'elle ne connaît pas. La chose pourrait paraître en soi des plus banales, excepté toutefois que ces représentants de la gent masculine aux visages patibulaires ne sont pas en quête de quelconque plaisir licencieux. La jeune femme alitée n'est pas rassurée en les voyant évoluer autour d'elle tels des oiseaux de proie. Étonnée d'être toujours vivante, elle aperçoit Marianne Laverne assise à ses côtés, douce et attentive au bien-être de son amie. D'ailleurs, ne vient-elle pas de la gratifier d'un clin d'œil complice en remontant traversin et oreiller ?

— Ça va, ma belle ?

Marguerite, amertume dans la bouche, peine à répondre, mais parvient à murmurer un timide : « On a vu mieux. »

— T'inquiète pas ! reprend Marianne. Regarde ! Tu sais, j'étais souffrante il y a encore quelques jours et maintenant, je suis là près de toi. Tu vas vite guérir. Je te le promets. On n'est pas de celles dont on se débarrasse si facilement.

— Quoi ? Toi aussi ?

— Oui, mais je crois avoir moins pris de ces saletés que toi. En tout cas, j'ai également vomi de cette matière noirâtre et sanguinolente. Et ces maux de ventre ! Un enfer : je croyais que l'on me déchirait en deux après m'avoir tordu les boyaux. Alors, oui ! Je sais ce que tu ressens, en tout cas j'en ai une idée assez précise.

Ce moment de réconfort est soudain interrompu par un de ces messieurs qui s'exclame :

— Ah ! La voici qui se réveille ! Bonjour, jeune fille. Je suis André Rimbaud, apothicaire. Mon collègue Jean Aubert est aussi ici tout comme le lieutenant criminel Chomel et certains de ses hommes. Comment vous sentez-vous ?

La foule, impatiente et curieuse, s'approche du lit, avide de descriptions sordides.

Marguerite répond avec difficulté :

— J'ai mal. Si mal. Donnez-moi n'importe quoi, mais faites en sorte que cette douleur cesse.

Les regards se croisent, on prend un air consterné, on chuchote, puis Rimbaud poursuit :

— Nous avons fait diverses expériences sur cette matière étrange que vous vomissez. La chaux que nous y avons ajoutée n'y a occasionné aucun changement. Distillée, elle a produit une eau insipide avec une légère odeur de putridité. Elle a toutefois légèrement coloré en bleu une eau de fontaine dans laquelle nous avons mêlé une petite quantité de dissolution de cuivre[28]...

---

28 Rapport des apothicaires Rimbaud et Aubert du 5 juillet 1772.

Marguerite, les yeux ronds, tente d'écouter tout ceci avec attention, mais elle ne comprend absolument rien à ce qu'on lui dit. Heureusement, le lieutenant général Chomel l'interrompt :

— Allons, Rimbaud ! Vous voyez bien que cette dame ne saisit pas un traître mot de ce discours que seuls les gens comme vous peuvent interpréter. Apparemment, madame, vous n'avez pas été soumise à l'arsenic.

— Mais c'était quoi ? interroge Marianne.

— Nous ne savons pas, répond alors Rimbaud, apparemment confus et peu fier d'être confronté à cette ignorance qui ne sied guère aux hommes de sciences. À notre décharge, nous n'avons récupéré que deux dragées pour effectuer nos expériences et…

Chomel, soucieux de livrer un semblant de réponses à ces victimes qui ont frôlé la mort, prend la parole :

— Certaines hypothèses, vous vous en doutez, vont bon train. L'une d'elles se fait plus tenace. On parle ici ou là de cantharides. Mais ce ne sont que des rumeurs et rien pour le moment ne peut confirmer ou infirmer ou celles-ci.

Les deux amies échangent un regard traversé par la surprise et l'incrédulité. Les mouches cantharides, elles connaissent. Certains libertins qui leur rendent visite les utilisent parfois comme aphrodisiaques. Un produit issu d'un coléoptère appelé aussi *mouche espagnole* et dont les effets stimulants sont bien connus depuis l'Antiquité. Seulement voilà, à haute dose, les conséquences peuvent être dramatiques.

Chomel reprend :

— Toujours est-il qu'on ne peut écarter la tentative d'empoisonnement. Il est impensable que ce Sade ignorât les terribles effets de ces pastilles si elles étaient prises en une telle quantité. Vous avez failli y laisser la vie et nous ferons tout pour que ce marquis soit puni. Ce n'est pas la première fois que des femmes ont à subir les dangereuses excentricités de cet individu et il semble aller chaque fois un peu plus loin sur le chemin de ses perversités. Il est hélas difficile de prévoir jusqu'à quelles extrémités celles-ci le mèneront.

L'effroi se lit sur les visages de Marguerite et Marianne. Les souffrances endurées ne sont qu'un bien moindre mal en comparaison de l'issue envisagée qui aurait pu, si l'on en croit le lieutenant général criminel, leur être fatale.

— En attendant votre totale rémission, je vous répète que tout sera fait afin de mettre un terme aux agissements criminels du marquis de Sade et de son valet. Marseille n'aura plus à craindre pour ses filles.

Chomel prend congé dans un claquement de talons et une inclinaison de la tête des plus solennelles. La myriade d'apothicaires et de magistrats salue à son tour les demoiselles avant que tout ce petit monde ne sorte de l'appartement.

— Tu crois qu'ils l'attraperont ? demande Marguerite en se servant un verre d'eau destiné à apaiser le feu qui s'est répandu dans sa gorge.

— Je l'espère ma belle. Je l'espère plus que quiconque, même si j'avoue ne nourrir que bien peu d'espoirs.

— Mais pourquoi ? Tu as entendu ? Ils l'arrêteront.

— Oui, mais Sade est puissant. Il a des soutiens et de l'argent. Si ça se trouve, il est déjà loin. Et puis il faut être réaliste, qui sommes-nous nous autres ? Tu crois vraiment qu'ils combattront un noble afin de défendre de vulgaires catins comme nous ?

Marguerite se met en colère.

— Ne dis pas ça ! Tout n'est pas aussi sombre que tu le prétends. La vie nous réserve de bons moments et...

Marianne se moque :

— Quel bon moment en effet que celui passé aux mains de Sade, hein ! Et que dire de ces jours passés au lit à nous vider par le haut et par le bas ? Les autres ont raison, tu n'es qu'une rêveuse. Cesse d'être naïve ! Il faut te réveiller, Marguerite ! Nous sommes marquées au fer rouge. Les filles comme nous n'ont pas le droit à une seconde chance.

— Pourtant tout le monde y a droit !

Marguerite, emportée par la colère, se met à tousser et aussitôt Marianne se montre plus douce, lui serre la main avant de lui tendre un peu d'eau, puis elle lui caresse le front.

— Tu vois, il ne faut pas se mettre dans de tels états. Ce n'est pas bon pour toi.

La petite Marguerite reprend son souffle et répond dans un sourire désarmant :

— Il n'y a rien de meilleur que l'espoir, Marianne. Absolument rien.

59

Modène.
Fin juillet 1772

Un homme portant perruque et riches habits se promène en s'appuyant sur une canne au pommeau doré. Il est au bras d'une jeune demoiselle dont le visage irradie de bonheur. Tous deux marchent fièrement, le dos droit et le torse gonflé à la fois d'orgueil et de cet air transalpin aux relents de liberté. Ici, ils se présentent à qui veut l'entendre comme mari et femme.

Sous son nom d'emprunt de *comte de Mazan*, Sade goûte à la joie de partager son quotidien avec celle qu'il aime par-dessus tout. Serait-ce cela le bonheur dont il semble apprécier chaque instant ? Il n'échangerait ces jours passés avec cette épouse factice pour rien au monde. Chaque moment du quotidien est source de découverte et d'émerveillement. Les choses les plus banales, telle cette promenade sur la Piazza Grande de Modène, deviennent des épisodes féeriques d'un voyage qui restera mémorable à tous points de vue.

La comtesse de Mazan est aux anges. Accrochée au bras de celui qui ici est son époux, Anne-Prospère se sent invincible. Elle s'est affranchie de sa famille et de ce sentiment de culpabilité avec lequel elle a longuement lutté. On ne balaye pas si aisément les valeurs et les interdits inculqués par une éducation chrétienne des plus solides ! Ce combat, elle l'a pourtant mené et apparemment gagné. Tant et si bien qu'elle ne se refuse rien. Les baisers se font au vu et au su de tous. Donatien ose même quelques caresses discrètes dans certains lieux publics et que dire de celles prodiguées une fois que se ferme la porte de leur chambre ! Donatien est un amant merveilleux, créatif et fougueux. S'il arrive encore parfois à Anne-Prospère de rougir face à certaines de ses demandes très particulières, elle finit bien souvent par capituler. Ces péripéties italiennes sont si délicieuses que la jeune femme en oublierait presque cette fâcheuse affaire de Marseille. Cela est sans compter sur les proches restés en France qui font parvenir de temps à autre des nouvelles plus qu'alarmantes.

Si elle ne s'était rendue elle-même à Marseille et à Aix, Anne-Prospère pourrait croire que son aînée exagère l'ampleur de la catastrophe pour que l'on s'apitoie davantage sur son sort. Hélas, il n'en est rien ! Et ce qui est inquiétant, c'est que si l'on en croit ces lettres, les choses sont très loin de s'arranger. Toutes les demandes de conciliation sont rejetées et on se plaît à faire tarder les réponses aux différentes missives dans le seul but de décourager ces vaines tentatives. En cela réside la preuve que les magistrats ne connaissent pas madame de Sade.

Sa sœur pourrait témoigner de sa ténacité et de la hargne qui l'anime lorsqu'il s'agit de sauver son mari et surtout la réputation de ses enfants. Cela prendra du temps, mais d'une manière ou d'une autre, Anne-Prospère est certaine que Renée-Pélagie parviendra une fois encore à réduire les charges qui pèsent sur son époux. Ce ne serait pas la première fois.

La comtesse de Mazan préfère pour le moment ne pas trop penser au tragique de la situation et se fie à l'obstination de sa sœur pour que cet épisode ne soit plus qu'un lointain cauchemar. Dans quelques jours, l'étrange couple qu'elle forme avec Donatien prendra la route pour cette chère Venise où ils découvriront la Sérénissime et ses îles. Donatien lui parle déjà des endroits qu'ils visiteront. Il a déjà fait une liste assez longue composée de soixante-huit endroits à ne pas manquer[29]. La feuille est soigneusement pliée en deux et demeure à portée de main au cas où d'autres endroits entendus çà ou là au gré des conversations aiguisent l'intérêt de l'homme éperdu de découvertes. D'ailleurs le voici qui presse le pas en direction de la cathédrale. Anne-Prospère peine à le suivre. Elle s'amuse de cette avidité culturelle qui n'est pas faite pour lui déplaire. L'Italie est un pays où elle peut allier sa quête de spiritualité, de connaissances et de voyages. Une terre où l'Histoire suinte de chaque pierre et où la religion a façonné le moindre village de ce pays qui massacrait pourtant les premiers chrétiens au temps des Césars.

---

29 Cette liste intitulée *Il faut voir à Venise* appartient à la collection de Pierre Leroy et a été reproduite dans le livre *Sade à Venise* chez Lineadacqua Edizioni, février 2017.

— Regarde ! lui dit-il alors qu'il lui lâche la main et se met à courir sur l'esplanade.

Anne-Prospère se met à rire.

— Tu savais que la façade est recouverte de pierres romaines ? Quelle drôle d'idée, tu ne trouves pas, de recouvrir un édifice chrétien de ce témoignage païen ?

Une fois parvenue à ses côtés, Anne-Prospère, un peu essoufflée, joue les indignées :

— Là où tu vois de l'incongru, voire du ridicule, je ne vois que le souci de mêler passé et présent. La volonté de ne rien renier et de montrer justement l'évolution des croyances et la marche de l'Histoire.

Donatien regarde sa belle puis, feintant la peine, il s'adresse à elle d'un air boudeur :

— Quelle rabat-joie vous faites !

Le regard de Sade quitte la figure laiteuse d'Anne-Prospère et se lève afin d'admirer le campanile de cinq étages au-dessus duquel on rajouta plus tard une tour octogonale, comme si on avait voulu y déposer le clocher d'une église.

— Allons-nous demeurer à l'extérieur, monsieur le comte de Mazan ? demande Anne-Prospère d'un ton mutin.

— Certainement pas, madame la comtesse ! Entrons et allons confesser nos péchés !

La jeune femme se met à rire. Elle prend le bras de Donatien et le mène à l'intérieur.

— Alors, ne tardons pas ! Il est encore tôt, mais j'aimerais en sortir avant le coucher du soleil, dit-elle en rougissant.

60

Château d'Angerville-Bailleul

La vie du village n'est plus tout à fait la même depuis le décès de Julie. À l'habituelle et confortable quiétude dans laquelle chacun aimait à se prélasser, a succédé une suspicion pernicieuse qui envenime les esprits et s'insinue dans chaque maison. Car si les cœurs cicatrisent peu à peu, la colère, elle, est ici une plaie béante que seule la vengeance pourrait éventuellement cautériser.

Jacques Bellet n'a pas manqué de rapporter au président de Bailleul le comportement singulier de Lanson et de son ami, l'autre jour au cimetière. Cette révélation ne fut pas sans suite. Depuis, des conciliabules entre Charles-Pierre de Bailleul et Pascal Lefort se sont succédé de manière quasi quotidienne et en toute discrétion. Le fait que le gendarme loge chez Nicolas Danière, à la sortie du bourg et tout près du château, rend la chose des plus aisées. Les relations du président à mortier au parlement de Rouen sont mises à contribution et François Vautier, le fidèle domestique, ne compte plus les missives échangées ces derniers jours. Rouen, Paris,

Lyon... elles arrivent de tout le royaume. On ne refuse rien au seigneur de Bailleul, conseiller du roi en tous ses conseils.

Évidemment, tous les soupçons sont dirigés vers celui qui fut le mari de Julie Danière et son sinistre acolyte. La ferme de Roquefort qui abrite leur amitié délétère est sous surveillance. Ils ne se doutent de rien, mais des hommes se relaient toutes les six heures aux alentours, se postant derrière des buissons ou aux abords de l'étang. Certains d'entre eux ont même eu l'audace de s'approcher avec prudence de la bâtisse et ont ainsi pu surprendre des conversations supposées secrètes. Et celle tenue hier soir dans la cuisine de Lebellanger et rapportée ce matin par l'un des fidèles du châtelain a permis de lever le voile sur la mort tragique de la petite Julie.

Loin de se laisser submerger par une colère qui ne ferait que nuire à la justice qu'il est censé servir et représenter, Charles-Pierre de Bailleul a décidé de garder la tête froide et frapper un grand coup. Mais avant cela, il se doit de prévenir les deux hommes que Julie a aimés.

Voici justement que Nicolas Danière et Pascal Lefort font leur entrée dans le parc en direction du maître des lieux, précédés par Vautier.

— Bonjour messieurs.

Les visiteurs ôtent leur couvre-chef, mais avant qu'ils n'aient le temps de lui retourner leurs salutations, Charles-Pierre de Bailleul remercie Vautier et lui demande de les laisser. L'air grave, il enjoint ses amis à le suivre :

— Marchons jusqu'à la chapelle, voulez-vous ?

Lefort jette un coup d'œil inquiet à monsieur Danière qui, d'un haussement d'épaules, signifie ne pas être davantage en mesure de le renseigner sur les raisons de leur présence ici.

Monsieur de Bailleul marche lentement, légèrement devant eux, les poings derrière le dos et la tête baissée. Il est des circonstances où, même à bientôt soixante-dix ans, il faut encore réfléchir longuement afin de trouver les mots justes, ceux susceptibles d'évoquer l'horreur sans trop heurter. Mais de toute évidence, la chose paraît impossible.

— Messieurs, les maréchaussées de Goderville et de Fauville sont en poste non loin du clos-masure de la ferme de Guillaume Lebellanger. On attend mes ordres.

Pascal Lefort s'avance et s'en va faire face à celui qui vient de le terrasser et le libérer à la fois.

— Vous dites ?

Charles-Pierre de Bailleul s'immobilise et place une de ses mains sur une épaule du militaire et, de l'autre, demande à son garde-faune d'approcher à son tour avant de la lui poser sur la nuque. Le père de Julie demeure étrangement silencieux, mais ne peut contenir ses larmes.

— Nous avons découvert que Lebellanger était à Paris. Il a pris une voiture en direction de Marseille. La même que notre pauvre petite. Ce n'était pas un hasard, mais un plan machiavélique échafaudé par lui et Lanson. Ils… ils ont assassiné notre Julie.

À ces mots, la douleur assomme monsieur Danière qui s'écroule d'un coup, genoux en terre, et émet un hurlement terrible. Un cri de bête que l'on achève qui paralyse monsieur de Bailleul, impuissant face à tant de détresse. Pascal Lefort se précipite et s'agenouille. Il enserre la tête du père meurtri entre ses paumes et s'adresse à lui d'une voix calme alors que tout en lui pourtant n'est que révolte et fureur :

— Écoutez-moi ! Je sais ce que vous ressentez. Vous le savez, n'est-ce pas ? Je conviens que tout cela est insensé. À l'horreur du crime s'ajoute dorénavant celle de la trahison. Mais vous n'y êtes pour rien. Nous allons nous charger de ces deux-là et Julie pourra ainsi partir en paix.

— Oui, Nicolas. Monsieur Lefort a raison. Ils répondront de leurs actes. Je vous l'avais promis et vous en fais à nouveau le serment. Je suis un homme de parole. Relevez-vous, mon ami !

La parole accompagnant le geste, monsieur de Bailleul tend une main secourable à celui qui est du petit nombre de personnes dont il est le plus proche et auxquels il accorde toute sa confiance.

Nicolas Danière, qui peine à se maintenir sur ses jambes, est supporté par les deux hommes qui le soutiennent et le mènent à la chapelle toute proche, un joyau construit deux cents ans plus tôt, perdu dans un îlot de verdure. Lefort ouvre une double grille magnifiquement ouvragée sans même jeter un coup d'œil au bâtiment sur lequel est sculpté le blason de la famille qui vit en ces lieux depuis des siècles.

On installe le père diminué et absent sur l'une des banquettes de velours rouge alignées de part et d'autre de l'allée centrale, face au magnifique retable du xve siècle qui trône dans le chœur. Messieurs de Bailleul et Lefort prennent place à ses côtés.

— La peine est immense Nicolas, mais comme l'a dit notre cher monsieur Lefort, Julie sera en paix à présent. Ces deux monstres paieront de leur sang cet acte sans courage. En attendant, vous demeurerez ici avec moi, mon ami. Nous allons prier pour la réussite de cette opération.

Nicolas Danière ne répond pas. Entend-il seulement ce qu'il vient d'être dit ? Ses lèvres tremblent et son regard se perd sur le plafond turquoise de la chapelle orné d'étoiles d'argent. L'aristocrate fouille dans une de ses poches et sort un bout de papier plié en quatre, scellé d'une pastille de cire rouge.

— Tenez, Lefort ! Vous donnerez ceci au capitaine Andrieu lorsque vous arriverez à la ferme de Roquefort.

Le gendarme, surpris, se redresse.

— Comment ?

— Mon garçon, je vous charge de la direction des opérations. Je ne doute pas un instant de vos capacités à ce poste ni de votre sens du devoir et de la justice. Vous saurez faire de ce moment une victoire sur les instincts les plus bas, capables de pervertir l'âme la plus pure, n'est-ce pas ?

La main de Lefort tremble lorsqu'il se saisit de la lettre.

— Servez la justice, mon garçon et montrez-vous digne une dernière fois de cette jeune femme qui vous avait offert son cœur.

Lefort, profondément ému, incline la tête, le regard embué puis se lève de manière solennelle pour remplir ce qui sera la mission la plus importante de sa vie.

Une main ferme s'empare alors de la sienne. Le visage ravagé par la douleur de Nicolas Danière est tourné vers lui, inquiétant, transfiguré par un regard déterminé et vengeur. Pas un mot n'est échangé entre les deux hommes. Ce moment n'en a pas besoin.

61

Marseille

Renée-Pélagie est au désespoir.

Pourquoi a-t-elle eu la naïveté de ne serait-ce que supposer qu'elle pouvait être en mesure de faire entendre raison à ces hommes de justice bien décidés à se faire une place dans un couple déjà bien trop encombré ? Une fois encore ses rêves se sont confrontés à une réalité des plus terribles. Non seulement ils ne veulent rien entendre, mais de surcroît, semblent déterminés à tout faire afin de hâter la procédure et faire comparaître les inculpés aussi vite que possible.

Madame de Sade ne s'est jamais sentie aussi seule et désemparée que ces derniers jours. Même l'abbé, pourtant oncle de Donatien, les a abandonnés. Il ne s'est montré ni à Marseille ni à Aix. Si les amis ont commencé à déserter leur table, il semble que la famille veuille elle aussi suivre le chemin de l'exode. S'il n'y a apparemment plus rien à espérer des Sade, Renée-Pélagie veut croire qu'il en est autrement du côté des Montreuil. Ne leur ont-ils d'ailleurs pas octroyé un prêt de trente mille livres l'an dernier[30] ? Dieu sait ce qu'ils deviendraient si ses parents n'étaient pas à leurs côtés. Renée-Pélagie s'en veut. Elle n'aime guère cette dépendance à l'argent de son père, mais Donatien mène une vie si dispendieuse ! Si encore il gérait correctement ses affaires... !

Renée-Pélagie a bien une idée susceptible de fragiliser les accusations qui pèsent contre son mari, elle a fait ses preuves en 1768. Elle est parvenue à acheter le désistement de Rose Keller quatre ans plus tôt, alors elle tentera la même stratégie aujourd'hui. Elle est bien décidée à obtenir le silence de ces filles. La chose sera facile après tout. Ces donzelles n'ont-elles pas l'habitude de monnayer leurs charmes au plus offrant ?

Encore faut-il posséder les fonds nécessaires à cette transaction. Les finances du couple de Sade sont au plus bas. Il n'existe qu'une seule issue, une évidence : demander une nouvelle fois l'assistance de ses parents et piocher encore un peu plus dans leur bourse.

Résignée, dénuée de fierté, mais à nouveau emplie d'espoir, Renée-Pélagie prend place à sa table de travail et commence fébrilement à noircir une feuille de papier. Il ne s'agit pas d'une simple lettre, mais d'une prière adressée une fois encore à ses parents.

30 Il existe une reconnaissance de dettes datée du 21 novembre 1771. Elle fut mise aux enchères lors d'une importante vente dédiée à Sade, chez Drouot, le mercredi 15 juin 2016.

62

À la ferme de Roquefort. Angerville-Bailleul

La nuit est tombée sur la campagne cauchoise et avec elle s'est installé un silence inhabituel. Pas un souffle de ce vent tiède d'été ne vient faire frissonner les hêtres immenses perchés sur les talus de la ferme que tous observent. Aucun cri de chouette ou beuglement de bête laissée dans les prés ne brise cet instant où tous ces hommes en faction attendent avec fébrilité les ordres de Lefort.

Monsieur de Bailleul n'a pas lésiné sur les moyens. La ferme est cernée par une centaine d'hommes de troupe résolus à en découdre. L'histoire de la petite Julie est connue du Havre jusqu'à Rouen. Sa mort tragique a ému autant qu'elle a terrorisé. Les petites filles n'osent plus sortir seules, effrayées qu'elles sont à la seule pensée de devoir traverser un bois ou une forêt. Les assassins doivent payer. Pour Julie Danière et pour toutes ces femmes que la peur emprisonne.

Pascal Lefort, couché sur le ventre entre deux arbres, lèvres et cœur serrés, observe la fenêtre éclairée de la cuisine de Lebellanger. Les deux amis d'enfance sont là depuis un long moment à boire et à rire. Lefort aurait pu intervenir dix fois depuis son arrivée, mais il ne peut détacher son regard de cette vision indécente que lui offrent ces deux-là, occupés à prendre autant de plaisir malgré la monstruosité de leur crime, comme si tout cela n'était rien. Comme si ce corps enseveli quelques jours plus tôt dans le chœur de l'église Saint-Médard n'était qu'un vulgaire morceau de viande. Pourtant, ce corps, André Lanson a eu la chance de le serrer contre lui maintes fois, il a pu en sentir la chaleur lorsqu'il était allongé près de lui, il en a senti la moindre des vibrations lorsqu'il lui faisait l'amour. Tant d'instants magnifiques auxquels lui, Pascal Lefort, n'aura jamais le droit de goûter. Une multitude de souvenirs qu'il lui sera impossible de se créer et au milieu desquels il ne pourra se perdre afin de s'y réchauffer. Ces barbares lui ont tout enlevé. Seuls demeurent les rêves et les regrets, un ciel sans horizon.

Soudain, ne pouvant se contenir davantage, un militaire se met à tousser derrière lui.

Furieux, Lefort entreprend de se retourner afin de connaître l'identité de cet idiot, mais il perçoit déjà du mouvement à l'intérieur de la maison.

Lebellanger est derrière son carreau, scrutant la campagne, totalement affolé. Il sait que les gens parlent. Il a conscience de ne pas être très apprécié au village. Il en deviendrait suspicieux si André Lanson ne tentait de le rassurer comme il le fait en ce moment même :

— Que crois-tu qu'il puisse nous arriver, Guillaume ? Je te l'ai dit cent fois, il n'y a rien à craindre. Ils ne remonteront pas jusqu'à nous.

— Je suis certain qu'il y a quelqu'un !

Il ouvre la fenêtre, prend appui sur le châssis et passe la tête à l'extérieur. Lefort lance par-dessus son épaule un regard on ne peut plus menaçant au responsable de ce désastre. Nul besoin d'ordonner, de commander ou même de parler. Les rayons de la lune le rendent si effrayant qu'il faudrait être inconscient ou incroyablement téméraire pour oser désobéir au capitaine.

Plus personne ne bouge, excepté les feuilles des arbres alentour et les herbes folles qu'un vent soudain décide de faire danser.

— Alors, te voilà rassuré ? Ferme donc ça, veux-tu ! Je commence à avoir froid.

Lebellanger hésite. Il regarde une dernière fois à droite, puis à gauche et s'attarde droit devant lui, se demandant si ce talus ne dissimule pas finalement autre chose qu'un village hostile.

— Nous partirons demain. Je vais vendre la propriété.

— Si ça te chante, mais ferme cette maudite fenêtre !

Toujours aussi soucieux, le propriétaire des lieux obéit à contrecœur, puis s'en va rejoindre à pas lents André Lanson à qui il verse à nouveau du vin avant de se resservir.

— À notre santé et à cet avenir sans elle ! s'exclame Lanson en levant son verre bien haut.

— À notre nouvelle vie, libérés de cette femme qui avait oublié où était sa place.

Au moment même où les verres s'entrechoquent, on ouvre avec fracas la porte d'entrée. Les vitres de la maison explosent sous les coups de crosse de fusil. Les meubles sont bousculés sans ménagement par des hommes en armes braillant telle une horde de sauvages.

André Lanson, n'écoutant que son manque de courage, se réfugie sous la table où il entend bien demeurer, recroquevillé sur lui-même, jusqu'à ce que les choses daignent se calmer. Guillaume Lebellanger, quant à lui, souhaite en découdre et lutter vaillamment pour ne pas se faire prendre. Il sait bien que de toute façon, au bout de ce chemin sans issue, la mort viendra le cueillir. Sur le qui-vive depuis quelques minutes, il s'est dirigé d'un bond en direction du buffet où sont rangées ses armes, certaines déjà prêtes à tirer.

Pascal Lefort qui entre à l'instant dans la cuisine vise l'assassin de Julie.

Lebellanger, touché à l'épaule, vient s'adosser au mur.

— Ceci n'est que le début de tes souffrances, monstre ! Julie te fera bien pire de l'autre côté, crois-moi !

— Vous allez bien, capitaine ?

Lefort se retourne.

— Mieux que celui-là, répond-il en désignant d'un coup de pied Lebellanger dont le corps a vacillé avant de glisser le long du mur jusqu'à s'étaler sous la fenêtre parmi les débris de verre. Emmenez-le, sergent Duvivier !

Lanson qui, toujours caché sous la table, a été le témoin de la blessure de son ami, se met à hurler :

— Je me rends ! Je me rends ! Pitié !

Pascal Lefort aperçoit alors André Lanson, à quatre pattes, apeuré.

— Pitié ? réplique Lefort. Avez-vous fait preuve de pitié envers Julie ? Vous croupirez en prison avant de mourir sous la hache du bourreau. J'espère seulement que sa lame ne sera pas trop aiguisée. Faites sortir celui-là aussi Duvivier ! Il ne faudrait pas que, sous la colère, il me vienne à l'idée de le tuer et d'abréger ainsi ses souffrances.

Des militaires se saisissent des assassins. Ils passeront la nuit à Goderville avant qu'on ne les transfère à la prison du Havre. Dans quelques semaines, Pascal Lefort assistera à leur exécution. Ensuite, il se donnera la mort dans le parc du château, cet endroit que Julie affectionnait tant. Sa décision est prise. On l'ensevelira alors à côté de sa belle, dans l'église d'Angerville-Bailleul. Il laissera à cet effet la lettre qui se trouve déjà dans la poche intérieure de sa veste.

63

Venise

Monsieur le marquis et sa belle sont en route pour l'église San Vidal que Donatien souhaite visiter par-dessus tout.

La Sérénissime est à eux !

Voilà plusieurs jours qu'Anne-Prospère et Donatien arpentent les rues étroites et empruntent les ponts de cette ville-miracle bâtie sur des milliers de pilotis, au milieu d'une eau à même de l'engloutir à tout moment. L'Acqua Alta est d'ailleurs là pour rappeler chaque année à ses impudents que cette colonisation n'est possible qu'avec l'accord tacite et une certaine bienveillance de dame Nature. Par chance, en cette période estivale, les deux amants ne devraient pas subir l'intrusion annuelle de la lagune au cœur de la ville.

Le comte et la comtesse de Mazan jouent aux touristes et ont déjà pu admirer les immenses façades de briques du palais des Doges posées sur de magnifiques colonnes et rehaussées de pierres blanches, telles des pièces de dentelles insensibles au temps qui passe. Ils ont franchi maintes et maintes fois le Rialto, admiré la place Saint-Marc, son Campanile et la tour de l'Horloge. Cette œuvre magnifique capable de donner non seulement l'heure, mais également les signes du zodiaque ainsi que les différentes phases de la lune. Une splendeur telle que, dit-on, l'on fit crever les yeux des artisans afin qu'ils ne soient pas en mesure de reproduire, voire de surpasser, une telle splendeur. Si Anne-Prospère avait frémi d'horreur en entendant cette histoire, Donatien, lui, avait ri. Elle avait été choquée l'espace d'un instant, mais s'était vite ressaisie en se disant qu'il ne pouvait être aussi cruel et que c'était certainement de sa sensibilité exacerbée qu'il se moquait.

Peu à peu, la liste élaborée par le marquis se noircit de petites croix placées en face des lieux visités. L'Arsenal, Murano... On se balade en gondoles ou en bateaux, glissant sur cette eau que souvent la brume embrasse, renforçant davantage encore cette idée que Venise est à la fois étrange et magique. Ces mêmes gondoles qui abritent de temps à autre, à l'abri des persiennes du *felze*[31] et de sa porte à deux battants, les ébats interdits d'un homme en quête de plaisirs et d'une galante. Des embarcations insolites qui à la fois peuvent être alcôves flottantes ou corbillards selon qu'elles transportent les corps frémissants des amants ou ceux glacés des cadavres gisant dans un cercueil.

Anne-Prospère est aux anges. Au-delà de ce ravissement quotidien, elle est également soulagée sur un point : Latour demeure la plupart du temps à leur hô-

31 Le *felze* était une sorte d'habitacle placé sur la gondole, recouvert d'une capote noire et fermé par une porte munie de persiennes.

tel, l'Allo Scudo di Francia[32], donnant sur le Grand Canal. Attend-il sagement le retour de son maître ou déambule-t-il seul dans les ruelles de la ville pour tenter d'assouvir ses désirs lubriques en compagnie d'une de ces nombreuses courtisanes qui pullulent ici ? La jeune femme ne le sait et s'en moque à vrai dire. Il pourrait se noyer en passant par-dessus l'un de ces ponts qu'elle ne cillerait pas le moins du monde.

Elle n'est cependant pas sotte, elle sait bien que Donatien, certaines nuits, déserte leur couche à pas feutrés. Tout comme elle est persuadée que ce valet est le seul responsable de ces escapades. Sans lui, tout irait mieux, elle en est certaine. Bien sûr, elle n'a pas manqué de demander à Donatien la raison de ses virées nocturnes. Il lui a simplement avancé qu'il existe des endroits où les hommes aiment à se retrouver pour boire et partager des points de vue, des réflexions sur le monde et les affaires. Des lieux où la présence des femmes n'est pas désirée. Anne-Prospère, follement éprise, se force à le croire et culpabilise même d'avoir douté de l'intégrité de Donatien. Comment a-t-elle pu, ne serait-ce qu'envisager cette éventualité ? Jamais il ne mettrait en péril leur amour et ce magnifique séjour en Italie qui leur offre enfin l'opportunité de vivre au grand jour ce qu'ils furent contraints de cacher des mois durant.

Le comte et la comtesse de Mazan sont heureux comme ils ne l'ont jamais été et n'hésitent pas à afficher cette béatitude à la face du monde. Le couple fait sensation autant qu'il attise la curiosité. On les invite à

32 Que l'on pourrait traduire par « Aux armes de France ».

dîner dans de magnifiques palais de style néogothique aux décors hérités de la Renaissance. Colonnes, stucs, dorures et plafonds décorés par les plus grands artistes italiens s'offrent à leurs yeux émerveillés.

Il ne s'agit pas d'un ordinaire et simple voyage, non ! Il s'agit simplement d'un rêve éveillé. On leur parle de l'histoire de Venise et de ses figures locales. Différentes anecdotes sont échangées sur tel prince ou telle dame de petite vertu aux pratiques savoureuses. Anne-Prospère déteste ces conversations où apparaissent ces indécentes créatures, car, bien souvent, elle surprend alors la mine intéressée de Donatien qui ne perd pas une miette de ces bavardages suintant le vice et la dépravation. À chaque fois qu'elle le peut, elle s'arrange pour changer de sujet. Toujours, sauf une fois. Celle où, au cours de l'un de ces dîners, on vint à parler de la célèbre Veronica Franco. Son histoire l'a fascinée. Une courtisane, instruite, d'une intelligence rare et poétesse de renom du XVIe siècle qui échappa à la peste, fut poursuivie par l'inquisition et partagea la couche d'Henri de Valois qui quittait la Pologne afin de se faire couronner roi de France. Le futur Henri III eut une aventure de plusieurs jours avec Veronica, c'était deux cents ans plus tôt, durant l'été 1574. Une vie passionnante et bien remplie pour une femme qui n'eut de cesse, avant de se retirer et mourir, d'ouvrir un hospice afin d'y recueillir les prostituées et leurs enfants. Anne-Prospère a décidé de lire les vers de cette Veronica Franco qui l'intrigue au plus haut point. Un corps où se mêlent vice et vertu, comme un écho au sien où brûle cet amour qui repousse sans cesse ses propres limites et la consume sans qu'elle ne cherche à le maîtriser.

— Nous y sommes !

Donatien n'y tient plus. Il croche le bras d'Anne-Prospère et presse le pas en direction de cet édifice d'un blanc immaculé. Ils en franchissent le seuil, impatients, se frayant un chemin entre les Vénitiens dans cette bâtisse à nef unique. Monsieur de Sade fond vers le maître-autel au-dessus duquel est placé le retable du XVIe siècle peint par Carpaccio et représentant *Saint Vidal à cheval* et *Les Quatre Saints adorant la Vierge avec Cupidon*. Il n'y prête pas la moindre attention. Non ! Donatien est là pour une statue d'Antonio Gai. Pas pour La Force qui se trouve de l'autre côté, non ! Il est ici, dans cette église, pour La Foi !

— Admire la délicatesse de cette œuvre ! La finesse de ce léger voile ne dissimulant finalement rien du visage de cette femme !

Anne-Prospère est captivée. L'impression de mouvement donnée à cette sculpture est si parfaite que l'on pourrait croire qu'à tout moment elle va quitter son socle en roulant des hanches, enveloppée dans son lourd drapé.

— Ne la trouves-tu pas jolie ? demande Donatien.

— Elle est sublime, mon amour.

Donatien de Sade jubile et, amusé, embrasse, au pied de cette Foi, la chanoinesse séculière qui refusa de prendre le voile par amour pour lui. Cette même femme à qui il fera l'amour avec fougue dès leur retour dans le quartier San Luca.

64

Paris.
Rue Neuve-du-Luxembourg.
Le jeudi 6 août 1772

La chambre de madame de Montreuil est plongée dans le noir. Hier soir, la Présidente a expressément demandé à Agnès de n'entrer sous aucun prétexte. Elle désire plus que tout avoir un peu de temps à elle. Ses nuits sans sommeil lui en procurent certes, mais elles l'agacent plus qu'elles ne lui servent. Le matin au moins, elle prend le temps de la réflexion. Loin du brouhaha de la vie quotidienne et de ses obligations, elle échafaude des stratégies, envisage chaque situation possible afin de tenter l'impossible : restaurer l'honneur déjà bien entamé de cette famille dont le Tout-Paris se moque. Cette soirée à l'Opéra qui aurait dû être belle fut un véritable cauchemar. Elle entend encore ce silence assourdissant lorsqu'ils gravissaient les marches du grand escalier, les murmures lorsqu'ils prirent place dans leur loge, jusqu'aux rires étouffés qui se manifestèrent quelques minutes avant la levée du rideau.

Marseille. Le nom de cette ville est sur toutes les lèvres. L'imaginaire collectif est à la fête. Orgies, poison, meurtre… Néron et Caligula feraient presque figure d'amateurs face au marquis.

Ce maudit gendre lui a joué un de ses plus mauvais tours. Alors qu'elle pensait qu'il ne pouvait faire pire, ce monstre lui a prouvé qu'elle avait tort. Il a trouvé le moyen de pervertir le cœur si pur de sa petite Anne-Prospère. Cette enfant promise à une vie rangée et respectable a succombé aux charmes de ce serpent.

Le ver est dans le fruit et il faut s'en débarrasser.

Peu importe les moyens.

On frappe à la porte.

— J'ai insisté pour ne pas être dérangée.

La voix de monsieur de Montreuil se fait entendre :

— C'est moi. Allons, ouvrez !

La Présidente remonte le drap et invite son mari à entrer. Dans la pénombre, celui-ci se heurte à l'un des fauteuils alors qu'il se dirige vers la fenêtre afin d'en ouvrir les volets. Peu à peu le jour se fait dans la pièce et dans l'esprit de madame de Montreuil qui ne laisse guère l'occasion à son époux de la saluer.

— Mon ami, vous prendrez au plus vite la route pour La Coste.

— Je… je vous demande pardon ?

— Vous rendrez visite à Renée-Pélagie et à nos petits-enfants. Ils ont besoin de nous.

— Allons ! Nous savons tous deux que, bien plus qu'une éventuelle présence de ses parents, c'est surtout de notre argent dont Renée-Pélagie a le plus grand besoin. Sa dernière lettre est on ne peut plus claire à ce sujet. Et puis, à mon âge, de tels voyages sont à proscrire.

La Présidente, d'abord déconcertée, toise son époux puis, d'un mouvement de tête dépité, la moue boudeuse, elle s'adresse à cet homme qui soudain éprouve le besoin de se gonfler la poitrine d'une autorité qu'il ne possède pas :

— Mon ami, il y a deux choses que vous devriez considérer. La première est que je ne vous ai nullement demandé votre avis. Et quand bien même je l'aurais fait, nous savons tous deux que nous nous serions finalement rangés au mien. La deuxième est que, et sur ce point encore vous n'êtes pas en mesure de me contredire, je pense avoir été la seule à tenter de gérer au mieux les excès de notre gendre. À peine vous ai-je demandé d'adresser une ou deux lettres à des personnes de vos connaissances. Autant se servir du peu d'influence que vous avez, n'est-ce pas ? Alors, laissez-moi, monsieur, une fois encore, mettre tout en œuvre afin de neutraliser ce petit marquis et arranger au mieux nos affaires !

Le président de Montreuil, abasourdi, n'ose répliquer.

Satisfaite, madame de Montreuil poursuit :

— Vous irez donc à La Coste dès que possible. Vous apporterez votre soutien à notre fille et verrez si là-bas, il n'y a rien que nous puissions faire dans notre intérêt et le sien. En ce qui me concerne, je reste à Paris. Je vais rassembler le peu d'amis et de relations qu'il nous reste afin de les rallier à notre cause. Je ne supporterai davantage le mépris avec lequel nous traite ce Sade. Il ne nous entraînera pas dans sa chute. Je vous le promets.

65

Italie

Un corps agité par des sanglots est étendu en travers d'un lit à baldaquin garni de draps ivoire. Une silhouette féminine, frêle, allongée sur le ventre, la tête enfouie dans le creux de ses coudes, enveloppée d'une robe de velours bleu, le dos soumis aux soubresauts du désespoir. Doucement, le visage auréolé de cheveux noirs quitte une manche que les larmes ont détrempée. Le regard perdu et abandonné par cet espoir inébranlable qui l'inondait encore hier, Anne-Prospère est effondrée.

Les désillusions sont nombreuses et trop lourdes à supporter pour une chanoinesse séculière, fût-elle éperdument amoureuse. Venise aurait dû abriter un fol amour, mais elle a, au contraire, eu raison de cette histoire trop fragile pour être belle. La passion est morte. Un doux rêve a sombré dans la lagune.

Anne-Prospère doit fuir afin de ne pas dériver et couler à son tour.

Il faut se rendre à l'évidence : Donatien ne changera jamais. Preuve est faite que l'on peut clamer haut et fort être l'homme le plus libre du monde et demeurer pourtant prisonnier de ses désirs, bien incapable de réprouver la moindre de ses pulsions. Cet homme n'est plus à un mensonge ou paradoxe près.

Jamais elle n'avait tant souffert. La trahison et les mensonges sont des armes implacables qui ont vite fait de tuer l'innocence.

Quelqu'un frappe à la porte.

— Madame, le bateau sera là dans quelques minutes.

Ne souhaitant exhiber son chagrin, Anne-Prospère, d'ordinaire douce et polie, ne prend pas la peine de se lever pour ouvrir. Elle se contente de répondre, à l'abri des regards en essuyant ses larmes :

— Très bien. Merci.

Elle entend des pas qui s'éloignent.

Elle s'assied sur le rebord de son lit, saisit le livre qui se trouve sur sa table de chevet, l'ouvre à la page 320 et se met à lire ce sonnet de Veronica Franco qui l'a fait chavirer la première fois qu'elle l'a parcouru, comme si elle craignait d'y déceler un terrible présage.

Allez fausses pensées et vaines espérances,
Désirs aveugles insatiables, immatures envies !
Allez soupirs ardents, douleurs amères,
Compagnes de toujours de mes éternelles peines !
Allez doux souvenirs, âpres chaînes au cœur
Qui finalement se dissipent !
Et que revienne le frein de la raison
Pour un temps égaré,
Et toi aussi mon âme, par tant d'angoisses

À jamais étouffée,
Retourne ta pensée vers le Seigneur divin.
Force avec courage ton destin,
Romps les chaînes, et légère sans lien,
Dirige tes pas sur le plus sûr chemin.

Oui, il lui faut quitter les chemins dangereux sur lesquels elle s'est égarée et se faire pardonner de Dieu.

Anne-Prospère se lève, jette un œil dans le miroir en écaille de tortue et ébène. Le reflet qu'il lui renvoie est loin d'être avantageux. Il faudra pourtant s'en contenter. Elle passe mollement un manteau noir, visse sur la tête un chapeau de couleur pourpre et sort de la chambre, triste, mais déterminée, serrant contre son cœur l'ouvrage relié de cuir noir qui renferme les précieux vers de Veronica Franco.

Avant de s'en remettre au Seigneur, elle doit se rendre à La Coste et demander pardon.

66

Marseille.
Le matin du mercredi 19 août 1772

Marguerite Coste est enfin sur pied.

Elle a quitté son appartement pour la première fois et la voici seule, patientant dans une pièce qu'on daigne venir la chercher. Elle distingue des chuchotements derrière la porte. On doit certainement parler d'elle, mais cela n'a que peu d'importance.

Cette journée va tout changer et lui ouvrir le champ des possibles.

Oubliés les derniers sacrements donnés à la va-vite entre deux vomissements, la tête penchée au-dessus d'une bassine dégageant une odeur pestilentielle. Terminée la peur des lendemains et des jours maigres.

Deux belles dames, élégantes et raffinées, firent leur apparition il y a quelques semaines. Elles se montrèrent prévenantes et aussi douces que possible, amenant chez la malheureuse à la fois espoir et provisions, prenant à leur compte les frais médicaux et le règlement du loyer.

Marguerite eut pourtant un mouvement de recul et faillit les mettre à la porte quand elles déclinèrent leur identité.

Leur présence ici n'était pas fortuite et ces actes de charité n'étaient en rien dictés par leur seule foi chrétienne. Non ! Ces deux personnes étaient en fait l'épouse et la belle-sœur de ce Sade. Ce monstre qui avait failli la faire périr.

Toutes les trois avaient beaucoup discuté et assez vite, madame la marquise était parvenue à la toucher en plein cœur. L'amour inconditionnel qu'elle semblait vouer à cet homme qu'on lui avait fait épouser l'empêchait de l'abandonner, persuadée qu'elle est que, sans elle, il serait livré aux chiens et à une mort certaine. Elle tente de toutes ses forces de le protéger de lui-même, le retient le plus souvent possible entre les murs du château telle une bête au bout d'une chaîne, tout comme elle essaie également de le satisfaire en lui offrant ce qu'il désire et, le cas échéant, nettoie derrière lui et s'efforce de faire oublier ses méfaits et sa cruauté à coups d'argent, d'excuses et de promesses auxquelles elle-même peine à croire.

Marguerite est admirative, voire envieuse. Non qu'elle souhaite partager la vie d'une bête pareille, mais un tel don de soi force obligatoirement le respect… en tout cas chez elle. Elle souhaiterait tant éprouver des sentiments aussi forts pour quelqu'un.

Si madame de Sade et elle ont en commun les seules souffrances provoquées par cet homme, Marguerite se garderait bien pourtant d'échanger sa place avec elle. Les souffrances physiques sont une chose. On peut panser les blessures, trouver des remèdes et tenter de guérir le corps. Mais l'âme ? Les espoirs déçus, les serments non tenus, les tromperies… tant de chagrins et de déceptions qui vous rongent. Décidément non ! Marguerite Coste préfère ne rien attendre d'un homme et ne pas avoir à subir tout cela. Mieux vaut une vie faite d'une succession de journées intenses à des semaines ternes qui s'égrènent en attendant mieux, en se consolant toutefois d'avoir satisfait dans son malheur parents et mari.

Quant à l'argent, elle en aura, on le lui a promis. N'est-elle pas d'ailleurs chez maître de Carmis à cette fin ?

— Entrez, madame !

L'invitation lancée avec la plus grande déférence émane d'un tout jeune garçon qui ne doit guère dépasser treize ans et au visage couvert de boutons. Marguerite trouverait la situation presque risible si l'instant n'était si important.

Nerveuse, elle entre dans le bureau du notaire. Le freluquet referme aussitôt la porte derrière elle. À son grand étonnement, madame de Sade est absente. Marguerite se trouve être la seule femme parmi ces messieurs aux mines patibulaires.

— Asseyez-vous, madame !

Maître de Carmis lui désigne une chaise placée face à lui.

La jeune femme de vingt-cinq ans s'exécute, impressionnée.

— Vous connaissez les raisons de votre présence au sein de cette étude, n'est-ce pas ?

— Oui, répond-elle timidement. On m'a dit que je devais venir ici pour toucher mon argent.

— En effet, répond le notaire. Vous savez aussi que vous ne toucherez cette somme qu'en vous désistant. On vous l'a bien expliqué ?

Marguerite répond par l'affirmative d'un léger mouvement de la tête.

— Vous ne pourrez, dès lors, solliciter la moindre réparation à monsieur de Sade ou à sa famille.

Tout cela elle le sait. Madame de Sade et sa sœur le lui ont longuement expliqué. À force de persuasion, elle a fini par accepter cette proposition. Par besoin d'argent certes, mais aussi, car son amie Marianne Laverne l'avait acceptée avant elle[33].

Marguerite acquiesce à nouveau.

— Bien ! En ce cas, commençons !

Le notaire jette un œil à une feuille de papier se trouvant sur le bureau.

— J'ai rédigé l'acte. Il ne me reste que quelques blancs à compléter. Permettez-moi de ne pas tout vous détailler, cependant je vous fais lecture du début et il vous sera ainsi plus aisé de me donner les renseignements nécessaires. Cela vous convient-il ?

Placée entre deux bonshommes toujours immobiles, Marguerite lance un *oui* à peine perceptible.

De Carmis se racle la gorge et commence :

---

33 Mlle Laverne est passée chez Me de Carmis le 8 août. Pour elle, tout comme pour Marguerite, nous ne connaissons pas le montant qui leur a été versé en échange de ce désistement.

— Désistement de Marguerite Coste en faveur du marquis de Sade. L'an 1772, le 17 du mois d'août, avant-midi, par devant nous, notaire royal à Marseille soussigné et les témoins à la fin nommés. Fut présente demoiselle Marguerite Coste, fille à... ?

Les yeux dans le vague, Marguerite ne remarque pas que le notaire attend une réponse de sa part. Impatient, il se racle à nouveau la gorge. Marguerite sursaute.

— Pardon ?

— Marguerite Coste, fille à ? Il me faut le nom de votre père, son emploi, votre ville de naissance.

— Papa est mort. Il s'appelait Pierre et était ménager. Je suis de Montpellier.

— Depuis quand êtes-vous à Marseille ?

Marguerite réfléchit.

— Je dirais trois ans.

— Je vous remercie. Reprenons !

Marguerite Coste, fille à feu Pierre Coste, ménager, native de la ville de Montpellier, résidente en cette ville de Marseille depuis environ trois ans, demeurant présentement à la rue Saint-Ferréol-le-Vieux, laquelle de son gré et sans contrainte a par moyen des présentes déclaré ainsi qu'elle déclare se déporter ainsi qu'elle se départ en faveur du marquis de Sade absent mandant notaire pour lui[34]... Voilà, je vous fais grâce de tous ces termes auxquels, de toute manière, vous ne comprendriez pas grand-chose.

34 La déposition de Marguerite Coste ainsi que celle de Marianne Laverne se trouvent aux Archives départementales des Bouches-du-Rhône à la cote 355E538. Inédit. Si lors du désistement de Marianne Laverne, le 8 août, Fage, le notaire du marquis était présent, il est cependant absent lors de la venue de Marguerite Coste.

Si Marguerite a l'habitude qu'on la prenne pour une sotte, ce genre de remarques a pourtant le don de l'agacer, mais surtout de l'attrister.

— Il me faut maintenant votre signature.

Dernière flèche qui la transperce causant encore plus de douleur que les précédentes. Une blessure béante qui la ramène à sa condition peu enviable que fards et rouges ne parviennent et ne parviendront jamais à dissimuler.

Elle baisse la tête.

— C'est que... je ne sais pas écrire.

— Évidemment ! Suis-je bête ?

Coup de grâce !

Le notaire paraphe ainsi que les deux témoins.

— Et mon argent ?

— On viendra vous le remettre chez vous. Faites-moi confiance ! Interrogez votre amie de la rue d'Aubagne ! Madame de Sade a laissé ce qu'il faut, mais comprenez que s'il n'en est point fait mention dans l'acte, moi notaire royal, je ne puis vous remettre une telle somme au sein de mon étude.

— Je comprends, murmure-t-elle, déçue. Je l'aurai quand ?

— Dans la journée. Demain au plus tard.

Lasse, Marguerite se lève et quitte la pièce sans un regard pour ces hommes, qui, comme la plupart de leurs congénères, n'ont finalement pour elle que bien peu de considération. Un bref instant, elle se demande si finalement elle a bien fait d'accepter cet arrangement, mais elle se ressaisit très vite et préfère ne plus y penser.

Qu'importe la réponse ! Il est dorénavant trop tard.

Elle sort de la bâtisse aussi austère que ses occupants, s'immobilise un instant et prend une profonde inspiration de cet air sec qui lui brûle un peu les poumons. Puis, lentement, se dirige vers la rue Saint-Ferréol-le-Vieux en se raccrochant à l'idée, somme toute illusoire, que son avenir sera désormais radieux.

Une chose est cependant certaine pour Marguerite : on ne peut avoir frôlé la mort sans décider de vivre ensuite sa vie plus intensément encore, gardant sans cesse à l'esprit que chaque jour qui se lève est un cadeau.

67

La Coste.
Le dimanche 6 septembre 1772

Le château est endormi. Moment de quiétude trop rare que seule la nuit est susceptible d'offrir aux âmes tourmentées. Anne-Prospère pourtant ne parvient pas à trouver le repos. La jeune femme a beau être exténuée, Donatien hante chacune de ses pensées et le moindre de ses rêves. Elle ne cesse de le voir, de l'entendre, il est partout. Son âme est déchirée entre la lumière et les ténèbres. Partir fut une petite victoire sur elle-même, mais hélas, l'éloignement seul ne parvient pas à calmer ses sens. Par moments, elle a même l'impression de sentir Donatien en elle. La jeune femme croit devenir folle. Elle n'en peut plus. Le Seigneur semble vouloir lui faire payer au prix fort ses incestueuses amours.

Renée-Pélagie ne pensait pas revoir sa cadette à La Coste de sitôt et n'a d'ailleurs pas manqué de faire part de sa surprise. Anne-Prospère ne s'était guère épanchée sur les raisons de ce retour précipité et avait préféré mentir, une fois de plus. Sa santé trop fragile fut une excuse toute trouvée et parfaitement crédible. N'était-ce pas elle justement qui était à l'origine de son arrivée à La Coste il y a plusieurs mois déjà ? L'aînée avait fait mine de se contenter de cette explication et n'avait pas tardé à demander des nouvelles de son époux. Seulement, parler de Donatien était devenu un véritable supplice pour Anne-Prospère. Son cœur se serrait, sa gorge se nouait à chaque fois qu'elle tentait de prononcer son prénom et, les rares fois qu'elle y parvenait, ses lèvres se mettaient à trembler. Ainsi, pour se ménager et ne pas s'effondrer, au fil des jours, Donatien devint il ou lui.

La présence de monsieur de Montreuil au château permet au moins que ces entretiens restent exceptionnels ou rapides, entre deux portes, car il existe une règle tacite avec leur père : on évite d'évoquer le marquis en sa présence sauf si lui-même est à l'origine de la conversation.

Évidemment, ceci arriva au cours d'un souper qu'Anne-Prospère n'a toujours pas digéré.

C'était le premier soir.

Parti de Paris depuis le 7 août, leur père était arrivé dans le Lubéron aux environs du 20. Il était passé par Lyon dans le but de se rendre au château de Pierre-Encize où son gendre avait séjourné, quatre ans plus tôt, suite à l'affaire d'Arcueil. Une forteresse, bâtie sur un rocher au-dessus du Rhône, une prison qui en appellerait à coup sûr une autre dès que ce fripon serait appréhendé, avait-il pensé. Il remercia monsieur de Bory, le gouverneur du fort, pour les bons traitements dont avait pu bénéficier Donatien.

Le père et ses filles étaient à table, les enfants étaient partis se coucher depuis longtemps. Monsieur de Montreuil semblait avaler sans vraiment l'apprécier un potage de courgettes. Les grimaces qu'il affichait à chaque lampée inquiétaient Renée-Pélagie qui, n'y tenant plus, lui demanda si le plat était à son goût.

— Sachez ma fille, qu'à l'aube de la soixantaine, et si l'on en croit votre mère, l'homme devient, paraît-il, de plus en plus difficile et insatisfait. Je ne puis vous dire si mes semblables le sont réellement, mais toujours est-il que c'est ainsi que la Présidente me définit. Faites-en ce que vous voulez !

Il reprit une cuillère de son potage puis, après une dernière moue, il repoussa son assiette et joignit les mains, pouces sous le menton et, se tapotant le nez de ses index, il se mit à observer ses deux filles dans un silence inquiétant. L'espace d'un instant, il ferma les yeux et, lorsqu'il les ouvrit, son visage se fit grave et un flot incessant de paroles s'échappa de cette bouche, ou plutôt ce gouffre sans fond qui se mit à répandre une colère trop longtemps réprimée.

Rien que d'y penser, Anne-Prospère frissonne.

Elle remonte les draps, mais les mots d'une incroyable cruauté se mettent à résonner. *Honte, orgies, cruauté, trahison, crime, catin.* Monsieur de Montreuil n'avait rien épargné à ses filles et la plus jeune, d'ordinaire citée en exemple, fut ce soir-là la cible de toutes les fureurs de son père. Il lui reprocha sa naïveté, sa folie et son manque de discernement et de morale. Comment avait-elle pu coucher et entretenir une liaison avec le mari de sa sœur ? Si elle n'avait aucune probité, elle aurait dû penser aux siens et au retentissement qu'une telle relation n'aurait pas manqué de générer. Comment une fille si douce, innocente et fragile, ayant songé à prendre le voile, avait pu se perdre ainsi, et de son plein gré, sur la route de la perversion ?

Anne-Prospère préféra garder le silence. De toute façon, comme tant de questions posées par les parents, celles-ci n'appelaient aucune réponse. Elle s'était contentée de pleurer en silence jusqu'à ce que, une fois terminé, son père sorte en claquant la porte. Renée-Pélagie, perdue, l'avait regardée ne sachant s'il fallait lui tendre une main secourable et consolatrice ou, au contraire, l'âme revancharde, se repaître du malheur de celle qui avait ambitionné de lui voler sa vie. Anne-Prospère n'avait pas attendu la décision de son aînée. Elle s'était levée à son tour et s'était réfugiée dans sa chambre où elle avait passé la nuit à inonder ses joues pâles.

De cette soirée, il ne fut plus jamais question. Le malaise était cependant toujours perceptible, mais le Président semblait plus détendu, comme apaisé. Il visita La Coste, rencontra quelques familles de protestants établis là, y compris Chauvin, désigné, le mois précédent, dépositaire des biens du marquis. Ce brave homme lui apprit que le 3 août, l'huissier était revenu à La Coste accompagné de Pancrace Roux, le crieur du village. Le bonhomme avait rempli son office et s'était rendu devant le château et dans les différents carrefours du lieu pour assigner aux inculpés *de comparoir dans la huitaine par-devant le lieutenant général.*

Le pire était à craindre.

Anne-Prospère entend soudain que l'on frappe violemment à la porte en bas.

Arrachée à ses souvenirs, elle se lève en toute hâte, enfile un déshabillé, mais une fois arrivée au rez-de-chaussée, elle peut déjà apercevoir sa sœur et son père, côte à côte, lisant à la lueur d'une chandelle ce qui semble être une lettre que l'on vient de leur remettre.

— Qu'est-ce donc ? interroge-t-elle.

On ne lui répond pas. Renée-Pélagie, agacée et le visage défait, lui demande de se taire. Elle paraît terrifiée. Anne-Prospère, affolée, s'approche et tente de distinguer par-dessus les épaules les raisons d'une telle agitation.

Il s'agit d'un délibéré ! On vient de leur adresser une copie.

La jeune femme joue des coudes et parvient à lire la feuille que son père vient d'abandonner avant de s'asseoir, abattu.

Vu la procédure, je requiers tout ce qu'a fallu voir, tout considéré, je requiers pour le Roy que la contumace soit déclarée bien instruite contre le Sieur Marquis de Sade et Latour son domestique.

Mon Dieu ! Anne-Prospère, terrifiée, se signe et poursuit la lecture.

Atteints et convaincus savoir, ledit Sieur de Sade du cas et crime d'empoisonnement et tant iceluy que ledit Latour du cas et crime de sodomie à eux imputé ; pour réparation de quoi ils soient condamnés à être livrés à l'exécuteur de la haute justice qui leur fera faire amende honorable au-devant de la principale porte de l'église de la Major et là, à genoux, tête et pieds nus, en chemise et la corde au cou, tenant un flambeau de cire jaune du poids d'une livre ardent, demander pardon à Dieu et au Roy et à la Justice, puis menés et conduits à la place Saint-Louis au haut du cours sur l'échafaud qui y sera aussitôt dressé, avoir ledit Sade la tête tranchée et le Sieur Latour être pendu ou étranglé à une potence jusqu'à ce que mort s'ensuive et que le corps dudit de Sade et celui dudit Latour soient ensuite jetés au feu et brûlés et leurs cendres jetées au vent et que le sieur de Sade soit en outre condamné à une amende de 10 écus et Latour à 10 aussi d'amende envers le Roy.

Délibéré à Marseille, au parquet, le 2 septembre 1772
Demende

Les deux sœurs se regardent, totalement perdues, en proie à une panique que rien ne semble pouvoir contrôler. C'est alors que le Président prend la parole, installé sur sa chaise.

— Je pars demain dès l'aube. J'irai à Aix parler à ces gens du parlement de Provence. Je vais empêcher ce satané marquis de nous entraîner encore plus loin dans sa chute. Condamné à mort ? Brûlé et ses cendres dispersées ? Mais se rendent-ils compte que c'est nous tous que ces gens condamnent à l'enfer ? Que Sade meure s'il en a envie, mais qu'il le fasse comme tout bon chrétien, avec dignité et les bénédictions qui vont avec. Il nous a suffisamment tourmentés durant cette vie terrestre. Qu'il nous laisse au moins en paix dans la prochaine ! Allons nous coucher ! Les jours qui viennent menacent d'être difficiles.

68

Italie.
Le samedi 12 septembre 1772

D'une main tremblante, Sade parcourt le pli que l'on vient de lui remettre en entrant à l'hôtel. Il n'avait pas tardé à reconnaître l'écriture délicate et légèrement inclinée sur la droite de sa chère Anne-Prospère. Le cœur n'y tenant plus, il s'était empressé de monter à grandes enjambées les escaliers afin de rejoindre sa chambre dans les plus brefs délais.

Y aurait-il encore un espoir, ne serait-ce qu'infime ?

Aurait-elle réalisé enfin que la vie sans lui ne vaut d'être vécue.

Il ne faut rien déguiser, Monsieur. Je vois la source de mes malheurs. Je sais tout. Que la mort ne m'a-t-elle enlevée à ce fatal instant ! Mais, puisqu'on m'a épargnée, voici, Monsieur, ma dernière résolution : non celle du premier moment de la douleur d'une infidélité, mais un projet réfléchi, quoique formé aussitôt, et le seul qui puisse me faire supporter la vie, n'ayant plus rien dans le monde qui puisse m'y attacher. Je l'abandonne pour jamais. Ayant été élevée dans l'ordre des Bénédictines, c'est celui que je choisis.

Donatien n'arrive à croire qu'Anne-Prospère soit sérieuse. Non ! Elle ne peut plonger à nouveau dans ces bondieuseries et aller s'enfermer dans un couvent ! Cela est impossible. Pas après leurs discussions, leurs ébats et ce qu'ils ont vécu tous les deux !

Pourquoi condamne-t-elle ainsi son infidélité alors que c'est précisément grâce à elle que leur amour a pu voir le jour ?

Ses yeux se posent à nouveau sur la lettre qui se met à trembler légèrement entre ses doigts.

La seule grâce que je vous demande est de m'aider dans cette résolution ; vous me devez cette reconnaissance. Ne voulant point faire d'éclat lorsque votre affaire sera arrangée, comme je l'espère, nous prendrons ensemble tous les arrangements convenables. Si vous exigez, pour éviter le bruit, que je reste encore un mois à La Coste, et même que je joue la comédie comme à l'ordinaire, pour ne vous faire aucun tort, je le ferai de tout mon cœur. Mais à condition que pendant ce temps, non seulement nous ne vivrons que dans une intimité générale, mais que vous travaillerez à me trouver, dans le pays ou ailleurs, un couvent de l'ordre que je désire, pourvu que ce ne soit point à Avignon. Sinon, j'écrirai à ma mère pour me tenir une place prête dans celui où j'ai été élevée, afin qu'en arrivant à Paris, je me retire sans avoir vu personne auparavant. Ce dernier, quoiqu'il me convienne davantage, y ayant été élevée, a un inconvénient pour des discussions de morale. L'on n'y fait point de religieuses, mais on peut toujours prendre l'habit et devenir novice. Et pendant ce temps, ma mère aurait assez de crédit pour leur faire donner un ordre supérieur pour ma profession. Là, je passerai en paix le reste de mes jours, ignorée du monde. Je travaillerai sans cesse à effacer de mon cœur ce qui y fut trop cher. Une vie austère me rapprochera du terme de mes désirs. Je tendrai mes bras vers la mort, elle volera s'y reposer et je serai heureuse.

Secondez ma résolution : vous vous devez à vous-même d'adoucir ma situation. Je vous pardonne. J'oublie tout à ce prix. Sinon, vous n'êtes à mes yeux qu'un monstre abominable que je ne puis fuir avec trop d'ardeur.

De telle façon que tournent vos affaires, je vous verrai avant de fuir dans ma retraite.

La belle Anne-Prospère n'a pu supporter la trahison. La voici qui désire se cloîtrer et attendre la mort.

Un monstre abominable !...

Non, il est inconcevable que cette jeune femme, jadis tant aimée, et qu'il aime encore plus que tout, le voie ainsi. Ceci n'est simplement qu'un mouvement d'humeur, comme l'a été cette fuite au lever du jour. Donatien l'avait cherchée des heures durant à son retour, et ce malgré les explications embarrassées de Vincenzo, le propriétaire de l'hôtel. Le marquis, aidé de Latour, avait parcouru nombre de ruelles de la Sérénissime et s'était rendu dans les lieux qu'Anne-Prospère appréciait particulièrement. Il espérait l'apercevoir sur le banc d'une église, la croiser à proximité de San Marco ou dans le quartier San Polo qu'elle aimait tant. Elle demeurait insaisissable et Donatien avait dû alors se rendre à l'évidence : Anne-Prospère l'avait quitté.

Donatien est effondré, envahi par cette douloureuse impression qu'avec cette lettre, il vient de perdre Anne-Prospère pour la seconde fois. S'il avait toujours tenté de demeurer discret sur l'objet de ses sorties solitaires ou accompagné par son fidèle Latour, il ne s'attendait certainement pas à ce qu'une de ces liaisons italiennes devienne sérieuse. Les escapades se multiplièrent et, habité par l'ivresse procurée par la naissance d'une nouvelle relation, Donatien s'était montré moins prudent et, indubitablement, sa belle-sœur n'avait pas tardé à découvrir l'existence de cette nouvelle maîtresse.

Il n'y eut point de confrontation ou d'esclandre, Anne-Prospère était jeune, mais bien au-dessus de cela. Donatien ne se douta pas un seul instant qu'il avait été démasqué, car elle aussi était rompue aux mensonges et à la dissimulation. N'avait-elle pas, durant des mois, joué la comédie à La Coste ? Grâce à ses talents indéniables, leurs amours étaient demeurées secrètes. Des amours passionnelles et ardentes qu'elle compte oublier à jamais en les jetant aux orties.

Il ne peut en être ainsi.

Terrassé par la douleur, Donatien vacille et s'effondre sur le parquet de la chambre. Il se retrouve assis au pied de ce lit où, hier encore, il honorait l'Italienne à l'origine de cette cruelle séparation. Cette dame ne souffre pourtant pas la comparaison avec celle qui menace de nier jusqu'à son existence.

Mais… tout espoir n'est pas perdu.

Donatien reprend la lettre tombée à ses côtés.

Fébrile, il en relit la dernière ligne.

Je vous verrai avant de fuir dans ma retraite.

Un dernier entretien ! Une ultime chance de la faire revenir sur sa décision.

69

Au même moment, à Aix-en-Provence

Une foule nombreuse et compacte se presse devant l'église Saint-Sauveur dans une ambiance à la fois solennelle et festive. On piétine et joue des coudes afin d'obtenir la meilleure place. Pourtant personne ne franchit les splendides portes de noyer sculptées de l'édifice, car nul n'est ici pour entendre le prêche de l'homme de Dieu. Tous sont là pour le sulfureux marquis de Sade.

Ce jour est celui de son exécution.

Parmi les gens rassemblés sur le parvis, cinq jeunes femmes se tiennent debout, l'une contre l'autre. Une sororité née dans l'amitié et renforcée dans la douleur. Cinq filles du quartier du Panier de Marseille qui ont pris la route ce matin pour assister à ce simulacre de mise à mort, mais qui contribuera à clore ce terrible été où deux d'entre elles ont bien failli périr. Deux rescapées prénommées Marianne et Marguerite qui, contre dédommagements, ont accepté de se désister dans une affaire perdue d'avance. Cela avait suscité quelques jalousies, cependant aucune d'elles ne pourrait jamais oublier ce week-end de juin 1772.

Un léger mouvement de foule se fait ressentir, une onde accompagnée d'un murmure général.

— Les voilà !

Un géant, entièrement habillé de noir, fait son apparition sous le tympan de l'église et se positionne devant le trumeau séparant chaque vantail de l'entrée. À ce moment précis, et comme un seul homme, l'assistance se fait silencieuse.

Le bourreau ainsi installé, le prêtre et le juge peuvent enfin le rejoindre en une lente procession dont le cérémonial est destiné à impressionner autant qu'à insuffler une certaine peur de l'autorité tant judiciaire que religieuse.

Mais voici ceux que tout le monde attend : les aides de l'exécuteur apportent deux mannequins censés représenter le marquis de Sade et son valet Latour. L'assistance se met à huer les fantoches que l'on traîne devant eux, portant chemise et corde autour du cou, comme tant d'autres condamnés à mort avant eux venant ici faire amende honorable. On autorise la foule à conspuer les contumaces un moment, puis le prêtre s'avance dans un silence retrouvé, lève les mains au ciel et commence sa litanie devant une assemblée recueillie.

Très adorable et très aimable Jésus toujours rempli d'amour pour nous, toujours touché de nos misères, toujours pressé du désir de nous faire part de vos trésors, et de vous donner vous-même tout à nous ; Jésus, mon Sauveur et mon Dieu, qui, par l'excès du plus ardent et du plus prodigieux de tous les amours, vous êtes mis en état de victime dans l'adorable Eucharistie, où vous vous offrez pour nous en sacrifice un million de fois chaque jour ; quels doivent être vos sentiments en cet état, ne trouvant pour tout cela dans le cœur de la plupart des hommes, que dureté, qu'oubli, qu'ingratitude et que mépris[35] *?*

— Ça va durer longtemps ? soupire la petite Rose Coste, jeunesse impatiente et avide d'assister à la mise à mort de ceux pour qui elles ont fait ce voyage. Qu'on brûle ces cochons !

Marianne tente de ne pas s'esclaffer, mais ne parvient à contenir un léger gloussement qui lui vaut aussitôt un coup de coude de Mariette. Une remontrance quelque peu douloureuse et dont ses côtes se seraient passées volontiers.

Quelle a été l'amertume où tant de sacrilèges et tant d'outrages ont plongé votre cœur ? Touché d'un extrême regret de toutes ces indignités, me voici, Seigneur, prosterné et anéanti devant vous, pour vous faire amende honorable aux yeux du ciel et de la terre pour toutes les irrévérences et les outrages que vous avez reçus sur nos autels depuis l'institution de cet adorable Sacrement. C'est avec un cœur humilié et brisé de douleur que je vous demande mille et mille fois pardon de toutes ces indignités. Que ne puis-je, mon Dieu, arroser de mes larmes et laver de mon sang tous les lieux où votre Sacré Cœur a été si horrible-

---

35 Amende honorable du père Croiset répandue au xviiie siècle.

ment outragé, et les marques de votre divin amour reçues avec un mépris si étrange !

— Pff. Qu'ils ne viennent pas répandre chez nous son sang, ses larmes et le reste ! On a suffisamment nettoyé après eux comme ça ! chuchote Marianne Laugier.

Marianne Laverne ne peut se retenir davantage. Un rire tapageur vient perturber la concentration des personnes alentour. Mariette s'empresse de plaquer sa main sur cette bouche incontrôlable.

— Excusez-moi, mesdames ! murmure quelqu'un derrière elles.

Mariette, toujours la main sur le visage de sa voisine, se retourne, les yeux froncés et dévisage l'audacieux. Il est brun, trente ans tout au plus et plutôt beau pour qui aime les visages cireux.

— On s'excuse.

— Non. Il n'y a pas de problème. C'est que, reprend-il en chuchotant, l'exécution ne se fera pas ici, mais un peu plus tard sur la place des Prêcheurs, devant le palais comtal.

Les cinq amies regardent, étonnées, celui qui vient peut-être de les arracher à cette ennuyeuse célébration.

— Je vous y emmène si vous désirez. Il y a probablement déjà du monde là-bas, mais en y allant de suite, nous pourrions encore trouver une place convenable.

Toutes regardent, dubitatives, voire un tantinet méfiantes, cet homme décidément trop serviable pour être honnête. C'est que cette histoire avec le marquis de Sade les a changées.

Elles hésitent.

Lui se veut rassurant.

— Ne vous méprenez pas sur mes intentions ! Vous ne risquez rien. Vous avez vu ? Toute la ville est dans la rue.

Rose n'y tient plus.

— Allez, Mariette ! Allons-y ! Même le vieux Deslot qui me rend visite tous les jeudis est plus drôle que ceux-là ! Et pourtant, lui est muet, cul-de-jatte et il pue de surcroît.

La peau pâle de l'inconnu se met à rosir.

— Eh bien oui, monsieur ! Nous sommes bien celles que vous pensez, enchérit Mariette.

Il ne répond rien, mais rougit un peu plus.

Me voici donc, Seigneur, le cœur brisé de douleur, humilié et prosterné, prêt à recevoir de votre main tout ce qu'Il vous plaira d'exiger de moi. Frappez, Seigneur, frappez ; je bénirai et je baiserai cent fois la main qui exercera sur moi un si juste châtiment. Que ne suis-je une victime propre à réparer tant d'injures, trop heureux si je pouvais par tous les tourments vous dédommager de tant de mépris et de tant d'impiétés ! Que si je ne mérite pas cette grâce, du moins agréez le véritable désir que j'en ai.

— Mais écoute-les ! trépigne la plus jeune d'entre elles.

Mariette se tourne vers Marguerite Coste qui, d'un léger mouvement de tête, lui fait part de son approbation.

— D'accord, Rose ! Suivons ce bon Samaritain. Monsieur ?

— Gervais. Paul Gervais.

Intimidé et quelque peu gêné, Paul Gervais prend la tête du petit groupe qui se met lentement à fendre la foule provoquant regards médusés, soupirs agacés et parfois même quelques grognements hargneux. Peu à peu, les spectateurs que l'on a osé déranger reprennent leur place en se serrant davantage encore les uns contre les autres afin de dissuader, espèrent-ils, d'autres âmes égarées d'emprunter le même chemin.

— Vous verrez, nous ne sommes pas très loin.

— La marche ne nous fait pas peur. À vrai dire, plus grand-chose ne nous impressionne, lance Mariette dont l'attitude interpelle Paul Gervais.

Il ne sait s'il doit la plaindre ou la craindre. Une chose est cependant certaine, cette femme est à fleur de peau, comme toutes les autres. Elles paraissent lointaines, absentes, enchaînées peut-être à des souvenirs dont elles ne parviennent à se libérer. Même Rose, d'apparence plus joviale, ne fait guère illusion.

Monsieur Gervais souhaite mettre un peu de légèreté dans cette courte promenade.

— Vous savez, c'est assez drôle qu'on amène ce marquis dans le but de se racheter ici même, à l'endroit précis où, il y a deux cents ans, un vingt-cinq décembre, un archevêque est monté en chaire et s'est mis à lancer des horreurs contre l'Église et le pape. Une fois terminé, il a déchiré sa mitre et a jeté sa crosse. Il a quitté Aix pour gonfler les rangs des calvinistes, a épousé une protestante et assiégé par la suite diverses places fortes[36].

Rose se met à hurler de rire.

— C'est une plaisanterie ? demande-t-elle.

Fier de son petit effet, Paul Gervais se redresse et s'esclaffe à son tour.

— Je vous assure !

Marianne et Marguerite demeurent impassibles. Le marquis, lui, s'amuserait sûrement de ce petit clin d'œil du destin — d'ailleurs, de quoi ne s'amuserait-il pas — mais les demoiselles ne sont pas ici pour cela. Elles désirent plus que tout assister à cette mise à mort, fût-elle factice. La seule vision de ces effigies malmenées, pendues ou découpées avant d'être brûlées leur fera un bien immense à défaut d'effacer les douloureux souvenirs liés à ce mois de juin 1772.

— Je peux vous poser une question ?

Mariette s'impatiente. Soudain, elle cesse de marcher, se tourne vers Gervais et, pour toute autorisation, s'adresse à lui dans un flot incessant :

— Il me semble vous avoir dit ce que nous étions, mais si vous êtes perdu, demandez à votre père ! Il est possible que nous l'ayons croisé à Marseille. Et si ce n'est pas le cas, il vous expliquera les jeux où excellent les femmes comme nous. Et qui sait ? Peut-être même nous paiera-t-il afin que vous puissiez y participer. Eh oui ! Vous avez bien entendu. Nous venons de Marseille. Alors ? Vous avez deviné ? Non ? Toujours pas ? Nous sommes ces filles avec lesquelles Sade et son comparse se sont amusés. Celles par qui le scandale est arrivé. Les catins

---

36 Il s'agit de l'archevêque Jean de Saint-Chamond.

responsables de cette condamnation à mort pour empoisonnement et sodomie. Les rescapées qui, du bord de la fosse commune dans laquelle on menaçait de les précipiter, sont venues se repaître du spectacle de ces marionnettes léchées par les flammes de l'enfer. Il est rare que l'on porte crédit à notre parole, alors laissez-nous profiter de ce moment sans nous poser des questions dont les réponses pourraient vous heurter !

Mariette, le visage défiguré par cette colère trop longtemps réprimée, reprend son souffle, le regard vissé sur celui du pauvre Paul Gervais, abasourdi.

Toutes se regardent, estomaquées par tant d'aplomb, mais fières de ce discours que chacune aurait pu tenir.

— C'est par-là ! finit-il par balbutier en désignant du doigt l'entrée de la place des Prêcheurs. Essayez de vous placer près de la fontaine si vous voulez profiter du spectacle.

Toutes demeurent immobiles tandis que l'homme leur tourne déjà le dos en murmurant :

— Je suis désolé pour ce que vous avez enduré.

Puis, humilié, il s'en va, le pas rapide sans qu'aucune ne le retienne.

Marguerite prend Mariette par la manche.

— Il était gentil. Pourquoi tu...

— Je t'en prie Marguerite. Cesse de croire que tous ces mâles sont des agneaux inoffensifs ! Que te faut-il pour comprendre enfin que la vie n'est pas un rêve éveillé où règnent douceur et gentillesse ? On t'a donné les derniers sacrements, bon sang ! Un de ces êtres à qui tu as accordé toute ta confiance a failli te faire passer de vie à trépas. Tu souhaites rattraper celui-là et voir si, peut-être, il n'est pas l'élu qui te permettra de vivre la vie normale et exemplaire à laquelle tu aspires ? Eh bien, vas-y ! Cours !

Marguerite, choquée, est totalement pétrifiée.

— Quoi ? Tu restes là ? Ah, oui ! Suis-je bête ! Madame attend le retour de son marin d'eau douce. Ce Bernard qui pourrait être ton père.

— Tu n'as pas le droit !

— J'ai tous les droits. Contrairement à toi et à l'autre, je n'ai rien touché en échange de mon silence, alors je parle si je veux !

Marguerite pensait avoir vécu le pire. Elle avait oublié que la trahison des êtres chers est une blessure à nulle autre pareille. Le coup est terrible, droit dans le cœur. Un nœud dans la gorge commence à l'étrangler, les lèvres frémissent et des larmes ne tardent pas à rouler sur ses joues cramoisies.

Marianne Laverne, se sentant à juste titre attaquée également, vole au secours de son amie et la serre contre elle.

— Tu vas trop loin, Mariette.

La jeune femme se met à rire.

— Dit celle que l'argent des aristos a rendue égoïste. On fait la fière ! Non seulement on ne vient plus chez moi, mais on prend les gens avec de la hauteur.

— Mais de quoi tu parles ?

— Avec les autres, on est d'accord. Vous auriez dû nous donner une partie de l'argent touché chez le notaire.

Marianne regarde autour d'elle. Peu courageuses, Rose et Mariannette baissent la tête.

— C'est donc ça les messes basses, les visites de plus en plus espacées et les regards en coin.

Les trois autres se regroupent pour faire front.

— Marguerite et moi avons failli mourir, pas vous !

— On a souffert aussi, rétorque la petite Rose, le menton haut et les mains sur les hanches, prête à en découdre.

— Toi ? Ton tour fut bref et pas si terrible, paraît-il. Alors, cessez de comparer ce qui ne peut l'être ! Quant à un éventuel partage, il n'est concevable qu'avec des amies, ce qu'apparemment vous n'êtes pas. Quant à toi Mariette, je ne sais si l'appât du gain est seul responsable de tout ceci, mais tu me déçois beaucoup. Je ne viens plus chez toi uniquement pour ne pas me retrouver dans cet endroit où tout s'est passé et dans lequel j'ai eu à subir toutes ces horreurs qui ont bien failli m'emporter. Quant à Marguerite, laissez-lui ses rêves ! Sa vie est bien plus enviable que la vôtre que toute forme d'espoir a désertée. Viens, Marguerite ! Allons voir cette exécution et ensuite nous ne parlerons jamais plus de cette affaire ni de celles et ceux qui y ont joué un rôle.

Marianne Laverne serre un peu plus fort contre elle son amie et, ainsi enlacées, les deux femmes s'avancent vers la place des Prêcheurs où la procession fait déjà son entrée, mannequins en tête, sous les cris haineux d'une foule impatiente.

70

Chambéry.
Le samedi 28 novembre 1772

La chambre de Sade est dans la pénombre. Latour a tiré les lourds rideaux vermillon sur un paysage savoyard que la neige recouvre peu à peu. Seule une chandelle, posée près du lit, éclaire la pièce d'une lumière chaude et vacillante.

Donatien est couché depuis huit jours et, si le chirurgien Thonin lui rend visite de manière quotidienne, le marquis n'en demeure pas moins reconnaissant à son fidèle Latour, venu suppléer un nouveau venu, Carteron, dit La Jeunesse. Un jeune coquin apprécié du marquis et en qui il a une totale confiance au point de l'avoir envoyé à Paris, chargé d'une obscure mission auprès de madame de Sade.

Pour la première fois de sa vie, le marquis de Sade est totalement désœuvré, anéanti par une chose demeurée jusque-là abstraite, un sentiment qu'il était certain de ne jamais éprouver, un état dont il se moquait même, car, pensait-il, seuls les faibles pouvaient s'y complaire.

Oui, Donatien Alphonse François, marquis de Sade, est terrassé par un chagrin d'amour.

Inconsolable depuis la lettre d'Anne-Prospère, il avait tenté d'oublier sa peine en poursuivant son périple en Italie accompagné de celle qui avait provoqué la fuite de sa douce chanoinesse. Joueur, cruel ou désirant vivre avec la folle impression que l'être aimé était toujours à ses côtés, il présentait partout sa nouvelle conquête comme étant sa jeune belle-sœur. L'illusion était cependant loin d'être parfaite. Inconscient, il avait pris le bateau pour Nice afin d'y déposer certains de ses bagages, mais surtout ceux d'Anne-Prospère qui, partie avec précipitation, n'avait emporté que l'essentiel. La présence de ces malles, en plus de le gêner lors de ses déplacements, l'incitait à sombrer dans la plus profonde des mélancolies. Désespéré, il lui arrivait parfois de se saisir d'une des robes et se produisait alors ce petit miracle : il était en mesure de serrer l'absente contre son cœur, d'en dessiner les contours du bout de ses doigts et même d'en sentir le parfum.

L'homme d'esprit, afin justement de ne pas le perdre, s'était résolu à se débarrasser de ces effets qui le torturaient tant.

Revenir en France n'était pas sans danger. Si on le reconnaissait, il risquait une arrestation et la mort. Les magistrats et la foule se feraient un plaisir de voir sa tête tranchée et contempler son corps se perdre dans les flammes du bûcher. L'écoulement du sang et l'odeur de chairs brûlées seraient un spectacle d'un autre niveau que celui offert par les marionnettes. Pourtant Sade, insensé ou farceur, avait poussé le vice jusqu'à se rendre à Marseille par bateau afin d'y recevoir de l'argent de la part de son homme d'affaires parisien. C'était le 16 octobre dernier.

À son retour, le marquis devint morose et peu enclin à la gaudriole. Il avait demandé à son fidèle Latour de raccompagner jusqu'à chez elle la belle Italienne, ce mirage dont il ne voulait plus. Donatien, ou plutôt le comte de Mazan, vivait cloîtré dans la petite maison louée dans les faubourgs de la ville de Chambéry. Il ne sortait plus et ne recevait personne à l'exception d'un Français, monsieur de Vaulx, dont il avait fait la connaissance quelques semaines plus tôt.

Le marquis passait le plus clair de son temps à lire, ou à rester prostré dans un fauteuil près de la fenêtre, les yeux perdus sur la vallée où, là-bas, de l'autre côté des montagnes, vivait, loin de lui, celle dont il était encore éperdument amoureux.

Anne-Prospère ne cessait de se refuser à lui. Rien n'y faisait. Ses lettres n'étaient que sanglots et supplications incessantes. Tout était fini et s'il l'aimait, elle l'implorait de la laisser partir pour ne plus jamais chercher à la rencontrer.

La perte se faisait insupportable. Anne-Prospère, pourtant si cruellement absente, était terriblement présente, voire envahissante. Les pensées du marquis étaient hantées par son image, son cœur saignait à chacun des battements émis dans cette poitrine qui n'avait désormais plus aucune raison de se soulever.

— Monsieur le comte de Mazan, je suis navré, mais il me faut de la lumière.

Donatien sursaute. Il n'a pas entendu entrer le chirurgien Thonin.

— Comment voulez-vous que je vous fasse une saignée dans une pièce aussi sombre qu'un cercueil ?

L'homme, qui ouvre déjà les rideaux, s'aperçoit de l'impair qu'il vient de commettre et se confond en excuses.

— Je suis navré. Je n'ai pas réfléchi.

Donatien esquisse un sourire, par pure courtoisie.

— N'ayez aucune crainte, monsieur ! J'ai tenté de m'ôter la vie, il est vrai. Hélas ! La faucheuse est difficile, elle n'en a pas voulu. Aussi, soyez rassuré mon ami ! Dans sa grande mansuétude, et pour votre plus grand bonheur, elle a épargné aussi un certain sens de la dérision dont certains ici-bas raffolent, paraît-il.

Le médecin s'approche et, tout en commençant à préparer ses instruments, il s'enquiert de l'état d'esprit de son patient.

— Et le vôtre de bonheur ? Qu'en est-il de celui qui semblait avoir déserté votre cœur ? A-t-il fait une apparition, aussi brève soit-elle, depuis ma dernière visite :

Sade pivote sur le côté en se roulant dans son drap, le visage fermé et le ton monocorde.

— Monsieur, cela tiendrait du miracle ! Un mot trop empreint de religion pour être sérieusement considéré. Chaque journée passée me prouve que le bonheur et l'amour ne font guère bon ménage. Trop de lèvres s'abreuvent de vaines promesses et de serments non tenus. Je ne m'y laisserai plus prendre. Seules compteront désormais les sensations physiques ! Elles ne peuvent mentir.

Donatien soupire et, las, commande à Thonin de remplir son office.

Bientôt il sera rétabli et quittera cette chambre, plein d'appétit pour des plaisirs que la morale réprouve. Les sentiments condamnent à la déception et l'amour, tôt ou tard, à la trahison.

Jamais plus il ne sera amoureux.

Jamais plus il ne sera faible.

71

Paris.
Fin novembre 1772

Madame de Montreuil traverse à vive allure les pièces en enfilade. Elle ne court pas, elle vole. Un pan de sa robe dans la main gauche et dans l'autre, une lettre virevoltant au-dessus de la tête.

— Il est fait, mon ami ! Il est fait !

Heureuse comme jamais, mais quelque peu essoufflée, la Présidente foule enfin le tapis de la bibliothèque de son époux, la mine radieuse.

— Mais enfin ! Que me vaut un tel vacarme ! interroge monsieur de Montreuil, légèrement agacé en ôtant ses binocles.

— Cet odieux Sade ! Nous le tenons !

— Si seulement ! Nul ne sait où il se terre. Même notre fille…

— Oh ! Cessez donc avec cette petite intrigante ! Anne-Prospère s'est jouée de nous si longtemps. Qui vous dit qu'elle ne cherche pas une fois encore à nous égarer afin de mieux protéger ce… ce pourceau ? J'ai confié ma fille aînée à ce dépravé et, comme si l'humilier elle seule ne lui suffisait pas, il est parvenu à pervertir un ange. La tolérance, dont j'ai si souvent fait preuve, n'a plus raison d'être. Je m'en vais neutraliser celui qui couvre de honte notre famille depuis toutes ces années.

— Que Dieu vous entende ! Pourtant nous avons tout essayé, madame, et rien n'y fait. On le sort de prison et il replonge un peu plus profondément encore dans le vice et se complaît à se vautrer dans la fange. Ma visite à ces messieurs du parlement d'Aix n'a rien donné et je crains hélas qu'il n'y ait plus rien à faire pour tenter de sauver ce gendre un peu trop remuant.

Monsieur de Montreuil, résigné, rechausse ses lunettes et entreprend de poursuivre le travail sur lequel il était avant l'intrusion de sa femme. La Présidente ne l'entend pas ainsi, elle s'avance vers le bureau et place la lettre sous le regard circonspect du vieil homme.

— Qui vous parle de le sauver ? Lisez !

Mû par le désir d'en finir au plus vite, le Président parcourt le pli de ses yeux fatigués. Au fil des lignes, son regard s'illumine et un léger sourire se dessine sur cette bouche jusqu'alors un rien méprisante.

Madame de Montreuil se penche face à son mari, prend appui sur le plateau en bois de rose, puis non sans fierté s'adresse à lui à voix basse :

— Vous comprenez maintenant, n'est-ce pas ? En nous suppliant de l'aider, il vient de se jeter dans la gueule du loup. Grâce à cette lettre où il crie à l'injustice, nous savons dorénavant où il se trouve.

— Quelle inconscience !

La Présidente reprend la feuille que son époux n'a pourtant parcourue qu'à moitié.

— Mais n'en a-t-il pas toujours été ainsi avec lui ? Je m'en vais de ce pas écrire au ministre des Affaires étrangères, le duc d'Aiguillon. Il nous aidera à obtenir que les autorités de Savoie le mettent aux arrêts.

Les pas et le cœur légers, madame de Montreuil s'en retourne, comme elle est venue, brandissant bien haut au-dessus de la tête ce qu'elle pense être la promesse de jours meilleurs.

72

Chambéry. Le mardi 8 décembre 1772. 9 heures du soir

Monsieur le marquis est à sa table où quantité de pages noircies s'amoncellent et se chevauchent. Certaines, froissées, tapissent le sol comme tant d'espoirs déçus foulés au pied.

Donatien se trouve dans la plus grande détresse, l'argent manque cruellement et, comme il s'en doutait, l'appel lancé à la Présidente est demeuré sans réponse. Un mutisme qui le condamne à trouver ailleurs les secours que sa famille n'est pas disposée à lui porter. Latour a beau lui demander de prêter attention aux dépenses, son maître n'écoute que d'une oreille distraite ces conseils pourtant si avisés. Une de ses lettres trouvera peut-être un écho favorable chez le peu d'amis qu'il lui reste. C'est pourquoi il lui faut s'appliquer, attendrir sans lasser.

Soudain, un bruit le fait sursauter et la plume vient percer le papier dans une effusion d'encre. Quelqu'un frappe à la porte d'entrée. D'ordinaire, il laisserait Latour se charger de cela mais, sans trop savoir pourquoi, ou la force des coups peut-être, cette fois Donatien préfère aller voir de quoi il retourne. En se rendant au rez-de-chaussée, il perçoit la voix de son domestique et une autre, plus grave. Arrivé au bas de l'escalier, il parvient à distinguer trois silhouettes à la porte faisant face à son fidèle valet. Il s'approche et son sang se glace. Deux hommes en armes cernent un autre, plus grand qui, chapeau à la main et apercevant Donatien, s'adresse à lui :

— Monsieur le comte de Mazan, je présume.

— Euh... oui. À qui ai-je l'honneur, je vous prie ?

— Je suis le comte de La Chavanne, major de la place de Chambéry.

Sade est perplexe. Nerveusement, il resserre un peu plus le nœud de sa robe de chambre.

— Vous venez bien tard et entouré de bien étrange manière pour une visite de courtoisie ?

La Chavanne se met à rire.

— Oh, non ! Point de courtoisie ici. Nous sommes venus vous arrêter au nom de Sa Majesté le roi de Sardaigne.

Sade, désespéré, regarde de tous côtés à la recherche d'une aide quelconque. Il ne croise que le regard compatissant de Latour. Soudain il entend du bruit, partout, dans chaque pièce, à tous les étages.

— Mais qu'est-ce donc ?

— Rien. Une brigade est simplement entrée par les fenêtres et fouille en ce moment même votre maison. Vous dormirez ici cette nuit, le temps de la visite, puis, demain matin, à la première heure, nous vous emmènerons à la citadelle de Miolans sur une chaise de poste. Votre valet vous accompagnera et vous serez escorté par quatre cavaliers à cheval.

— Mais vous ne pouvez pas ! objecte Donatien, affligé. Que me reproche-t-on ? Vous devez faire erreur. Je demeure ici depuis plusieurs semaines. Demandez autour de vous ! Personne n'a à se plaindre du comte de Mazan.

Le comte de La Chavanne hausse le sourcil et prend un air faussement étonné.

— Vraiment ? Vous croyez que je sois capable d'une telle méprise ? Allons ! Monsieur de Sade !

73

Château de Miolans

Depuis des semaines, les murs épais du donjon de la citadelle de Miolans tentent d'étouffer les cris de désespoir du marquis et les témoignages irrévérencieux de sa colère. Une colère que rien ne semble être en mesure d'apaiser, si ce ne sont ces moments de profond abattement qui bien souvent lui succèdent. Un torrent de bile déversé sur un personnage exécré plus que nul autre, une créature docile les premières années, au début de leur rencontre, et qui depuis lui tient tête comme jamais personne n'a osé le faire. Donatien a pourtant toujours excellé à composer avec les membres de la gent féminine, se faisant tantôt séducteur, cajoleur, feignant le chagrin pour mieux émouvoir ou au contraire agissant avec une extrême cruauté afin d'annihiler jusqu'à l'idée même d'une possibilité de fuite.

Cette maudite madame de Montreuil est à l'origine de ce nouvel enfermement ! Donatien en est certain. Comment a-t-il pu être assez sot pour se croire capable de l'attendrir sur sa situation en invoquant Renée-

Pélagie et ses enfants, des personnes de son sang qu'elle entend préserver à tout prix ? Le géniteur n'a plus son mot à dire. On veut l'écarter en prétendant qu'il a la tête fort dérangée. Il paraît même que cette vipère s'est prévalue de travailler à son bien : une détention en Savoie permettrait de protéger le marquis de lui-même et l'empêcherait de revenir en France où il provoquerait assurément de nouveaux scandales au moment même où les siens ne ménagent pas leurs efforts pour arranger ses affaires.

— Les femelles de ce clan ne font pas exception. Elles ne méritent aucune considération. Je prends du plaisir dans le mépris, Latour, mais je ne souffre que l'on me traite ainsi. Je n'accepte les coups que lorsque je les réclame.

Le jeune valet, que l'on a logé dans une pièce contiguë, passe le plus clair de son temps à servir, mais surtout à écouter les plaintes de son maître. Il opine mollement du chef, attendant la fin de l'orage.

— En m'asséchant ainsi le cœur, ces garces ne se doutent-elles pas qu'elles me pousseront encore plus avant sur les routes dont elles désirent pourtant m'éloigner ? Et tu peux me croire Latour, je vais me perdre et m'enivrer sur les chemins de la perversion et du libertinage. Et ce, plus qu'aucun autre.

Donatien se tient près de la fenêtre grillagée du logement qu'on lui a attribué à l'avant-dernier étage du donjon. Une cellule nommée cruellement *La Grande Espérance* et qui précède *Le Paradis*, située sur le dernier palier. Le marquis contemple les Alpes, monument naturel gigantesque invitant atrocement à l'évasion et à la liberté.

On l'a placé ici dans une pièce que l'on préfère nommer *chambre* plutôt que *cachot*. Une chambre donc, située au-dessus de celle du commandant de Launay qui a la charge des prisonniers. Celle du marquis est assez vaste et non dénuée d'un certain confort. On l'a autorisé à l'aménager comme bon lui semble et à s'entourer d'effets personnels ou d'autres petits meubles que Latour, escorté évidemment, a pu se procurer à Saint-Pierre-d'Albigny, le village que surplombe la forteresse. Dans sa grande largesse, le commandant de Launay a accepté que le comte de Mazan ait deux petits chiens avec lui.

À son arrivée ici, et durant de nombreuses semaines, on avait interdit au marquis d'entretenir des relations avec l'extérieur. Pour ne pas nuire à sa famille, nul ne devait connaître ici sa véritable identité. On lui interdisait même d'écrire à qui que ce soit ou de recevoir des nouvelles des siens. Puis, peu à peu et après un déchaînement de fureur et de larmes de la part de Donatien suivi de requêtes émouvantes de Renée-Pélagie, on autorisa enfin le prisonnier à accéder au courrier. Naturellement, toutes les lettres entrant ou sortant de la citadelle sont lues par de Launay qui, au vu de la personnalité de celui qui lui a été confié, tente de remplir son rôle de gardien avec encore plus de rigueur qu'à l'accoutumée. Hélas pour le commandant, Donatien s'est toujours montré très ingénieux lorsqu'il s'agit de parvenir à ses fins et, avec l'aide de Latour, il lui est dorénavant très facile de communiquer sur des choses sensibles à l'insu de ses gardiens.

Le jeune Carteron est même venu lui rendre visite à la mi-décembre afin de rendre compte de son expédition à Paris auprès des siens. Donatien a ainsi appris que Renée-Pélagie avait quitté La Coste et se trouvait chez les Montreuil. Paris, où Carteron lui avait confié les lettres confiées par son maître. Donatien n'avait pas rechigné à récompenser son laquais de la seule richesse encore en sa possession et dont le jeune homme raffolait : sa croupe ! Donner pour recevoir ne multiplie-t-il pas le plaisir ?

— Je sens bien que la vipère commande tout ici. On me surveille nuit et jour, on fouille ma chambre sans rien omettre ! Tout est fait ici selon ses ordres. Même les papiers contenus dans mes malles restées à Nice, et plus particulièrement mon coffret de bois garni de cuivre rouge dans lequel reposaient les lettres de ma chère Anne-Prospère, ont disparu. Introuvables ! À n'en pas douter, cette vieille folle s'est emparée du précieux reliquaire.

Sade se met à rire et s'avance vers Latour, les deux petits chiens dans son sillage.

— À bien y réfléchir, mon ami, sa position est peut-être bien plus pénible que la mienne.

— Comment cela ? s'étonne le valet. Vous êtes enfermé ici et elle...

— Elle craint tant pour sa réputation qu'elle ne vit plus. Elle a non seulement peur que je m'échappe, mais aussi que je révèle au monde ma liaison incestueuse avec sa fille… sans parler de nouvelles affaires pour lesquelles je serais inculpé si je sortais d'ici et qui anéantiraient le peu de crédit qu'il lui reste tant à Paris que dans les cours étrangères.

On frappe. La porte s'ouvre sur le baron de L'Allée, un solide gaillard de trente-cinq ans, porté sur la beuverie et la débauche et qui se trouve enfermé ici pour avoir volé son propre père et roué de coups ses domestiques afin d'assouvir ses vices.

— Mon ami, je préfère cent fois votre chambre à la mienne. Que diriez-vous d'une petite partie de cartes ?

— Avec joie, mon ami ! Placez la table près de la cheminée ! Nous y serons bien. Le foyer vient d'être rechargé. J'ai à m'entretenir une minute avec Latour et je suis à vous.

Donatien accompagne son domestique à la porte et cherche discrètement dans son gilet une lettre destinée à sa chère Anne-Prospère.

— Tu tenteras de faire passer ceci dès demain, chuchote-t-il. La chose est des plus importantes, tu m'entends ?

— Oui, monsieur.

— Très bien. Va ! lui dit-il en lui flattant l'épaule comme on le ferait avec un chien bien obéissant.

Le baron de L'Allée s'impatiente.

— Mais que faites-vous donc ? Il me tarde de vous prendre votre argent !

— N'y comptez pas, baron ! J'arrive.

Latour quitte la cellule afin de se rendre dans son réduit. Là, il considère le pli que le marquis vient de lui remettre. Sade a beau maudire cette femme, il est pourtant incapable de l'oublier au point de se mettre perpétuellement en danger. Le serviteur se surprend à déplier délicatement la missive. Ce n'est pas par curiosité, plutôt par souci de protéger celui qu'il sert jusqu'à l'abnégation.

Il survole le papier.

Je viens d'être averti, mon cher amour, qu'il ne tient qu'à Madame de Sade de me sortir d'ici [...]. Mais je ne veux rien devoir qu'à vous et j'aime mieux passer ici ma vie, s'il le faut, que d'en avoir les portes ouvertes par d'autres mains que les vôtres. Telle est la lettre que tout autre écrirait à sa femme dans pareil cas. Mais c'est à vous que je l'envoie [...].

Latour soupire.

Songez que je vous adore, que tout ce que j'ai fait depuis trois mois doit avoir obtenu mon pardon, et que je vous offre encore, en vous faisant parvenir cette lettre, en voulant qu'elle ne soit remise que par vous, ma vie et ma liberté, si l'expiation de mon crime n'est pas encore complète.

C'est bien ce que craignait Latour, son maître est toujours éperdument amoureux de sa belle-sœur. Sade l'avait même prévenue de son geste désespéré. Elle ne pourrait rien y faire. Il serait trop tard.

J'ai été assez malheureux pour ne faire que me blesser. [...] Je fus très certainement dix jours entre la vie et la mort.

Sade engage la jeune femme à venir en Savoie afin de le libérer !

Affligé, Latour referme la lettre avec mille précautions. Il obéira et la remettra demain à monsieur de Vaulx et tentera de dissimuler l'inquiétude qui le ronge, car le domestique a la certitude que tout cela va très mal se terminer. À rêver trop fort, Sade est devenu sourd à toute réalité.

74

Paris.
Rue Neuve-du-Luxembourg.
Février 1773

Le froid a transi la capitale. Neige et verglas se succèdent sans discontinuer, paralysant Paris telle une amante endolorie et paresseuse. Tous les propriétaires fortunés ont fait appel aux Savoyards. Des gamins d'une dizaine d'années à peine qui se faufilent dans les conduits afin de nettoyer les cheminées et éviter ainsi les incendies. Leur petite taille, associée à cette agilité qu'ont les gens de la montagne, en fait une main-d'œuvre parfaite pour cette tâche ingrate et dangereuse. Des enfants qui, évidemment, sont venus exercer leur art chez madame de Montreuil qui, assise devant l'âtre, profite pleinement, et en sécurité, du confort de son petit salon. Un confort somme toute relatif au vu de l'ambiance glaciale qui règne dans la pièce. Et la responsable de tout ceci n'est autre que Renée-Pélagie qui, une fois n'est pas coutume, ose affronter sa mère :

— Comment avez-vous pu me l'enlever une fois encore ?

— Je vous l'ai déjà demandé ma fille, reprenez votre place ! À vous regarder ainsi, j'en éprouve des douleurs à la nuque.

— Vous... ?

Désarçonnée, mais nullement calmée, madame de Sade se rassied dans le fauteuil situé face à celui de madame de Montreuil.

— Voilà qui est mieux ! Vous disiez ? lance la Présidente d'un air détaché en prenant une gorgée de ce délicieux chocolat chaud, soutenant la soucoupe d'une main pleine de délicatesse et la tasse dans l'autre, le petit doigt levé et légèrement replié.

— N'avez-vous donc pas de cœur ?

Avec le plus grand calme, la Présidente repose la faïence sur le guéridon à sa gauche. Elle fait mine de défroisser sa robe puis prend enfin la peine de regarder Renée-Pélagie.

— Pourquoi ai-je la fâcheuse sensation que nous avons sans cesse la même conversation ?

— Peut-être parce que vous ne changez jamais de manières en ce qui concerne mon mari.

Imperturbable, madame de Montreuil croise les bras.

— Peut-être en changerai-je lorsque monsieur de Sade modifiera les siennes en se montrant raisonnable. Peut-être devriez-vous d'ailleurs lui apprendre le sens de cet adjectif absent de son vocabulaire. Mais, dites-moi, chère enfant, une dame sans cœur prendrait-elle à sa charge toutes les dépenses de votre époux comme je le fais en ce moment même ? Je paie son linge, ses repas, son bois de chauffage et jusqu'à ses culottes et ses bas, sans parler de la solde de son valet. Suis-je donc si cruelle ?

— Mais si vous ne l'aviez jeté dans cette prison à flanc de montagne, vous n'auriez pas à pourvoir à tout ceci ! Toutefois, rassurez-vous ! Nous n'omettrons pas de vous rembourser.

La Présidente se met à ricaner.

— Me rembourser ? Je serais curieuse de savoir comment vous vous arrangerez pour tenir de tels engagements. Vous ne cessez de nous signer des reconnaissances de dettes.

Renée-Pélagie rougit de honte, mais également de colère.

— Je n'aurai plus à le faire. Vous n'êtes pas sans savoir que l'on m'a nommée curatrice de mes enfants et, en tant que telle, j'ai le pouvoir de gérer les affaires et les intérêts de mon mari en son absence.

— Grand bien vous fasse, ma fille ! Laissez-vous donc bercer par de douces espérances, mais nous savons toutes deux que vous n'êtes en mesure de refuser quoi que ce soit à monsieur votre époux. Vous céderez au moindre de ses caprices et peut-être même les devancerez-vous au point de faire d'autres travaux dans ce château de La Coste dans le seul but de lui plaire.

Renée-Pélagie fulmine et se lève à nouveau de son siège au grand désespoir de sa mère qui pousse un long soupir.

— Mais une femme ne doit-elle pas tout faire afin de plaire à son mari ? De plus, en agissant de la sorte, j'ai également à cœur de vous satisfaire et de vous obéir. Après tout, n'avez-vous pas choisi l'homme que je devais épouser ?

La Présidente se lève à son tour et s'approche de sa fille, bien décidée à ne pas se laisser défier dans sa maison.

— Apprenez ma fille qu'à trop obéir, on en devient creuse, vide et sans intérêt, surtout lorsque l'on a tendance comme vous à confondre obéissance et servitude. Je ne puis que vous conseiller de profiter de ces moments de solitude pour vous interroger et tenter de définir où sont vos priorités et les choses qui méritent réellement que l'on se sacrifie ainsi pour elles.

Blessée, Renée-Pélagie tente de retenir ses larmes et préfère prendre congé sans mot dire. Quelque peu étonnée, madame de Montreuil l'interpelle :

— Où allez-vous ?

— Je m'en retourne à La Coste. L'air y est plus respirable et je serai ainsi plus proche de Donatien.

— Vous n'avez donc rien compris ?

— Au contraire, mère. Au contraire.

75

CHÂTEAU DE MIOLANS. MARS 1773

Le commandant de Launay est aux abois.

On lui a signalé que madame de Sade avait quitté Paris pour se rendre en Provence et des gens bien informés n'ont pas tardé à faire part de soupçons inouïs la concernant. Beaucoup la pensent capable de se rendre jusqu'ici afin de libérer son époux. S'il ne tenait qu'à de Launay, il ouvrirait grand les portes de la prison afin qu'elle s'empare de cet homme qui lui cause tant de tracas. Pas une journée ne se passe sans que Sade ne fasse parler de lui. Il joue à des jeux d'argent malgré l'interdiction formelle qui lui a été opposée, il offre des cadeaux aux gardiens pour mieux les amadouer et certains, peu scrupuleux, n'y trouvent rien à redire et acceptent les présents avec le sourire. Le prisonnier a même poussé le vice jusqu'à lui faire parvenir un colis comprenant café, chocolat et autres douceurs. De Launay n'a pas manqué de lui faire part de sa réprobation, mais les choses n'ont fait qu'empirer. Ce Sade se plaint sans cesse, il geint, hurle et menace. Tel un enfant gâté, il semble prêt à tout pour que l'on s'intéresse à lui. Rien ne peut lui être refusé, cela est inconcevable. Aussi, les remontrances du commandant ont-elles provoqué la colère du marquis. Avec un aplomb qui dépasse l'entendement, Donatien s'est ému auprès du gouverneur de la citadelle de la manière dont le commandant osait le traiter, allant jusqu'à soumettre des noms afin de remplacer le gradé. Fort heureusement, de Launay possède la confiance de ses supérieurs, mais cette situation devient de plus en plus difficile à gérer au quotidien.

Le commandant de la forteresse n'ose croire que cette épouse, au demeurant fort dévouée à son mari, puisse ne serait-ce qu'envisager de faire évader ce monstre de suffisance, surtout si ce que l'on dit le concernant est avéré. Comment peut-on se faire humilier de la sorte et accourir à la moindre plainte de celui qui vous a tant fait souffrir et n'hésitera pas un instant à le faire encore ?

Pourtant, monsieur de Launay préfère rester sur ses gardes. Il a surpris quelques mouvements étranges au sein de la citadelle. On tente de faire passer des lettres au prisonnier. Il en est certain. Et que dire de ce Duclos, lieutenant en charge de la garde du marquis et qui est devenu l'un de ses amis les plus proches au point qu'il les soupçonne d'entretenir *une grande liaison* ? Un scélérat tout acquis à la cause de Sade et qui dîne chez le prisonnier tous les soirs.

Il se doit de livrer dès à présent ses inquiétudes au gouverneur de la prison. Un drame est sur le point de se produire et des mesures doivent être prises au plus tôt.

Montmélian. 13 mars

La grande salle de l'auberge est bondée et bruyante. Les hommes se serrent les coudes afin de se réchauffer autour d'un plat fumant à base de fromage accompagné d'un peu de vin blanc ou d'une bière. L'alcool aidant, on parle fort et on rit bruyamment. Une ambiance parfaite pour les deux personnes qui se sont isolées à une table au fond de l'auberge. Ils se font appeler les frères Dumont. Cela fait plusieurs jours qu'ils sont arrivés ici. Ils ne parlent à personne et l'un d'entre eux se dissimule comme il le peut en baissant la tête ou en enfonçant bien bas sur le front un chapeau qui lui masque la moitié du visage. Nul ne se doute que sous cet accoutrement se cache madame de Sade qui voyage incognito accompagnée d'un de ses serviteurs, Albaret.

— Nous n'y arriverons pas, Albaret, murmure-t-elle. Ce maudit de Launay vous refuse l'accès à mon époux. Comment allons-nous faire ? Toutes les lettres qui lui sont destinées sont ouvertes. Si nous ne parvenons à nous entretenir avec Donatien, il nous sera difficile de préparer au mieux son évasion.

— J'ai peut-être une solution, Madame.

Renée-Pélagie ne dissimule pas son étonnement. Elle est tout ouïe.

Pas peu fier de son effet, Albaret se penche vers sa maîtresse et sur le ton de la confidence :

— Nous pourrions renvoyer Carteron auprès de Monsieur. On ne refusera pas un domestique supplémentaire au marquis, j'en suis certain. Le jeune homme ainsi avisé du message à délivrer à Monsieur de Sade, notre entreprise s'en verra facilitée.

Renée-Pélagie esquisse un sourire, l'œil brillant de reconnaissance, mais également d'espoir.

Albaret et elle partiront demain pour La Coste.

Son mari sera bientôt libre.

76

PARIS

Les domestiques de l'hôtel particulier des Montreuil se sont réfugiés dans les cuisines. Depuis l'arrivée d'un courrier en provenance de Savoie, la Présidente est entrée dans une fureur que rien ne semble pouvoir adoucir. Des objets ont même volé à travers son cabinet manquant de peu certains employés de maison qui se sont fait éconduire avec rudesse.

La Présidente est installée sur sa méridienne, les bras ballants, et la poitrine soulevée par une respiration rapide. La pauvre femme tente de reprendre son souffle après ce combat acharné avec l'absente : sa fille aînée. Une épouse prête à tout pour venir en aide à un mari qui tant de fois pourtant l'a humiliée. Renée-Pélagie qui, lui apprend-on, s'est rendue en Savoie pour tenter de s'entretenir avec ce Sade. Non seulement cette inconsciente lui a désobéi, mais la voici dorénavant prête à enfreindre les lois pour ce fol amour. Un pas de plus sur la route de la perdition qu'elle semble vouloir emprunter coûte que coûte, malgré les conseils avisés de sa mère.

Quelles extrémités atteindra cette funeste complicité ?

Renée-Pélagie n'ignore pourtant pas les projets de mariage concernant Anne-Prospère ? Antoine-François, vicomte de Beaumont, est un bon parti, issu d'une très ancienne famille du royaume[37]. Son oncle est tout de même l'archevêque de Paris ! Ce n'est pas le moment de libérer ce gendre infernal et libertin qui ne se complaît que dans le scandale. Il faut au contraire le museler plus que jamais. Elle sait gré aux autorités de la citadelle d'avoir fait preuve de la plus grande fermeté et politesse envers sa fille aînée. La Présidente doit cependant enjoindre aux autorités de faire en sorte que Sade n'inonde pas le public de ses affreux écrits et de ses mémoires qui ne font qu'aggraver ses torts et pourraient mettre en péril ce mariage et les intérêts de sa famille. Elle sait Donatien pourvu d'un caractère naturellement violent, mais n'oublie guère l'horreur de sa situation actuelle pour autant. Elle va faire en sorte que l'on adoucisse un tant soit peu les conditions de sa détention. Après tout, n'arrive-t-on pas bien souvent à apaiser d'une simple caresse les chiens prêts à mordre ?

37 Antoine-François de Beaumont est né le 3 mars 1733. Dix-huit ans plus âgé qu'Anne-Prospère.

77

Miolans. Dans la soirée du jeudi 29 avril 1773

Comme bon nombre de soirs ces derniers temps, le marquis de Sade et le baron de L'Allée sont descendus pour dîner. Le marquis n'a pas manqué de se plaindre que les plats amenés de la cantine arrivaient froids et qu'il serait donc plus pratique qu'il puisse manger avec son compère au plus près des cuisines. De Launay n'avait rien trouvé à redire et surtout, il ne désirait pas provoquer une nouvelle fois la colère d'un Sade étrangement apaisé. Ravi, il leur avait même attribué une pièce contiguë à la cantine. Elle faisait partie de l'appartement du lieutenant Duclos.

Latour sert les deux amis qui mangent de bon appétit. Pour qui viendrait ici pour la première fois, rien ne laisserait supposer qu'il y a un mois très exactement, une violente dispute les a opposés. Le baron avait accusé le marquis d'être un mauvais perdant. Celui-ci s'en était plaint au commandant de Launay qui convoqua aussitôt L'Allée. Vexé et craignant d'écoper de deux années d'incarcération supplémentaires, le baron se poignarda de désespoir devant l'officier. Le geste se voulait théâtral. Les plaies n'étaient que superficielles.

Tandis que Latour remplit à nouveau les verres de vin, son maître l'interroge le plus discrètement possible :

— Tout est prêt ?

— Oui, monsieur. La cantinière et les autres sont à table. Ils n'ont plus rien à faire dans la réserve. Je leur ai dérobé la clef comme convenu.

Latour la sort discrètement de la poche de son gilet par le panneton et la montre au marquis qui lui fait signe de la ranger.

— Et là-haut ?

— Je viens d'allumer les chandelles dans votre chambre et j'y ai placé les deux lettres pour le commandant.

— Ce pauvre de Launay ! soupire Donatien prenant un air affligé qui provoque aussitôt un rire tonitruant chez le baron assis face à lui. Sade se rend compte du ridicule de son propos et s'esclaffe à son tour en se tapant sur la cuisse.

Latour est inquiet. D'un pas pressé, il se dirige vers la porte et s'assure que personne ne vienne. Le couloir demeure désert les quelques minutes durant lesquelles le domestique reste en faction. Rassuré, il peut alors rejoindre son maître et son nouvel ami.

Le dîner se poursuit dans une ambiance étrange que seules les circonstances particulières sont en mesure d'instaurer. Ce soir, il flotte dans l'air de l'impatience, de l'appréhension, voire de la peur, mais surtout l'espoir infini de recouvrer la liberté. Ce jour sera celui de leur évasion. Le marquis, dans sa grande bonté, a offert au baron de L'Allée de les accompagner.

Au bout d'une heure, Donatien se lève, droit, fier et solennel.

— Messieurs, il est temps.

Le baron de L'Allée quitte la table et suit Sade qui attend avec la plus grande sérénité que Latour ouvre la porte de la réserve. La chose faite, tous trois se dirigent vers les latrines, la seule pièce de la forteresse dénuée de barreaux. Sade avait pu le remarquer lors de ses nombreuses visites à Duclos.

Le domestique jette un œil par la fenêtre[38]. Le jeune Joseph Violon est là comme promis. Le Savoyard a placé une échelle le long des remparts. Tout est prêt.

Donatien de Sade ôte sa redingote bleue, la plie avec la plus grande délicatesse et la pose sur le siège, bientôt rejointe par le chapeau du marquis. Il enjambe la fenêtre et ose un regard en direction du jeune homme. Il tente de ne pas faiblir et s'adresse à ses deux complices :

— La chose n'est pas insurmontable. Allons-y, mes amis ! Notre liberté se trouve au bas de ce mur.

Un à un, tous dévalent la muraille en prenant soin de ne pas faire le moindre bruit, puis une fois rassemblés, ils fendent la campagne en direction de la frontière.

30 avril. 3 heures du matin

La sentinelle du marquis court à toute allure dans les couloirs sombres de la citadelle au risque de se rompre le cou.

---

38 La fenêtre donnait à l'arrière du fort et se situait à environ 4,40 mètres du sol.

— Commandant ! Commandant !

De Launay ouvre la porte de sa chambre et aperçoit l'homme essoufflé, la mine défaite. Pas besoin de parler. Il a compris. Il monte et se rend immédiatement à l'étage supérieur.

— Je crois qu'il s'est passé quelque chose. Il y a toujours de la lumière chez lui.

— Taisez-vous et ouvrez-moi !

Tremblant, l'homme se saisit de son trousseau et s'exécute. La chambre est vide.

— Où sont-ils ?

— Je ne sais pas. J'ai repris mon poste vers 9 heures, après dîner. Apercevant la lueur des bougies par la serrure, je me suis dit que le marquis était à jouer aux dames avec le baron. Je n'ai pas voulu les interrompre. Je l'avais fait la veille et l'on m'a rabroué avec la plus grande violence.

— Et qu'avez-vous fait ?

— Je suis allé me coucher, confesse-t-il du bout des lèvres.

— Vous êtes... quoi ? Êtes-vous totalement idiot ?

L'homme baisse la tête.

— Je me suis réveillé il y a quelques instants et je suis venu vous prévenir aussitôt.

— Et vous voulez une médaille ? hurle de Launay.

Désirant se racheter, la sentinelle désigne les plis cachetés posés sur la table.

Le commandant ouvre l'un d'eux. Il s'agit d'un inventaire détaillé des affaires du marquis pour lesquelles il donne des instructions.

— On croit rêver ! lâche le commandant en ouvrant l'autre enveloppe qui en contient deux plus petites. L'une d'elles est directement adressée à de Launay.

Monsieur,

Si quelque chose peut troubler la joie que j'ai de m'affranchir de mes chaînes, c'est la crainte où je suis qu'on ne vous rende responsable de mon évasion. Après toutes vos honnêtetés et toutes vos politesses, je ne puis vous cacher que cette pensée me trouble. Si mon attestation peut être cependant de quelque poids vis-à-vis de vos supérieurs, je les prie de la trouver ici, qu'ils y voient la parole d'honneur authentique que je leur donne que bien loin de favoriser en rien cette fuite, vos soins vigilants l'ont retardée de plusieurs jours.

De Launay ne peut contenir un sourire. Il lira cette lettre dans son intégralité plus tard. Il en parcourt toutefois la fin.

Il ne me reste plus, cher commandant, qu'à vous remercier de toutes vos bontés. J'y serai toute ma vie sensible ; je ne désire que des occasions de vous en convaincre. Un jour viendra, je l'espère au moins, où il me sera permis de me livrer entièrement au sentiment de reconnaissance que vous m'avez inspiré, et avec lequel j'ai l'honneur d'être, mon cher commandant, votre très humble et très obéissant serviteur.

Le marquis de Sade.

Le commandant de la citadelle fulmine. Le marquis se moque ouvertement de lui. Dans sa colère, il ne remarque pas que la petite enveloppe ne lui est pas destinée et en déchire le cachet sans ménagement dans un geste de fureur.

Monsieur,

La cruauté outrée d'une belle-mère dont je ne dépends point, les mensonges, les entortillages, les tromperies dont on m'endort depuis si longtemps sont les seules causes de la périlleuse démarche que j'entreprends. Vos bontés, Monsieur, y sèment quelques remords. Je suis confus de les si peu mériter, mais l'horreur de ma situation l'emporte et il m'est impossible d'y tenir davantage, la violence de mon sang m'oppose à des châtiments de ce genre, ils ne peuvent s'allier avec moi et j'aime mieux la mort que la perte de ma liberté.

Je suis avec respect de Votre Excellence le très humble et très obéissant serviteur

De Sade.

De Launay enrage. Non parce qu'il a ouvert de manière malencontreuse le pli destiné au gouverneur de la citadelle, mais parce qu'on ne l'a pas écouté. Des semaines qu'il avertissait tout le monde, y compris sa hiérarchie, que le marquis préparait un de ses vilains tours. Personne ne lui a prêté une oreille attentive, endormis qu'ils étaient par les belles paroles et les actes de repentance de cet horrible individu. Ce Sade qui poussa le vice jusqu'à insister pour faire ses pâques et s'excuser auprès de certains officiers qui avaient eu à subir ses mouvements d'humeur !

Sade a gagné une fois encore, mais comment pourrait-il en être autrement ? L'homme excelle dans l'art du mensonge et de la manipulation.

78

La Coste.
Nuit d'automne 1773

Renée-Pélagie est tout à son bonheur et ne parvient pas à quitter les bras de son époux. Donatien était parti il y a un an et demi pour ce qui ne devait être qu'un voyage d'affaires de trois ou quatre jours à Marseille. Depuis son arrivée il y a quelques minutes, elle ne cesse de le couvrir de baisers, de se blottir contre lui, de le toucher et de le sentir. Elle s'imprègne à nouveau de toutes ces choses qui lui sont essentielles et qui lui ont cruellement fait défaut durant ces longs mois de solitude.

— Tu m'as tellement manqué ! murmure-t-elle la tête posée sur son cœur.

Loin d'y trouver un écho favorable, Donatien s'enquiert des enfants.

— Où sont nos trois chérubins ?

Quelque peu décontenancée, Renée-Pélagie tente de ne rien laisser paraître de son malaise.

— Ils sont à Paris chez mes parents. Il m'était plus facile de voyager pour notre cause en les sachant en sécurité chez eux.

Donatien s'éloigne de la douce étreinte de son épouse.

— Ta mère aura ainsi tout loisir de monter mes enfants contre leur père. À cet âge-là, on ne raisonne guère et l'on tient aisément le plus grossier mensonge pour une exacte vérité.

— Elle ne ferait jamais ça ! objecte madame de Sade.

— Tout comme tu t'entêtais à croire que jamais elle ne me jetterait en prison. Mon amie, il est temps d'ouvrir les yeux sur la cruauté de cette vipère. Tu es bien trop naïve.

Renée-Pélagie sent que ses jambes peinent à la soutenir. D'une simple parole, Donatien a gâché la joie des retrouvailles. Animée par le désir de ne pas s'effondrer, elle prend appui sur l'un des fauteuils placés çà et là dans cette pièce du rez-de-chaussée que tous appellent le salon vert.

Le vouvoiement devient une nécessité. Une certaine distance permettra de ne pas trop s'impliquer, pense-t-elle.

— Cette naïveté vous fut pourtant agréable. N'a-t-elle pas permis certaines de vos… *libertés*. Vous savez, ces largesses que l'on prend avec certains serments prêtés au pied de l'autel.

— Oh ! Il suffit. Je t'ai expliqué mille fois que ce cérémonial ne représente rien. Des gens bien avisés ont créé la religion pour diriger les faibles ou les lâches. S'il te plaît d'appartenir à l'une ou l'autre de ces catégories, très bien ! Moi qui te pensais plus intelligente que ta sœur.

Renée-Pélagie n'y tient plus. Elle se laisse tomber dans le fauteuil.

— Il faut croire que non. Elle et moi sommes éperdument amoureuses de vous, c'est dire notre bêtise.

Donatien, flegmatique, prend place dans le siège situé face à Renée-Pélagie. S'il pouvait, il dirait à son épouse que la trahison est aussi du côté des filles de Montreuil. Anne-Prospère n'avait-elle pas juré dans le sang de n'être qu'à lui et de faire sacrifice de sa vie ? Elle n'avait cependant pas hésité à le fuir dès la première contrariété.

— On dit que ta jeune sœur va se marier ?

La froideur de Donatien la bouleverse.

Bien décidée à ce qu'il souffre à son tour, elle fait mine de sourire.

— Absolument ! Elle épousera un Beaumont, neveu, je crois, de l'archevêque de Paris. Ne trouvez-vous pas la chose des plus amusantes ? Après avoir goûté au vice, elle s'en va tête baissée se consoler dans une famille qui représente tout ce que vous détestez.

— Oh ! Rien n'est fait !

— Au contraire. Ma mère met tout en œuvre afin que vous ne contrariiez pas ses plans. Elle entend se faire livrer vos affaires retenues à Miolans et éviter ainsi que des preuves de votre incestueuse liaison ne viennent perturber cette union providentielle.

Donatien s'emporte :

— Ces affaires sont à moi ! Tout cela m'appartient !

— Tout comme je suis à toi, mon ami.

Renée-Pélagie se penche vers son époux et lui saisit les mains.

— Ne vois-tu donc pas qu'à deux nous sommes plus forts ? Allie-toi à moi au lieu de me mentir ou me fuir !

L'espace d'un instant, le marquis, d'ordinaire si prolixe, ne sait que dire. Pour seule réponse, l'époux serre les mains de sa femme un peu plus fort. D'un regard, il comprend toute l'étendue de la loyauté de celle qui partage sa vie depuis maintenant dix ans.

Sa soumission ravive ses sens. Donatien exulte.

Voici de sombres et belles promesses pour l'avenir !

Sade embrasse Renée-Pélagie avec passion.

En un instant, son épouse est déjà sous lui, offerte comme elle ne l'a jamais été.

79

Paris. Fin décembre 1773

Le parquet craque sous les pas impatients de l'inspecteur Goupil. S'il ne possédait une certaine éducation, il doublerait volontiers ce domestique usé qui traîne aussi mollement ses souliers que sa carcasse voûtée.

Enfin le cabinet de madame de Montreuil est en vue !

Goupil connaît les lieux pour être venu ici à plusieurs reprises ces derniers jours. Aujourd'hui devrait être la dernière. Tout est en place afin que l'opération soit couronnée de succès. Cette entrevue permettra d'en régler les ultimes détails.

Jacques entrouvre à peine la porte que l'inspecteur le bouscule et se précipite afin de présenter ses hommages à la Présidente qui l'attendait patiemment, debout, dos à la fenêtre, les mains croisées devant sa robe en satin gris perle.

Après le baisemain d'usage, madame de Montreuil entame la conversation tout en lui désignant un siège :

— Alors, monsieur Goupil[39] ? Tout est-il prêt ?

— Presque, madame. J'ai deux ou trois hommes en reconnaissance en Provence afin de préparer notre intervention.

— Bien. Je ne doute pas que vous vous êtes entouré de personnes de confiance.

Devant l'absence de réaction de son visiteur, madame de Montreuil insiste. Échouer est inconcevable :

— N'est-ce pas ?

Quelque peu surpris, Goupil se redresse, légèrement vexé et se veut rassurant :

— N'ayez crainte ! Je leur confierais ma vie s'il le fallait.

La Présidente tourne le dos à cet inspecteur de police un rien présomptueux. Son regard préfère se perdre dans le parc et s'arrêter sur le magnifique cèdre dont les branches croulent sous le poids d'une neige immaculée tombée ce matin.

— Nous ne devons décevoir le roi. Sa Majesté nous autorise non seulement à perquisitionner La Coste et à y saisir tous les papiers de monsieur de Sade, mais aussi, et surtout à l'appréhender et le conduire à la prison de Pierre-Encize selon l'ancienne lettre de cachet délivrée à la suite de l'affaire d'Arcueil.

— Et votre fille ? interroge Goupil.

Surprise, la Présidente quitte la fenêtre et toise l'imprudent. Goupil n'est pas dupe. Madame de Montreuil

39 Pierre Antoine Auguste Goupil, policier peu scrupuleux qui sera fait prisonnier quelques années plus tard à Vincennes. Son épouse fut pressentie un temps pour devenir lectrice de la reine Marie-Antoinette; mais on soupçonna le couple d'être à l'origine de certains pamphlets contre la reine. Pamphlets qu'ils faisaient racheter par le ministère afin d'en empêcher la parution tout en s'enrichissant au passage.

le méprise. Il n'est qu'un instrument entre ses mains. Un homme qui lui permettra de mettre son gendre hors d'état de nuire pour un moment. Une période nécessaire afin de mener à bien les projets de mariage de sa cadette.

— Eh bien quoi, ma fille ? demande-t-elle la moue dédaigneuse.

Goupil se lève.

— Ne risque-t-elle pas de vous en vouloir ?

Madame de Montreuil hausse les épaules.

— Vous apprendrez, monsieur, que l'on nourrit bien souvent ses ennemis en son sein. La haine qu'ils nous portent se mesure à l'aune de la proximité que nous avions avec eux. Madame de Sade me détestera un peu plus, voilà tout ! Mais elle comprendra plus tard que tout cela était inspiré par l'amour que je lui porte. Elle ne boudera pas très longtemps. Elle m'a laissé la charge de la gestion des affaires de son mari et elle-même s'accorde à dire qu'elles ne se sont jamais aussi bien portées. On se fâche rarement avec les personnes qui vous font gagner de l'argent.

— Elle pourrait très bien reprendre la gestion des biens de son époux.

La Présidente s'esclaffe :

— Grand bien lui fasse ! Les créanciers reviendraient aussitôt frapper à sa porte. Mon aînée a besoin de moi et de ma bourse. Il en a toujours été ainsi. Elle reviendra vers moi. Même après l'arrestation de monsieur de Sade. Elle verra que seul le plaisir de la protéger motive nos décisions.

Goupil fronce les sourcils.

— Nous ?

Madame de Montreuil sourit et d'un air supérieur :

— Comment croyez-vous que j'ai pu obtenir toutes les informations nécessaires à la préparation de cette arrestation ?

Si Goupil s'était souvent posé la question, il n'avait cependant jamais voulu paraître indiscret. La Présidente s'approche de l'inspecteur.

— Retenez ce que je vous ai expliqué, monsieur ! Gardez-le toujours à l'esprit ! Nos adversaires d'aujourd'hui sont souvent ceux qui comptaient jadis parmi les rangs de nos amis. Or, il se trouve que maître Fage, le notaire de mon gendre, vient de franchir cette frontière ténue qui nous rend méprisables. Ce même notaire que mon gendre houspille dès qu'il le peut et en qui il a toute confiance. Maître Fage désire nous aider dans l'intérêt de madame de Sade et de ses enfants.

Il est temps de prendre congé.

La Présidente tend le bras.

L'inspecteur de police la salue et s'apprête à sortir du cabinet lorsque la dame s'adresse une dernière fois à lui :

— Trouvez ces papiers si importants pour ma famille, je vous prie et débarrassez-nous de ce fripon ! Je saurai vous témoigner ma reconnaissance.

80

La Coste.
Nuit du jeudi 6 au vendredi 7 janvier 1774

La vallée, endormie et silencieuse, s'étale au pied du château seigneurial que la lune d'hiver vient éclairer d'une lumière moirée. Des cheminées crachent les fumées des dernières bûches que l'on a déposées dans les foyers avant d'aller se coucher. Demain, aux premières lueurs d'un soleil bas, chacun reprendra ses tâches quotidiennes au son de l'angélus. Les yeux encore légèrement endormis, on saluera son voisin comme tous les matins, se souhaitant bon courage après avoir discuté de choses banales. Des choses qui ne fâchent pas et que, même si elles sont bien souvent sans saveur, nous apprécions malgré tout, car elles nous rassurent.

Une journée normale en somme.

Sauf si...

La quiétude de La Coste est soudain dérangée par des bruits de sabots et de bottes qui frappent le pavé. Des hommes en armes franchissent la porte basse, torches à la main. Cavaliers et archers passent devant l'auberge Béridon où des personnes se précipitent aux fenêtres. Il n'y a pas moins de trois brigades de la maréchaussée de Marseille qui se précipitent à présent vers le château. On déploie les échelles le long des murailles, on escalade, on court, on hurle et très vite les envahisseurs se retrouvent à l'intérieur, prêts à en découdre.

Madame de Sade se précipite au-devant de cette troupe hostile. Goupil est là, le pistolet dans une main et l'épée dans l'autre, la fureur de son action peinte sur le visage[40].

— Où est-il ?

— Mais de qui me parlez-vous ? Et qu'est-ce donc que tout ceci ?

— Où se cache votre mari ? Il me le faut ! Mort ou vif !

Renée-Pélagie est à la fois terrifiée et dépitée. Sa mère est derrière tout cela et elle semble prête à ne reculer devant rien.

— Vous ne le trouverez point ici. Il est absent ! hurle-t-elle tandis que les hommes commencent déjà à se diviser. Certains gardent les abords du château ; d'autres s'engouffrent dans les pièces et commencent à fouiller la demeure dans les moindres recoins, armés jusqu'aux dents.

Ils rudoient, insultent et menacent de la manière la plus effrayante. À la moindre opposition, ils ouvriront le feu. On bouscule les meubles, les gens de maison, on ouvre des portes, en défonce d'autres. L'intrusion est

---

40 Nous nous appuyons ici sur le récit qu'en fit plus tard Renée-Pélagie.

violente et paraît durer des heures. On ne trouve rien et cela ne fait qu'accentuer la rage des assaillants. Ils se dirigent vers le cabinet du marquis. On s'empare des tableaux de famille, on les déchire à coups d'épée au son des hurlements de Renée-Pélagie qui, impuissante, voit les portraits de ses enfants profanés avec cruauté. Goupil enfonce les bureaux et les armoires et se saisit de tous les papiers qui s'y trouvent. Certains sont brûlés sur-le-champ.

Renée-Pélagie a beau s'opposer, supplier en pleurant à chaudes larmes, rien n'y fait. Personne ne prête la moindre attention à cette femme que l'on traite de la pire des manières. Elle n'est l'objet d'aucune considération due à son sexe ou à son rang. Avoir épousé un criminel semble l'avoir discréditée aux yeux de ceux qui se trouvent ici. Renée-Pélagie tente de sauver certains papiers des flammes, on les lui arrache aussitôt des mains pour les remettre dans le brasier. On va même jusqu'à piller des objets précieux à l'image de cette tabatière d'écaille garnie en or. On vocifère et déclame des infamies à l'encontre du marquis qui demeure introuvable.

— Cessez tout cela ! Je vous en prie.

On lui rit au nez.

— Nous avons des ordres, madame, ricane Goupil.

Un autre se met à brailler :

— Madame de Montreuil nous a demandé de tirer chacun trois coups de pistolet sur monsieur votre époux et de lui apporter son cadavre à Paris.

S'il demeurait encore un doute quant à l'origine de cette opération, le voici écarté d'une bravade qui frappe madame de Sade en plein cœur. Quant aux ordres d'assassiner Donatien, Renée-Pélagie ne peut y croire. Le militaire aura sans doute eu le désir de fanfaronner devant ses camarades et de se montrer plus cruel encore que leur chef. Aucun de ces scélérats ne se doute que le couple de Sade a été prévenu de cette perquisition et que Donatien est parti se mettre à l'abri quelques heures plus tôt.

Cette ingérence dans sa maison et son intimité est sur le point de prendre fin. Les hommes se rassemblent dans le grand vestibule, déçus de ne pas avoir appréhendé le marquis, mais ô combien satisfaits de cette descente intrusive dans la tanière de la bête. La traque a au moins eu le mérite de faire changer la peur de camp.

— On reviendra ! lance le chef de meute. Sade a des comptes à rendre.

— Mon mari n'a de compte à rendre qu'à la justice. Certainement pas à la femme qui vous paie pour tout ceci[41].

On préfère rire de cet aplomb qui ne trahit en fait qu'un désespoir pitoyable. La horde sort du château dans un vacarme épouvantable, hurlant à qui veut l'entendre que *le bougre est pris*, tout cela afin d'éviter une possible révolte de villageois fidèles à leur seigneur.

Renée-Pélagie demeure pétrifiée à la porte de sa demeure, les cheveux défaits et le visage blême. Si elle connaît le chagrin, la honte et l'humiliation, l'opprobre que vient de jeter sa propre mère sur son mariage est la pire des avanies.

---

41 Il en coûtera plus de 8 000 livres à Mme de Montreuil pour cette perquisition.

Donatien viendra prendre ses affaires dans quelques jours lorsque le climat ici se sera calmé. Il ira se réfugier en Italie pour quelques semaines, seul.

Anne-Prospère est à Paris. Tout est dorénavant terminé entre les amants. La cruauté de la Présidente aura au moins servi à cela. Pour le reste, sa mère vient de prouver une nouvelle fois qu'elle serait toujours un obstacle entre Donatien et elle.

Renée-Pélagie, en larmes, serre les poings et soupire.

Au retour de Donatien, tous deux vivront ici et se feront oublier de tous. Il n'y aura plus de voyages à Marseille ou à Arcueil ! Renée-Pélagie tentera seule de dompter les désirs peu communs de son époux, même s'il lui faut pour cela introduire elle-même au sein de ce château celles et ceux dont il aura à cœur de se repaître.

Bibliographie

— ARBELLOT Guy, « La grande mutation des routes de France au xviiie siècle », article de 1973.

— DELON Michel et SAJOUS D'ORIA Michèle, *Sade à Venise*, Lineadacqua Edizioni, 2017.

— FARINA Marie-Paule, *Sade et ses femmes. Correspondance et journal*, Éditions François Bourin, 2016.

— FAUVILLE Henri, *La Coste. Sade en Provence*, Edisud, 1984.

— HARDY Siméon-Prosper, *Mes loisirs, ou Journal d'évènements tels qu'ils parviennent à ma connaissance (1753-1789)*, Hermann, 2014.

— HEINE Maurice, *L'Affaire des bonbons cantharidés du marquis de Sade*, 1933.

— LELY, Gilbert, *Vie du marquis de Sade*, Gallimard, 1952.

— LEVER Maurice, *Donatien Alphonse François, marquis de Sade*, Paris, Fayard, 1991.

— LEVER Maurice, *Je jure au marquis de Sade, mon amant, de n'être jamais qu'à lui*, Le Livre de poche, 2013.

— MARAIS Mathieu, *Journal et mémoires*, Paris, 1863-1868.

— ONFRAY Michel, *La Passion de la méchanceté. Sur un prétendu divin marquis*, Paris, Éditions Autrement, 2014.

— *Merveilles des châteaux de Normandie*, préface de Michel de Saint-Pierre, Hachette, 1966.

— *Aperçu historique sur le Parlement de Paris*, volume 3, Fayard, Ennemond, 1816.

Remerciements

Il est d'usage pour un auteur de rendre hommage à l'équipe éditoriale qui a permis de faire de ce qui, à la base, n'était qu'un songe ou une idée, une chose on ne peut plus concrète, matérielle : un livre. Celui que vous venez de terminer doit énormément aux Éditions IFS. Une maison dirigée par Marc-Olivier et Salvatore, épaulée par deux petites fées : Nathalie et Marie. Quatre Mousquetaires prêts à livrer toutes les batailles pour les auteurs dont ils ont la charge, car pour eux, tout rêve se doit d'être tenté. Peu importe le temps que cela peut prendre parfois. Alors oui, un immense merci à eux pour leur sérieux, leur travail et leur écoute qui autorisent cette confiance mutuelle propre à franchir bien des montagnes.

Je ne saurais jamais assez vous remercier, vous lecteurs, pour la confiance que vous me témoignez depuis toutes ces années. Chaque fois que je pense avoir vécu le moment le plus beau de ma vie d'auteur, vous m'en procurez un autre, encore plus grand, plus intense. Jusqu'où allez-vous m'emmener ?

Il m'arrive souvent de souligner le travail incroyable que font les agents de la fonction publique dans les différents services d'archives que je fréquente afin de vous livrer mes histoires. Sans eux, nombre d'essais et de romans n'auraient pas la même saveur et seraient même impossibles à écrire de manière sérieuse. Merci à eux pour leurs judicieux conseils et pour les dizaines et dizaines de cartons de documents portés pour tenter d'étancher ma soif de vérité et de détails.

Merci enfin à tous les acteurs du livre, qu'ils soient libraires, distributeurs, diffuseurs, chroniqueurs ou blogueurs. Sans vous, nous ne serions pas grand-chose, perdus parmi les centaines de titres disponibles chaque année.

Ce deuxième tome est sans doute un peu plus cru que le précédent, mais comment faire autrement… il est celui qui évoque le Sade mature, plus expérimenté et peut-être plus confiant que l'homme de l'affaire Rose Keller. Je ne pouvais édulcorer certaines descriptions. Elles étaient nécessaires pour mesurer toute l'horreur vécue par ces filles de Marseille. Grâce à vous qui avez tourné les pages de ce livre, elles ne seront plus tout à fait des anonymes de l'histoire.

DANS LA MÊME COLLECTION

Claustrations, Salvatore Minni, 2019 (Prix Mot Passant 2018 * Prix Coup de Coeur du Jury du Prix du Balai d'Or 2019)
La Catabase, Jack Jakoli, 2019 (Prix Découverte de l'Iris Noir Bruxelles 2020 * Prix Coup de Coeur du Jury Noir Charbon 2020)
Les parapluies noirs, Chris Loseus, 2019
La parole du chacal, Clarence Pitz, 2020
Ma vie sera pire que la tienne, Williams Exbrayat, 2020
L'Ange du mal, Gilles Caillot, 2021
Réminiscence, Gilles Caillot, 2021
Immondanités, Gilles Caillot, 2021
Les ailes arrachées des anges, Gilles Caillot, 2021
Le crépuscule des éléphants, Guillaume Ramezi, 2021
Ineffaçables, Clarence Pitz, 2021 (Prix Mordus de Thrillers 2020 * Prix Sang pour Sang Thriller de Longperrier 2020)
L'affaire Rose Keller, Ludovic Miserole, 2021 (Prix Découverte des Géants du Polar 2019)
Les filles du Panier, Ludovic Miserole, 2021
Le crépuscule d'un libertin, Ludovic Miserole, 2021
Héloïse, Ophélie Cohen, 2021
Meurs, mon ange, Clarence Pitz, 2021
C'est dans la boîte, Frédéric Ernotte, 2021 (Prix du Balai d'Or de la Découverte 2013)

Phénix Noir